En 2018, Harlequin fête ses [illegible] !

Chère lectrice,

Comme vous le savez peut-être, 2018 est une année très importante pour les Éditions Harlequin qui célèbrent leur quarantième anniversaire. Quarante années placées sous le signe de l'amour, de l'évasion et du rêve... Mais surtout quarante années extraordinaires passées à vos côtés ! Azur, Blanche, Passions, Black Rose, Les Historiques, Victoria mais aussi HQN, &H et bien d'autres encore : autant de collections que vous avez vu naître, grandir et évoluer, avec un seul objectif pour toutes – vous offrir chaque mois le meilleur de la romance. Alors merci à vous, chère lectrice, pour votre fidélité. Merci d'avoir vécu cette formidable aventure avec nous.

40 ANS

Un inoubliable baiser

Cet amour inespéré

SARA ORWIG

Un inoubliable baiser

Traduction française de
FRANÇOISE HENRY

Passions

HARLEQUIN

Collection : PASSIONS

Titre original :
THE RANCHER'S CINDERELLA BRIDE

HARPERCOLLINS FRANCE
83-85, boulevard Vincent-Auriol, 75646 PARIS CEDEX 13
Service Lectrices — Tél. : 01 45 82 47 47

www.harlequin.fr

ISBN 978-2-2803-8302-8 — ISSN 1950-2761

- 1 -

Juillet

Assis sur la terrasse de sa maison, ses pieds chaussés de bottes posés sur la balustrade, Gabe Callahan regardait un pick-up rouge remonter la route à vive allure et emprunter l'allée menant à la maison. Sur le flanc du véhicule, le logo « Aldridge Landscape Design » s'étalait en lettres rouges sur fond blanc. Il poussa un soupir. Il connaissait la conductrice depuis toujours : Megan Louise Aldridge… Son amie d'enfance, sa petite voisine d'autrefois. Que se passait-il pour qu'elle l'appelle ainsi dans l'urgence et parcoure les deux heures de route séparant Dallas, où elle travaillait, de son ranch ? À moins qu'elle ne se soit trouvée à Downly, la ville la plus proche, située à seulement trente minutes, où résidaient ses parents. Il n'allait pas tarder à le découvrir.

Le pick-up s'arrêtant dans un hurlement de pneus, il se leva en grimaçant et attendit en haut des marches, tandis que Meg jaillissait du véhicule et se précipitait au pas de charge vers la terrasse.

— Bonjour, Meg, dit-il du ton qu'il employait avec elle depuis qu'elle était en maternelle et lui au CP.

D'un signe de tête, il désigna le pick-up.

— Quand apprendras-tu à conduire ?

Sa vieille plaisanterie ne lui arracha pas l'ombre d'un sourire. Quel que soit son problème, ce devait être sérieux.

— Entrons, proposa-t-il.

Oui, l'heure devait être grave, car Meg possédait un tempérament joyeux. Enfin, la Meg dont il se souvenait. Ces dernières années, ils s'étaient peu vus.

— Allons dans la bibliothèque, nous serons plus tranquilles, ajouta-t-il.

Tandis qu'elle marchait près de lui, il perçut une bouffée de ce parfum qu'elle portait depuis le collège. Une fragrance fraîche, florale, qui lui rappelait tant de souvenirs. Il lui jeta un regard de côté : ses longs cheveux châtain clair étaient retenus autour de son visage par un bandeau bleu, exactement comme en maternelle. Et comme d'habitude, son visage ne portait aucune trace de maquillage. Elle n'avait pas changé, toujours aussi mignonne et fraîche telle qu'il la connaissait. Enfants, ils s'étaient épaulés durant les moments difficiles, cela en dépit d'une querelle qui avait creusé un fossé entre sa famille et les Aldridge.

Après son bac, leurs chemins avaient divergé et ils ne s'étaient pas vus très souvent. Il fallait qu'elle ait un gros souci pour accourir ainsi à lui, aujourd'hui, le visage tiré par la détresse. Que se passait-il ? Avait-elle des problèmes d'argent ? Ou bien… des soucis de santé ? À cette idée, il sentit son cœur se serrer. Pourvu qu'il ne s'agisse pas de cela, il ne supporterait pas que quelque chose de mal lui arrive.

Il referma derrière eux les portes à double battant de la bibliothèque et prit une profonde inspiration. Quoi qu'il en soit, elle avait besoin de lui et il ferait de son mieux pour l'aider. Il posa une main sur sa mince épaule.

— Je suis heureux de te voir, Meg. Ça fait longtemps que nous ne nous sommes pas parlé.

— J'en suis également heureuse, répondit-elle avec un sourire crispé.

Visiblement, elle n'était pas prête à lui dire ce qui la tracassait.

— J'ai apprécié que tu sois venue à la cérémonie organisée à la mémoire de mon frère et ma belle-sœur.

— Je suis si triste pour eux.

— Merci. Nous avons tous deux perdu un frère. Mais ce n'est pas pour cela que tu es là. Tu as des ennuis, je me trompe ? Que se passe-t-il ? Je peux t'aider ?

Elle plongea son regard dans le sien et afficha une expression décidée.

— Oui, Gabe. J'ai besoin de ton aide. Il faut que nous nous fiancions.

Il éclata de rire, tandis qu'une vague de soulagement le submergeait. Si elle pouvait faire une blague de ce genre, c'est qu'elle n'allait pas si mal que cela.

Et pourtant, elle n'avait pas l'air de trouver cela drôle.

— J'ai besoin que nous soyons fiancés environ un mois, insista-t-elle. Tu dois me demander en mariage.

Elle ne plaisantait donc pas ?

Déconcerté, il reprit son sérieux.

— Pourquoi ?

— Pour que ma famille me fiche la paix.

Cette explication devait sans doute avoir un sens pour elle, mais pas pour lui. Il nageait en pleine confusion. Mais, avant qu'il puisse réclamer des éclaircissements, elle ajouta :

— Bien sûr, ce serait pour de faux. Nous serions fiancés juste assez longtemps pour que mes parents se calment et me laissent vivre ma vie.

Dans ses yeux, il lisait un profond trouble, mais il avait du mal à la prendre au sérieux. De fausses fiançailles ? Que racontait-elle ?

— Ils veulent absolument me marier alors que je n'en

ai aucune envie, mais ils insistent lourdement sans tenir compte de mon avis.

— Mais enfin, pourquoi moi ? Tout le monde ici sait que nous ne sommes pas amoureux et que nous ne sommes même jamais sortis ensemble !

— Nous sommes moins proches que nous ne l'avons été, mais tu restes mon meilleur ami, Gabe. Vers qui d'autre me tournerais-je ?

— Meg, tu es ma meilleure amie…

Il marqua une pause, scruta son expression.

— … Et je t'ai confié des secrets dont je n'ai jamais parlé même à mes frères.

Mais il s'égarait. Au lieu de ranimer les vieux souvenirs, il ferait mieux de la raisonner.

La prenant par la main, il la conduisit vers deux fauteuils jumeaux.

— Asseyons-nous et parlons.

Sans un mot, elle prit place dans un fauteuil. Lui-même s'installa confortablement, une cheville sur le genou, et il la regarda. Dans son ample sweat-shirt gris, son jean délavé et ses bottes éraflées et poussiéreuses, elle n'avait pas changé depuis la dernière fois qu'il l'avait vue, environ un an plus tôt. D'après la rumeur, son entreprise d'aménagement paysager était florissante.

Il était vraiment content de la revoir et ils avaient toujours discuté de leurs ennuis, mais il fallait admettre que celui-ci n'était pas banal.

— Explique-toi, Meg. Où est le nœud du problème ? Tes parents ne sont tout de même pas des monstres !

— Sur ce sujet, si.

Il vit une lueur d'angoisse passer dans ses grands yeux frangés de cils bruns. De très jolis yeux. Réflexion qui le surprit, car il n'avait jamais été physiquement attiré par elle. Meg était jolie, mais pas son type de femme.

— J'ai besoin de toi, dit-elle en se penchant pour prendre ses mains entre ses doigts glacés.

— Tu es gelée. Calme-toi. Je vais t'aider dans la mesure du possible.

— J'espère que tu le penses, dit-elle d'une voix sourde. Parce qu'il faut vraiment que tu me demandes en mariage.

Il voulut lui retirer ses mains, mais elle s'y cramponna.

— Ce sera temporaire, tout à fait temporaire, dit-elle précipitamment. Un mois devrait faire l'affaire. Et ce ne seront pas de vraies fiançailles, évidemment.

Elle se rapprocha.

— J'ai besoin de ton aide, Gabe.

Elle le suppliait comme s'il menaçait de la jeter hors de chez lui.

Il tenta d'alléger l'atmosphère.

— Ressaisis-toi, voyons. C'est à moi que tu parles, Gabe, ton ami de toujours.

— C'est sérieux. Je suis prête à tout pour sortir de cette situation.

— Je te crois.

Franchement, elle commençait réellement à l'inquiéter.

Elle inspira une profonde bouffée d'air et prit l'expression d'une condamnée au peloton d'exécution.

— Tous, mes parents, mes deux paires de grands-parents, exigent un petit-enfant.

Il haussa les épaules.

— Dis-leur que ça arrivera en temps et en heure !

— Justement, le temps semble compté. Ils vieillissent. Tu sais que Todd, mon frère aîné, est militaire de carrière. Il est en ce moment en Afghanistan et n'est pas près de se marier. Caleb joue avec sa femme Nora dans une pièce à Broadway. Ils ne veulent pas d'enfants qui interféreraient dans leur carrière.

Tout en exposant ses arguments, elle semblait toujours plus angoissée.

— Quant à Hank, il n'est plus.

Dans sa voix, une note d'infinie tristesse lui donna envie de la prendre dans ses bras, même si cela ne ramenait pas son frère, tué dans un accident alors qu'il pilotait son avion de tourisme.

— Ma famille souhaite ardemment un bébé et je suis une candidate de choix.

Très bien, mais il n'y pouvait rien.

Il réussit à libérer ses mains et se renfonça dans son fauteuil.

— Je comprends. Seulement…

— Il y a autre chose. Quelqu'un veut m'épouser et la famille approuve.

Vraiment, à la regarder avec son air bouleversé, on aurait dit qu'elle était au cœur d'une catastrophe de grande ampleur.

— Qui veut t'épouser ?

— Justin Whelton. Quatre générations de brillants avocats de Dallas.

— Je connais Justin.

Pas étonnant qu'elle n'ait pas envie de l'épouser. Il n'appréciait pas Justin et le soupçonnait d'être un avocat véreux, prêt à tout pour gagner des affaires.

— Justin et moi sommes sortis quelquefois ensemble au lycée, mais ça ne comptait pas. Tout comme l'année dernière où nous avons recommencé. Mais à l'instant où ils ont appris que nous nous voyions, ses parents et les miens se sont persuadés que nous étions faits l'un pour l'autre. Ceux de Justin tiennent à ce qu'il se marie parce qu'il a des ambitions politiques et que le mariage lui apporterait la considération des électeurs. Et, à les en croire, je serais la parfaite candidate pour le rôle. J'ai expliqué aux miens que je ne l'aimais pas, mais ils prétendent que l'amour viendra après le mariage parce que nous avons beaucoup de points communs et que nous nous connaissons depuis l'enfance. Mon erreur a été de sortir avec lui alors qu'il n'y avait pas de sentiments entre nous, pas plus qu'entre toi et moi. Nous sommes amis, point à la ligne. Je n'aime pas l'embrasser. Comment épouser un homme dont on n'apprécie pas les baisers ?

À ces mots, il ne put se contenir. Elle avait beau afficher l'air le plus sérieux du monde, son histoire de baisers était drôle et il éclata de rire.

— Franchement, tu me déçois, Gabe. Je vis un calvaire, et tout ce que tu trouves à faire, c'est d'en rigoler !

— Je ne me moque pas, dit-il en s'efforçant de réprimer un autre fou rire. Je suis juste surpris que Justin veuille t'épouser alors que tu ne l'embrasses pas. M'embrasseras-tu si nous feignons d'être fiancés ?

Il vit ses yeux jeter des éclairs.

— Je suis sérieuse !

Mieux valait ne pas la taquiner en ce moment. Elle était trop bouleversée pour saisir le côté comique de la situation.

— Oui, je t'embrasserai, siffla-t-elle entre ses dents.

En la voyant rougir, il eut envie de l'embrasser pour de bon.

— Tu vois bien qu'il faut m'aider, ajouta-t-elle.

Il se leva impulsivement pour l'étreindre, puis se ravisa. Que lui arrivait-il ? Il n'avait jamais considéré Meg autrement que comme sa meilleure amie et elle devait le rester.

— Voyons, Meg, tu sais que je plaisante. C'est difficile de résister alors que tu pars au quart de tour.

— En échange de son mariage, le père de Justin et ses grands-parents lui ont offert toutes sortes d'avantages financiers... Tu n'imagines même pas.

— Il n'y a pas d'avantages qui tiennent si ta future femme ne t'aime pas. J'aurais cru que tes parents t'écouteraient si tu leur expliquais fermement qu'il n'est pas question que tu l'épouses.

— Ils ne m'écoutent pas, c'est tout le problème. Ils insistent tous lourdement, Justin compris, puisqu'il pense que notre mariage va propulser sa carrière. Il prépare le terrain afin de se présenter aux élections législatives texanes, mais il vise Washington, et, au vu de ses ambitions, il pense que je ferais, je cite : « l'épouse parfaite ». Existe-t-il meilleure raison de se marier, n'est-ce pas !

Elle reprit ses mains.

— Tu n'imagines pas la pression qu'on me fait subir. Je t'en supplie, réfléchis à ma proposition, ça ne t'engagerait à rien.

Cette histoire était ridicule. Elle exagérait, et il n'avait aucune envie d'abonder dans son sens. Mais quand il croisa son regard implorant, il eut la sensation de s'enliser dans des sables mouvants.

— Gretchen, la secrétaire de Justin, et moi sommes amies. D'après elle, Justin projette de me demander en mariage au grand bal anniversaire du country-club qui a lieu ce mois-ci. Si je le repousse devant nos familles et les invités, ce sera un drame épouvantable.

Il se leva.

— Bon sang, Meg ! Il n'agit pas ainsi parce qu'il t'aime et veut que cette demande reste un souvenir inoubliable pour toi ! Il veut juste attirer l'attention sur lui.

— Je le sais !

Maintenant, elle allait se mettre à pleurer, il en était sûr. Que faire ?

— Tu ne seras pas obligé d'aller jusqu'à m'épouser ! insista-t-elle. Fiançons-nous juste pour un mois et, ensuite, tu pourras expliquer à tes petites amies que c'était du bluff. Je le leur dirai, si tu préfères.

Il secoua la tête en riant.

— Je ne possède pas un harem, tu sais. Tu n'as à rassurer personne au sujet de ma disponibilité.

Il se passa une main dans les cheveux.

— Je ne comprends pas. Tu n'as jamais menti à tes parents de toute ta vie. Comment réussiras-tu les regarder dans les yeux en prétendant qu'on est fiancés ?

— C'est ce qui m'ennuie le plus. Mais ils m'y obligent en me harcelant pour que j'épouse un homme que je n'aime pas. Plus tard, je leur présenterai mes excuses et leur rappellerai qu'ils m'ont forcée à agir ainsi et que j'étais vraiment à bout.

— Voyons, Meg, ça nous ressemble si peu. Personne ne nous croira. Nous ne sommes pas une seule fois sortis ensemble.

— Ils me croiront, tu le sais.

Il la considéra avec, au creux de l'estomac, un sentiment grandissant de défaite. Bien qu'il détestât l'admettre, elle avait raison. Elle était la personne la plus franche, la plus droite qu'il connaissait, et un tel stratagème paraîtrait si inimaginable de sa part que personne n'aurait l'idée de mettre en doute sa parole. Pourtant…

— Évidemment, tu es la mieux placée pour faire avaler aux gens un aussi gros mensonge. Malgré tout, je ne suis pas sûr que tu y parviennes.

— Ce sera seulement pour un mois et…

— Je ne sais pas, je continue de penser que nous ne serons pas crédibles.

Elle se leva et sortit un écrin de velours d'une poche de son jean. Après l'avoir ouvert, elle le lui tendit.

— Ils nous croiront quand nous annoncerons nos fiançailles avec cette bague à mon doigt.

Ce n'était pas possible… Elle avait pensé à tout !

— C'est un vrai ?

Elle rosit.

— Comme si j'avais les moyens de m'offrir un diamant pareil !

— Tu sais tout de même que ta famille n'apprécie guère la mienne. À part tes frères et toi, les Aldridge ne m'ont pas adressé la parole depuis des années.

La conséquence d'une stupide brouille survenue des années plus tôt, quand leurs pères étaient associés. Le sien avait expulsé de l'affaire celui de Meg en rachetant sa part, geste qui avait causé un conflit que le temps n'avait pas apaisé.

— Tu ne comprends donc pas ? C'est justement pour cette raison que mon plan est parfait. S'ils croient que c'est toi l'élu de mon cœur, ils cesseront aussitôt de me pousser au mariage ! Juste un mois, Gabe.

Ses grands yeux bruns le troublaient et il ne savait pas pourquoi.

— Je doute que ça marche. Et si c'est le cas, ils s'imagineront tous que tu es enceinte de moi.

— Peu importe, puisque, au bout du compte, ils s'apercevront que c'était faux.

— Nous ne sommes jamais sortis ensemble ! insista-t-il.

— Qu'à cela ne tienne. Nous allons nous y mettre. Je suis prête à tout pour échapper à cet enfer !

Il lui tapota l'épaule tout en réfléchissant à ses dernières paroles. Il lui avait toujours promis de l'aider en cas de besoin et il la laisserait tomber maintenant qu'elle avait si cruellement besoin de lui ?

De toute façon, elle n'était pas prête à renoncer, il le voyait bien. Et les arguments ne cessaient de pleuvoir.

— Si nous sommes fiancés, ce sera l'effervescence, et Justin et moi cesserons d'être au cœur des conversations de nos familles. Tu devrais dîner chez mes parents et les entendre me harceler. Mon père a proposé de nous offrir une maison. Mes grands-parents, de nous transmettre par acte notarié un de leurs ranchs. Quant à mes autres grands-parents, ils sont prêts à m'expédier à New York afin que je m'achète une garde-robe. Tout cela est ridicule.

Les doigts glacés de Meg se crispèrent de nouveau sur sa main, et elle parut sur le point d'éclater en sanglots.

— S'il te plaît ! Il s'agit juste d'une petite comédie de rien du tout.

Elle avait beau accumuler bonnes raisons et prières, il continuait de penser que cela ne marcherait pas. Pis, ce serait un désastre, et la famille de Meg l'en aimerait encore moins. Pour tout dire, le seul qu'il voyait tirer son épingle du jeu serait ce bon vieux Justin qui sauverait la face en ne voyant pas sa demande en mariage repoussée publiquement.

Franchement, ce n'était pas un bon plan.

Et il n'avait pas vraiment envie de se lancer dans une histoire aussi absurde. Il la regarda dans les yeux, prêt à refuser encore une fois, même s'il lui était pénible de ne pas répondre à son appel au secours.

Et il était si convaincu de l'inutilité de l'artifice qu'il n'en revint pas de s'entendre dire :

— Bon, si tu y tiens, j'endosserai le rôle du fiancé.

Il aurait dû se douter qu'il finirait par capituler. Comment résister longtemps à ses supplications ?

— Oh ! Gabe, merci, merci, cria-t-elle en le serrant contre elle.

Il étreignit celle qu'autrefois il avait considérée comme une petite sœur. Sauf que cette petite sœur possédait maintenant un corps de femme. Et des courbes qui éveillèrent en lui l'envie de voir à quoi elle ressemblait sous son sweat-shirt trop ample. Elle était douce dans ses bras et elle sentait bon le parfum de lilas imprimé dans son souvenir. Il la lâcha et plongea son regard dans ses grands yeux bruns.

— Tu es très jolie, Meg. Tu dois avoir tout un tas de garçons désireux de sortir avec toi.

Elle secoua la tête.

— Aucun qui me plaise, et aucun en qui j'ai suffisamment confiance pour lui demander de simuler des fiançailles.

Il poussa un soupir.

— Bon. Si nous devons en passer par ce simulacre pour éviter une demande en mariage publique, il ne faut pas traîner. Nous sommes jeudi. Si possible, le mieux serait que nous ayons notre premier rendez-vous ce week-end.

— Oui ! Quand ?

— Samedi soir.

Dans quel guêpier cette mascarade allait-elle l'entraîner, et comment expliquerait-il ses subites fiançailles à certaines de ses amies ?

— Samedi, marché conclu !

— Comment vas-tu annoncer à Justin que tu sors avec moi samedi prochain ?

— Ce sera inutile parce qu'il doit s'absenter pour affaires. Il revient mercredi et, là, il apprendra que nous sommes sortis ensemble. Cette seule réalité le dissuadera de faire une demande en mariage publique.

Elle parut vouloir partir, mais se ravisa brusquement.

— J'ai failli oublier. Samedi soir, préfères-tu que je sois à ma maison de Downly ou à celle de Dallas ?

— Tu as deux maisons, maintenant ?

— Tu l'ignores sans doute, mais grâce à la générosité de mes grands-parents maternels j'ai maintenant un vrai chez-moi à Dallas, ce qui est très pratique pour le travail, et un chez-moi à Downly.

— Quel endroit est le plus simple pour toi ?

— Downly.

— Très bien. Je passerai t'y prendre. Donne-moi l'adresse.

— Je te l'enverrai par texto.

Puis elle le considéra, paupières plissées, avec une expression qu'il ne sut déchiffrer

— Tu crois que cette sortie va être bizarre ?

— Mais non. Nous nous sommes toujours beaucoup amusés ensemble et samedi ne fera pas exception.

— Je suppose que tu as raison.

Elle lui sourit.

— Après quelques rendez-vous, reprit-elle, je pourrai commencer à passer la nuit ici pour accréditer notre relation, parfois même à ta maison de Dallas. Ce ne sera pas long, et je te promets de ne pas me fourrer dans tes jambes.

Ce n'était sans doute pas une bonne idée, mais, à ce point de l'aventure, il ne pouvait plus reculer. Et pour être honnête, il était heureux de cette occasion de la voir parce qu'il avait toujours aimé passer du temps avec elle.

— Comme tu voudras. J'ai de grandes maisons avec plein de pièces.

Son sourire s'élargit.

— Au cas où j'oublierais de te le dire encore un millier de fois, merci, Gabe. Tu m'as toujours promis d'être là si j'avais besoin de toi, et tu tiens parole.

L'étincelle qui brillait dans ses yeux lui fit un plaisir fou.

— Ils ne comprennent pas que je refuse un mariage sans amour, reprit-elle, pourtant, je ne veux pas épouser Justin. Quand je me marierai, je veux l'amour, le vrai.

La connaissant, il n'en doutait pas.

— J'espère que ton plan fonctionnera.

— Mais oui ! Tu verras. Nous convaincrons ma famille et Justin. Et alors, tu poursuivras ton chemin sachant que tu as joué le rôle d'un noble chevalier volant au secours d'une demoiselle en détresse !

Elle lui tapota la main.

— Mon merveilleux, mon superbe chevalier.

Un rôle qui ne lui était pas familier, mais qu'il commençait à apprécier, il devait l'avouer. Mais avant d'être adoubé, il y avait encore du travail. Restait à espérer que leur petite comédie se déroulerait aussi aisément qu'elle semblait le penser.

Si elle était une amie très chère, il n'y avait jamais eu la moindre esquisse de romantisme entre eux. Et il n'y en aurait jamais. Elle n'était pas son type de femme, et il n'était pas son type d'homme. Ils étaient tellement différents. Elle était beaucoup trop sage et timorée pour supporter son goût du risque. Et puis, il y avait la brouille entre leurs familles. Vraiment, elle n'était pas une femme pour lui, pas plus qu'il n'était un homme pour elle. Pourvu seulement que la plaisanterie ne dure pas longtemps. Il aimait trop faire la fête pour rester prisonnier de ces fausses fiançailles.

— Tu es un ange venu me sauver, dit-elle sans le quitter des yeux.

— C'est bien là première fois qu'on me qualifie d'ange.

Elle sourit gentiment en lui tapotant la joue.

— Mais tu l'es.

Comme sa main effleurait son début de barbe, elle ajouta :

— Tu ne te rases plus d'aussi près qu'avant. Ça te donne un air encore plus canaille. C'est pas mal. Tu sais, j'aimerais que Hank sache quel immense service tu me rends.

— Si ton frère savait, il se roulerait par terre de rire. Mais tes parents vont me haïr quand ils apprendront la vérité.

— Ils ne t'aiment pas parce que tu es un Callahan et ils cesseront de m'inciter à épouser Justin pour me convaincre de rompre avec toi. Quant à Hank, il ne rirait pas du tout. Il te remercierait et me dirait de foncer parce qu'il n'approuverait pas qu'ils me harcèlent pour que je fasse un mariage de raison. Oh ! Gabe, j'ai failli oublier. Garde cette bague. Tu me l'offriras plus tard.

Elle mit l'écrin dans sa main.

— Bien sûr.

Cette histoire était loin de l'enchanter, mais au nom de leurs années d'amitié il irait jusqu'au bout. Elle était toujours là pour lui quand, enfant et adolescent, il souffrait du désamour de son père. Quand celui-ci *oubliait* d'assister à ses remises de diplômes ou à ses matchs, elle l'épaulait et lui remontait le moral.

— Je me dois de t'aider parce que tu étais à mon côté quand mon père m'ignorait. Il ne m'a jamais accordé son amour, son temps ou son attention, pas plus qu'à mes frères, d'ailleurs. Et ça a été encore pire pour Blake, notre demi-frère, parce que notre père refusait de le reconnaître pour fils. Au moins, j'avais ton amitié pour compenser.

Elle lui sourit.

— C'est à ça que servent les amis, et tu es le meilleur que j'aie jamais eu.

Il l'accompagna tandis qu'elle se dirigeait vers son pick-up.

— Il me semble que tu étais dans le même état d'esprit quand nous avions neuf ans, dit-il.

Sa remarque la fit rire. Elle avait toujours été joyeuse et, s'il n'y avait pas eu toutes ces complications, ça aurait été si bon de la revoir.

— Je pensais sans doute aux morceaux de marbre que tu collectionnais. À mes yeux, c'étaient les plus beaux du monde. J'ai toujours ceux que tu m'as offerts.

— C'était si facile de te faire plaisir. J'espère que tu n'as pas changé et que je ne vais pas devoir me creuser trop la cervelle pour trouver où je vais t'emmener dîner samedi.

— Pour ce premier rendez-vous, il faut un endroit où nous serons en vue pour que les gens parlent de nous.

Il sourit.

— Qu'il en soit fait selon tes désirs ! 19 heures samedi, ajouta-t-il en lui ouvrant sa portière.

Elle s'installa au volant.

Sans trop savoir pourquoi, une idée lui vint à l'esprit, pour la taquiner.

— Tu sais, dit-il, il existe un moyen pour que tes parents cessent très vite de chercher à te marier.

— Et c'est ?

Un bras en appui sur la portière, il se pencha vers elle.

— Viens habiter chez moi.

— Oui, tu as raison, ça pourrait marcher !

Il rit.

— Je crains que nous n'ayons des points de vue différents sur la vie commune.

Elle le dévisagea.

— Il s'agirait juste de vivre sous le même toit.

— Mince, je pensais partager mon lit avec toi ! Nous n'avons pas évoqué ce point, et c'est bien dommage. Je suis sûr que ce serait très plaisant.

— Tu rêves ? Nous n'allons pas coucher ensemble !

En la voyant rougir, il éclata d'un grand rire.

— J'ai certainement eu de pires idées.

— Arrête de te moquer de moi ! Vraiment, tu n'as pas changé. À plus tard.

Il la regarda s'éloigner. Dans quelle mesure allait-elle lui compliquer la vie ? D'après elle, un mois de cette comédie, et le tour serait joué. Mais ce mois sous le même toit serait pour le moins… intéressant. Sachant qu'elle avait probablement des principes démodés, il essaierait de limiter ses plaisanteries, mais c'était dur de résister à l'envie de la provoquer. Elle réagissait au quart de tour, c'était drôle ! Somme toute, il attendait avec impatience ces moments avec elle. Il fit tourner l'écrin entre ses doigts, songeant à la bague scintillante qu'il contenait et qui était fausse, tout comme le seraient leurs fiançailles.

Et pourtant, au fond de lui, il avait comme un pressentiment : ces prétendues fiançailles d'un mois auraient peut-être des conséquences sur sa vie.

- 2 -

Meg referma la porte de sa petite maison de Downly et laissa son regard errer sur le décor familier sans rien en voir. Submergée par la joie et le soulagement, elle esquissa quelques joyeux pas de danse. Gabe allait lui venir en aide ! Il acceptait de jouer le jeu, et ils auraient bientôt leur premier rendez-vous.

Un rendez-vous avec Gabe…

L'idée éveillait en elle une étrange agitation. Pourtant, elle ne ressentait aucune attirance pour lui. C'était un coureur de jupons. Pas du tout son genre. Non, elle n'avait aucun souci à se faire, quelle que soit l'excitation qu'elle éprouvait à l'idée de sortir avec lui, elle s'effacerait vite, elle en était certaine.

Elle se versa un verre d'eau et se dirigea vers le patio tout en songeant à la soirée de samedi. Bien que ce fût une journée très chargée dans l'univers de l'aménagement paysager, elle s'arrangerait pour quitter tôt son travail. Elle n'allait pas refuser la sortie proposée par Gabe alors que le moment était idéal. Des souvenirs lui traversèrent soudain l'esprit. Elle se rappela comment elle s'efforçait de le réconforter et de lui remonter le moral quand il souffrait de l'absence ou de l'indifférence de son père. Et il lui répétait toujours qu'il lui rendrait la pareille si elle avait le moindre problème et lui faisait promettre de venir le trouver dans ce cas. Ces promesses remontaient à l'enfance, mais aujourd'hui elles se concrétisaient.

Elle se rendit dans la pièce qu'elle avait aménagée en bureau. Des étagères aux murs accueillaient livres, photographies, trophées, récompenses diverses et piles de papiers. Elle la traversa pour s'emparer d'une petite photo de Gabe et elle petits. Il jouait avec une de ses nattes et offrait un large sourire à l'appareil.

— Merci d'être toujours mon ami, murmura-t-elle.

Samedi soir aurait lieu leur premier rendez-vous. Inutile toutefois de se soucier de sa tenue. Gabe n'y prêterait même pas attention. Sortir avec lui, ce serait comme de passer la soirée avec un de ses frères. L'idée lui rappela Hank. Il lui manquait tellement ! Hank et Gabe avaient été grands amis et ils se ressemblaient beaucoup. Tout comme Gabe, Hank aimait prendre des risques, et il avait mené une vie rude, pilotant son avion, participant à des compétitions de rodéo, sortant avec des filles qui aimaient s'amuser sans entretenir de relation sérieuse.

Gabe était un peu plus âgé, et ses parents jugeaient qu'il avait une mauvaise influence sur Hank. Autrefois, quand son père travaillait main dans la main avec celui de Gabe, les deux familles étaient intimes et Hank admirait beaucoup Gabe. Ensuite, sa famille avait ressenti une telle rancœur pour la manière dont Dirkson Callahan avait éliminé son père de leur affaire qu'ils avaient cessé toute relation avec les Callahan. Toutefois, si les grands-parents avaient épousé la querelle des parents, sa génération avait refusé de la perpétuer et ils étaient restés amis dans la mesure du possible.

L'idée qu'elle épouse Gabe révolterait ses parents et, avec sa bague au doigt, ils cesseraient forcément de se mêler de ses affaires.

Elle embrassa la photo, tout en se rappelant comment il l'avait étreinte tout à l'heure.

Ses larges épaules, ses bras forts lui procuraient une impression de sécurité, comme si tous ses problèmes étaient résolus. Elle regarda avec encore plus d'attention la photographie. Quand donc ce petit garçon s'était-il transformé en homme grand et fort dont l'étreinte pouvait si totalement la rassurer ? Et pourquoi n'avait-elle jamais remarqué à quel point il était beau et séduisant ? En poussant un soupir, elle remit la photographie en place et alla à son bureau consulter ses mails.

Comme Hank qui avait fait carrière dans l'immobilier, Gabe s'était associé à Cade, son frère aîné, pour monter une agence immobilière disposant de grands locaux à Dallas. Ils avaient par ailleurs fait d'importants placements dans le pétrole et le gaz avec le demi-frère de Gabe, Blake, un magnat de l'hôtellerie. À présent, Gabe passait peut-être plus de temps à Dallas que sur son ranch. Elle n'en savait rien, mais, après tout, il pouvait faire ce que bon lui semblait.

Elle se concentra rapidement sur ses mails, y répondit avant de rassembler les affaires à emporter à son bureau de Dallas, situé à presque deux heures de route.

Avant de quitter la pièce, elle envoya un baiser à l'image de Gabe.

— Au revoir, mon beau chevalier, murmura-t-elle.

Soulagée d'un poids, plus heureuse qu'elle ne l'avait été depuis deux mois, elle partit pour Dallas pleine de confiance et d'énergie, prête à se focaliser sur le travail qui l'attendait.

Et, surtout, à faire en sorte que son stratagème marche.

Le samedi vint rapidement et, en fin d'après-midi, elle se précipita chez elle pour se préparer. Après s'être douchée, elle choisit des vêtements susceptibles d'attirer l'attention, non pas de Gabe, mais des autres clients du restaurant. Un élégant jean moulant, un haut rouge vif, sans manches et décolleté en V avec un bandeau assorti et ses plus jolies bottes noires.

Gabe lui avait proposé de se rendre dans un établissement où l'on servait les meilleures grillades au feu de bois de Downly, et où ils pourraient aussi danser. Le restaurant étant fréquenté le week-end par de nombreuses personnes venant de Dallas, les rumeurs de sa soirée avec lui circuleraient rapidement. Non seulement cela mettrait un frein aux intentions de Justin, mais, dans l'intervalle, elle prendrait du bon temps avec son meilleur ami. À 19 heures pile, elle entendit une portière de voiture claquer et, quelques secondes plus tard, un coup de sonnette. Elle se hâta d'aller ouvrir et découvrit Gabe. En chemise noire, jean et bottes noires, il ne lui avait jamais paru aussi sexy.

— Prête pour une nouvelle aventure ? demanda-t-il avec un grand sourire.

— Tu n'imagines pas à quel point, beau cow-boy. Je veux que tu me fasses tourner la tête !

— C'est dans mes cordes, répliqua-t-il en la regardant de la tête aux pieds.

Puis il émit un sifflement admiratif.

— Dis donc, tu es devenue drôlement mignonne !

— Merci. J'espère être assez mignonne pour que des gens postent notre photo sur les réseaux sociaux.

Elle chercha ses clés.

— Je te ferai visiter ma maison une autre fois. Pour le moment, j'ai hâte de sortir pour qu'on nous voie ensemble.

— Je te promets qu'on te remarquera, dit-il en riant.

Elle ferma sa porte et se dirigea avec lui vers son pick-up d'un noir étincelant.

— Tu sais, je n'avais jamais réalisé à quel point tu étais beau.

Elle vit son sourire s'élargir.

— Tu as obtenu ce que tu voulais, non ? Pas la peine

de me flatter, maintenant. À moins que tu n'aies autre chose à me demander ? Je préfère te prévenir. J'ai accepté de fausses fiançailles, mais tu ne me mèneras pas au mariage arrangé. Je ne suis pas du bois dont on fait les maris, vrais ou faux.

— Il n'est pas question que je t'en demande plus.

— Je crois me souvenir de quelques situations où tu as usé de ta douceur et de ton charme avec une idée bien précise en tête.

— Tu exagères ! Mais aucune importance. Avec le temps, ta mémoire arrange les choses à sa manière. Je ne peux te dire combien j'ai été soulagée et heureuse les deux derniers jours. J'ai l'impression de m'être échappée d'une prison.

— Même si j'ai eu peu de relations auxquelles j'ai dû mettre fin, j'ai connu ce sentiment, dit-il avec un sourire.

— Pour moi, c'était un dilemme comme on n'en rencontre qu'une fois dans sa vie. Je ne me mettrai plus jamais dans une telle situation vis-à-vis d'un homme.

— Fais attention à ce que tu dis. La vie est très forte pour nous jouer des tours. As-tu jamais imaginé que nous sortirions ensemble ?

— Sûrement pas !

Il lui ouvrit sa portière. Elle se glissa sur le siège du passager et le regarda contourner le véhicule. Il avait vraiment de l'allure, ce qu'elle n'avait pas remarqué jusqu'ici. Un magazine de Dallas avait cité Gabe parmi les vingt meilleurs partis de la région. Mais ni son physique avantageux ni son sex-appeal n'interféreraient dans ses plans, elle se le jurait.

Ce soir, elle souhaitait juste s'amuser, fêter sa liberté de vivre sa vie comme elle l'entendrait, sans entrer constamment en guerre avec parents et grands-parents.

Il s'arrêta devant une construction en rondins dotée d'une longue terrasse en façade. Des rocking-chairs et des pots débordants de fleurs créaient une ambiance détendue et accueillante. À l'intérieur, lumières tamisées et ventilateurs au plafond tournant lentement au-dessus de couples qui dansaient le two-step au son des accords entraînants d'un violoniste et d'un batteur.

Il obtint une table à l'extrémité de la piste.

— C'est parfait, dit-elle. Tout le monde nous y verra.

— À moins d'être ivre mort, je suppose que oui. À présent, détends-toi, Meg. Tu me parais bien nerveuse alors que tu as obtenu ce que tu voulais.

— Tu as raison. Dansons, que tout le monde nous voie !

Il se leva en riant et lui prit la main. Quelques secondes plus tard, il l'entraînait dans un two-step mouvementé. Il la fit tournoyer et, quand il la rattrapa pour l'arrêter, il la serra légèrement contre lui.

Elle leva les yeux vers lui.

— Homme adorable, tu es le meilleur ami de la terre, dit-elle, espérant avoir l'air d'une femme amoureuse.

— N'en fais pas trop ! dit-il en riant.

— Si je veux que les gens croient que je suis tombée amoureuse de toi, il faut bien que j'aie l'air follement heureuse. Ce que je suis.

— Tu n'as aucun complexe. Je n'arrête pas de me répéter que je ne devrais pas être flatté d'avoir été choisi pour faux fiancé parce que n'importe quel type aurait fait l'affaire. Sauf que tu savais que, au nom de notre amitié, j'accepterais sans contrepartie.

— Faux. Je n'aurais fait confiance à personne d'autre. De plus, avec un autre, personne n'aurait cru au miracle. Toi, tu remplis toutes les conditions. Je te connais depuis toujours. Tu es beau, sexy, drôle, riche…

— Inutile d'en rajouter, voyons ! Si j'étais ce que tu prétends, les femmes feraient la queue à notre table pour danser avec moi.

— Justement, je suis surprise qu'elles ne le fassent

pas. Mais elles t'observent ; autant dire qu'elles *nous* observent, ce qui m'arrange. Mais dis-moi, tu es également bon danseur.

— Ne prends pas cet air surpris. À quoi crois-tu que j'occupe mes soirées du samedi ?

— Tu sembles tellement passionné d'avion, de moto et de rodéo que je ne m'attendais pas à ce que tu sois si à l'aise en dansant.

— Peut-être vais-je te réserver d'autres surprises.

— Vas-y, cow-boy. J'ai envie de m'amuser comme jamais.

— Rappelle-toi le proverbe : « Méfie-toi de tes souhaits. » C'est un défi que tu me jettes, Meg.

— C'est bon d'être de nouveau avec toi, dit-elle en pivotant sur elle-même pour revenir près de lui.

En le voyant sur le point de protester, elle le coupa.

— Je le pense vraiment. Tu dois le reconnaître, c'est différent de lorsque nous étions enfants.

— Très différent, mon chou, dit-il en promenant sur elle un regard sensuel qui la fit rire en même temps qu'il la troubla.

C'était étrange, elle n'avait jamais ressenti des émotions aussi contrastées en sa présence.

Le morceau se termina et, main dans la main, ils regagnèrent leur table. En chemin, elle s'arrêta pour saluer quelques personnes qu'elle connaissait. Et, dès qu'ils eurent commandé, elle se leva.

— Je vais aux toilettes. J'en ai pour une minute.

— Je vois. Tu veux que personne n'en perde une miette !

Elle se contenta de sourire, sachant qu'il se montrerait accommodant sur le chapitre de leurs prétendues fiançailles. Elle bouillonnait d'excitation. Quelle part celle-ci devait-elle au fait de savoir son problème bientôt réglé, et quelle autre au plaisir de profiter de la compagnie de cet homme si sensuel ? Quand elle revint, la serveuse posa devant eux des piles de côtelettes couvertes de sauce barbecue, une montagne de frites et d'épaisses tranches de pain grillé beurrées.

Tandis qu'ils savouraient leur repas, elle essaya d'en apprendre davantage sur la vie actuelle de Gabe.

Alors qu'ils riaient à propos d'une blague qu'il venait de lui raconter, il but une gorgée de bière et reposa son verre en souriant.

— C'est agréable de nous retrouver.

— Je suis surprise qu'il n'y ait pas de femme dans ta vie, mais j'en suis heureuse. Sinon, tu n'aurais pas pu m'aider. Si tu me prenais la main ? suggéra-t-elle. Ça ferait bon effet.

— C'est bien la première fois qu'une femme que j'ai invitée à sortir avec moi m'explique ce que je suis censé faire !

— C'est juste que tu dois donner l'impression d'être vraiment amoureux de moi. Jusqu'ici, nous avons seulement l'air de ce que nous sommes : deux bons amis contents de se retrouver.

— Voyons, chérie, dit-il d'une voix chaude et caressante, je crois pouvoir aller au-delà de l'amitié sans tes conseils.

Il se leva et la prit par la main pour l'attirer à lui, sans la quitter des yeux. Glissant un bras autour de sa taille, il l'entraîna vers la piste de danse.

— Parfait, murmura-t-elle, l'objectif est définitivement atteint.

— Tu n'as encore rien vu, ma petite, chuchota-t-il à son oreille.

Et son souffle chaud la fit frissonner d'une manière inattendue.

Sur la piste, elle noua les bras autour de son cou et plongea son regard dans le sien tandis qu'ils commençaient à danser à l'unisson. C'était incroyable de voir à quel point ils s'accordaient.

— C'est un rêve devenu réalité, dit-elle en approchant ses lèvres de son oreille pour qu'il l'entende au-dessus du bruit de la musique. Tanya, l'ex-petite amie de Justin, est ici et elle n'arrête pas de me regarder. À la fin de la danse, arrange-toi pour que nous nous arrêtions près d'elle. Nous irons lui parler et je te présenterai.

— Puis-je espérer que c'est celle qui porte un jean super moulant et une blouse dont le décolleté révèle un joli tatouage sur son sein ? Je ne pense pas que les parents de Justin apprécient son genre et je ne m'étonne pas qu'ils aient jeté leur dévolu sur toi. D'un autre côté, si adorable sois-tu, je suis surpris que Justin ait renoncé aussi facilement à elle.

— Je suppose que je devrais me sentir insultée, mais ce n'est pas le cas. Le père de Justin a su se montrer persuasif. Si Justin m'épouse, après une année de mariage, il devient associé dans l'entreprise paternelle. Et si je suis enceinte, le marché est encore plus juteux.

Elle frissonna.

— Pas étonnant que tu veuilles de tirer de ce guêpier ! s'exclama-t-il. Bon sang ! Mon père est nul en paternité, mais il n'a cherché à imposer une épouse à aucun de ses fils.

— Jusque-là, mes parents étaient des gens merveilleux, ainsi que mes grands-parents. Et je les aime tendrement.

— Allons trouver Tanya à sa table, dit-il en l'entraînant vers la jeune femme.

En souriant, elle se tourna vers celle-ci, la main de Gabe serrée dans la sienne.

Les longs cheveux blonds et raides de Tanya lui arrivaient à la taille et encadraient son joli visage. En les voyant approcher, les yeux de Tanya s'emplirent de curiosité.

— Tanya, je te présente Gabe Callahan. Gabe, voici Tanya Waters.

Tanya effleura le bras de l'homme assis à côté d'elle.

— Bonsoir. Lui, c'est Bobby Jack Lawrence.

Pendant qu'ils se serraient la main, Gabe ne lâcha pas la sienne. Ils échangèrent quelques mots, puis, le groupe attaquant un nouveau morceau, il l'entraîna vers la piste de danse.

— C'était parfait, dit-elle. Je suis contente que nous soyons venus ici. J'ai vu Cassie Perkins, qui travaille pour Justin. Je suis sûre qu'elle va répandre la nouvelle au bureau.

— C'est drôle, je ne t'imaginais pas aussi rouée.

— Bien obligée, si je veux me sortir de cette situation.

Elle se tut, savourant de danser avec lui et se réjouissant du succès de la soirée.

— Un point me chiffonne, reprit-il. Pour commencer, qu'est-ce qui t'a pris de t'impliquer dans une relation avec Justin ?

— L'amitié. Nous fréquentions les mêmes lieux et nous avons des goûts communs, musique classique, opéra, art contemporain. Ses parents lui reprochaient avec insistance sa relation avec Tanya et nous en parlions. Simplement, je ne comprenais pas vers quoi cela me menait et, soudain, il s'est mis à parler mariage.

— Leçon apprise, j'espère.

— Aucun risque que nos parents tentent de nous pousser vers un mariage de raison !

— C'est sûr, ces fiançailles ne feront pas monter ma cote auprès des membres de ta famille.

— J'en suis navrée, mais comme, de toute façon, ils n'apprécient aucun Callahan, ce n'est pas comme si tu perdais leur amitié.

— C'est curieux, ta logique ne me réconforte guère.

Remarque qui la fit sourire.

Il était minuit passé quand, à la fin d'un morceau, il la fit tournoyer, la rattrapa et la serra contre lui. Elle leva les yeux sur lui et retint son souffle. Seigneur, ce sourire plein de sensualité.

Il lui prit la main et une bouffée de chaleur monta en elle, la prenant au dépourvu.

— Ce regard devrait suffire à convaincre le plus sceptique des spectateurs, dit-il. Si je ne connaissais pas le fin mot de l'affaire, je serais transi d'amour.

— Je te suis infiniment reconnaissante de ne pas rire parce que ça anéantirait l'effet.

— Je n'ai pas envie de rire.

Le regard brûlant qui accompagna ces paroles fit courir des frissons dans tout son corps. Qu'elle lui trouve autant de charme était vraiment choquant.

— Je pense que nous pouvons partir, dit-il en la maintenant serrée contre lui.

Elle glissa un bras autour de sa taille et lui sourit tendrement, comme s'ils s'apprêtaient à rentrer chez eux faire l'amour. En tout cas, elle espérait que c'était l'effet produit sur les gens qui les observaient.

— C'était formidable, Gabe. Tu as parfaitement tenu ton rôle. Tu convaincrais n'importe qui que nous sommes en couple.

— À condition que ce n'importe qui ne te connaisse pas bien. Sinon, le soupçon demeurera.

— Non ! assura-t-elle en posant sur lui un regard adorateur.

Et à cet instant, ce n'était pas de la comédie. Elle pensait vraiment que Gabe était l'être le plus adorable de la terre.

Il la raccompagna à Downly où elle habitait un ancien quartier de la ville ombragé de grands arbres. Sa lumière extérieure illuminait l'allée, le porche, les plates-bandes fleuries, et une partie de son jardin.

— C'est un éclairage d'extérieur vraiment efficace, fit-il remarquer. Tu as été cambriolée, c'est ça ?

— Heureusement non. Simplement, j'aime être accueillie quand je rentre le soir. C'est plus gai.

Il hocha la tête.

— En tout cas, on peut dire que la soirée a été un succès.

— Absolument ! La prochaine fois, nous pourrions viser les country-clubs de Downly et Dallas. Je soignerai ma tenue pour ressembler aux femmes que tu fréquentes habituellement.

— Ce vieux Justin n'a pas une chance, dit-il en riant.

Après s'être garé, il descendit de voiture pour lui ouvrir sa portière.

Elle attendit un peu, espérant qu'un voisin les voie. En vain. Quand elle fut sortie du pick-up, elle examina les alentours.

— Je ne vois personne. Mes voisins ne sont pas curieux et cette rue est généralement déserte. Néanmoins, juste au cas où quelqu'un nous observerait, je vais m'agripper à ton bras et tu pourras m'enlacer.

— C'est une expérience unique. Même à mon premier rendez-vous, ma partenaire ne m'a pas donné de conseils, et c'était au CM2.

Elle lui secoua le bras par jeu.

— Je ne te donne pas de conseils, enfin, je ne t'en ai pas donné toute la soirée, rectifia-t-elle alors qu'ils grimpaient les marches du perron. Merci, merci ! Je te dois une fière chandelle !

Il n'avait pas lâché sa taille.

— Voyons, Meg, la soirée n'est pas encore finie, dit-il d'une voix grave.

Il regarda autour de lui.

— Vas-tu me laisser t'embrasser ? demanda-t-il, une lueur malicieuse dans le regard. Je ne crois pas non plus avoir posé cette question depuis mon premier rendez-vous.

Sachant qu'il aimait la taquiner, elle sourit.

— Oui, mais je ne coucherai pas avec toi.

— Voilà que tu me lances un nouveau défi…

Toujours souriante, elle secoua la tête.

— Ce n'est pas un défi, mais un fait établi.

— Oh ! ma petite, dit-il de sa voix la plus enjôleuse. Nous verrons bien. Je vais mourir d'impatience en attendant notre prochain rendez-vous. Ma réputation d'homme à femmes est en jeu, tu comprends.

— Ne sois pas ridicule. Si tu couchais avec moi, personne ne le saurait à part nous. Je sais que tu ne racontes pas tes histoires de cœur, ajouta-t-elle s'efforçant de garder son calme tout en étant consciente que ses caresses sur sa main éveillaient en elle des sensations délicieuses.

Qu'il puisse la troubler autant lui paraissait vraiment insensé. Voyons, il était comme un frère pour elle.

— Que sais-tu de ma vie amoureuse ? demanda-t-il.

— Les nouvelles vont vite.

Il rit.

— Je ferais mieux de laisser tomber. Je te connais assez pour savoir quand mes taquineries t'agacent.

— Tu ne connais pas la femme que je suis devenue. Nous nous sommes si peu vus depuis l'adolescence.

Il ne releva pas, apparemment préoccupé par un autre sujet.

— Si nous revenions à ma question.

À savoir, si elle allait le laisser l'embrasser.

D'un doigt sous le menton, il leva son visage vers le sien.

— Nous sommes parfaitement éclairés. Au cas où on nous observerait, il vaudrait mieux que nous soyons crédibles.

— Personne dans le voisinage ne nous regarde.

Mais n'était-elle pas curieuse de savoir quel effet produirait sur elle un baiser de Gabe ?

Il glissa un bras autour de sa taille.

— Tu sais, Meg, nous ne nous sommes jamais embrassés.

Sous son intense regard bleu, elle se sentit fondre. Il était vraiment très séduisant. Et quand son regard descendit sur ses lèvres, ses jambes flageolèrent. Tandis qu'il se penchait lentement, son cœur se mit à battre plus vite. Ses lèvres effleurèrent les siennes et une vague de chaleur la submergea. Elle ferma les yeux, un bras autour de son cou. Il resserra son étreinte, la plaquant contre son corps dur pendant que sa bouche écrasait la sienne pour un vrai baiser.

Elle eut l'impression de tomber en chute libre. Il la maintenait si solidement que leurs corps semblaient liés l'un à l'autre. Des frissons de plaisir la parcouraient, et elle gémit doucement en glissant les doigts dans ses épais cheveux pour mieux s'abandonner à cet ardent baiser.

Elle n'aurait su dire combien de temps il dura ; elle savait seulement qu'elle souhaitait qu'il ne s'arrête jamais. Quand il releva la tête, il la contempla en silence et elle eut l'impression de le voir pour la première fois de sa vie.

— Maintenant, je comprends pourquoi les dames t'apprécient, murmura-t-elle en s'efforçant de rester légère malgré le désir qu'elle sentait monter en elle.

Elle recula et, à son expression, elle réalisa qu'il était aussi stupéfait qu'elle.

— Merci pour cette soirée, Gabe.

Du moins espéra-t-elle l'avoir dit. Ses pensées étaient encore tout entières tournées vers le baiser, et elle devait lutter contre l'envie de se jeter dans ses bras et de recommencer.

— Je me suis beaucoup amusée, reprit-elle, et des tas de gens nous ont vus ensemble.

Elle se rendait compte qu'elle bavardait à tort et à travers, mais ses sens étaient en ébullition et elle n'arrivait pas à se contrôler. Apparemment, retourner au monde d'avant qu'il ne l'embrasse n'était pas facile.

— Je me rends compte que ces prétendues fiançailles seront plus faciles à feindre que je ne me le figurais, fit-il remarquer. Nous avons perdu notre temps en jouant avec ces morceaux de marbre.

— Pas vraiment. Notre amitié comptait beaucoup. Cette soirée était très réussie, et je te remercie mille fois d'avoir accepté de jouer la comédie.

— Je commence à y prendre goût. Pour le prochain rendez-vous, je vais essayer de planifier une apparition dans un endroit où tu seras vue par d'autres gens que tu peux connaître.

— Ce serait parfait. Je mettrai une robe élégante pour l'occasion. Je me maquillerai même.

Il lui donna une légère pichenette sur le bout du nez.

— Je t'aime comme tu es. Tu sais, maintenant, je me réjouis que tu m'aies demandé de l'aide et, crois-moi, je vais t'aider.

— Merci. Mais garde ton calme, Gabe.

— Désolé, ma petite. Notre baiser m'a électrisé. Tu ne veux pas qu'on réessaye pour voir si on obtient le même résultat ?

Elle scruta son expression, paupières plissées, puis appuya son index sur son torse.

— Nous n'allons pas tomber amoureux, dit-elle d'un ton ferme.

L'étincelle de malice était de retour dans ses yeux bleus et elle sentit ses joues s'empourprer.

— Non ?

Elle soupira.

— C'est terrible. Tu ne peux pas être sérieux deux minutes, et je n'arrive pas à l'être avec toi.

— Ce n'est pas une raison pour éviter de nous embrasser, n'est-ce pas ?

— Je sais que tu me taquines. Écoute, peut-être que toutes les femmes tombent amoureuses de toi, mais je suis immunisée. Pas de problème, donc, nous pouvons nous embrasser autant de fois que nécessaire.

— Je suis heureux d'avoir ta permission, dit-il d'un ton

si plein d'humour qu'elle ne put s'empêcher de sourire. J'espère que tu es consciente de me lancer un nouveau défi.

— C'est juste une constatation ! Je ne vais pas tomber amoureuse de toi et tu ne tomberas pas amoureux de moi. Nous ne sommes pas faits l'un pour l'autre. Bonne nuit, Gabe. Et merci pour cette merveilleuse soirée.

— Oh ! mon chou. Avec toi, tout est merveilleux.

Soudain, il paraissait sincère.

Elle se détourna pour ouvrir sa porte

— Ce soir, je ne t'invite pas à entrer. La visite sera pour une autre fois.

— Bien sûr. Je te téléphone, dit-il en se dirigeant vers les marches.

Quand il démarra, elle referma la porte et s'y adossa, perdue dans ses pensées. Par quel miracle le baiser de Gabe se révélait-il aussi troublant ? Ses lèvres la picotaient encore, et elle regrettait de n'avoir pas pu continuer à l'embrasser. Et si ce simulacre de fiançailles se révélait dangereux ?

Il ne lui était pas venu à l'idée qu'elle pourrait être sensible au charme de Gabe. De sa vie, elle n'avait songé à l'embrasser.

Jusqu'à ce soir.

Ce soir, il avait fait basculer son univers et elle ne le percevait plus du tout comme avant. Le reverrait-elle un jour sans éprouver le désir insensé qui la bouleversait à l'instant même ?

Il chercherait à la séduire. Comme il le disait, il aimait les défis. Il aimait aussi les femmes, et s'amuser… et il était possédé par un goût du risque qui l'effrayait parce qu'elle avait connu le même chez son frère Hank, et que celui-ci lui avait coûté la vie.

Elle ne succomberait pas au charme de Gabe ; pour rien au monde elle ne coucherait avec lui. Le connaissant depuis toujours, elle ne prendrait pas le risque. Ce n'était pas un baiser, si brûlant soit-il, qui changerait son état d'esprit.

Sauf que ce baiser ne ressemblait en rien à ceux qu'elle avait reçus jusqu'ici. Non qu'elle ait connu beaucoup d'hommes. Mais elle avait le pressentiment que, même si ça avait été le cas, celui de Gabe resterait à jamais dans son souvenir.

— Pitié, gémit-elle.

L'homme était scandaleusement sexy, et elle soupçonnait qu'elle ne le verrait plus jamais comme avant.

Que racontait-elle ? Impossible qu'elle soit attirée par lui ! S'embrasser était une chose ; coucher ensemble en était une autre.

Elle traversa la maison, éteignant les lumières au passage, et gagna sa chambre. Elle avait juste besoin de sommeil. Cependant, quand elle se glissa dans son lit, dormir fut le cadet de ses soucis. Les lèvres encore frémissantes, agitée de souvenirs brûlants, elle fixait l'obscurité sans trouver le sommeil. Elle avait beau refuser de l'admettre, elle mourait d'envie de réitérer l'expérience.

Elle s'assit dans son lit.

— Je ne coucherai pas avec toi, chuchota-t-elle dans le noir.

Si elle lui cédait, ce cow-boy rebelle lui briserait le cœur. C'était juste l'affaire d'un mois. Elle allait sûrement réussir à lui résister pendant un mois ? Naturellement, le fait de s'installer chez lui n'allait pas simplifier les choses. Pour mettre son cœur à l'abri, elle allait devoir tenir bon.

Aurait-elle suffisamment de volonté pour ça ? Pas sûr. Mais comme il n'était pas réellement séduit, s'inquiéter se révélerait peut-être inutile. Il lui suffirait de rester sur ses gardes et de se rappeler qui était Gabe. Bon sang ! Il élevait des taureaux pour le rodéo. Et il aimait participer aux compétitions. Il pilotait son propre avion et il possédait une moto et une voiture de sport. Et puis, il aimait les femmes et la fête. C'était un téméraire, un séducteur. Il n'était pas fait pour les relations sérieuses.

Elle allait devoir s'arranger pour que chaque sortie représente une réelle avancée de son projet et, dès que Justin serait sorti de sa vie, elle remercierait… son meilleur ami et le renverrait à ses affaires.

Mais depuis quand était-il devenu l'emblème de la beauté et de la séduction masculines ? Elle l'avait peu croisé ces dernières années parce que, après le lycée, ils s'étaient mis à évoluer dans des cercles différents. Elle savait que certaines femmes l'appréciaient beaucoup, mais elle prêtait peu d'attention lorsqu'une de ses amies décrétait vouloir sortir avec lui. Ce genre de conversation la laissait tout au plus amusée. Pourtant, le baiser de Gabe n'était pas amusant, loin de là. C'était un baiser à lui faire perdre la tête.

Soudain, elle donna des coups de poing dans son oreiller.

— Va au diable, Gabe Callahan. Tu as beau être mon preux chevalier, tu vas me causer des ennuis !

Sa voix résonna dans la chambre déserte. À la pâle lumière du clair de lune filtrant par la fenêtre, tout ce qu'elle voyait, c'étaient les yeux bleus de Gabe et son sourire insolent. *Avec ton mètre quatre-vingt-dix de virilité triomphante, tu bouleverses ma vie. Mais ce n'est pas parce que nous nous sommes embrassés que je coucherai avec toi !*

Elle soupira. Mieux valait s'accrocher à cette conviction si elle voulait sortir le cœur intact du marché qu'elle avait conclu avec lui.

Elle soupira une nouvelle fois.

Pour mieux se rassurer, elle se fit une promesse solennelle : *Je survivrai à ces fiançailles, et Gabe et moi nous amuserons comme nous l'avons toujours fait. Je ne coucherai pas avec lui et à la fin du mois je le remercierai, lui ferai un gros cadeau et nous reprendrons nos chemins respectifs. Pas question que je m'éprenne de lui comme ces femmes avec qui il a des aventures.*

Elle aurait parié gros que Gabe ne pensait même plus à leur rendez-vous, ni à leur baiser, ni à quoi que ce soit la concernant. Il souhaitait probablement que ce mois passe à la vitesse de l'éclair. Ou bien il dormait sur ses deux oreilles.

Elle avait promis d'adopter une allure plus conforme à celle des femmes qu'il fréquentait si, la prochaine fois, il l'emmenait dans un endroit chic. Pour le moment, elle était à des années-lumière de toute sophistication, mais du maquillage, une nouvelle coupe de cheveux et des vêtements élégants pouvaient faire des merveilles.

Si elle changeait de style, plus on la remarquerait, plus on la verrait avec Gabe et plus on croirait à leur histoire.

Voyons, de qui se moquait-elle ? Si elle tenait à se métamorphoser en jeune femme sexy et raffinée, cette raison n'y était pour rien.

Que Gabe la traite en enfant alors qu'elle éprouvait une vive attirance pour lui était agaçant. Elle devait lui donner un aperçu de la femme qu'elle était devenue.

Après tout, qu'il affronte aussi un petit conflit intérieur ne serait que justice.

- 3 -

Le samedi soir, après être rentré chez lui, Gabe envoya un bref texto à Meg pour l'inviter à un dîner dansant donné au country-club de Downly en l'honneur de sa rénovation. Elle lui répondit tout de suite qu'elle acceptait son invitation.

Il songea à leur accord. Un mois de prétendues fiançailles. Si sa requête l'avait étonné, leur baiser l'avait abasourdi et, à en juger par son regard rêveur, la stupéfaction était partagée. Il n'aurait jamais imaginé qu'un baiser de Meg soit autre chose que douceur et tendresse, et il s'amusait à la taquiner à ce sujet. Il s'était attendu à ce que sa demande la plonge dans l'embarras, qu'ils échangent un gentil baiser et que l'affaire soit close. Jamais il n'aurait imaginé ce qui s'était produit : une fusion nucléaire !

Leur baiser torride avait à tout jamais modifié leur relation. Jamais plus il ne verrait Meg comme avant. À cause de ce baiser, il avait envie d'elle.

Évidemment, sa raison rejetait ce que son corps exigeait. Elle était toujours Meg, bon sang ! Sa meilleure amie, la sœur de Hank. Elle était sérieuse, douce, digne de confiance, intelligente. Et il était certain que si elle entretenait une liaison, elle voudrait se marier. Vraisemblablement, cela ne s'était pas produit jusqu'ici. D'accord, ils s'étaient un peu perdus de vue depuis le lycée, et il n'était pas au courant de sa vie sentimentale, mais il était prêt à parier son ranch qu'elle n'avait pas eu beaucoup d'amants. Elle était du genre à faire rimer amour, baisers et relations sexuelles avec engagement, mariage et foyer.

Il n'empêchait qu'elle lui avait causé une nuit d'insomnie. Elle l'avait complètement retourné, et il ne songeait plus qu'à la serrer contre lui et à l'embrasser. Cette réaction le sidérait. Il n'avait jamais songé à embrasser Meg et jamais un instant cru pouvoir être troublé physiquement par elle. Et maintenant, il allait devoir compter tout un mois avec Meg dans un simulacre de fiançailles.

Comment allait-il pouvoir résister à la tentation ? Rien que de se remémorer leur baiser le mettait en sueur. Il mourait d'envie de prendre le téléphone, de l'inviter à sortir le lendemain soir et de la séduire. Toutefois, agir ainsi lui ferait perdre son amitié. Non, s'il lui proposait une chose pareille, il serait incapable de se regarder dans une glace, et de toute façon les retombées seraient désastreuses.

Il n'arrêtait pas de retourner le mystère dans sa tête. Si impossible que cela puisse paraître, Meg était une femme passionnée et séduisante. Il venait seulement de le découvrir.

À cause de sa douceur, de sa façon si sage de mener sa vie, il avait tout d'abord craint que jouer la comédie de l'amour ne devienne ennuyeux avant que le mois soit écoulé. À présent, ses préoccupations avaient changé de bord. Et il redoutait que la comédie qu'ils avaient commencé à jouer ne se révèle trop excitante.

N'appréciant pas Justin, il se réjouissait qu'elle souhaite rompre avec lui, mais en même temps il comprenait mieux pourquoi Justin tenait tant à ce mariage de raison.

Il poussa un gémissement.

Comment survivrai-je à un mois d'intimité avec elle ?

Il tenta de se raisonner. Il pourrait toujours prétexter ses affaires pour s'absenter de la ville. Un mois, ce n'était pas si long. Du moins, ce n'était pas long jusqu'à ce qu'il calcule que ça faisait trente soirées où il pourrait se trouver en sa compagnie.

Il se prit la tête dans les mains.

Quand il avait accepté de marcher dans sa combine, le fait qu'il doive l'embrasser lui apparaissait comme une simple formalité destinée à accréditer leur histoire. À présent, le souvenir de leur baiser l'obsédait, et il ne songeait qu'à recommencer.

Samedi soir, il devrait conserver la tête froide pour ne pas agir inconsidérément et garder à l'esprit cette vérité fondamentale : elle n'envisageait de relation sérieuse que dans le mariage. Et si jamais il couchait avec elle, il devrait l'épouser pour de bon.

L'idée le fit frémir.

Voilà bien un événement qui ne se produirait jamais.

Après une nuit agitée, la dernière chose dont Meg avait besoin, c'était bien d'une journée en famille. Pourtant, le lendemain, après avoir retrouvé les siens à l'église, elle se rendit chez ses parents pour le déjeuner rituel du dimanche, avec la tarte aux pêches qu'elle avait confectionnée pour l'occasion.

Alors qu'ils étaient tous assis autour de la table de la salle à manger, dégustant des tranches fondantes de rôti de bœuf et de la purée, inévitablement, le sujet qu'elle redoutait fut abordé.

— Hier soir, j'ai croisé la mère de Justin, dit sa mère. Elle m'a appris que Justin n'était pas en ville. Si nous avions su, nous t'aurions invitée à dîner.

— Merci, mais je n'étais pas libre. J'ai rencontré un vieil ami qui m'a invitée à sortir avec lui.

Du regard, elle fit le tour de la table. Concentré sur son repas, les fils d'argent de ses cheveux châtains brillants à la lumière du lustre, son père ne réagit pas. Carlotta, sa grand mère paternelle, était assise à sa droite, dans une robe à volants rose, sa couleur préférée. Cette grand mère avait passé des heures à lui lire des histoires quand elle était enfant. À côté de Carlotta se trouvait son grand-père paternel, Mason. Il avait été rancher toute sa vie et cela se voyait à sa peau tannée par les intempéries et à ses mains calleuses. Il lui avait appris à monter à cheval et à s'occuper de ses animaux favoris.

Assise à côté d'elle, sa grand-mère maternelle Lurline affichait un perpétuel sourire. Elle et ses frères la surnommaient Lolo. Harry, son grand-père maternel, ayant travaillé avec son père la plus grande partie de sa vie, partageait les mêmes colère et rancœur vis-à-vis de Dirkson Callahan. En songeant qu'elle s'apprêtait à gâcher cette paisible réunion familiale, elle sentit son cœur se serrer.

— Qui est ce vieil ami ? s'enquit sa mère tout en faisant circuler des petits pains chauds autour de la table. Voici le miel et la confiture de framboises, ajouta-t-elle en passant les bols.

— Gabe Callahan. J'ai passé une excellente soirée. C'était très agréable de le revoir.

Un silence tendu tomba sur la pièce.

Toute rembrunie, Grandma Lurline remonta ses lunettes sur son nez pour mieux l'examiner.

— Mais enfin, Megan chérie, nous ne parlons plus à ces odieux Callahan depuis des années !

— Sauf que Gabe et moi avons toujours été amis, répliqua-t-elle avec entrain. Nous nous entendons très bien, et je ne vois pas pourquoi je cesserais de lui parler. D'ailleurs, nous avons prévu une nouvelle sortie pour le week-end prochain.

De surprise, sa mère en laissa tomber sa fourchette.

— Voyons, Megan, tu ne peux pas faire ça.

— Oh ! si, je le peux.

— Que fais-tu de Justin ? demanda son père, visiblement au bord de l'apoplexie.

Elle prit une profonde inspiration.

— Justin n'est rien pour moi. Désolée si le fait que je passe du temps avec Gabe vous bouleverse, mais c'est mon ami, et il n'est pas responsable des agissements de son père. Dirkson Callahan a fait souffrir ses fils, ce serait injuste de reporter sur eux la responsabilité de ses actes. Quant à Justin, j'ai toujours dit qu'il ne m'intéressait pas, et réciproquement. Nous ne nous marierons pas. C'est fini entre nous.

— Justin disait que vous faisiez des projets d'avenir, intervint sa mère.

— Je n'ai jamais fait de projets d'avenir avec Justin.

Elle prit sa fourchette pour harponner une tranche de viande.

— Écoute, maman, savourons ce rôti. La discussion est close.

Durant un moment qui lui parut interminable, ils la dévisagèrent en silence. Puis sa mère sourit.

— Tu as raison. Ne laissons pas refroidir les plats. Nous en reparlerons plus tard.

Elle sourit aux membres de sa famille. Ses grands-mères hochèrent la tête, et sa mère fit circuler deux saladiers autour de la table.

La conversation reprenant, elle poussa un soupir de soulagement et se détendit un peu.

L'après-midi tirait à sa fin quand elle remonta dans sa voiture pour rentrer chez elle. À ce moment, sa mère sortit en courant par la porte de derrière.

— Je voulais te parler avant que tu t'en ailles. J'espère que tu vas réfléchir à deux fois avant de revoir Gabe Callahan. Tu sais que nos familles sont brouillées.

Si difficile cela fût-il, elle allait devoir tenir tête à sa mère. Elle éprouva un pincement au cœur à l'idée de lui causer du souci. Pourtant, il le fallait si elle ne voulait pas se retrouver mariée à un homme qu'elle n'aimait pas.

— Gabe et moi avons toujours été amis et nous nous entendons très bien. J'ai promis de sortir avec lui le week-end prochain et je ne reviendrai pas sur ma parole.

— Tu sais pourtant quel genre d'homme c'est. En plus d'être le fils de Dirkson Callahan, il a la réputation d'être une tête brûlée qui ne recule devant aucun danger. Il a eu une influence terrible sur Hank. D'apprendre que tu le fréquentes rend ton père malade.

Elle sourit à sa mère.

— Je vous aime de tout mon cœur, mais je dois vivre ma vie. J'apprécie beaucoup la compagnie de Gabe et je le reverrai. Désolée, maman, si je vous déçois tous, mais il m'est impossible de sortir avec un homme choisi par ma famille.

Elle tapota le bras de sa mère.

— Cesse de te faire du souci. Je n'épouse pas Gabe le week-end prochain ! Il s'agit juste d'une soirée entre amis. Je ferais mieux d'y aller. Une semaine chargée m'attend. Merci encore pour ce délicieux repas.

Debout dans l'allée, sa mère agita la main en la regardant s'éloigner. À l'idée qu'elle venait de franchir victorieusement un énorme obstacle, elle ressentit la joie l'envahir. À présent, les siens étaient au courant de sa relation avec Gabe.

Le lundi après-midi, elle reçut un texto de Justin disant qu'il ne rentrerait que le jeudi et proposant qu'ils se voient le vendredi soir. Elle déclina l'invitation, prétextant qu'elle devait assister à un dîner de bienfaisance avec une amie. À la place, elle proposa qu'ils se retrouvent dans un snack le jeudi soir. Soupçonnant qu'il avait entendu parler de sa sortie avec Gabe, elle tenait à rendre leur rupture officielle à ce moment-là. Si elle était impatiente de clarifier la situation, elle ne tenait pas à passer toute la soirée avec Justin pour ça.

Elle n'avait reçu aucune nouvelle de Gabe, mais n'en attendait pas. Il lui rendait un service et n'avait aucune raison de l'appeler juste pour bavarder. L'idée la fit sourire. Il ne lui accorderait probablement aucune pensée jusqu'à la fin de la semaine.

Le mardi soir, elle rentra dans sa maison de Dallas, et planifia pour le samedi une soirée au country-club où Gabe et elle seraient vus par Justin et leurs deux familles. Elle espérait que Justin viendrait accompagné après qu'elle aura mis les choses au point le jeudi soir. En attendant, il lui fallait trouver une robe habillée. Et du maquillage.

Elle sourit. Bientôt, grâce à Gabe, elle serait libérée de l'ingérence de sa famille dans ses affaires. Restait évidemment le problème de résister à ses baisers. Elle comprenait mieux maintenant pourquoi la moitié des femmes célibataires du comté aimaient sortir avec lui.

Le jeudi après-midi, en rentrant chez elle après le travail, elle eut la surprise de trouver son pick-up noir dans son allée. Elle rentra sa voiture au garage et s'examina dans le rétroviseur avant de sortir et de tapoter sa chemise à carreaux et son jean délavé. Quel dommage, avec ses bottes éculées et le bandeau bleu marine qui retenait ses cheveux, sa tenue était aussi banale que possible. Bientôt, tout cela allait changer.

Quand elle l'aperçut qui attendait au portillon donnant sur le jardin de derrière, son pouls bondit. En jean et bottes noires, son stetson sur la tête, il était sexy en diable. Par quel mystère avait-elle passé toutes ces années sans remarquer à quel point il était beau ? Rien que de le regarder lui coupait le souffle. Et plus elle se rapprochait, mieux elle distinguait ses magnifiques yeux bleus qui faisaient battre plus vite son cœur.

Autre phénomène choquant. Que ces yeux bleus qu'elle avait sondés presque toute sa vie puissent la troubler représentait une énigme qu'elle n'était pas près d'élucider.

Elle hocha la tête.

— Pourquoi secoues-tu la tête ? lui demanda-t-il. Tu préfères que je remonte dans mon pick-up et disparaisse ?

— Pas du tout ! C'est juste que tu es semblable au Gabe que je connais et en même temps différent. Peut-être ne t'avais-je jamais vraiment remarqué. Tu as des yeux scandaleusement sexy.

Le souvenir de leur baiser et de sa réaction la troublait encore.

Il sourit, les mains sur les hanches.

— Tu n'as pas besoin de m'inciter à être convaincant pour jouer ta petite comédie. Je suis déjà d'accord. Nous irons ensemble dans les lieux où nous serons vus, tu vas habiter chez moi. Alors arrête d'en rajouter et de me flatter pour que je marche dans cette parodie d'amour.

— Quel homme fantastique ! riposta-t-elle, amusée de la façon dont il avait pris sa remarque. Je fais en sorte de te manquer terriblement quand je ressortirai de ta vie.

Alors qu'il la prenait par les épaules, elle fut instantanément consciente du contact de ses mains, de sa proximité et des battements précipités de son propre cœur.

— Tu ne sortiras pas de ma vie, affirma-t-il. Tant que nous serons vivants, ce sera impossible. Je suis sûr que tu fais tout ce cirque pour le cas où quelqu'un nous observerait. Rentrons, ainsi tu pourras être toi-même.

— D'accord. Qu'est-ce qui t'amène chez moi ? demanda-t-elle en fouillant son sac à la recherche de ses clés.

— Je voulais savoir où tu en étais avec Justin.

— J'ai décliné son invitation à sortir avec lui vendredi.

Il rentre ce soir en ville et j'ai proposé qu'on se retrouve dans un snack pour dîner vite fait. Je vais lui annoncer que c'est fini.

— Bon. Crois-tu qu'il acceptera votre rupture sans broncher ?

— Oui, il est trop fier.

Elle hésita, avant de reprendre :

— Gabe, encore merci. Personne n'aurait pu m'aider comme tu l'as fait. Tu es parfait. Je te l'ai déjà dit. Je parie que tu n'as pas pensé une seule fois à moi depuis notre dernière rencontre.

— Ma petite, depuis que nous nous sommes embrassés, je pense tellement à toi que tu ne le croirais pas si je te le disais.

Elle s'immobilisa.

— C'est vrai ?

Puis elle sourit.

— C'est excitant à entendre.

— Je n'imaginais pas que tu souhaitais qu'une réelle attirance naisse entre nous.

Son sourire s'effaça.

— Toi alors, tu sais gâcher les bons moments !

Elle ouvrit la porte.

— Entre. Nous boirons quelque chose et je te ferai visiter.

— C'est ça, fais-moi visiter. Il peut être utile que je sois capable de décrire ta chambre, ou du moins que j'ai une idée de ce à quoi elle ressemble.

— Tu n'auras à parler de ma chambre à personne ! répliqua-t-elle en riant. Et encore moins à tes petites amies !

Elle était sensible à sa présence à son côté, à sa haute taille et à ses longues enjambées. Un seul baiser avait-il vraiment suffi à bouleverser l'image qu'elle avait de lui ? Pis, à changer totalement ce qu'elle ressentait pour lui ?

— Bien sûr que non, seulement Justin pourrait te

soupçonner de faire exactement ce que tu fais, c'est-à-dire feindre une relation sérieuse.

— Mais non ! Pas après avoir entendu les rapports de Tanya et Cassie le week-end dernier. Nous étions convaincants, j'en suis sûre. Et puis, ta réputation de dragueur le persuadera de la réalité de notre flirt. Maintenant, que tu te fiances à moi sera un peu plus difficile à vendre, mais c'est là que ma vie entière de franchise et d'honnêteté nous sauvera.

— Tu as tout prévu, et je dois avouer que tu vois sans doute juste.

— Attends que, la bague au doigt, je me rende à la boutique de robes de mariage de Downly. Plus un seul habitant de cette ville ne doutera de la réalité de nos fiançailles.

En réalité, il l'avait frôlée quand ils étaient entrés dans la cuisine et elle avait un peu de mal à se concentrer sur la conversation.

— Ne me fais pas subir fête de fiançailles et cadeaux à retourner ensuite, prévint-il. Je tiens à dire la vérité à mes frères. Pareil pour ma mère. Encore que, même si je ne la mets pas au courant, je doute qu'elle croie à notre histoire avant d'avoir reçu une invitation pour le dîner de répétition. Et nous n'irons pas jusque-là.

— Non, bien sûr. Ta mère ne croirait pas à notre amour ?

— J'en doute fort. De toute façon, je préfère qu'elle sache à quoi s'en tenir.

— Je comprends. Parle-leur. De mon côté, je suis navrée de jouer un tel tour à mes parents, mais ils m'ont mise au pied du mur. Maman étudie les gâteaux de mariage et me montre des photos pour que je choisisse.

Avec une grimace dégoûtée, elle déposa son sac et les plans d'un projet sur lequel elle travaillait sur une table basse.

— Du moins, mes parents savent que nous avons passé une soirée ensemble, reprit-elle, et que je compte bien que ça se reproduise. Ça sonne le glas de ma prétendue relation avec Justin. Je compte lui dire adieu dès que nous nous verrons.

— Et tu crois qu'il va accepter sans broncher ? Je n'en suis pas persuadé, tu sais.

— C'est pourquoi je vais m'installer chez toi, à Dallas. Cette démarche devrait suffire à le convaincre que ma décision est irrévocable. À ses yeux, chez une femme, la fidélité est une vertu essentielle.

En riant, il passa un bras autour de ses épaules, et à son contact elle ressentit un trouble profond.

— Avant que tu me proposes ce marché, j'aurais mis ma tête à couper qu'il n'y avait pas un atome de perversité dans ce petit corps ! Comme je me trompais !

Il croisa son regard.

— D'ailleurs, à ton sujet, je me suis trompé sur d'autres points, ajouta-t-il, soudain si sérieux que son pouls bondit.

— Je ne tiens pas à les élucider, répliqua-t-elle, à court de souffle.

Il était près, trop près d'elle. Et cela réveillait de façon intense le souvenir de leur baiser. Le moment s'étira, et elle prit conscience que leurs regards demeuraient rivés l'un à l'autre.

— Dimanche dernier, le déjeuner chez mes parents a été légèrement assombri par ma déclaration. Maman ne me lâchait pas. Papa paraissait sur le point de se ronger les ongles, et mes grands-parents étaient horrifiés à cause de leur ressentiment contre ton père.

Il laissa retomber les bras.

— Je ne supporte pas qu'on m'associe à lui. Il foulait aux pieds les gens et sa famille, mais ça ne signifie pas que je fais la même chose.

Elle lui tapota la main, comme tant de fois par le passé quand elle éprouvait le besoin de le réconforter. Sauf que cette fois, ce contact déclencha une violente réaction et elle retira sa main comme s'il l'avait brûlée.

Sans doute plongé dans ses pensées, il ne parut pas remarquer.

— Tu veux boire quelque chose ? proposa-t-elle. Thé glacé, bière fraîche…

— Oui, je veux quelque chose, répondit-il d'une voix sourde.

De nouveau, son pouls s'accéléra.

— Je te propose une boisson, Gabe. Du thé glacé ou de la bière fraîche.

— Une bière fraîche si tu me prends par les sentiments.

— Je reviens dans un instant, dit-elle en se dirigeant vers la cuisine.

Cependant, quand elle se détourna du réfrigérateur, elle eut la surprise de le trouver derrière elle. Elle le regarda, alors que le souvenir brûlant de ses bras qui l'étreignaient, de sa bouche qui s'emparait de la sienne, lui faisait tourner la tête.

Elle s'éclaircit la gorge.

— Il y a des bretzels dans le placard. Peux-tu les sortir pendant que je me verse du jus de raisin ?

L'idée était de mettre un peu de distance entre eux.

— Emportons tout ça dans le patio, reprit-elle tandis qu'il allait chercher les gâteaux. Il est ombragé et, à partir de 13 ou 14 heures, la chaleur devient supportable. Mais avant, chose promise, chose due, je te fais visiter la maison.

Il but une gorgée de bière et posa la bouteille sur la table avant de la suivre dans la salle de séjour voisine. Il semblait occuper tout l'espace de la petite pièce.

— Je n'imaginais pas que tu aimais le mobilier contemporain, remarqua-t-il. Je te voyais plutôt entourée des beaux meubles anciens du milieu dans lequel tu as grandi.

— Cette pièce est ma préférée, mais les deux styles

cohabitent dans la maison parce que maman m'a offert les meubles de ma chambre.

— Laisse-moi deviner ! D'abord, un grand lit d'acajou à colonnes, dit-il en jetant un coup d'œil à sa chambre par la porte ouverte. J'avais raison ! Mais…

Elle le suivit, curieuse de voir ce qui avait attiré son attention. En le découvrant, elle se raidit. Elle aurait été bien inspirée de tout vérifier avant de lui proposer de visiter.

Il traversa la pièce jusqu'au lit et saisit le petit ours en peluche marron qu'il lui avait offert des années plus tôt et qu'elle avait sorti tout récemment de son placard.

— Je ne me trompe pas ? demanda-t-il en se tournant vers elle. Comment se fait-il que tu ne t'en sois pas débarrassée depuis le temps ? À moins que tu ne l'aies placé là pour le bénéfice de Justin ?

— Sûrement pas pour cette raison, parce que Justin n'a jamais été invité dans ma chambre ! Je l'ai sorti du placard parce que j'en avais envie.

En riant, il rejeta la peluche sur le lit. Puis il revint vers elle et posa les mains sur ses épaules, ses yeux bleus brillants de malice.

— Ainsi, sans jamais être entré dans ta chambre, Justin tient à t'épouser. J'avais oublié à quel point tu es vieux jeu. Justin cède sans doute à tous tes caprices pour te passer la bague au doigt.

— Je t'ai expliqué que nous étions tous deux poussés par nos familles !

Il hocha la tête en riant.

— Allons nous asseoir. J'ai envie de déguster ma bière bien fraîche.

— J'avais oublié combien tu peux parfois être agaçant.

— Mais tu m'aimes toujours, n'est-ce pas ? Et tu veux toujours te fiancer à moi ? Tu as malheureusement trop besoin de moi pour rester fâchée, ajouta-t-il en passant un bras autour de ses épaules.

Un bras amical, elle n'en doutait pas. Hélas, comme chaque fois qu'il la touchait, le souvenir brûlant de leur baiser resurgissait.

Comme s'il devinait ses pensées, il la fit pivoter pour qu'elle se retrouve face à lui.

— J'aimerais tellement t'embrasser.

— Laisse tomber. Nous n'avons pas de public et donc aucune raison de le faire.

— Détrompe-toi, ma belle !

Cependant, levant les bras en l'air, il s'écarta.

— Bon, d'accord. Allons discuter tranquillement dans le patio, et puis je te ficherai la paix.

— Bonne idée.

— C'est très agréable de renouer notre amitié, dit-il, sa bière et les bretzels à la main. J'avais oublié combien j'aime t'avoir pour amie et, maintenant que nous nous embrassons en amis, j'apprécie encore plus.

Ils gagnèrent le patio ombragé où il lui avança un fauteuil. Quand elle fut assise, il s'installa près d'elle et posa les pieds sur une table basse.

— Ainsi, ce soir, tu vas congédier Justin, et samedi tu sors avec moi. C'est bien ça ?

— Exact. Ce soir, je compte rompre avec lui pour de bon.

— Dois-je avaler ma bière en vitesse et te laisser ? Je t'empêche peut-être de te préparer ?

— Mais non ! Il n'est que 16 heures et nous avons rendez-vous à 20 heures.

— Je supposais que tu voulais te faire…

— Si tu dis « belle », coupa-t-elle, je t'arrache les yeux !

— J'adore quand tu te mets dans tous tes états, répliqua-t-il en riant. Tu mords toujours à l'hameçon.

— Tu adores ça, n'est-ce pas ? riposta-t-elle, mi-amusée, mi-ennuyée, parce qu'il la traitait parfois comme lorsqu'ils étaient enfants.

Elle posa son verre et se tourna vers lui.

— Je vais te montrer si je suis dans tous mes états !

Elle se leva, passa une jambe par-dessus les cuisses de Gabe et, sans plus de manières, s'assit sur ses genoux. Alors, les bras autour de son cou, elle l'embrassa sur la bouche.

Elle se jeta dans ce baiser pour lui faire payer ses taquineries. Dorénavant, il réfléchirait à deux fois avant de la provoquer.

Un instant, elle eut le sentiment de l'avoir déstabilisé, mais une fraction de seconde plus tard il l'étreignait et lui rendait avec ardeur son baiser. Ce fut un baiser passionné qui lui fit oublier son objectif premier et se rendre compte qu'elle s'était peut-être embarquée dans une aventure plus préoccupante qu'une simple revanche. Avec ce baiser, elle avait voulu l'obliger à la voir comme une femme, et non comme la petite voisine qu'il pouvait taquiner sans mettre en péril leur amitié. Trop tard, elle comprit qu'elle s'était jetée tête la première dans la gueule du loup.

En sentant son sexe en érection pressé contre elle, elle éprouva un vertige de désir qui la fit trembler de tout son corps.

Puis, se rappelant que, si elle se trouvait dans ses bras, ce n'était qu'à cause de leurs prétendues fiançailles, elle lâcha ses lèvres tout aussi brusquement qu'elle les avait prises. Ils se regardèrent, puis elle descendit de ses genoux et s'écarta.

— Mon geste a dérapé, je suis désolée, murmura-t-elle.

Elle avait parlé si bas qu'il n'était pas certain qu'il l'ait entendue, mais c'était sans importance parce qu'elle s'adressait plus à elle qu'à lui.

Malgré cette constatation, elle mourait d'envie de retourner vers lui et de reprendre où ils en étaient restés. Et sa réaction l'inquiétait.

— Écoute, je ferais mieux de filer. Je t'appellerai. Ne te dérange pas, j'ai repéré le chemin.

Elle inclina la tête.

— *Bye*, Gabe.

Entendant la porte de derrière se refermer, elle se dirigea vers la fenêtre afin de le regarder grimper dans son pick-up. Quelques secondes plus tard, il avait disparu.

Elle effleura ses lèvres. Elle le désirait si fort ; lui résister paraissait impossible. Soudain, elle comprenait une chose : il ne flirtait pas cet après-midi. Il la taquinait, exactement comme ses frères. Il ne la considérait pas comme une femme, en tout cas pas comme les femmes qu'il courtisait.

L'indignation la saisit. Pas plus tard que samedi soir, elle lui montrerait à qui il avait affaire ! Silencieusement, elle remercia son amie Barb qui lui avait pris rendez-vous pour le samedi après-midi dans un salon de beauté de Dallas.

Demain, elle arrangerait son emploi du temps de manière à pouvoir faire du shopping. Elle était plus déterminée que jamais à faire en sorte que Gabe la trouve séduisante. En même temps, le bon sens exigeait qu'elle laisse la situation inchangée. Tant qu'il la verrait sous les traits de son amie d'enfance, leur attirance resterait dans des limites acceptables. Puisqu'elle n'envisageait pas de relation amoureuse avec lui, pourquoi s'offrir une séance de maquillage et une tenue pour retenir son attention ? D'un autre côté, elle n'avait pas envie qu'il la considère éternellement comme une petite fille.

Elle, malheureusement, n'avait aucun mal à voir en lui le bel homme séduisant qu'il était devenu, et qui, si elle n'y prenait garde, pourrait lui infliger un cruel chagrin d'amour.

À ses yeux, il n'était plus l'ami d'enfance sur lequel elle pouvait compter en toutes circonstances. Jamais auparavant il n'avait fait battre follement son cœur, jamais il ne l'avait troublée au point qu'il lui semblait que ses genoux allaient la trahir, jamais elle n'avait désiré ses bras autour d'elle et ses lèvres sur les siennes.

Mais, à présent, elle le désirait follement, et ce n'était pas une bonne chose.

La raison lui conseillant d'annuler le rendez-vous au salon de beauté, elle sortit son portable. Il fallait laisser les choses suivre leur cours. Se débarrasser de Justin, remercier Gabe et continuer son chemin. L'oublier, ainsi qu'elle avait fait au cours des dernières années.

Puis elle pensa au dîner officiel du samedi au country-club. Gabe serait magnifique en smoking tandis qu'elle apparaîtrait portant éternellement le même style de robe, la même coiffure. Impossible. Elle était une femme et elle voulait qu'il la désire.

Si fou que ce fût, c'était un risque qu'elle tenait absolument à prendre.

Elle rangea son portable.

À 20 heures, installée dans un box du snack-bar, Meg regarda Justin approcher. Elle était arrivée en avance, préférant patienter plutôt que d'être attendue. Un peu plus grand que Gabe, il avait de l'allure avec ses épais cheveux bruns, ses yeux noisette et son visage déterminé. En costume noir, chemise blanche et cravate rouge, il était beau, brillant et plein d'énergie.

Il avait entretenu des liaisons dans son cercle social avec de belles femmes probablement amoureuses de lui, si bien qu'elle ne comprendrait jamais pourquoi il tenait tant à ce mariage de raison. Il avait même été fiancé et il avait rompu. Il lui avait parlé de cette rupture, expliquant qu'il doutait de la fidélité de son ex-fiancée et qu'il exigeait cette qualité chez sa future épouse. Elle l'avait écouté parler tout en se demandant ce qu'il taisait, car son raisonnement ne lui paraissait pas convaincant. Elle s'était cependant gardée de lui poser des questions. Il ne manquait pas de femmes désireuses de sortir avec lui qui auraient obtenu l'approbation de ses parents, aussi cette folle pression pour qu'ils se marient ensemble restait-elle un mystère pour elle.

Il l'embrassa sur le front et ils échangèrent des banalités avant qu'il en vienne au sujet qui l'occupait.

— Je ferais aussi bien d'aller droit au but. J'ai appris que tu étais sortie avec Gabe Callahan samedi dernier.

— C'est exact. Je sors avec qui je veux. Nous ne sommes pas engagés l'un vis-à-vis de l'autre.

— Nous sommes sur le point de nous fiancer, répliqua-il tout rembruni. Il me semble que c'est un engagement suffisamment important.

— Je t'ai déjà dit que je n'avais aucune envie de me fiancer. L'idée de faire un mariage de raison me répugne. Gabe et moi sommes amis depuis l'enfance. Nous sommes sortis ensemble samedi dernier et nous avons eu plaisir à évoquer le bon vieux temps. Je dois le voir samedi à la soirée d'inauguration de la nouvelle salle de bal du country-club.

— Annule ce rendez-vous, dit-il, se penchant vers elle par-dessus la table. Si tu ne le fais pas, ce sera déplaisant pour tout le monde. N'oublie pas que nos parents et tes grands-parents seront présents.

À ce moment, le serveur vint prendre leur commande. Dès qu'il s'éloigna, il revint à la charge.

— J'ai prévu que nous y allions ensemble.

— Tu ne m'en as pas parlé.

Elle vit la colère crisper son visage. Cependant, sa tranquillité d'esprit et sa liberté étant en jeu, elle tint bon devant l'orage.

— J'ai accepté l'invitation de Gabe et j'irai avec lui. Je ne peux pas m'engager avec toi. Ce n'est pas faute de l'avoir dit, mais personne ne m'écoute. Ni toi, ni mes parents, ni les tiens !

— Bon sang, Megan ! Tu es en train de tout gâcher. Tu ruines ton avenir pour sortir avec une tête brûlée qui ne pense qu'à faire la fête et qui va te jeter en moins de temps qu'il n'en faut pour le dire !

Le serveur apportant leurs boissons et leurs sandwichs, il se tut.

— Tu m'annonces que tu ne veux plus m'épouser, c'est ça ? reprit-il dès que le serveur se fut éloigné.

— C'est ça. Nous ne nous aimons pas.

— Nos parents souhaitent ce mariage. Nous nous entendons bien, nous appartenons au même milieu social. Ce sera parfait. Et tu représenteras un atout pour la carrière politique que j'ambitionne.

— Merci, Justin, mais tu seras plus heureux si tu épouses une personne que tu aimes, que ta présence comblera et que tu attendras de retrouver le soir avec une folle impatience.

— J'ai été honnête avec toi ; je t'ai dit ce que ma famille et moi voulions. Je t'ai expliqué ce que nous y gagnerions et c'est beaucoup d'argent et de perspectives. Mon père veut un petit-fils et, après un an de mariage, j'obtiendrai un partenariat dans le cabinet.

Elle le regardait et, tout en l'écoutant, sentait grandir sa reconnaissance vis-à-vis de Gabe qui avait accepté de jouer la comédie des fiançailles pour la tirer de cette situation cauchemardesque.

— Je suis navrée de te priver de ton partenariat, mais tu pourrais travailler pour un autre que ton père. Tu es un bon avocat, plein d'avenir, qui brillera où qu'il se trouve. Tu n'as pas à t'associer avec ton père pour réussir dans la vie.

— Je réussirai plus vite avec lui.

Cette discussion n'irait nulle part, elle le savait. Pour

se montrer convaincante, elle devait user de franchise au risque de le blesser.

— Justin, je sortirai samedi avec Gabe Callahan. La discussion est close.

Elle fouilla son sac.

— C'est moi qui invite.

— Laisse ça ! Je vais régler ces maudits sandwichs. Mais laisse-moi te dire que tu commets une grosse erreur. Si tu continues de sortir avec Gabe Callahan, c'est terminé entre nous.

— Je comprends.

Elle vit son visage s'empourprer.

Sans perdre de temps, elle se leva, et il l'imita.

— Au revoir, Justin. Et bonne chance.

— Ne compte pas que Gabe Callahan t'épouse. Il ne se mariera jamais !

— Je le sais.

Elle se détourna et atteignit la porte en quelques secondes. Tout en se hâtant vers sa voiture, impatiente de s'échapper, elle aspira une profonde bouffée d'air. Libre ! Elle était libre ! Elle aurait aimé serrer très fort Gabe dans ses bras, Gabe qui l'avait aidée à sortir de l'inextricable situation dans laquelle elle s'était mise.

Samedi soir, elle se fiancerait à Gabe, une ridicule parodie de fiançailles, d'accord, mais nécessaire néanmoins pour sceller sa rupture avec Justin. Toute sa vie, elle s'était pliée aux volontés d'autres personnes. À partir de maintenant, elle ferait ce qu'elle voudrait. À commencer par une séance de relooking au salon de beauté. Et puis, fiancée à Gabe, elle emménagerait chez lui.

C'était enfin arrivé ! Elle était maîtresse de sa propre vie !

Toutefois, au milieu de son euphorie, une pensée la tracassait. Pourrait-elle vivre sous le même toit que Gabe sans finir dans son lit ?

- 4 -

Le lendemain, Gabe essaya en vain de rester concentré sur ses affaires. Il ne cessait de penser à Meg, obsédé par le souvenir du moment où elle s'était brusquement installée sur ses genoux et l'avait embrassé. Un baiser dévastateur.

Parfois, il ne résistait pas au plaisir de la taquiner parce que c'était drôle et qu'il savait que ça l'agaçait. Mais, à sa façon, elle le provoquait également. Ne l'avait-elle pas embrassé à lui faire perdre la tête ?

Comment parvenait-elle à ce résultat ?

Il ne savait qu'une chose, il la désirait comme un fou. Cependant, chaque fois qu'il formulait cette pensée, la voix de sa conscience s'élevait. Elle était son amie d'enfance, et avait une totale confiance en lui. Elle était venue lui demander de l'aider, pas de la séduire.

Il n'en avait pas le droit.

— Bon sang ! s'écria-t-il, exaspéré.

Dès l'instant où elle lui avait exposé son plan, il avait su que cette histoire de prétendues fiançailles allait lui attirer des ennuis. Et ses ennuis ne feraient que croître parce que ce week-end elle était censée emménager chez lui.

Il redoutait ce moment. Puisqu'il avait accepté de l'aider, il ne reprendrait pas sa parole, même si cette décision lui compliquait davantage la vie de jour en jour. Seulement, s'il n'y prenait pas garde, cette parodie de fiançailles pourrait bien se muer en une réalité à laquelle il n'était pas du tout prêt.

— Bon sang ! répéta-t-il en secouant la tête.

Il attendait avec impatience la soirée de samedi au country-club où les parents de Justin et ceux de Meg seraient présents. Il serait soulagé quand elle se terminerait parce qu'elle mettrait fin au rêve de mariage de convenance de Justin. Le pauvre semblait ignorer que Meg n'était pas femme à se laisser corrompre pour se lancer dans un mariage sans amour.

Il saisit son chapeau et sortit. Il était grand temps d'aller avec ses hommes changer les bêtes de prés.

Le vendredi, Meg quitta tôt le travail pour acheter une robe et des chaussures pour le grand dîner dansant du lendemain. Elle dénicha un fourreau de crêpe noir, profondément décolleté en V, dont la jupe tombant jusqu'aux chevilles était largement fendue sur un côté, ainsi qu'une paire de chaussures noires à talons aiguilles.

Le samedi, elle se rendit au salon de beauté. Cela lui prit du temps, mais ce soir-là, en se contemplant dans son miroir en attendant Gabe, elle n'en crut pas ses yeux.

Elle tourna sur elle-même en souriant. Elle avait du mal à se reconnaître et espérait que Gabe, quant à lui, ne la reconnaîtrait pas du tout.

Gabe appuya sur le bouton de la sonnette de Meg et, en attendant qu'elle lui ouvre, s'adressa quelques paroles d'encouragement. Ce matin, entre le moment où il avait nourri le bétail et celui où il avait réparé une clôture, il avait pris conscience d'une chose. Meg n'était que Meg, l'amie d'enfance qu'il avait l'intention d'aider à sortir d'une situation délicate avant de continuer son chemin. Ces dernières années, ils s'étaient vus rarement. Elle avait en quelque sorte disparu de sa vie, et c'était ce qui la rendait si attirante, et non ses baisers brûlants. Elle était pleine de vie, drôle, normal qu'il soit heureux de la retrouver. Mais ce n'était qu'une situation temporaire. L'affaire de quelques semaines.

Réconforté par ces bonnes pensées, il appuya avec plus d'énergie sur la sonnette. Que fabriquait donc Meg ?

La porte s'ouvrit et, un instant, il crut s'être trompé d'adresse. Il regarda la superbe blonde dont les cheveux soyeux tombaient en vagues sur les épaules. Elle portait une robe noire faisant ressortir sa peau laiteuse et sa chevelure blonde tandis que le profond décolleté révélait des formes généreuses. Elle avait une taille fine et de longues jambes mises en valeur par des chaussures à talons aiguilles.

— Désolé…

Il s'interrompit et regarda de plus près la femme qui se tenait devant lui, tandis que son pouls s'affolait.

— Meg ? balbutia-t-il.

Elle eut un sourire qui éclaira un visage impeccablement maquillé.

— Entre donc, Gabe.

Lui prenant le bras, elle l'attira à l'intérieur. Il la suivit sans un mot, incapable de détourner le regard.

— Ton smoking te va à merveille, dit-elle. Tu es d'une élégance folle.

Il ne réussit toujours pas à articuler une parole.

— À ton expression, j'ai l'impression que tu apprécies ce que tu vois, dit-elle, l'air amusé. Je me trompe ?

Comme il ne répondait pas, elle entra dans la salle de séjour.

Il la suivit, captivé par le léger balancement de ses hanches, et la vision d'une longue jambe par la fente de la jupe. Il respira un parfum enivrant, un parfum différent de celui qu'elle portait depuis toujours.

Finalement, sortant peu à peu de sa stupeur, il tenta de rassembler ses esprits.

Quand elle passa devant lui, il lui saisit le bras et la fit pivoter. Puis il posa les mains sur ses hanches, et la sensation de ses formes voluptueuses à travers le tissu soyeux de sa robe renforça son impression d'avoir affaire à une inconnue.

— Tu es superbe, dit-il d'une voix rauque. Si belle, si élégante.

— Merci. Je suis heureuse que tu aies constaté le changement et que cela te plaise.

— Il faudrait être aveugle pour ne pas le remarquer ou l'apprécier ! Tu me coupes le souffle.

Soudain, il se sentit aspiré vers des sables mouvants de complications. Il ne s'était pas attendu à sortir avec une blonde sensationnelle, capable d'allumer chez lui un feu dévorant. Ces fausses fiançailles allaient exiger de lui une volonté surhumaine. Ce soir, il n'avait aucune envie de l'emmener dîner, il ne songeait qu'à lui faire l'amour.

Il se força à respirer calmement.

— Voyons, ma petite, les hommes célibataires vont se jeter sur toi, ce soir.

Elle rit doucement. Mais d'où sortait-elle ce rire envoûtant ?

Elle s'était si totalement métamorphosée que, l'espace d'un instant, il se demanda si une autre n'essayait tout de même pas de se faire passer pour elle.

— Es-tu vraiment Meg ? ne put-il s'empêcher de lancer.

— Bien sûr !

Et il eut l'impression d'entrevoir là, dans son sourire, quelque chose de l'ancienne Meg.

— Je peux te l'assurer, quand Justin te verra ce soir, entre nous, ce sera la guerre.

Il vit son sourire s'évanouir et l'inquiétude assombrir

ses yeux aux cils chargés de mascara. Ainsi maquillée, on aurait dit qu'elle sortait des coulisses d'un film.

Mais elle se ressaisit vite.

— Si tu t'inquiètes pour la réaction de Justin, je trouverai quelqu'un d'autre pour m'accompagner. Je dois bien avoir quelques amis hommes.

— Je parie que oui, mais non. Je t'emmène, Meg. Je crains juste que ta métamorphose n'affermisse la détermination de Justin de t'épouser. Quand il te verra, il ne s'agira plus d'un mariage de convenance !

— Tu es gentil. J'ai deux gros sacs et un bagage à main. Un sac pour le ranch et un pour ta maison de Dallas. Je rentre toujours avec toi ce soir, n'est-ce pas ? demanda-t-elle avec une feinte innocence.

— Absolument !

La perspective le fit frémir. Comment résisterait-il à cette enchanteresse une fois qu'ils seraient seuls ?

— Dans ce cas, emportons mes bagages.

— Bien sûr.

Cependant, il demeurait immobile, perdu dans ses pensées.

— Gabe, mes sacs ! dit-elle en riant.

— Euh… oui. Je les dépose dans la voiture et nous y allons. À moins que tu ne me permettes de t'embrasser une ou deux fois d'abord.

Elle secoua la tête en riant.

— Pas pour tout l'or du monde ! Tu abîmerais mon maquillage et probablement ma robe. Allons tout de suite au club.

— Je vais avoir du mal à détourner le regard le temps du trajct. Tu es vraiment sublime.

— Merci.

Se moquait-elle ? En réalité, ça n'avait pas d'importance. Alors qu'il avait tant de mal à s'arracher à sa contemplation, il se demandait pour la millième fois comment il avait pu la côtoyer toute sa vie sans ressentir les effets de son charme.

Il ramassa ses sacs.

— Allons-y, dit-il.

En franchissant la porte, elle se rembrunit.

— Tu as pris ta voiture de sport ?

— La moitié de la population de cette ville bave de jalousie devant cette voiture, et toi, tu voudrais rouler en pick-up ?

— Depuis la mort de Hank, j'ai une sainte horreur de la vitesse. S'il te plaît, respecte les limitations…

— Bien sûr. Je te promets de rouler sagement. Pas question d'avoir une passagère toute blême. Tu n'étais pas si peureuse avant.

— Avant, j'avais Hank.

— Désolé, Meg.

Il posa une main sur son épaule et la serra légèrement.

— Il me manque beaucoup, tu sais. Mais il n'était pas aussi casse-cou que tu le crois.

— Si, il l'était. Tu ne te rends pas compte parce que tu es pareil.

— Allons-nous nous disputer dès maintenant ?

Elle lui adressa un lumineux sourire.

— Pas du tout. Je suis impatiente de monter dans ton carrosse, mon beau prince.

— Ce prince a très envie d'être à la fin de la soirée pour embrasser la princesse.

— Je vais essayer de ne pas te décevoir.

— Je parierais jusqu'à mon dernier centime que tu ne me décevras pas du tout.

— Nous verrons.

Il fixait ses lèvres pleines, d'un rouge stupéfiant. Elle avait de beaux yeux, d'accord, mais sa bouche était pure tentation. Bon sang ! Il s'échauffait d'instant en instant.

— Je suis prêt à rentrer tout de suite pour obtenir quelques baisers.

— Certainement pas ! riposta-t-elle, un peu choquée. Je veux que Justin et ma famille nous voient.

— Bien sûr. Et je baverai devant toi toute la soirée.

— Franchement, j'espère que non.

Ils éclatèrent tous deux de rire.

Sur le trajet, il s'efforça de conduire raisonnablement, maintenant sa vitesse au-dessous de la limite autorisée et restant attentif à sa conduite, même s'il était tenté de la contempler. Comment un peu de maquillage et une séance chez le coiffeur pouvaient-ils transformer aussi radicalement une femme ? D'accord, il y avait aussi la robe. Il ne l'avait jamais vue dans une tenue aussi provocante.

— Tes parents et ceux de Justin viennent toujours, n'est-ce pas ?

— Oui. Et également tous mes grands-parents. Justin ayant réservé une table avec des amis, il devra expliquer pourquoi je ne suis pas avec lui, ce qui est une excellente chose. Tu sais qu'il fait partie de la liste des vingt célibataires les plus convoités de la région. Toi aussi d'ailleurs.

Il haussa les épaules.

— Je ne sais vraiment pas pourquoi j'apparais sur cette liste. Je suis un cow-boy et je me moque bien de leurs histoires de country-clubs. Je n'appartiens à celui-ci qu'en raison de ma famille, et parce que c'est pratique quelquefois puisqu'il est situé non loin de chez moi. Je ne devrais pas figurer sur cette fichue liste !

— Bien sûr que si, dit-elle d'une voix sensuelle en posant une main sur son genou. Tu es un homme merveilleux. Si beau, si séduisant.

Sachant qu'elle se moquait, il lui jeta un coup d'œil et sourit. Ensuite, il eut un peu de mal à concentrer son attention sur la route. Trois jours plus tôt, il aurait ri à sa réflexion et serait passé à autre chose. Aujourd'hui, le moindre de ses compliments, même ironique, embrasait son sang. Elle s'exprimait comme la bonne vieille Meg, mais ne lui ressemblait pas du tout, et cela faisait une énorme différence.

— Nous nous assiérons avec les miens, dit-il. Enfin, bien sûr, pas avec mes parents. Mon père vit loin d'ici et ma mère passe quelques jours avec des amis. Nous serons avec Blake, mon demi-frère, et sa femme Sierra. Et puis mon frère Cade et sa femme Erin.

— Je ne connais pas bien Blake. Il n'était pas là quand nous nous voyions beaucoup.

— Mon demi-frère et moi avons des mères différentes et celles-ci ne s'entendent pas. Cade et Blake sont devenus amis au lycée et Cade l'a attiré dans la famille, du moins en ce qui concerne la fratrie.

— Je n'ai jamais rencontré la femme de Blake.

— Elle est géniale, tu verras. Tout comme Erin. Quand Nathan et sa femme se sont tués dans l'accident de voiture, Cade est devenu tuteur de leur petite Amelia, un amour.

Cade s'était rapproché aux heures sombres où un chauffard ivre avait dévasté leur famille, et il avait beaucoup de respect pour lui.

— Blake et Sierra ont également une petite fille, expliqua-t-il. Emily, née en janvier. Les enfants ne seront pas là ce soir, mais tu feras bientôt leur connaissance.

Jetant un regard dans sa direction, il s'aperçut qu'une grande tristesse assombrissait son visage. Sans aucun doute, l'évocation de son frère disparu la ramenait à sa propre perte.

Il changea rapidement de sujet.

— Je ne me tiens plus d'impatience à l'idée de la tête que vont faire tes parents en nous voyant ensemble.

— Je suis passée chez eux avant de me préparer. Ils savent déjà que je suis devenue blonde et que je me rends à la soirée avec toi.

Il eut un rire moqueur.

— J'imagine la réception qu'ils vont me faire !

— C'est ainsi depuis que ton père a récupéré les parts du mien. Ma famille n'adresse plus la parole à un Callahan depuis des années et ce soir ne fera pas exception.

— Tu vas certainement entendre parler de Justin ce soir. Je ne serais pas surpris qu'il se montre à ta porte.

— Je ne rentre pas chez moi, tu t'en souviens ? Le fait que j'emménage chez toi devrait mettre un point final à mon histoire avec Justin.

— C'est fichu pour lui. J'espère qu'il en a conscience.

Quelques minutes plus tard, alors qu'ils arrivaient au club, il ralentit et la regarda.

— C'est ta dernière chance. Je peux encore faire demi-tour et te reconduire chez toi. Je te garantis que quand Justin te verra ce soir, il aura plus que jamais envie de t'épouser.

— Ne sois pas idiot. C'est toujours moi. Je ne suis pas si différente.

— Oh ! si, tu l'es. L'espace d'une seconde, je ne t'ai pas reconnue tout à l'heure. Je peux t'assurer que ta nouvelle apparence va complètement changer les sentiments de Justin à ton égard.

— C'est excitant à entendre. Je devrais peut-être me comporter en créature plus provocante, dit-elle, adoptant une voix aux intonations sensuelles. Ainsi, tu cesseras peut-être de me traiter en gamine. Ma nouvelle apparence a-t-elle changé tes sentiments à mon égard ?

Il gara la voiture sur le bas-côté et se tourna vers elle.

— J'essaie d'être ton ami, Meg, comme un frère pour toi. Ne m'emmène pas sur ce terrain, à moins d'être prête à en assumer les conséquences. T'embrasser a été une expérience incroyable et je ne suis pas un saint. Quand je te vois ce soir, j'oublie complètement la relation que nous avons eue jusqu'ici. Réfléchis à ce que tu cherches à provoquer, à moins que tu ne le veuilles vraiment.

Il était si proche qu'il sentait le souffle de Meg sur son visage et l'envie de l'embrasser le dévorait. Cette envie et celle de lui arracher sa sublime robe.

— Amis pour toujours, dit-elle. Je comprends. Ne t'inquiète pas, d'ici peu, je retrouverai mon ancienne apparence.

À contrecœur, il la lâcha et redémarra pour confier son véhicule au voiturier.

— Je sens déjà le vent de la liberté siffler à mes oreilles ! s'exclama-t-elle. Merci encore, Gabe.

— Garde ta reconnaissance pour ce soir, quand nous rentrerons.

Prenant une profonde inspiration, il tenta de se détendre. Tout en souhaitant revenir à leur relation habituelle, il soupçonnait que ça n'arriverait pas de sitôt. Comment oublier la femme qu'il découvrait ce soir et ses divins baisers ?

Il avait hâte que la soirée finisse. Au début, il attendait avec impatience le moment de retrouver ses frères et belles-sœurs, mais à présent il ne désirait plus qu'avoir Meg pour lui tout seul. Réaction pour le moins surprenante.

De toute façon, désormais, tout ce qui venait de Meg le déconcertait.

Il sortit de la voiture et la contourna tandis qu'un employé ouvrait la portière de Meg. Elle descendit, radieuse, superbe. Il n'arrivait pas à se distraire de sa contemplation.

Il lui prit le bras et, une fois dans le club, il la dirigea vers la salle de bal d'où s'échappaient des accords de piano. Ils n'avaient pas fait dix pas qu'ils tombaient sur Justin et sa cavalière.

Meg s'était tournée pour échanger quelques mots avec une connaissance tandis que Justin le saluait. Quand elle reporta son attention sur lui, Justin pâlit, visiblement stupéfait de la transformation. Par pure malice, il ne résista pas au plaisir de glisser un bras autour de la taille de Meg, geste qui lui valut un regard de haine et de fureur de la part de Justin.

— Si Justin avait des revolvers à la place des yeux, je serais un homme mort, chuchota-t-il quand ils s'éloignèrent.

— Je t'avais bien dit qu'on nous prendrait au sérieux. Attends que mes parents nous voient ! Surtout, garde ton bras sur ma taille.

— Je n'aime pas agir ainsi. Tes parents sont très gentils et je ne veux pas les heurter plus que nécessaire. Déjà qu'ils ne m'aiment pas.

— Ne t'inquiète pas. Ils se montreront corrects avec toi. Et avec moi aussi. Ils savent se tenir en société.

— Pour Justin, c'est une autre histoire. J'ai vu son expression.

— Attends que ce week-end soit terminé. Nous serons fiancés. Vraiment, je ne sais pas ce que je ferais sans toi.

— Garde cette idée dans ta jolie tête jusqu'à ce que nous rentrions à la maison.

Pourquoi flirtait-il avec elle alors que tous les indicateurs de danger étaient au rouge ? Elle n'était pas son type, et il ne désirait pas s'engager, ni avec elle ni avec une autre. Malheureusement, il oubliait ce principe dès qu'il posait les yeux sur elle. Il ferait pourtant mieux de s'accrocher à la sagesse comme à une bouée de sauvetage quand il l'embrasserait ce soir.

Cette seule idée lui donna des suées.

S'il lui restait un grain de bon sens, il ne l'embrasserait pas ce soir. Mais ils avaient passé un accord. Là où il devrait faire preuve de volonté, ce serait pour s'assurer qu'il n'irait pas plus loin. Il était impératif qu'il garde son sang-froid.

Il ne put retenir un petit rire. S'il s'était imaginé qu'un jour elle lui ferait perdre la tête…

Ils s'arrêtèrent à la table des parents et grands-parents de Meg. Le père de Meg et son grand-père rancher se levèrent, mais son autre grand-père resta assis.

Il tendit la main au père de Meg qui la serra, ce qui le surprit.

— Bonjour, monsieur Aldridge, madame Aldridge, ajouta-t-il en se tournant vers la mère de Meg.

Mason Aldridge serra également sa main et échangea quelques mots avec lui à propos du bétail et du cruel manque de pluie.

Quand le vieil homme se rassit, le père de Meg se pencha vers lui et dit d'une voix suffisamment basse pour que lui seul l'entende :

— Ne vous avisez pas de faire souffrir ma fille.

— Je n'en ai aucune intention, répondit-il d'un ton ferme. Elle est mon amie d'enfance.

— Mais vous êtes des adultes, désormais. Prenez garde à ne pas lui faire de mal.

— Bien sûr, monsieur.

— Nous nous verrons plus tard, dit Meg, prenant son bras et le tirant légèrement.

À vrai dire, il n'avait pas besoin d'encouragement pour s'éloigner de sa famille.

— Tu t'entends bien avec mon grand-père, fit-elle remarquer.

— Étant tous deux ranchers, nous connaissons les mêmes problèmes. En revanche, ton père m'a fortement conseillé de ne pas te faire souffrir.

— Vraiment ? Ils n'ont donc pas conscience du mal qu'ils me font en me poussant à épouser un homme que je n'aime pas ? À ce propos, tes frères sont-ils au courant de notre pacte secret ?

— Oui, et leurs épouses également. Ils ont accepté la

situation comme un service que je te rends. Cela amuse beaucoup Cade que j'accepte de me fiancer, même fictivement. Ils craignent juste que ces fiançailles même brèves ne me compliquent par la suite la vie.

Elle se rembrunit.

— Je n'avais pas pensé à l'après. Imagine que tu entretiennes une relation sérieuse et que ta compagne ne tolère pas que tu te sois fiancé une première fois…

— Ne t'inquiète pas pour ça. Je n'ai aucune intention de renoncer au célibat !

Elle lui serra légèrement le bras.

— En tout cas, je serai là si tu as besoin de moi. Je suis ton amie, n'oublie pas.

Elle faisait bien de le lui rappeler. Ce serait utile quand ils rentreraient chez lui ce soir et qu'ils se retrouveraient seuls. Il songea à l'avertissement de son père. Ce n'était pas qu'il craignait M. Aldridge ; il ne voulait tout simplement pas la blesser.

Il jeta un coup d'œil à son décolleté et à la façon dont sa robe moulait ses formes. Elle était son amie, se répéta-t-il, pas son amoureuse.

Meg aperçut les frères Callahan de loin. Quand Gabe et elle arrivèrent à leur table, ils se levèrent. Et elle surprit le regard qu'ils échangèrent en la reconnaissant.

— Eh bien, Meg, dit Cade, tu n'as plus rien de la gamine qui escaladait la clôture pour venir jouer au ballon avec nous !

— Merci, répondit-elle en riant.

— Tu te souviens peut-être d'Erin, la plus jeune sœur de Luke Dorsey, poursuivit-il en lui présentant sa femme. Erin, voici Meg Aldridge, notre voisine de Downly quand nous étions enfants.

— Nous nous connaissons, dit Meg, mais ne nous sommes pas vues depuis longtemps.

Elle sourit à Erin en même temps qu'elle ressentait la main de Gabe se poser sur son dos.

— Tu te rappelles sans doute mon frère aîné Blake, et voici sa femme Sierra, reprit-il.

Elle les salua.

Il lui tira une chaise. Dès qu'elle fut installée, les frères Callahan lui tendirent leurs smartphones pour lui faire admirer des photographies de leurs enfants. Elle vit Amalia, adoptée par Cade et Erin, puis Emily, le bébé de Sierra et Blake. Ces deux couples avaient l'air si heureux, pourquoi Gabe en revanche était-il si réfractaire à l'idée de fonder une famille ?

Évidemment, cette soirée faisait exception pour lui. Préférant occuper son temps à des festivités moins guindées, il n'y aurait certainement pas assisté si ce n'avait été pour lui rendre service. Quoi qu'il en soit, elle lui était reconnaissante de jouer le jeu. D'autant qu'elle apercevait Justin, attablé non loin de là.

Il passa un bras autour de ses épaules.

— J'aperçois un de mes amis. Tu te souviens de Marc Medina ?

— Oui, bien sûr. Je ne l'ai pas vu depuis des années.

— Il ne va pas te reconnaître. Allons le saluer.

Il se leva, lui tira sa chaise et lui prit la main pour l'entraîner entre les tables.

Les voyant approcher, Marc se leva et avança vers eux. C'était un bel homme aux larges épaules et aux épais cheveux bruns ondulés.

— Content de te voir, Gabe !

Les deux hommes se serrèrent la main.

— Bonsoir, Marc. Je me réjouis également de te voir. Tu te souviens de Megan ?

— Bon sang ! Megan. Tu es ravissante ! J'ai eu des

aperçus de tes aménagements paysagers. Tu es très douée. Aurais-tu une carte ?

Elle en tira une de son sac et la lui tendit.

— Nous devons rejoindre ma famille. Déjeunons ensemble un de ces jours, Marc. Je t'appellerai.

— Marc se débrouille bien avec son affaire de pétrole et de gaz, lui souffla-t-il alors qu'ils rejoignaient la table de ses frères. J'en suis heureux. C'est un travailleur.

— Sympathique aussi, si je m'en souviens bien.

Ils reprirent place à la table.

Pendant la soirée, il lui dévoua une attention constante et elle ne put qu'en prendre plaisir. Quand les discours et le dîner se terminèrent, l'orchestre prit le relais avec des slows. Un bras sur le dossier de sa chaise, il se pencha vers elle. Très bien. Aux yeux de n'importe quel observateur, il aurait paru qu'il ne pouvait se passer d'elle.

— Justin te dévore du regard, lui chuchota-t-il. Si je t'emmène sur la piste, en un clin d'œil il va te subtiliser à moi.

— Ça m'étonnerait ! Il aurait trop peur que je refuse et l'humilie devant tout le monde.

Elle lui sourit.

— Si Justin regarde, j'espère que j'ai l'air amoureuse.

— Ma petite, si ton regard se fait plus brûlant, je n'aurai d'autre solution que de t'emmener à l'hôtel, de l'autre côté de la rue.

Sa remarque l'emplit d'un mélange de bonheur et d'excitation.

— Tu sais, ta proposition fait vraiment palpiter mon cœur. Je veux paraître si follement amoureuse de toi que personne ne pourra avoir le moindre doute au sujet de nos fiançailles.

Resserrant son étreinte sur ses épaules, il l'attira à lui et l'embrassa au creux du cou.

Elle en eut le souffle coupé. Il était l'homme de la

situation. Charmant, drôle, séduisant en diable. Irrésistible. Au point qu'elle se demandait comment elle éviterait de tomber amoureuse de lui au cours des semaines à venir.

Cependant, pour l'instant, la vraie question était de savoir si elle parviendrait à ne pas coucher avec lui cette nuit.

- 5 -

Gabe l’avait invitée à danser un slow.

Blottie dans ses bras, elle trouvait difficile de rester sur ses gardes. Et pourtant, elle allait devoir résister à la tentation. Parce que, même s’il était beau et sexy, il n’était toujours pas son type. C’était un rebelle au style de vie aventureux, brûlant la chandelle par les deux bouts comme l’avait fait son jeune frère. De plus, les relations sérieuses ne l’intéressaient pas, le mariage encore moins. Pas question de s’éprendre de lui et d’avoir le cœur brisé quand chacun reprendrait sa route.

Et comme elle n’envisageait pas non plus d’avoir une aventure passagère avec lui, il ne lui restait plus qu’à se protéger. Ce soir était un bon moment pour commencer.

Soudain, elle le sentit se pencher vers elle.

— Tu ne crois pas que nous avons passé assez de temps à cette soirée ?

— Je suis prête à rentrer. Tout s’est passé comme je l’avais prévu, dit-elle, levant la tête et croisant le regard le plus bleu qu’elle ait jamais vu.

Son cœur se mit à tambouriner contre ses côtes. À cet instant, elle mourait d’envie qu’il pose ses lèvres sur les siennes. En même temps, l’idée semblait totalement déraisonnable. Il ne se contenterait pas de baisers et se donner à lui serait la porte ouverte au chagrin d’amour.

Souhaite-lui bonne nuit et rentre chez toi.

Pourtant, au lieu d’écouter les conseils de cette petite

voix, elle allait rentrer chez Gabe, avec lui. Où était passée sa volonté ? Elle ne parvenait même plus à détourner le regard.

Elle avait l'impression d'être victime d'un sortilège. Comment Gabe, son ami, pouvait-il produire cet effet sur elle ? D'où venait ce désir insensé ? Réussirait-elle à le gérer ou ferait-elle mieux d'annuler leurs fausses fiançailles ?

Elle n'annulerait pas si près du but. Non, il faudrait lui résister, voilà tout, si difficile cela soit-il.

Gabe conduisait et le silence s'était installé dans la voiture. Meg regardait son profil, heureuse. Elle n'en revenait pas de s'être libérée de Justin.

— Merci, dit-elle au bout d'un long moment. Ça s'est passé encore mieux que je n'espérais. Justin a reçu le message, ainsi que la famille. Il n'est pas très content, mais il s'y fera et trouvera quelqu'un qui conviendra aussi bien que moi à ses parents. Mes parents ne sont pas leurs seuls amis ayant une fille !

— Que vos parents soient amis ne suffit pas pour vous marier.

— Entièrement d'accord. Seulement, impossible de faire entrer ça dans le crâne de nos parents. Et puis le père de Justin l'a ébloui en lui proposant tous ces avantages financiers. Bien, à présent, plus question de mariage ! Avec Justin, du moins. Tu as été parfait ! On nous croira sans problème quand nous annoncerons nos fiançailles. De plus, je me suis bien amusée.

— Tant mieux. Moi aussi, j'ai passé un bon moment avec toi. D'ordinaire, j'évite comme la peste ce genre d'événement, mais ça n'a pas été la soirée guindée et ennuyeuse que je redoutais. Peut-être parce que j'avais une fille ravissante à mon bras…

Elle lui tapota le genou.

— Merci, mais nous sommes seuls. Tu n'as pas besoin de te forcer.

— Je suis sincère. Tu es superbe ce soir. Crois-moi, si je ne t'avais pas accompagnée, tu aurais plein de prétendants, surtout maintenant que le bruit court que tu n'es plus avec Justin.

— Je me moque des prétendants. Tout ce que je veux, c'est être libre et vivre ma vie comme je l'entends.

— Tu es bien près d'y arriver.

— Grâce à toi.

— Attends que nous soyons à la maison pour me manifester ta gratitude.

— J'y compte bien. Enfin, jusqu'à un certain point, ajouta-t-elle en riant.

Il lui adressa un sourire avant de se concentrer sur sa conduite. Elle avait l'impression d'être débarrassée d'un énorme poids. Bien sûr, elle regrettait d'avoir heurté ses parents et Justin, mais ils surmonteraient cela, et il lui était impossible d'envisager une existence aux côtés d'un homme qu'elle n'aimerait pas d'amour.

Elle regarda Gabe et oublia les désagréments causés à Justin et aux siens. Elle avait passé une merveilleuse soirée avec lui, ses frères et leurs épouses. Toutefois, c'était lui qui faisait battre son cœur. Elle rentrait chez lui. Toute la journée, elle s'était mise en garde contre le danger de tomber amoureuse de lui, une éventualité qui lui aurait paru ridicule il y avait encore quelques jours.

Il ralentit et ils pénétrèrent dans un quartier résidentiel sécurisé aux rues bordées d'arbres et de lampadaires ornementaux, puis il s'arrêta devant une très belle maison.

— On dirait un palais !

À travers une haute grille de fer forgé, elle aperçut une vaste demeure à deux étages, aux fenêtres illuminées, et un jardin soigneusement entretenu, planté de chênes et d'érables qui devaient dispenser une ombre bienfaisante par les grosses chaleurs. Sur la pelouse devant la maison, une fontaine éclairée projetait une gerbe d'eau argentée dans un bassin couvert de nénuphars en fleur.

— Je t'imagine encore au domicile de tes parents quand nous étions enfants, reprit-elle.

— Je n'y vis plus depuis mon départ pour la fac.

Après s'être garé, il vint lui ouvrit sa portière.

— Viens visiter ma demeure, et si tu veux, demain, nous irons au ranch.

Il la guida à l'intérieur.

— Allons nous servir quelque chose à boire. Nous pouvons nous installer dans la salle de séjour ou le patio. La nuit est si belle.

— Bien sûr. Mais tout d'abord, je veux encore te remercier pour cette soirée et pour tout ce que tu as fait pour moi.

Submergée de reconnaissance pour l'ami qui avait volé à son secours, elle l'étreignit et, se soulevant sur la pointe des pieds, l'embrassa sur la joue.

Après un instant de silence, il la prit par la taille et la serra très fort contre lui tandis que sa bouche s'emparait de la sienne.

Elle avait cru ne pas prendre un grand risque en l'embrassant. Grave erreur. Dès que ses lèvres s'étaient posées sur les siennes, elle avait cessé de réfléchir. Plus rien, plus personne ne comptait que celui qui la tenait serrée si étroitement, qui emmêlait ses doigts dans ses longs cheveux et l'embrassait passionnément.

Ses bonnes résolutions se dispersèrent comme fumée au vent. Elle souhaitait juste que leur baiser se prolonge indéfiniment.

Elle glissa une main sous la veste de Gabe pour l'écarter. D'un geste des épaules, il la fit glisser à terre.

Son élégante chemise était douce au toucher, tiède de la chaleur de son corps. Elle entreprit de la déboutonner.

— J'ai envie de toucher ta peau nue, déclara-t-elle, mais je ne coucherai pas avec toi.

— À qui t'adresses-tu ? demanda-t-il en déposant de petits baisers sur son oreille, sa nuque, ses lèvres.

Petits baisers qui éveillaient son désir au-delà de tout ce qu'elle avait connu jusqu'ici.

— Je parle à tous les deux. Je t'accorde juste des baisers de gratitude.

— Tu pourrais avoir à me le rappeler, murmura-t-il avant de prendre possession de sa bouche.

Une flamme dévorante balaya toute pensée cohérente, elle n'était plus capable de se maîtriser.

Glissant une main sous la chemise ouverte, elle descendit vers la taille étroite et détacha sa large ceinture.

S'écartant légèrement, elle le regarda.

— Tu me fais perdre toute prudence et tout bon sens.

— Je l'espère bien.

Et, d'un baiser, il chassa toutes ses interrogations.

Elle ne sentit pas les mains de Gabe dans son dos, eut juste la sensation qu'il ouvrait la fermeture Éclair de sa robe. Combien de temps s'embrassèrent-ils ? Elle n'en avait aucune idée. Finalement, il la souleva dans ses bras et l'emporta.

Elle n'interrompit pas leur baiser pour regarder où il l'emmenait ; ça lui était égal. Puis elle sentit qu'il s'asseyait, elle sur ses genoux, serrée dans ses bras, ses lèvres sur les siennes.

Ensuite, il écarta sa robe jusqu'à la taille et dégagea ses épaules.

Elle maintint le devant de sa robe d'une main tout en se penchant en arrière pour le regarder.

— D'où te vient cette ardeur, Meg ?

— Un instant. Tu vas trop vite et, si ça continue ainsi, dans quelques secondes notre relation changera pour toujours.

— C'est déjà fait, répliqua-t-il d'une voix assourdie. Même si nous promettions de ne plus nous toucher, nous ne redeviendrons pas les amis d'enfance que nous étions. Ce ne sera plus jamais la même chose parce que nous savons maintenant l'effet merveilleux que nous produisons l'un sur l'autre. Je suis encore sous le choc.

Elle posa un index sur ses lèvres.

— Chut ! Nous ne pouvons peut-être pas revenir en arrière, mais nous ne sommes pas obligés d'aller plus loin. Nous sommes trop différents, et…

— Ma petite, nous sommes faits l'un pour l'autre dans le meilleur des sens qui soient, riposta-t-il en embrassant son épaule nue. Je ne sais même pas ce qui est le plus stupéfiant, de t'embrasser ou de te regarder.

Elle remit sa robe en place et se laissa glisser de ses genoux. Puis elle se contorsionna pour atteindre la fermeture dans son dos. Il se leva et entreprit de la remonter tout doucement, posant de petits baisers sur la peau encore nue. Pour terminer, il souleva ses cheveux et embrassa sa nuque.

— Tu es superbe.

— Merci.

Elle se retourna et recula.

— Tu sais, Gabe, j'essaie de me montrer raisonnable et de te résister. Je n'ai pas l'habitude de m'offrir des aventures, ce qui fait une différence de taille entre nous. Et puis, même si tu étais sérieux, je ne m'habituerais jamais à ton existence débridée.

— Tu parles déjà mariage alors que nous n'avons fait qu'échanger quelques baisers.

Il lui sourit.

— Je vais te faire visiter la maison, reprit-il, et puis nous boirons un verre en bavardant. Et après tu pourras aller te coucher. Toute seule. Qu'en penses-tu ?

— Excellente idée.

Elle espérait que ses remarques le feraient réfléchir au fossé qui les séparait.

— Tu comprends, ajouta-t-elle, je n'ai pas envie de passer d'un problème à un autre.

— Je sais.

Sous son regard intense, elle se demanda ce qu'il pensait vraiment.

— Très bien. Maintenant, montre-moi la maison. Nous ne sommes pas allés plus loin que la porte de derrière !

— Cette pièce mène au hall avec la cuisine principale et une salle à manger toute simple, expliqua-t-il en ouvrant le chemin.

Il s'arrêta au milieu de la cuisine pour lui préciser où se trouvaient les objets. Malheureusement, elle n'entendait pas un mot de ce qu'il disait, perdue dans la contemplation de son torse musclé.

— Il vaudrait mieux que tu me montres ma chambre et que nous nous souhaitions bonne nuit.

En quelques pas, il était près d'elle et l'enlaçait.

— C'est ridicule, Meg. Nous pouvons très bien nous embrasser et rester amis. Détends-toi. Tu fais une montagne d'une taupinière.

Il la prit par le bras.

— Viens voir ta chambre. Mais ensuite nous redescendrons prendre un verre.

— Je préférerais m'enfermer dans ma chambre et ne plus te revoir de la soirée.

Il secoua la tête.

— Pas question ! Puisque tu veux de prétendues fiançailles, nous devons mettre des choses au point et organiser notre emploi du temps. À moins que tu ne veuilles tout annuler.

Elle soutint son regard, le cœur battant follement. Puis fit non de la tête.

— Je n'annulerai pas. Nous avons déjà bien avancé et j'entrevois la liberté. T'embrasser est peut-être un problème, mais il n'a rien à voir avec le fait de passer une vie entière avec un homme que je n'aime pas.

Elle se dirigea vers le couloir.

— Tu as raison. Nous reviendrons discuter stratégie avant de nous souhaiter une bonne nuit. Et j'irai me coucher, seule. D'accord ?

— C'est un bon plan.

Il s'empara de ses sacs et ils empruntèrent un vaste escalier en colimaçon muni d'une rampe en fer forgé. Il donnait vue sur le hall d'entrée et son énorme lustre de cristal. Des tableaux modernes ornaient les murs, ainsi que des miroirs, et palmiers et autres plantes tropicales en pots égayaient l'espace.

À l'étage, il la guida jusqu'à une chambre dont les meubles de style contemporain aux lignes simples se mariaient parfaitement aux tons blancs et taupe du décor. C'est une belle pièce, dit-elle.

Il avait vraiment du goût et une maison superbe qui lui plaisait énormément. Cependant, ce n'était pas tant le décor qui l'intéressait que Gabe qui s'affairait, installant ses bagages dans un vaste dressing adjacent, ouvrant les portes-fenêtres donnant sur une terrasse.

Gabe, son meilleur ami qui suscitait en elle de trop troublantes émotions.

Elle poussa un soupir tandis qu'il revenait vers elle.

— Tu veux défaire tes bagages et te rafraîchir, ou bien es-tu prête à discuter de notre projet devant un verre ?

— Nous verrons ça plus tard.

Il posa les mains sur ses épaules et joua avec des mèches de ses cheveux.

— Non. Il faut que nous décidions de la suite à donner aux événements.

Le cœur battant, elle fixa ses yeux si bleus.

— Je sais que nous avons des décisions à prendre…

Cependant, son regard dérivant vers sa bouche, elle se trouva dans l'incapacité de poursuivre. Elle reprit son souffle, essayant de se ressaisir.

— Je n'arrive pas à me retrouver près de toi sans avoir envie de t'embrasser. Depuis notre premier baiser, plus rien n'est simple.

Elle sentit ses mains glisser sur ses hanches.

— Non, ce n'est pas simple. Je n'imaginais pas une telle alchimie entre nous. Mais quand je te demande si tu veux mettre fin à notre petite comédie, chaque fois, tu me réponds que non.

— Je ne veux pas. Tout le monde est persuadé que nous sortons ensemble. Ainsi, Justin n'a pas fait sa demande publique. Heureusement pour lui car je n'aurais accepté à aucun prix et je frémis en pensant à l'affront qu'il aurait subi. Je crois vraiment qu'il faut poursuivre et nous fiancer ce week-end. J'ai annoncé à Justin que c'était terminé, mais nos fiançailles enverront un message fort, non seulement à lui, mais également à ses parents et à ma famille. Je peux me fiancer avec toi, Gabe. Je peux sortir avec toi quelques soirs cette semaine et puis te dire adieu. Est-ce trop pour toi ?

— Voyons, Meg, je t'emmènerai avec plaisir tous les soirs de la semaine où tu veux. Mais quand la comédie sera finie, il se peut que j'aie envie de continuer à sortir avec toi.

Elle secoua la tête.

— Non, non, tu n'en auras pas envie, et moi non plus ! Nous sommes amis, et c'est tout. Je t'ai déjà expliqué que ton style de vie ne me convenait pas et je sais que tu n'y renonceras pas. Et puis, je suis incapable d'avoir une histoire éphémère, et tu refuses de t'engager. Je crois que ça résume tout entre nous. Nous n'avons pas d'autre solution que de prendre des chemins séparés et d'oublier que nous nous sommes jamais embrassés.

Elle plongea son regard dans le bleu insondable de ses yeux et soudain son discours lui parut creux, ses mots sans signification. Qu'ajouter avec ce cœur qui battait si violemment dans sa poitrine ?

Il repoussa ses cheveux et prit son visage dans ses mains, la réduisant au silence.

— Tu voudrais que j'oublie que nous nous sommes embrassés ? Voyons, Meg, devrais-je vivre cent ans que je me souviendrais de chaque baiser que nous avons échangé. Il y a une telle attirance entre nous, elle m'embrase dès que je suis avec toi.

Au fil de son discours, sa voix avait perdu peu à peu intensité, était devenue plus sensuelle. Elle frémit sous son regard ardent. Lui résister devenait une épreuve chaque fois plus pénible.

— Dis-moi, Gabe, comment est-ce arrivé ?

— Je n'en sais fichtre rien ! Mais c'est trop beau, trop puissant pour être ignoré.

Elle le contempla, s'attardant sur ses épais cheveux bruns dans lesquels elle rêvait d'emmêler ses doigts. Puis son regard descendit vers ses lèvres pleines, si tentantes.

Sa petite voix intérieure ne cessait de la mettre en garde. Elle ne devait pas tomber sous son charme. Ils n'avaient pas d'avenir commun et elle risquait de beaucoup souffrir. Il ne fallait pas l'embrasser.

Et pourtant, il y avait son cœur… qui frémissait pour lui.

— Oh ! Gabe, c'est épouvantable, murmura-t-elle alors qu'il se penchait pour l'embrasser.

Sa bouche était exigeante, passionnée.

Elle eut la sensation que l'univers se mettait à tourner et, ressentant une sensation de chute vertigineuse, elle se raccrocha à lui. Elle voulait son corps solide contre le sien, ses bras forts l'écrasant contre lui tandis qu'il l'embrassait passionnément. Aucun homme n'avait attisé son désir comme lui. Comment une telle chose pouvait-elle se produire ? Ils étaient amis, et il n'y avait jamais eu aucune ambiguïté dans leur relation. Jamais jusqu'ici ils n'avaient ressenti cette attirance irrésistible qui menaçait de bouleverser son univers.

Accrochée à lui, consciente de sa force, son sexe en érection pressé contre elle, elle lui rendit avec fièvre son baiser.

Il lui caressa le dos, les fesses, et descendit la fermeture Éclair de sa robe afin de dégager ses épaules. En quelques secondes, son soutien-gorge disparut, et il caressa ses seins nus, ses pouces tournant autour des pointes dressées. Elle gémit de plaisir.

— Il faut arrêter ça…, réussit-elle à murmurer.

Elle n'en avait aucune envie, mais sa petite voix intérieure se faisait de plus en plus insistante, la forçant à réfléchir à l'avenir et à la souffrance qui l'attendait.

Tout en continuant de caresser ses seins, il recula légèrement.

— Tu es belle, dit-il d'une voix rauque. Ma chérie, tu es si belle.

Elle se laissa faire encore quelques secondes avant de lui saisir les poignets en secouant la tête.

— Je ne peux pas faire ça ! s'écria-t-elle. Je tomberais amoureuse de toi et je souffrirais !

En se contorsionnant, elle réussit à remettre son soutien-gorge en place et remonta sa robe.

Il la regardait faire, apparemment aussi bouleversé qu'elle.

— Il faut que nous parlions, dit-il. Je vais m'asseoir

loin de toi et te laisser te ressaisir. Allons prendre une boisson fraîche, tout ce que tu voudras. Nous ne nous embrasserons plus à moins que tu n'en manifestes le désir. Viens. Retournons en bas.

— Je te rejoins dans un instant. Je vais enfiler un jean et un T-shirt. Comme ça, tu retrouveras peut-être la bonne vieille Meg.

— D'accord, je t'y attends.

Il lui prit le menton entre le pouce et l'index.

— Mais sache, mon chou, que tu pourras descendre couverte d'un sac à patates, plus jamais je ne te verrai comme avant que nous nous embrassions.

— Tu dois essayer, dit-elle d'un ton sévère.

— Je t'attends en bas, après une douche froide, histoire de me calmer. J'essaierai d'arrêter de penser à toi changeant de vêtements, à moins que tu préfères que je reste pour t'aider avec la fermeture Éclair.

— Je me débrouillerai très bien toute seule ! s'écria-t-elle, furieuse. N'as-tu pas compris le message ?

Jusqu'à ce que, l'entendant rire en se retirant, elle comprenne qu'il la taquinait une fois de plus.

Elle alla fermer la porte de peur de le voir réapparaître et laissa échapper un long soupir.

Par quel miracle réussirait-elle à vivre dans la maison de cet homme qu'elle désirait, à feindre de l'aimer en public et à éviter de tomber amoureuse de lui ?

- 6 -

Après avoir pris une douche et être redescendu, Gabe priait pour que ses ardeurs se calment. Depuis que Meg lui avait ouvert la porte ce soir, il était subjugué et brûlait d'envie de lui faire l'amour la nuit durant.

Pourquoi n'avait-il pas remarqué plus tôt son charme sensuel ? Bien sûr, sa séance chez le coiffeur comptait pour beaucoup dans sa métamorphose, ainsi que le maquillage, mais, tout de même, il aurait dû être capable de découvrir au-delà de ces détails sa beauté naturelle et son pouvoir de séduction.

Sans doute, la connaissant depuis longtemps, ne la regardait-il plus vraiment. À présent, il n'était pas près de cesser de la contempler. Blonde ou châtain, bandeau retenant ses cheveux ou longues vagues sensuelles encadrant son visage, maquillée ou pas, il la verrait désormais sous les traits d'une femme très séduisante.

Entre toutes les femmes de son entourage, pourquoi fallait-il que ce soit elle qui fasse battre son cœur ? Elle lui rappelait constamment qu'ils n'étaient pas faits pour s'entendre. Un euphémisme. Par bien des côtés, elle n'était pas une femme pour lui. Et un de ces côtés, et non le moindre, était que sa famille le détestait, le confondant dans une même rancœur avec son père sans lui laisser la moindre chance de prouver qu'il était différent.

En même temps, elle, c'était la femme la plus désirable qu'il connaissait, et cela lui faisait peur.

Bon sang, Meg ! Pourquoi es-tu réapparue dans ma vie tel un cyclone balayant tout sur son passage ?

La petite voisine, l'amie de toujours sur qui il pouvait compter, la douce Meg à qui il confiait ses déceptions et ses rêves les plus secrets était celle qui l'éblouissait par sa beauté et embrasait ses sens.

C'était une belle femme aux cheveux soyeux, aux grands yeux bruns frangés de longs cils, au corps à damner un saint. Comment serait-elle au lit ? Rien que d'y penser, son corps s'embrasait. Comment pouvait-elle produire cet effet sur lui rien qu'en changeant d'apparence et en lui accordant quelques baisers ?

Bien sûr, ils avaient été les plus excitants de sa vie. Si seulement il avait su au lycée quelle bombe c'était ! Mais non. Mieux valait qu'il l'ait ignoré. À l'époque, il aurait été incapable de poser une main sur elle. Le père et les frères aînés de Meg auraient su l'en dissuader. De toute façon, il n'aurait pas pu vivre avec sa conscience.

Mais, à présent, il avait affaire à une femme adulte, capable de décider pour elle. Le scénario qui l'avait ramenée dans sa vie était le fruit de ses propres décisions. Elle aimait l'embrasser tout autant qu'il aimait l'embrasser et, tout en n'appréciant pas sa façon de vivre et son manque de sérieux, elle avait bien du mal à lui résister.

Devrait-il affronter sa conscience s'il la séduisait ? Il y réfléchit, se remémorant les moments passés avec elle et se répétant qu'elle était adulte et responsable. Si elle couchait avec lui, ce serait parce qu'elle en avait envie. Elle était suffisamment mature pour faire ses choix, sinon elle ne lui aurait pas proposé cet arrangement entre eux.

Quand il avait manifesté son désir d'aller plus loin, elle ne l'avait pas vraiment repoussé. Elle l'avait même embrassé avec ardeur. Ce n'était pas la réaction d'une femme qui n'envisageait pas de coucher avec vous.

Un peu réconforté, il s'abandonna avec moins d'appréhension à la perspective d'avoir Meg à la maison. Il se sentait même plus confiant vis-à-vis de leurs prétendues fiançailles qui l'avaient tout d'abord contrarié parce qu'il n'aimait pas duper les gens et doutait de réussir à les convaincre qu'ils avaient l'intention de se marier.

Comment les parents de Meg réagiraient-ils en apprenant qu'ils devaient voir en lui un futur gendre ? Enfant, quand le père de Meg et le sien travaillaient encore ensemble, il aimait passer du temps chez les Aldridge parce que c'étaient des personnes affectueuses. Ce qui n'était pas le cas de ses parents. Et fréquenter une famille aimante avait été pour lui une révélation.

Surtout, il ne pensait pas du tout que les gens puissent croire qu'ils étaient tombés si vite amoureux l'un de l'autre. Mais cela, c'était avant ce soir, quand l'étincelle de leurs premiers baisers s'était muée en feu d'artifice. Le pouvoir de séduction de Meg…

Il se la rappela s'approchant, glissant une jambe par-dessus les siennes et s'asseyant à califourchon sur ses genoux, puis le défiant en lui donnant un baiser torride. Et le souvenir l'embrasa.

L'idée qu'elle soit sans doute fantastique au lit le stupéfiait encore. Surmonterait-il jamais le choc de devoir passer de la vision d'une gamine sympathique à celle d'une femme désirable ? Une femme qu'il rêvait de séduire.

Pour le moment, tranquille dans la maison silencieuse, après une excellente soirée avec la plus belle femme du comté et un délicieux dîner avec les siens, il devrait être détendu et heureux. Eh bien, pas du tout. Il était tout au contraire tendu vers un but unique : posséder Meg.

Et si elle refusait de faire l'amour avec lui, exigeait qu'il adopte une conduite honorable et reste l'ami intime qu'il avait toujours été ?

Il avait l'impression de tourner en boucle. Elle avait

fait de sa vie un chaos. Il n'arrivait même plus à aligner deux pensées sensées.

II allait chercher une bière au bar quand il entendit Meg descendre. Son pouls s'accéléra et la fébrilité s'empara de lui.

Elle passa la porte et dès qu'il la vit ses bonnes résolutions furent balayées comme fétus de paille. Il sourit en la voyant approcher, se la remémora avec sa robe baissée sur la taille, le soutien-gorge de dentelle écarté, ses seins généreux dans ses paumes.

Elle portait un T-shirt bleu trop grand, un jean moulant et des mocassins de cuir, sa blondeur lui conférant un charme nouveau, le maquillage dont elle ne s'était pas débarrassée mettant en valeur ses grands yeux bruns. Devant ce charmant spectacle, il fut repris par l'envie de l'étreindre et de l'embrasser.

— Même en tenue ordinaire, tu gardes une allure folle, dit-il, totalement sincère. Je suis impatient de sortir avec toi demain. J'aurais dû te le demander depuis longtemps.

— Ne te force donc pas ! Je sais que tu n'as pas vraiment envie de sortir avec moi, mais c'est tout de même mignon. Tu as eu des années pour le faire, mais je ne t'intéressais pas, sur ce plan du moins. Nous n'allons pas ensemble, c'est évident.

— Nous sommes suffisamment faits l'un pour l'autre pour passer du bon temps ensemble. Mais oublions ça. Qu'aimerais-tu boire ? Je rapporterai aussi quelque chose à grignoter.

— Un verre de thé glacé. Mais rien à manger ; je n'ai pas faim.

Il l'embrassa sous l'oreille et lui prit le poignet. Son pouls battait à un rythme accéléré.

Elle le repoussa en douceur.

— Va donc chercher mon thé, cow-boy. Rappelle-toi :

il s'agit de fiançailles fictives, et, quand nous sommes seuls, tu n'as pas besoin de faire semblant.

— Je ne fais pas semblant ! riposta-t-il en la caressant du regard. Je suis encore sous le choc de la révélation.

— Je suis toujours la même, celle que tu n'as jamais cherchée jusqu'ici à embrasser, avec qui tu n'as jamais songé à danser. Maîtrise-toi donc, mon ami, parce qu'il n'y aura rien d'autre entre nous que ce simulacre de fiançailles. Quand je serai parvenue à mon but, nous nous dirons adieu et il s'écoulera sans doute encore une année avant que nos chemins se croisent de nouveau. Je ne suis pas ton type, et tu n'es pas le mien. Il me semble que ça résume suffisamment la situation.

Il contempla avec ravissement le balancement de ses hanches tandis qu'elle se dirigeait vers la cuisine. Des hanches rondes à souhait qu'il aurait volontiers empoignées et…

Bon sang ! Il fallait qu'il se débarrasse de Meg le plus vite possible. Elle avait raison ; ils n'avaient aucun avenir, et pour cette raison, malgré son attirance, elle ne lui céderait pas. En attendant que son affaire soit réglée, elle le rendrait simplement fou. Finalement, son premier sentiment de crainte quand elle lui avait demandé son aide était justifié. Cette femme allait mettre sa vie sens dessus dessous, et il avait tout intérêt à se protéger. Si jusque-là il ne s'était pas soucié d'une quelconque éventualité de tomber amoureux, ce n'était plus le cas. Il n'était pas question qu'il s'attache sentimentalement à elle, mais pourrait-il l'éviter ?

— Assieds-toi. Je m'occupe des boissons.

Bientôt, il posait sur la table un plateau avec des verres et un pichet de thé glacé. Il installa en face d'elle, une bouteille de bière fraîche à la main.

— Je me demandais, Gabe. Pourquoi ne pas se fiancer ce soir ?

Il déglutit péniblement.

— C'est un peu rapide, non ?

— Peut-être, mais nous nous connaissons depuis toujours. C'est faisable. On est en juillet, on pourrait prévoir un mariage de printemps, première semaine d'avril, par exemple. Et une croisière en voyage de noces. C'est si éloigné dans le temps que personne ne se penchera tout de suite sur la question des cadeaux. Et tout le monde sera persuadé que nous sommes amoureux puisque j'habite avec toi.

— Jusqu'en avril ?

S'il devait vivre sous le même toit qu'elle pendant des mois, il n'y résisterait pas. Ce serait ou la mettre dans son lit, ou devenir fou.

— Non, bien sûr que non ! Je ne vivrai pas chez toi jusqu'en avril. Nous avons passé un marché. Un mois, et tu en as fini avec moi. Je suis persuadée que Justin me trouvera une remplaçante en un clin d'œil et je parie que cette fois, il fera plus attention en la choisissant, car elle devra obtenir l'approbation de ses parents.

— À propos des tiens ?

— Je pense que mes parents ont déjà renoncé. Ma mère a dû comprendre ; elle raisonnera les autres. J'ai dit adieu à Justin… En réalité, c'est lui qui m'a quittée puisqu'il a dit que si je sortais avec toi tout était fini entre nous. D'une manière ou d'une autre, je suis libre !

Elle ponctua ces mots de grands gestes des bras et lui sourit.

— Suppose qu'il soit profondément blessé et ne cherche plus d'épouse, lança-t-il.

— Impossible. Il aura à cœur de prouver au monde entier que notre rupture ne signifie rien pour lui ; ce que j'espère. Je n'aimerais pas qu'il me tourne autour en attendant que je change d'avis. Non, il sera furieux et voudra montrer qu'il peut fort bien se passer de moi.

— Donc, tu voudrais que nous annoncions nos fiançailles dès demain ? Même si ce n'est pas réel, je t'avoue que ça me fiche la frousse. C'est un grand pas à franchir.

— C'est parce que nous ne sommes pas amoureux. Quand tu aimeras quelqu'un, ce sera beaucoup plus facile.

— Merci pour ces bonnes paroles, dit-il, ironique. Elles me rassurent.

Elle lui tira la langue, ce qui le fit rire.

Il réfléchit quelques instants.

— Voici ce que je te propose. Ils nous ont vus ce soir au club. Demain, c'est dimanche, et nous pouvons nous rendre à l'église. À la mienne, je ne suis pas sûr d'être aussi bien accueilli qu'à la tienne.

— Tu y seras bien reçu, sauf par mes parents.

— D'accord, nous irons à ton église, rentrerons au ranch et reviendrons à Dallas mardi. Nous essaierons d'organiser quelque chose de spécial et nous nous fiancerons à ce moment-là plutôt que ce soir ou demain. Si tu vis avec moi, tu n'as pas à sortir avec Justin.

— C'est une bonne idée. Ma famille va détester apprendre que j'ai emménagé chez toi !

— Crois-tu que je doive me méfier de la réaction de ton père et de tes grands-pères ?

Elle secoua la tête en riant.

— Quelle drôle d'idée ! Ce ne sont pas des sauvages.

— Je n'en suis pas persuadé, mais nous n'allons pas nous disputer à ce sujet. Si ton père cherche à m'atteindre, ce sera dans le milieu des affaires.

Et il était prêt à faire front.

Il l'écouta exposer ses projets, d'une oreille distraite, devait-il avouer, car il était très occupé à la contempler. Elle avait échangé son élégante robe pour la simple tenue qu'il lui avait vu porter des centaines de fois. Et la table les séparait. Malgré ça, il éprouvait le même désir de la prendre sur ses genoux et de l'embrasser. Peu lui importaient ses positions vis-à-vis de l'engagement ; il la voulait juste dans ses bras.

En dépit de leurs différences, il savait qu'au lit, ce serait merveilleux avec elle. Mais il ne pourrait jamais épouser une femme qui n'appréciait pas son mode de vie.

Comment ? C'était lui, Gabe Callahan, qui parlait d'*épouser* quelqu'un ?

Qu'est-ce qui lui prenait ? Tout ceci n'était qu'une farce, personne ne se marierait ici !

Il but une gorgée de bière tout en essayant de se concentrer sur ce qu'elle disait.

— … quoi qu'il en soit, je suis heureuse.

Certainement. Il le voyait bien.

— Terrifiés à l'idée que je me rende à l'autel avec toi, mes parents vont renoncer à me marier à tout prix ! Enfin, tu comprends ce que je veux dire, ajouta-t-elle avec un regard penaud.

— Pas de problème. Mais à ta place, je ne classerais pas trop vite le cas Justin. Ça m'étonnerait qu'il abandonne si aisément.

Comme pour souligner son propos, le portable de Meg sonna. Le sortant de sa poche, elle consulta l'écran.

— C'est Justin, dit-elle, les yeux écarquillés par la surprise.

— Je te l'avais bien dit !

Il se leva.

— Je te laisse lui parler en privé. Bonne chance !

Sa bière à la main, il sortit dans le jardin et referma la porte derrière lui.

Tant qu'ils n'auraient pas annoncé leurs fiançailles, Justin ferait pression elle Meg pour qu'elle l'épouse.

Cette affaire allait alimenter la rancœur de la famille Aldridge, et cela donnait à réfléchir. Il n'aimait pas être la cible de cette hostilité entre leurs deux clans et il avait du respect pour les parents et les grands-parents de Meg.

Il appréciait tout particulièrement Mason Aldridge, le grand-père rancher. Dommage qu'elle ne puisse pas mettre uniquement Justin au courant de leurs fiançailles, mais c'était impossible. Il fallait que sa famille sache aussi, puisqu'ils la harcelaient encore bien plus que Justin ne le faisait. Si ses parents ne s'en étaient pas mêlés, elle se serait certainement tirée d'affaire avec Justin.

Il en était là de ses pensées quand la porte s'ouvrit et qu'elle le rejoignit. Ils prirent place sur des chaises près de la piscine.

— Tu avais raison. Il veut que nous parlions. Il s'est montré très insistant et a obtenu de passer à mon bureau mardi. Pouvais-je refuser ?

— Je suppose que non. Tu veux que je me présente au même moment ?

— Mieux vaut pas, dit-elle en riant. Je pense qu'il ne t'apprécie pas trop, et je préfère que vous ne vous affrontiez pas directement.

— Assez parlé de Justin. Souhaites-tu que je te surprenne avec une demande en mariage soigneusement élaborée ou bien je t'offre simplement la bague et nous allons tout raconter à tes parents ?

— Restons simples puisque ce n'est pas sérieux.

Elle réfléchit quelques instants avant de reprendre :

— Mes grands-parents maternels partent pour le Colorado voir ma tante, aussi, quand nous aurons parlé à mes parents, j'appellerai mes deux paires de grands-parents.

— Je me sens mal à l'aise vis-à-vis de Mason.

— Ne t'en fais pas. Tu es juste venu à mon secours parce que je te l'ai demandé.

Bien sûr. Il s'agissait de prétendues fiançailles. Les mots résonnèrent dans sa tête. *Prétendues fiançailles.*

— J'espère qu'aucun de nous n'aura de problème à se souvenir que ces fiançailles ne sont pas réelles, dit-il.

— Tu veux savoir si je souhaiterais qu'elles deviennent réelles avant que la comédie soit terminée et que le rideau tombe ? Non, mon ami. Tu ne cours aucun risque. Il me suffirait de visiter ton ranch et de voir tes taureaux de rodéo, puis ta moto, de me rappeler ton avion et d'admirer ta voiture de sport qui monte à cent soixante kilomètres à l'heure en trois secondes pour m'en dissuader à tout jamais. Et je sais que tu n'attends rien de tel de moi parce que tu tiens à ta liberté. Je me trompe ?

— C'est exactement ça. Bon, à présent, nous savons précisément où nous en sommes et ce que nous allons faire. C'est un simple marché.

— C'est sûr, à un détail près. Quand nous nous embrassons, nous perdons complètement la tête et nous nous désirons avec une passion un peu inquiétante.

— Si tu gardes tes distances, Meg, le problème est résolu. Bon sang ! Je n'arrive pas à croire que je te parle ainsi.

— Je peux me montrer distante et intouchable. Je reprendrai mon ancienne coiffure, ferai mes bagages et rentrerai chez moi. Tu m'oublieras vite, surtout quand tu me verras couverte de boue.

Il en doutait beaucoup.

— Je me rends compte que je ne t'ai pas parlé de ton métier. Je suis heureux que ton affaire prenne de l'essor et que cela te plaise. Est-ce que tu tonds vraiment la pelouse avec tes employés ?

— Mais non, même s'il m'arrive souvent d'accompagner mes équipes sur le terrain. Je suis paysagiste, c'est-à-dire que je conçois les aménagements des espaces extérieurs. Je décide où situer les parterres de fleurs, quels arbres feront bon effet et où ils devront être plantés. Je m'occupe aussi d'embaucher les employés et de gérer l'affaire.

Il vit son regard se tourner vers la piscine, sa chute d'eau et sa fontaine.

— J'ai aussi des intérêts dans une entreprise d'installation de piscines de Dallas, et je m'adresse à eux quand les gens en désirent une.

— Je te ferai peut-être venir pour réaménager le jardin.

Elle examina les lieux.

— Il n'en a pas besoin. Il est très beau, la piscine est magnifique et ton patio parfait. En arrivant, j'ai vu tes chênes et deux magnolias qui te donneront de l'ombre tant que tu vivras ici.

— Certains étaient là à mon arrivée. J'ai fait raser la maison existante et construire celle-ci. Elle est plus contemporaine. Du verre et des lignes simples.

— C'est une belle maison.

— Merci. Nous devrions peut-être rentrer. La nuit va être chaude.

Il lui tint la porte et, quand elle passa devant lui, il perçut les effluves de son parfum exotique, regarda le balancement de ses hanches et éprouva une bouffée de désir. Il la voulait dans ses bras.

Vraiment, quelque chose clochait chez lui. Quelques minutes plus tôt, il lui affirmait qu'il la laisserait tranquille, mais une fois encore sa libido contrecarrait sa raison. Il la désirait tout en sachant qu'il ne devrait pas la toucher, sous peine de se sentir obligé de concrétiser ces fiançailles de convenance. Et il était hors de question qu'il tombe amoureux. Cela ne lui était jamais arrivé, et ne lui arriverait jamais. Cependant, elle était très douée pour lui compliquer la vie. Il n'imaginait pire désastre que de s'éprendre d'elle. Elle lui broierait le cœur. Elle n'aimait rien de sa vie, ni ses taureaux, ni sa moto, ni sa voiture, ni ses avions. Rien, sauf lui. Il ferait bien de s'en souvenir quand il serait tenté de la séduire.

— Maintenant que nous avons réglé ces détails, je vais me coucher, déclara-t-elle quand ils rentrèrent. Demain, nous partirons pour ton ranch après l'église, c'est ça ?

— Oui. Je prendrai le petit avion.

Elle se retourna brusquement.

— Pas question de mettre les pieds dans un de ces engins !

— Mais c'est un long trajet en voiture, protesta-t-il.

— Ne t'inquiète pas, dit-elle en s'approchant de lui. Je te distrairai pendant que tu conduiras.

Elle posa une main sur son torse.

Il la repoussa d'un air maussade. Il ne pouvait courir le risque de se laisser toucher par elle alors qu'il était sur le point d'exploser.

— La vie regorge de dangers, dit-il. Tu ne peux pas vivre dans une bulle.

— Certains risques ne sont pas nécessaires à prendre et il existe des degrés de dangerosité. Je n'ai pas besoin de voler pour me rendre à ton ranch, par conséquent, je n'irai pas en avion.

Sur ces mots prononcés d'un ton ferme, elle fit demi-tour vers l'escalier.

La vue du balancement de son postérieur fut la goutte d'eau qui fit déborder le vase. Il s'élança derrière elle et, lui saisissant le bras sans douceur, l'obligea à se retourner.

— Ça suffit maintenant !

Il se rapprocha à la toucher.

— Voici un redoutable danger. S'autoriser à vivre.

Et il l'embrassa.

- 7 -

Meg avait la ferme intention de gagner son lit, et seule. Mais dès que les lèvres de Gabe effleurèrent les siennes, ses bonnes résolutions s'envolèrent ainsi que tout sens du danger. Où était le mal ? Quelques baisers ne changeraient pas la situation et, d'ailleurs, c'était ridicule de s'inquiéter de ce qui pourrait se passer avec lui, son ami de toujours. Cette pensée ne lui avait pas plus tôt traversé l'esprit que de gros doutes suivirent. Parviendrait-elle ensuite à l'oublier ?

Quand le baiser de Gabe se fit plus pressant, elle referma les bras sur sa taille. Elle se sentait plus désirée qu'elle n'aurait cru possible.

Rien que d'être embrassée, de le tenir serré contre elle et de le caresser lui donnait l'impression d'être au paradis.

Son baiser faisait naître des myriades de délicieuses sensations. Elle s'était pourtant promis de ne plus s'abandonner ainsi. Elle mettait ses sentiments et son avenir en danger. Elle mettait en jeu la tranquillité d'esprit qu'elle avait fini par trouver. Il pouvait lui briser le cœur. Si elle faisait l'amour avec lui, elle s'en éprendrait forcément et ça la mènerait au pire des chagrins d'amour. Parce qu'elle connaissait Gabe depuis toujours, et qu'il comptait beaucoup pour elle.

À chaque caresse, à chaque baiser, elle sentait qu'il ne serait plus possible de faire machine arrière. Elle ne s'était pas investie émotionnellement avec Justin. Avec

Gabe, c'était différent. Ce qui la mettait en grand danger de souffrir.

Et pourtant, comme elle désirait ses bras autour d'elle, sa bouche sur la sienne !

— Tu es très belle, ma petite. Tu ne peux t'imaginer l'effet que tu produis sur moi.

Il reprit possession de ses lèvres tout en jouant avec ses seins. Elle caressa ses larges épaules, l'attirant instinctivement. Elle le voulait plus près, elle le voulait en elle.

Elle recula pour reprendre sa respiration.

— Tu es la tentation faite homme, murmura-t-elle. Tu m'emmènes là où j'ai juré de ne pas aller.

— J'arrêterai dès que tu m'en prieras, dit-il d'une voix étranglée.

Il glissa les doigts dans ses cheveux et l'obligea à lever la tête pour la regarder dans les yeux. Elle se sentit à nouveau prisonnière de ses yeux bleus qui reflétaient un si brûlant désir qu'elle en eut le souffle coupé.

Quand il la plaqua contre lui, elle perçut son sexe durci et cela la fit frissonner.

Il la mettait au supplice. Se donner à lui serait un engagement pour elle, alors que cela représentait si peu pour lui. Que voulait-elle ? S'ils faisaient l'amour ce soir, elle aurait l'impression de le forcer à nouer une relation dont il ne voulait pas. Pourrait-elle vivre avec cette frustration ?

Elle était déchirée entre son désir et la voix de la sagesse qui lui conseillait vivement de garder ses distances.

Ses doigts se crispèrent sur la nuque de Gabe. Elle mourait d'envie de ne faire qu'un avec lui. Elle voulait qu'il lui fasse l'amour la nuit entière et savait qu'il en irait exactement ainsi si elle le lui permettait. Mais sa petite voix intérieure refusait de se taire.

Il ne souhaiterait jamais d'engagement à long terme et, même s'il en voulait un, elle n'accepterait pas. Cependant, sachant qu'elle ne supporterait pas son mode de vie aventureux, pourquoi alimentait-elle toujours plus le lien qui se créait entre eux ?

— Gabe, attends, dit-elle en s'écartant. Cela va trop loin pour moi.

Elle posa une main sur son torse.

— De plus, suppose que nous couchions ensemble et que ce soit la meilleure expérience que nous ayons connue, comment vivras-tu avec ça ?

Avec un soupir, il laissa retomber les bras le long de son corps.

— Tu es très forte pour casser l'ambiance, trésor.

— Nous allons passer un certain temps ensemble, je vais vivre chez toi, peut-être le restant du mois. Prenons notre temps. Nous ne sommes pas obligés de nous précipiter dans le même lit. Posons-nous un peu et réfléchissons. Comme je te disais, si…

— Laisse tomber, dit-il. Demain sera un autre jour, n'est-ce pas ?

Elle le considéra, rembrunie.

— Tu penseras à nous, Gabe ?

— Comme si je pouvais penser à autre chose ! Avant ta brutale réapparition, je menais une vie sans histoire. Je te le dis, Meg, du haut de mon expérience des femmes : tu es unique.

— Je préfère le prendre comme un compliment.

— Prends-le comme tu veux. Enfant, tu étais une amie très chère, mais je n'ai jamais pensé que tu étais unique. Ce soir est une première dans ma vie. Aucune femme ne m'a jamais mis dans cet état. Tu m'écoutes ?

— Naturellement.

— Il est inutile que j'essaie de dormir pour les quelques heures qui restent. Après une nouvelle douche froide je vais reprendre une bière ; si tu veux te joindre à moi, tu es la bienvenue.

— Je doute également de dormir. Je te rejoins dans un petit moment.

Elle lui jeta un long regard.

— Tu es incroyablement sexy, murmura-t-elle. Je m'en vais tant que j'en suis encore capable.

— Merci pour le compliment, encore que cette remarque ne m'aidera sûrement pas à calmer mes ardeurs.

— Je suis partie ! cria-t-elle par-dessus son épaule.

Et elle se hâta vers sa chambre de crainte de faire demi-tour pour courir se jeter dans ses bras.

Il la regarda s'éloigner, ses fabuleux cheveux blonds se balançant à chaque pas, et il dut faire un effort de volonté pour ne pas courir derrière elle. Il se rappela ses pressentiments, quelques jours auparavant, quand il l'avait observée remonter son allée en voiture, puis faire irruption dans sa maison. Et dans son existence. Ces pressentiments qui lui annonçaient l'arrivée de complications ne l'avaient pas trompé. Il ne connaissait pas de femme comme elle. Malgré tout, même source de tracas, il la désirait. Si elle se ravisait et revenait se blottir dans ses bras, il l'emmènerait dans son lit et passerait la nuit avec elle, la semaine, même, si elle voulait bien. C'était certain, elle le tenait sous sa coupe, et ils n'avaient même pas couché ensemble. Et elle lui causait beaucoup de soucis. Sans compter que son père le tenait à l'œil et que la famille Aldridge lui en voulait. Il était encore enfant à l'époque de la brouille et il n'avait appris que plus tard ce qui s'était passé. Son père avait apparemment négocié en coulisses pour rachcter les parts du père de Meg bien au-dessous de leur valeur. M. Aldridge avait naturellement contre-attaqué en tentant de souffler à son ex-associé terrains pétrolifères et droits de forage. Mais sa tentative n'avait pas eu plus d'effet que celle d'une mouche tournant autour d'un taureau. Dirkson Callahan n'avait pas été atteint et cela avait laissé les Aldridge plus furieux et amers que jamais.

Mason Aldridge, le grand-père rancher de Meg, était celui qui gardait le moins de griefs dans cette histoire, probablement parce qu'ils se connaissaient un peu, se rencontrant sur les marchés aux bestiaux, rodéos et autres activités de ranchers. Il respectait Mason et ce dernier semblait avoir de l'estime pour lui. Quoi qu'il se soit passé, il refusait d'entrer dans un conflit concernant les siens, en tout cas d'envenimer davantage la situation.

Le père de Meg l'avait mis en garde, et il n'avait nulle intention de la faire souffrir. Cependant, elle était du genre à compter sur certaines choses. S'il couchait avec elle, s'attendrait-elle à ce qu'il l'épouse ? Elle devait comprendre, étant donné sa réputation, qu'il ne l'emmènerait pas à l'église après l'avoir mise dans son lit. Elle devait le savoir puisqu'elle avait abordé si souvent le sujet.

Il rassembla ses affaires et gagna sa chambre. Tout en se déshabillant, il se remémorait la dernière heure passée avec elle. Elle était devenue si séduisante que c'en était un péché. Il se consumait de passion rien que de penser à elle et il la désirait plus que jamais.

Pourquoi, mais pourquoi sa petite amie d'enfance embrasait-elle ses sens rien qu'en entrant dans la pièce où il se trouvait ? Si absurde que cela puisse paraître, sa vue l'avait choqué parce qu'il n'avait pas une seconde escompté qu'elle produirait cet effet sur lui.

Quant à son stupide argument sur le fait que coucher ensemble pourrait être si fantastique qu'ensuite ils seraient complètement perdus, il l'aurait fait rire si l'évocation ne l'avait sexuellement excité. S'il se trouvait que c'étaient les relations sexuelles les plus satisfaisantes qu'il ait connues, il accueillerait le problème avec joie.

Il était ridicule, se dit-il en tournant le robinet d'eau froide de la douche.

La petite voisine d'à côté…

Sauf que ce n'était plus la petite fille qu'il avait connue, mais une superbe jeune femme blonde, capable de lui faire tourner la tête tout en apportant toutes sortes de complications dans sa vie, avec sa peur des avions, de la vitesse, du rodéo, bref, de tout ce qu'il trouvait agréable, stimulant, ou tout simplement pratique. Sa famille le haïssait. Elle ne pouvait faire l'amour sans rêver tout de suite engagement et mariage.

La litanie de ses griefs devenait lassante, mais il lui fallait bien garder à l'esprit ses bonnes raisons de ne pas céder à son attirance. Séduire Meg ne lui causerait que des tracas. Déjà qu'elle lui apportait son lot de tourments. Malheureusement, cette simple constatation ne parvenait pas à éteindre ses ardeurs.

Il sortit de la douche la mâchoire crispée à cause du froid. Si seulement il existait un robinet à tourner pour cesser de penser à elle… Il tenta d'orienter ses idées vers un autre sujet. Évoquer une autre femme ne ferait pas l'affaire. Elle les surpassait toutes.

Il lui fallait vraiment se reprendre parce que ses idées l'emmenaient dans des directions dangereuses. Il se mettait à penser qu'au fond, s'ils faisaient l'amour et qu'il se sentait tenu par sa conscience de la demander en mariage, ce ne serait peut-être pas la fin du monde. Au lieu de l'épouvanter, la perspective ne parvenait pas à le dissuader de la séduire. Et ça, c'était vraiment effrayant.

Après s'être séché, il enfila un jean et une chemise. Bien qu'il prît son temps, il finit par descendre et la vit dans le patio. Il piocha au passage une bière fraîche dans le réfrigérateur et la rejoignit.

— Il fait assez frais pour toi ? s'enquit-il en examinant sa tenue.

Elle portait un T-shirt noir trop grand et un short en jean qui découvrait ses jambes. Par ailleurs, quoi qu'elle porte, elle était toujours parfaite, et il se rappelait parfaitement à quoi elle ressemblait, nue jusqu'à la taille.

— Oui. Et quel calme ! Je n'entends que la cascade de la fontaine, et c'est un bruit très apaisant.

Elle renversa la tête contre le dossier de son fauteuil et étendit ses longues jambes devant elle.

Il ne put s'empêcher de constater qu'elle était parfaitement à sa place dans son jardin. Comme si elle appartenait à cet endroit.

— Tu me manqueras quand ce sera fini.

Elle tourna la tête vers lui, son visage bien visible à la lumière du patio.

— Mais non ! Nous ne nous sommes pas vus pendant des années ; ce n'est pas comme si nous avions toujours été fourrés l'un avec l'autre. Quand ce sera terminé, chacun reprendra son chemin et, voilà tout. J'aurai de tes nouvelles par les magazines et les pages mondaines des journaux, ajouta-t-elle en souriant.

Il leva les mains en l'air.

— Certainement pas ! Je n'apparais guère dans les médias.

— Tu n'espères pas que je croie que tu vis en ermite ? Je te connais trop bien, Gabe Callahan.

— Bien sûr que je sors, mais je me débrouille pour ne pas me faire remarquer.

Il haussa les épaules.

— Aucune des femmes avec qui je suis sorti ne s'en est plainte.

Elle rit, et tout son visage sembla s'illuminer.

— D'ailleurs, d'après la rumeur, leur nombre est conséquent !

Comme il n'était pas homme à divulguer ses secrets d'alcôve, il se contenta de hausser les épaules.

Elle se redressa, soudain sérieuse.

— Tu ne te marieras jamais, Gabe ?

— Mais si, un jour viendra. Pour l'instant, je suis encore jeune, et je ne me sens pas prêt. Je tiens à ma liberté et puis je n'ai pas encore trouvé la bonne personne.

— Je doute sérieusement qu'elle existe !

— C'est juste que je ne la connais pas encore. Je pourrais te retourner la question. N'envisages-tu pas de te marier un jour ?

— Bien sûr que si, mais je veux trouver l'homme idéal, et ce n'était pas Justin.

Elle but une gorgée de bière avent d'ajouter :

— Mais grâce à toi, Justin devient de l'histoire ancienne ! Tu es un vrai ami qui m'est venu miraculeusement en aide.

— Je peux faire encore mieux si tu me le permets, dit-il d'une voix un peu enrouée.

— Décidément, tu n'as qu'une idée en tête !

— C'est à cause de toi. Difficile de résister à une femme aussi belle et séduisante.

Il se leva, l'attira à lui et se rassit avec elle sur les genoux.

— Je ne pense peut-être qu'à une chose en ce qui te concerne..., dit-il en remontant une main le long de sa jambe nue pour glisser sous le bord du short.

La peau si douce de l'intérieur de ses cuisses lui donna envie d'arracher son short.

— Mais comment peux-tu espérer que je pense à autre chose quand tu es habillée comme ça ? Tu sais dans quel état je suis quand nous nous embrassons, je suis incapable de cesser de te désirer ou d'oublier ce qui se passe entre nous.

Tout en parlant, il carcssa sa nuque, embrassa son oreille, effleura ses lèvres, puis s'immobilisa pour la regarder. Il y avait suffisamment de lumière pour qu'il voie ses yeux lourds de désir fixés sur sa bouche.

Il se pencha pour l'embrasser.

Immédiatement, elle noua ses bras autour de son

cou et lui rendit son baiser. Torturé par son désir, il la souleva, se dirigea vers une chaise longue où il la déposa et s'allongea près d'elle sans cesser de l'embrasser.

Dans cette position, la tentation devenait irrésistible. Il essaya bien de ne pas se montrer trop pressant, encore qu'elle semblait aussi pleine d'ardeur que lui, mais se contrôler devint impossible. Il glissa une main sous son T-shirt afin de dégrafer l'attache frontale de son soutien-gorge et l'écarta, remontant le T-shirt pour caresser ses seins et lui arracher des gémissements de plaisir.

— Nous ne ferons pas l'amour ce soir, murmura-t-elle en couvrant de baisers sa joue, sa gorge, son épaule, en déboutonnant sa chemise et en faisant courir les doigts sur son torse.

Quelques minutes plus tard, elle reculait pour le regarder.

— Je dois reprendre mon souffle.

Il hocha la tête, se leva et lui prit la main.

— Rentrons.

— Chacun dans sa chambre, c'est le plus sûr.

— Qu'il en soit fait selon tes désirs !

Ce n'étaient pas les siens en tout cas. Loin de là.

À la porte de sa chambre, Meg se retourna et glissa les bras autour du cou de Gabe. Après lui avoir donné un baiser, elle recula et ouvrit sa porte.

— C'était une merveilleuse soirée, dit-elle. Merci.

— Ma petite, tu m'envoies plein de signaux contradictoires. Une minute, tu veux m'embrasser, et la suivante, tu t'enfuis.

— Ils ne sont pas si contradictoires. Je veux toujours t'embrasser, mais mon bon sens prend de temps en temps le relais.

— Je n'ai pas le souvenir que tu aies fait tant d'histoires quand nous étions enfants.

— Alors, la vie était plus simple. Comme tu es mon aîné d'un an, tu arrivais généralement à n'en faire qu'à ta tête et à me battre au jeu. Je n'étais donc pas source de problèmes pour toi. Tu n'en es toujours pas une pour moi.

Voyant qu'il cherchait à l'attirer à lui, elle rit.

— Enfin, peut-être un peu, rectifia-t-elle.

Elle se glissa à l'intérieur de la chambre et commença à refermer la porte pour mettre une barrière entre eux.

— Malgré tout, je te suis infiniment reconnaissante de m'avoir tirée du pétrin où je m'étais fourrée. Rappelle-toi, je te dois un service. Et je serais heureuse de t'aider si un jour tu as besoin de moi, à condition que ce soit dans mes cordes, bien sûr.

Sur ces mots, elle ferma complètement la porte et laissa échapper un gros soupir.

— Si seulement tu savais le tracas que tu me donnes, murmura-t-elle.

Elle avait tant envie de lui. Résister à la tentation de le suivre dans sa chambre représentait un immense effort. Mais elle avait besoin de prendre au moins la nuit pour réfléchir. Sachant qu'il n'y aurait pas de relation à long terme entre eux, elle devait décider une fois pour toutes si elle était prête à prendre le risque de souffrir à cause de lui.

Elle n'était pas certaine de réussir à dormir. Y parviendrait-il, ou resterait-il éveillé en pensant à elle ?

Le dimanche matin, après une nuit difficile, Gabe regarda Meg descendre l'escalier pour le rejoindre. Elle était vêtue d'un tailleur d'été bleu pâle rayé de blanc, porté avec un chemisier bleu pâle et des chaussures à talons hauts. Ses cheveux encadraient son visage. Ainsi, elle n'avait pas repris son ancien style. Et dans ses vêtements élégants, elle était tout aussi attirante qu'en tenue décontractée.

Ensuite, ils se rendirent comme prévu à l'église et prirent place loin de la famille de Meg, mais, après le service, elle le laissa pour s'entretenir avec ses parents. De son côté, il s' arrêta pour discuter avec des amis tandis que l'église se vidait. Chaque fois qu'il la regardait, elle parlait avec sa mère et toutes deux semblaient absorbées par leur conversation.

Il espéra qu'elle parvienne à faire comprendre à sa mère ses sentiments vis-à-vis de Justin. Il pourrait alors échapper à ces fausses fiançailles d'un mois. Mais en même temps, c'était peu probable, il le savait.

Meg parlait avec sa mère, tandis que son père bavardait un peu plus loin avec un ami.

— Je vois que tu es venue avec Gabe Callahan.

— Oui. Hier, nous avons passé la soirée ensemble, et aujourd'hui, il m'emmène visiter son ranch. Où sont Lolo et Grandpa Harry ?

— Déjà partis pour le Colorado. Ainsi, Justin est sorti de ta vie.

— En ce qui me concerne, il n'y est jamais vraiment entré.

Sa mère se rembrunit.

— Megan, s'il te plaît, réfléchis à ce que tu fais en sortant avec Gabe Callahan. Tu connais les sentiments de notre famille vis-à-vis de la sienne.

— C'est votre génération, maman ! La mienne n'a aucun problème avec les jeunes Callahan. Gabe et moi avons toujours été amis, et j'apprécie beaucoup sa compagnie.

Sa mère la dévisagea d'un air contrarié.

— J'espère que nous ne t'avons pas poussée à agir de façon inconsidérée.

— Gabe m'attend, dit-elle en le cherchant des yeux. Nous en reparlerons plus tard.

— Prends garde à toi, ma chérie. Je t'aime.

Elle embrassa sa mère.

— Je t'aime aussi. Je sais que tu ne veux que mon bien.

— C'est tout ce qui compte.

— Je ferais mieux de me dépêcher.

Elle se hâta de rejoindre Gabe. Tout seul, il l'attendait à l'ombre d'un arbre, les bras croisés. À sa vue, son cœur battit plus fort. Pour assister au service, il avait revêtu un costume gris anthracite, des bottes et un stetson noirs, tenue qui lui allait à merveille. Ils avaient néanmoins prévu de repasser chez lui, à Dallas, pour se changer et prendre quelques affaires avant de partir pour le ranch.

— Merci de m'avoir attendue si patiemment, dit-elle. Quand nous serons chez toi, je te serrerai très fort dans mes bras et puis je danserai la gigue ! Ma mère a enfin compris que je ne voulais plus sortir avec Justin, encore moins me marier avec lui !

Il lui tint sa portière ouverte. Cependant au moment de s'installer, elle s'arrêta devant lui.

— Toi, séduisant démon, tu es le meilleur ami de la terre et, si nous n'étions pas dans le périmètre de l'église, je t'embrasserais sur-le-champ ! Tu m'as ouvert les portes de la liberté ! Hourra !

Elle le vit jeter un coup d'œil autour d'eux avant de la pousser dans la voiture.

— Entre, avant que quelqu'un vienne nous parler. Sinon nous n'arriverons jamais à partir d'ici.

Elle s'installa sur le siège et le regarda prendre place au volant, boucler sa ceinture et sortir prudemment du parking. Il était si beau dans son costume. Il serait d'ailleurs tout aussi beau sans, elle en était certaine.

— Je n'arrive pas à y croire, dit-elle en se tournant vers lui. Libre, je suis libre ! Et c'est à toi que je le dois.

— Garde donc tes remerciements pour quand nous serons chez moi.

— Je ne peux pas ! J'ai l'impression d'avoir des ailes !

— Tant que tu es dans cet état d'esprit, me laisserais-tu la chance de te donner un vrai frisson en t'emmenant au ranch à bord de mon avion ?

— Apparemment, toi aussi tu sais gâcher les bons moments. Non, je n'ai pas changé d'avis. Je déteste ces petits avions de tourisme, et d'ailleurs je déteste aussi les gros. Je me rendrai au ranch en voiture, avec ou sans toi.

— Je t'y conduirai, dit-il en lui tapotant la cuisse. J'ai juste tenté ma chance. Tu es si exubérante. J'ai pensé que ça pouvait marcher.

— Désolée, pas aujourd'hui.

Si euphorique soit-elle, il n'était pas question de grimper dans un avion.

— Veux-tu que nous déjeunions maintenant dans un endroit sympa, ou préfères-tu que nous allions nous changer et prenions tout de suite la route du ranch ? Dans ce cas, nous avalerons un hamburger en route. Personnellement, je vote pour le brunch dans mon restaurant préféré.

— D'accord. Et je réserverai ma gratitude et ma joie pour après.

— C'est ça. Garde-les en attente. Tu les laisseras s'exprimer quand nous serons chez moi.

Deux heures plus tard, ils quittaient le restaurant pour se rendre dans sa maison de Dallas. Il ne s'était pas plus tôt arrêté qu'elle bondissait hors de la voiture, lui sautait au cou et l'embrassait.

— Merci un million de fois, mon ami ! N'oublie pas mon offre. Tu peux me demander ce que tu veux.

En voyant la flamme du désir s'allumer dans ses yeux, elle regretta instantanément ses paroles et rougit de cette allusion involontaire. Ce qui ne lui ressemblait pas. Devant lui, elle n'avait jamais éprouvé d'embarras.

— Sauf de coucher avec moi, rectifia-t-elle avec un sourire.

— Ah ! Meg, sous certains aspects, tu n'as pas changé du tout. En même temps, tu as changé de la plus délicieuse façon quoi soit. Trésor, je suis ravi d'avoir pu t'aider. Même si tu m'as démoli, je n'aurais pas voulu manquer cette semaine pour tout l'or du monde.

— Je suis si heureuse que je n'arrive pas à rester tranquille !

Il l'attira dans ses bras et l'embrassa si fiévreusement qu'il lui fit oublier sa résolution de rester à distance. C'était bon, c'était divin, mais elle voulait davantage.

Allait-elle s'entêter à refuser ce qui serait peut-être l'expérience sexuelle la plus éblouissante de sa vie ?

L'effet qu'ils produisaient l'un sur l'autre était stupéfiant, mais si faire l'amour avec lui était si fabuleux, saurait-elle se retenir de lui offrir son cœur en même temps que son corps ? Pourrait-elle se donner à lui pour s'éloigner ensuite, le cœur intact, comme lui ?

C'était une grave question, et elle n'avait toujours pas la réponse.

— Gabe, j'y pense sans arrêt, murmura-t-elle. Je ne résiste pas au désir de t'embrasser, mais je ne suis pas prête à coucher avec toi. Je suis ainsi. Ce serait trop compliqué si je faisais l'amour avec toi.

— Et je suppose que ça le restera, répliqua-t-il, son regard la caressant.

— Allons nous changer. J'emballe les affaires que je veux emporter, et en route pour le ranch !

Ils grimpèrent ensemble l'escalier, puis se séparèrent pour gagner chacun sa chambre.

Qu'elle le désire passionnément était un fait. Le seul

problème était de savoir si elle ferait mieux de passer à l'acte.

Si elle refusait de coucher avec lui et qu'ils se séparaient, aurait-elle éternellement l'impression d'avoir raté la chance de sa vie ?

Un jour, forcément, elle tomberait amoureuse et épouserait un homme qui lui ressemblerait, qui aurait les mêmes désirs. Quelqu'un qui mènerait une vie régulière, qui n'élèverait pas des taureaux et ne les monterait pas en rodéo. Qui ne conduirait pas son propre avion. Mais pour l'heure… Allait-elle vraiment sacrifier une aventure extraordinaire au risque de la regretter toute sa vie ?

Si elle faisait l'amour ce soir avec Gabe, tomberait-elle inévitablement amoureuse de lui ? Il fallait pouvoir répondre par la négative à cette question, sinon, mieux valait s'abstenir.

Pas de liens, pas d'engagement, pas d'amour.

Cela semblait si facile… Hélas ! il s'agissait de son meilleur ami et du plus bel homme de la terre.

- 8 -

L'après-midi s'achevait quand ils arrivèrent en vue du ranch, une longue maison de pierre avec une véranda qui en faisait le tour. Cette fois, l'esprit plus tranquille que lors de sa précédente visite, Meg admira aussi le vaste jardin soigneusement entretenu et ses chênes majestueux.

— C'est vraiment un très bel endroit, dit-elle.

— Content que tu l'aimes.

Il se gara à l'ombre et vint lui ouvrir sa portière. Elle le regarda approcher, contemplant ses larges épaules. Elle sourit. Ironie du sort, ils s'étaient tous deux changés et portaient un jean et une chemise bleu marine, et de se voir pareillement vêtus les avait fait rire.

— Viens, dit-il.

Il prit son sac ainsi que son bagage à main et ils entrèrent dans la maison. Sa présence à son côté la troublait et elle fit un effort pour ignorer les délicieux frissons de désir qui parcouraient son corps.

Il lui fit visiter la cuisine, la salle à manger, la salle de séjour et finit par lui montrer sa chambre, dotée de portes coulissantes donnant sur la véranda, et, un peu plus loin, sur un vaste patio confortablement aménagé. Elle aperçut au-delà une piscine aux contours sinueux agrémentée d'une chute d'eau et de deux toboggans.

— C'est très beau, dit-elle. Tu as beaucoup de goût.

Cependant, quand elle se retourna, la superbe vue de son jardin pâlit en comparaison de celle de Gabe, posant ses sacs dans le dressing, sur un râtelier à bagages. Dans le geste, sa chemise se plaqua sur ses épaules et ses biceps se gonflèrent. Le souvenir des baisers échangés avant qu'ils quittent Dallas se raviva, et elle ressentit son pouls s'accélérer.

— Est-ce que…

Il se retourna, la regarda, et ce qu'il s'apprêtait à dire mourut sur ses lèvres.

Elle n'avait pas besoin de se poser la question. Il lisait son désir dans ses yeux.

Son regard rivé au sien, il traversa la pièce. D'un doigt, il lui souleva le menton, et elle plongea son regard dans ses yeux noircis par le désir.

— Ah, chérie, dit-il en se penchant pour l'embrasser.

Oubliant sa prudence habituelle, ses doutes et ses inquiétudes, elle s'agrippa à lui de toutes ses forces. Elle avait pris sa décision et espérait avoir fait le bon choix. À cause du lien d'amitié très fort qui existait entre eux et de ce puissant désir qu'elle éprouvait pour lui, elle aspirait à sa tendresse, à ses mains et à sa bouche sur elle. Elle voulait pouvoir le toucher, le caresser et l'embrasser ; par-dessus tout, elle voulait lui donner du plaisir. Elle brûlait d'extérioriser une partie de ses sentiments, de lui faire comprendre combien elle était heureuse qu'il soit de retour dans sa vie, même si ce n'était que pour peu de temps.

— Tu es si bon pour moi, murmura-t-elle.

Il était réellement son meilleur ami et avait été là pour elle quand elle avait eu besoin de lui, autrefois enfant, et maintenant adulte.

Elle était prête à se donner tout en sachant qu'il n'y aurait pas d'engagement de son côté. Mais il serait toujours honnête et franc avec elle. Elle avait décidé de vivre avec cette décision et espérait avec un peu de chance s'en sortir sans trop de casse. Coucher avec lui ne pourrait bouleverser sa vie, à moins qu'elle ne l'autorise. Elle connaissait et comprenait le point de vue de Gabe sur la question. Ils étaient proches, et ces moments seraient un maillon de plus dans la chaîne de leur indéfectible amitié.

Sans la lâcher, il recula légèrement le haut du corps afin de poser sur elle un regard interrogateur.

— Tu es certaine que c'est ce que tu veux ? C'est un sacré revirement.

— Pas vraiment. Nous sommes les plus proches amis du monde, ce qui donnera à notre intimité une force spéciale. Il n'y a aucune raison pour que nous nous fassions souffrir et notre amitié en sortira parée d'un éclat particulier.

Il l'attira à lui pour lui donner un lent baiser sensuel qui accentua son besoin physique d'être à lui.

Il releva la tête, hors d'haleine.

— Tu es imprévisible, inoubliable, spéciale. Je veux faire l'amour avec toi. Oh ! chérie, je le veux de tout mon être, mais sache que cet acte modifiera pour toujours notre amitié.

— Je sais.

Elle vit son regard vaciller un instant.

— Je suis incapable de m'engager, Meg. N'imagine pas me changer.

Elle lui sourit.

— Je ne l'envisage pas. Et je sais que, même si je le voulais, ce serait impossible. Et tu ne me changeras pas non plus. Tu sais que je ne suis pas adepte de l'amour sans complication, et je te remercie de me donner l'occasion d'y réfléchir à deux fois. Mais je suis sûr de ce que je fais, Gabe.

Il scruta son expression, pesant sans doute ses paroles et essayant de deviner en quoi sa décision l'affecterait.

— Tu es incroyable, trésor. Je te veux même si tu me compliques terriblement la vie.

Sur ces mots, il reprit ses lèvres.

Grisée par le désir, elle déboutonna habilement sa chemise et en écarta les pans. Puis elle effleura la légère toison de son torse et caressa ses épaules musclées. Gabe était un homme magnifique, le plus beau et viril qu'elle ait jamais vu. Elle n'en pouvait plus d'attendre l'intimité qu'elle avait tant refusée.

D'une main tremblante, elle ouvrit sa ceinture, la libéra des passants et la laissa tomber au sol. Pendant ce temps, il faisait passer sa chemise par-dessus sa tête, dégrafait son soutien-gorge et le lui ôtait. Ensuite, ce fut au tour du jean de Gabe de disparaître, et il marqua une pause afin de s'en débarrasser avec bottes et chaussettes.

La prenant par les hanches, il la contempla, et son regard brûlant la fit frissonner comme une caresse. Prestement, il déboutonna son jean, et l'aida à le faire glisser le long de ses jambes. Pendant qu'elle terminait de l'ôter, il prit ses seins dans ses mains, agaçant du pouce leurs pointes roses, et elle gémit de plaisir.

— Tu es belle, si belle, murmura-t-il. Tu ne peux imaginer l'effet que tu produis sur moi.

Elle ferma les yeux, agrippée à ses bras, et se laissa envahir par un bouleversant plaisir qui lui donna plus que jamais envie de lui. Cela semblait parfaitement juste d'être avec lui, de l'embrasser et de le caresser.

Elle lui retira son caleçon et découvrit son sexe puissant et dur. Elle retint son souffle devant ce corps qui l'enchantait et la rendait folle du désir d'être possédée.

Il la souleva, l'emporta à la chambre qu'il lui réservait et la déposa sur le lit. Puis il s'allongea près d'elle et la prit dans ses bras tout en emmêlant ses jambes aux siennes et en l'embrassant avec ardeur.

Il écarta ses cheveux de son visage et s'immobilisa pour la regarder intensément.

— Tu ne peux pas savoir à quel point j'ai envie de faire l'amour avec toi.

Il comptait énormément pour elle ; il faisait partie de sa vie, et désormais ils seraient plus proches que jamais, après avoir partagé des moments d'intimité qu'elle ne s'était pas attendue à connaître avec lui.

Elle n'avait pas eu beaucoup d'amants, en tout cas elle n'avait jamais fait l'amour avec quelqu'un comme Gabe. Aussi tenait-elle à graver ces instants dans sa mémoire.

Il se laissa glisser vers le pied du lit et lui caressa les chevilles, puis remonta doucement le long de ses jambes, et, se penchant, les lécha amoureusement. Il continua sa progression, faisant courir sa langue à l'intérieur de ses cuisses, et elle gémit de plaisir.

Elle avait envie qu'il explore son sexe, maintenant, et écarta les cuisses pour l'y inviter. Tout en semant des baisers sur son ventre, il se mit à la caresser entre les jambes, créant une tension qui ne faisait que croître tandis qu'elle se cambrait et se projetait contre sa main.

Il souleva ses jambes, les posa sur ses épaules, et sa langue prit le relais de ses doigts. Croyant défaillir, toute frémissante, elle cria de plaisir.

— Gabe, oh ! Gabe. Oui, s'il te plaît.

Sentant l'orgasme arriver, et ne voulant pas y succomber toute de suite, elle se redressa et s'agenouilla, le cœur battant. Les mains sur son torse, elle le poussa pour qu'il s'allonge sur le lit.

Désireuse de lui apporter un plaisir égal à celui qu'il lui avait donné, elle le lécha dans le cou, sur le torse et, continuant sa progression vers le bas, sur le ventre. Enfin, elle posa les lèvres sur son pénis tout en glissant une main entre ses jambes. Et elle eut l'intense satisfaction de le sentir frémir et se tordre sous ses caresses. Plongeant les doigts dans ses cheveux, il la guida dans sa recherche du plaisir.

Mais, alors que son excitation montait, il se dégagea et s'assit. L'embrassant sur l'oreille, il murmura :

— Tu me rends fou.

Il se pencha pour embrasser un sein, puis l'autre, passant sa langue sur les pointes durcies tout en la caressant entre les jambes.

Elle gémit de plaisir, chercha à le caresser en retour, mais il s'élança hors du lit pour fouiller la poche de son jean. Peu après, il sortait un préservatif de son portefeuille.

En le regardant, elle se sentit fondre. Il débordait d'énergie, il était fort, beau, attirant. Quand il s'allongea sur elle, elle écarta les jambes et se cambra, impatiente de l'accueillir.

Il la pénétra lentement, puis se retira presque. Elle tressaillit et cria, le ramenant frénétiquement à elle tandis qu'un plaisir intense se propageait dans son corps. Il faisait monter son excitation avec une lenteur qui la mettait au supplice. Haletante, elle essaya d'attirer ses hanches tandis qu'il se retirait de nouveau et restait immobile, la torturant de désir.

Elle referma ses jambes sur lui, et il la pénétra de nouveau doucement.

— Gabe, je te veux tout entier en moi, pria-t-elle dans un souffle.

Il poussa plus profond et enfin se mit à bouger plus vite. Elle s'accrochait si bien à lui, ses jambes maintenant solidement ses hanches, qu'il finit par renoncer à tout contrôle et à lui faire l'amour vite et fort. Son univers n'était plus que sensations et irrésistible besoin de satisfaction.

L'orgasme éclata brusquement, et les battements de son cœur anéantirent tout autre bruit tandis que Gabe arrivait lui aussi à la jouissance. Elle planta les ongles dans ses fesses et bougea en rythme avec lui, jusqu'à ce qu'elle sente son grand corps trembler sous l'effet de la délivrance.

Brûlante et humide de sueur, cherchant sa respiration, elle le tenait serré dans ses bras et ses jambes, et tous deux ne faisaient plus qu'un.

La joie la submergeait tout autant que la satisfaction physique. À cet instant, elle ne désirait qu'une chose : le garder serré contre son cœur sans réfléchir au-delà du présent immédiat.

Son pouls se calmait. Gabe sema une pluie de baisers sur son visage et son cou tandis qu'elle caressait son dos, ses fesses, suivait le dessin de ses muscles et sentait le duvet de ses cuisses chatouiller ses doigts.

Puis, remontant le long de son corps, elle glissa les mains dans ses cheveux.

Il releva légèrement la tête pour la regarder.

— Tu avais raison, c'était génial, dit-il d'un ton grave.

Son goût pour la plaisanterie et son humour semblaient évaporés.

— C'est drôle, dit-elle. On dirait que tu me vois pour la première fois.

— Je me demande si ce n'est pas le cas. Déjà que tes baisers me subjuguent, faire l'amour avec toi est encore meilleur. Je suis sous le choc. Tu m'as séduit avec ton premier baiser, époustouflé avec ta métamorphose, ceci est la troisième, incroyable surprise.

Elle lui caressa doucement la joue, savourant le contact râpeux de son début de barbe sous ses doigts.

— C'était fantastique. Même si je n'ai pas ton expérience pour établir des comparaisons, mon instinct me dit que ce qui s'est passé entre nous est exceptionnel.

Il se tourna vers elle, et ils se firent face, bras et jambes entrelacés.

Elle passa les doigts dans les mèches brunes retombant en désordre sur son front.

— Je sais que j'ai toujours pu compter sur toi, Gabe.

Tu peux également compter sur moi. Si tu as besoin de moi, tu me trouveras.

— J'aurai peut-être encore besoin de toi ce soir, dit-il en se serrant contre elle.

Elle lui sourit.

— Je ne faisais pas allusion à ça !

— Tu sais, je soupçonne que quand cette histoire se tassera, je découvrirai que tu me compliques la vie de façon incroyable.

Elle secoua la tête.

— Je ne ferai pas une chose pareille. Bientôt, tu me diras au revoir et, de temps en temps, tu m'appelleras pour garder le contact.

— Ça n'arrivera peut-être pas si vite que tu le crois.

— Ça arrivera quand nous pourrons annuler nos prétendues fiançailles, ce qui sera possible je crois avant la fin du mois. Ma mère a compris. Et je suis sûre que Justin sera si furieux qu'il cessera de me poursuivre malgré les offres de son père. Avec cette stupide vieille querelle entre nos familles, mes parents seront certainement ravis que je ne t'épouse pas. Ils ignorent que tu es absolument charmant.

Elle lui tordit légèrement le nez.

— Quand nous étions enfants et que tu passais beaucoup de temps à la maison, ma mère et ma grand-mère te trouvaient adorable, c'est pourquoi je ne pense pas que ma famille te déteste autant que ton père.

— Franchement, je l'espère. C'est injuste de me clouer au pilori pour ce qu'il a fait.

Il resserra son étreinte et elle se blottit contre lui.

— Ce soir, je veux que tu dormes avec moi, dit-il.

— C'est mon vœu le plus cher !

— Que penserais-tu de prolonger notre séjour jusqu'à mercredi ?

— Nous ferions mieux de nous en tenir à notre plan et

de rentrer mardi pour annoncer nos fiançailles. Je resterai chez toi. Ainsi, que nous soyons ici ou à Dallas n'aura pas d'importance, à moins que tu n'aies des obligations au ranch.

— Non. C'est juste qu'ici nous serons plus tranquilles. Je n'ai pas envie d'être dérangé, ni de te partager avec quiconque.

— C'est mignon, dit elle en lui caressant l'épaule, mais tu devras me partager parce que j'ai une affaire à diriger.

— Peu importe finalement. Le principal, c'est que tu habites avec moi ici ou à Dallas.

Tout en parlant, il enroulait ses longues mèches blondes autour de ses doigts et les laissait retomber pour les reprendre. Au passage, il effleura son oreille, ce qui la fit frémir.

— Plus tard dans la semaine, ou pendant le week-end, prends un jour de congé et nous reviendrons le passer au ranch. Je te veux à moi. Tu peux bien te libérer puisque tu es ta propre patronne. Encore mieux, deux jours de congé !

Il pressa son visage au creux de son cou tout en lui caressant les hanches et, comme sa main s'égarait vers son entrejambe, elle la lui prit et la replaça sur sa taille.

— Laisse-moi récupérer !

Elle se nicha contre lui. C'était si bon d'être dans ses bras, de parler avec lui, de s'embrasser. C'était malheureusement une idylle que l'annulation de leurs prétendues fiançailles interromprait.

— Ce sera une semaine inoubliable, déclara-t-elle. Elle l'est déjà parce que je suis au lit avec toi, et je serai sûrement d'humeur à prendre un jour ou deux de congé pour en profiter. C'est sans doute une bonne idée.

— C'est une idée fantastique, trésor. Nous avons besoin de ces moments d'intimité.

Elle rit

— Tu n'as sûrement pas besoin de ça !

— Détrompe-toi. J'ai besoin de toi, Meg. Tu tiens une place spéciale dans ma vie.

Paroles qui lui réchauffèrent le cœur.

— J'aimerais que ce soit vrai, mais je ne suis pas si bête, protesta-t-elle pourtant.

Après quelques instants de silence, elle murmura :

— J'ai réfléchi. Je suis navrée de blesser les miens, mais c'est leur faute aussi. Pourquoi m'avoir harcelée pour que j'épouse Justin ?

— Ne te ronge pas les sangs. L'année prochaine, à cette époque, tu n'y penseras même plus.

Il la contempla un long moment, et, sous son regard intense, elle se sentit fondre. Puis il l'embrassa.

Elle noua ses bras autour de son cou pour mieux lui rendre son baiser et ce fut si ardent qu'elle ne songea plus qu'à faire l'amour. Elle l'étreignit de toutes ses forces, savourant son bonheur d'être dans ses bras, refusant de penser à l'avenir. Quelques minutes plus tard, il roulait sur le dos en l'entraînant, si bien qu'elle se retrouva à califourchon sur lui.

Il caressa ses seins, redoublant son désir de l'avoir en elle. Le sentant durcir, elle se souleva et redescendit lentement sur lui. La tête renversée en arrière, elle ferma les yeux pour mieux jouir de la pénétration.

Il se cambra pour l'atteindre au plus profond et lui arracha des cris de plaisir en jouant avec la pointe de ses seins. Elle se mit à aller et venir en rythme avec lui, accélérant petit à petit l'allure. Et son plaisir crût jusqu'à ce qu'elle ne puisse plus se contenir.

Quand la vague de la jouissance déferla sur elle, elle cria, et il atteignit également l'orgasme. Finalement, elle retomba sur lui et couvrit son épaule, son cou, sa joue, de petits baisers.

Épuisée, heureuse, elle joua avec les mèches indisciplinées tombées sur le front de Gabe.

— Es-tu jamais à court d'énergie ? Personnellement, je suis incapable de bouger, mais je suis au paradis.

— Tu n'imagines pas à quel point je suis heureux, dit-il en caressant son bras nu. Et si j'ai un trop-plein d'énergie, c'est parce que je suis avec toi et que tu me provoques. Je te veux dans mes bras le reste du jour et toute la nuit. Ne t'avise pas de sortir de ce lit.

Elle sourit.

— Tu es adorablement ridicule !

— Autrefois, pour te convaincre d'en passer par mes volontés, je t'offrais des morceaux de marbre ou du chocolat. Aujourd'hui, quels arguments utiliser pour te persuader de rester au lit avec moi toute la journée ?

— Promets que nous nous caresserons, nous embrasserons et ferons l'amour sans arrêt.

Comme elle lui léchait l'oreille, avec un gémissement, il l'écrasa contre lui et l'embrassa avec fièvre. Elle l'enlaça pour lui rendre son baiser.

Cependant, après quelques minutes, elle le repoussa pour mettre un peu d'espace entre eux. Comme il lui adressait un regard interrogateur, elle posa la main sur sa joue.

— Calme tes ardeurs, cow-boy. Tu vas finir par m'épuiser. Et puis, j'ai un peu faim.

— J'aimerais te dévorer, murmura-t-il en l'embrassant dans le cou.

— N'entends-tu pas mon ventre protester ? Nous avons passé presque tout notre temps au lit depuis notre arrivée, et il est affamé.

— Laisse-moi le sentir et tirer des conclusions, dit-il en la faisant rouler sur le dos pour lui frotter l'estomac.

Toutefois, sa main dérivant un peu trop bas, elle bondit hors du lit et se dirigea, complètement nue, vers la salle de bains.

Tout en se douchant, elle pensait à lui. Dans quelques jours, ils se fianceraient et elle mettrait sa famille au courant. Elle redoutait ce moment qui risquait de déchaîner une crise, forcément passagère, mais sans doute houleuse.

Mais comme elle refusait de laisser ses craintes assombrir le présent, elle orienta ses pensées vers les instants qu'ils venaient de vivre. Encore dans l'euphorie du plaisir donné et reçu, elle n'arrivait pas à analyser ses sentiments, ni à savoir en quoi leur toute nouvelle intimité changerait leur relation. Tout ce qu'elle savait, c'était qu'elle mourait d'impatience d'être le soir et de se retrouver dans ses bras.

Ils regagnèrent Dallas le mardi. Tout en conduisant, Gabe écoutait le babillage de Meg exposant leurs plans. Elle était tellement surexcitée qu'elle avait du mal à rester en place. Le dimanche, elle avait appelé chez elle et parlé presque une heure avec sa mère, ce qui signifiait que celle-ci était au courant de son séjour chez lui.

En proie à des sentiments contradictoires, il réfléchissait à eux. Tôt le matin, il s'était agité pendant qu'elle dormait encore. Il avait continuellement envie de la regarder parce qu'il la trouvait si belle. Et excitante à embrasser, et sensuelle quand ils faisaient l'amour. Rien que d'y penser, il sentait monter son désir. Prenant sa respiration, il tenta de se concentrer sur sa conduite.

Il avait le sentiment étrange qu'il pourrait se laisser embarquer un peu trop loin dans cette affaire. Il n'avait jamais eu affaire à une femme comme Meg. Elle était entrée en coup de vent dans sa vie et il la croyait capable d'en sortir de la même façon, en piétinant son cœur.

Il refusait l'engagement et, de toute façon, à cause de l'incompatibilité de leurs styles de vie, c'était inenvisageable.

La circulation était intense, et il souhaitait être ailleurs que dans cette voiture. Ce trajet était trop long. Dire qu'il suffirait à Meg de monter en avion pour se rendre compte de la simplicité du voyage entre Dallas et son ranch. Mais quand elle s'y mettait, il n'y avait pas plus entêté qu'elle.

Elle avait bouleversé sa vie. Il n'avait regretté aucune des femmes avec qui il avait rompu, mais avec elle c'était différent. Il éprouvait un curieux mélange de sentiments à la perspective de lui dire au revoir à la fin du mois. Il savait d'ores et déjà qu'elle lui manquerait au lit, et dans sa vie, mais en même temps l'idée de retrouver sa liberté et ses activités de rancher le réjouissait.

La veille, il l'avait emmenée voir son superbe taureau primé. Elle avait frissonné, lui avait accordé un regard distrait et déclaré qu'elle en avait assez vu de son cheptel.

Malgré tout, il tenait à profiter des instants à passer avec elle. Elle le charmait de tant de façons différentes. Elle avait changé en devenant adulte. Elle était plus assurée, plus forte, et elle possédait une joie de vivre surprenante. S'il peinait à imaginer que sa famille veuille à tout prix la marier, il comprenait, en revanche, que Justin ait tenu à l'épouser.

Ce soir, il voulait quelque chose de spécial. Naturellement, ce ne serait pas une vraie demande en mariage, mais il lui semblait que Meg méritait un moment qui sorte de l'ordinaire. Un moment qui lui prouve que c'était bon d'être en sa compagnie, encore qu'il ne soit pas complètement enchanté d'admettre qu'elle lui plaisait plus qu'aucune autre.

Son apparence continuait de le bluffer. Qu'elle semble y attacher peu d'importance ne changeait rien à sa beauté. Il soupçonnait qu'elle ne reprendrait plus sa coiffure d'écolière, pas plus qu'elle ne renoncerait au maquillage. Mais l'attirance qu'il éprouvait pour elle resterait la même, même si elle revenait à son look d'avant.

À cause de la différence de leurs points de vue, si elle n'avait eu si désespérément besoin de son aide, elle ne serait jamais sortie avec lui. Ça aurait sans doute été réciproque parce qu'il ne serait pas non plus allé vers elle. La façon dont les choses s'étaient passées entre eux était vraiment étrange.

Bientôt, ils se sépareraient, mais avant il voulait lui faire plaisir. À commencer par ce soir.

Elle enfonça l'index dans sa cuisse.

— Tu m'écoutes ?

Il sourit, amusé.

— Désolé, je pensais à nous deux au lit, ce matin. Que disais-tu ?

— Pourrais-tu quelques instants penser à autre chose qu'au sexe ?

— Je vais essayer, mais ce n'est pas facile avec toi.

Elle lui envoya un baiser du bout des doigts.

— Je réfléchissais à l'annonce de nos fiançailles, dit-elle.

— Es-tu vraiment sûre de toi ? Parce qu'elle va mettre tes parents dans tous leurs états.

— Cesse de te tracasser. J'y tiens.

Il lui jeta un coup d'œil de biais et rit en la voyant hocher solennellement la tête.

Il s'arrêta devant la maison de Meg où se trouvait sa voiture et descendit pour l'accompagner à sa porte.

— Tu n'as pas besoin de venir avec moi, dit-elle en sortant du véhicule.

— Bien sûr que si.

Quand ils eurent pénétré dans l'entrée, il referma la porte et la prit dans ses bras. Sous l'effet de la surprise, elle ouvrit de grands yeux, mais, une fraction de seconde plus tard, elle l'enlaçait et lui rendait son baiser.

Elle était douce, tendre, elle lui donnait le plus érotique baiser qui soit, et il mourait d'envie de lui faire l'amour.

— Va travailler plus tard, suggéra-t-il.

Les yeux lourds de désir, elle resserra l'étreinte de son bras sur sa taille. Alors, sans cesser de l'embrasser, il la souleva dans ses bras et l'emmena dans sa chambre.

*
* *

Il était 15 heures quand Gabe franchit la porte de Meg dans l'autre sens.

— Je passe te prendre à 19 heures, et ce soir tu dors chez moi. D'accord ?

Elle portait une simple serviette de bain bleue qu'elle maintenait sur ses seins tout en hochant la tête.

— Tu es trop belle pour que je te laisse, murmura-t-il.

— Va ! Je dois absolument me rendre au bureau. À tout à l'heure.

— Si tu lâches cette serviette, inutile de compter que je parte.

— Je ne la lâcherai pas, et tu vas partir !

Elle fit demi-tour et disparut à sa vue par la porte de la cuisine.

Il reprit sa voiture pour se rendre chez lui. C'était terrible. Il avait constamment envie d'elle. Il s'était attendu à ce que son intérêt s'émousse, comme d'habitude, mais pour le moment il était incapable de cesser de penser à elle et de la désirer.

Chez lui, il repêcha la bague de pacotille qu'elle lui avait confiée, et qui, à première vue, avait toute l'apparence d'un bijou authentique. La veille, il avait commandé un bouquet de fleurs à envoyer au bureau de Meg. Elle le trouverait en arrivant et, si Justin passait la voir, il le verrait et comprendrait sans doute qui l'avait envoyé.

Ce soir, désireux de la surprendre, il avait réservé dans un restaurant réputé. L'établissement était parfait. Raffiné et très fréquenté. Ils y seraient vus ainsi qu'elle le souhaitait. Avec un sourire, il remit la bague dans son écrin de velours.

Bientôt, elle sortirait de sa vie. Il n'y était pas encore prêt et espérait la persuader de sortir un peu plus longtemps avec lui.

Elle refuserait certainement. Elle redoutait de tomber

amoureuse d'un homme ne lui convenant pas, et il pressentait qu'à l'instant où ces fiançailles seraient rompues, elle disparaîtrait de sa vie.

Si c'était le cas, il devrait vivre avec sa frustration. Naturellement, tôt ou tard, ils se diraient forcément adieu, mais il préférait la garder le plus longtemps possible. Elle était incroyable au lit, réactive, passionnée, avec de l'énergie à revendre et généreuse de surcroît.

Il partit pour le vaste immeuble de bureau accueillant l'agence immobilière qu'il dirigeait avec Cade, mais, en chemin, il s'arrêta pour acheter un cadeau à Meg.

Hanté par sa pensée, il eut beaucoup de mal à se concentrer tout le reste de la journée. Il attendait avec impatience de la retrouver, de lui offrir la bague, puis de la ramener dans le secret de sa maison où il pourrait lui faire l'amour la nuit durant. Leur temps ensemble était limité et il comptait bien en profiter au maximum.

À la fin du mois, ou au moment où ils se sépareraient, souffrirait-il de la quitter ? Ça n'avait été le cas avec aucune autre, alors pourquoi le serait-ce avec elle ? De plus, il ne s'agirait pas d'un adieu, car elle avait l'art de revenir sauter à pieds joints dans sa vie.

Il repoussa ses papiers et sortit de son bureau. Alors qu'il mourait d'impatience de la retrouver, la perspective de la comédie qu'ils allaient jouer lui gâchait le plaisir. Elle lui avait néanmoins permis de coucher avec Meg et ça valait largement les soucis qu'elle lui causait.

Quels nouveaux plaisirs et tracas la soirée lui réservait-elle ?

- 9 -

En entendant tinter la sonnette de la porte d'entrée, Meg traversa la maison en courant. Avant d'ouvrir la porte, elle s'examina une dernière fois dans le miroir, revêtue de sa courte robe rouge à encolure plongeante. Elle portait des chaussures rouges à hauts talons et ses cheveux tombaient librement sur ses épaules.

Ce soir, elle serait fiancée à Gabe. L'idée fit bondir son cœur, alors même qu'elle était parfaitement consciente qu'il s'agissait d'une simple mise en scène. Après cette soirée, Gabe et elle seraient liés aux yeux de la famille et de la ville. Son humeur oscillait entre surexcitation et inquiétude que cet événement les rapproche encore, au risque qu'elle tombe amoureuse, si ce n'était déjà fait. Ils n'étaient pas destinés l'un à l'autre, et aucun d'eux ne saurait changer de style de vie. Elle n'allait pas se mettre à piloter un avion ou chevaucher la Harley de Gabe. L'idée seule la faisait frissonner d'horreur. Certes, il lui compliquait la vie, mais en même temps il lui avait rendu sa liberté, et c'était un chic type. Quel que soit leur avenir, cette soirée était à marquer d'une pierre blanche.

À la vue de Gabe, elle exhala un long soupir tant elle le trouva beau dans son costume bleu marine de coupe impeccable, sa chemise blanche et son chapeau à large bord. Son premier réflexe fut de l'attirer à l'intérieur, de refermer la porte et de se jeter dans ses bras.

Cependant, au prix d'un effort de volonté, elle s'en tint au programme qu'ils avaient mis sur pied.

— Bonsoir, irrésistible cow-boy.

— Dire que je t'emmène passer la soirée dehors alors que je ne rêve que de faire l'amour !

Devait-elle lui confier qu'elle était exactement dans le même état d'esprit ?

Le regard de Gabe la consumait tandis qu'il l'examinait de la tête aux pieds.

— Tu sais, ma chérie, dit-il d'une voix enrouée par le désir, nous pouvons renoncer au dîner et…

— Non, nous ne pouvons pas ! Il faut nous en tenir au scénario. Quand tout aura marché comme prévu, tu feras ce que tu veux de moi, mon cow-boy adoré !

— Je ne suis pas sûr de patienter aussi longtemps.

— Mais si ! répliqua-t-elle en riant. Allons-y. C'est la soirée où j'en finirai pour de bon avec Justin. Ce sera bon d'être débarrassés de lui, non ?

— Je dois avouer que je suis d'accord. Je détesterais avoir à intriguer pour épouser une femme.

Il sortit son téléphone.

— Ne bouge pas. Je veux une photo de toi, si belle, et une de nous deux.

Il les prit en photo, puis rangea son portable.

— Je les regarderai durant les froides nuits de solitude et me rappellerai les bons moments passés ensemble.

— Comme si tu passais tant de nuits tout seul !

En riant, elle ferma sa porte et se dirigea vers la voiture. Il lui prit le bras et le glissa autour de sa taille.

— Trésor, je vais compter les minutes qui me sépareront du moment où je pourrai te retirer cette merveilleuse robe rouge.

— Tu es vraiment obsédé, n'est-ce pas ? dit-elle sans pouvoir dissimuler que ces propos la flattaient.

Il lui adressa un sourire malicieux.

— Tu n'aimes pas ?

— Ce que j'aime, ce sont ces magnifiques fleurs que tu m'as envoyées. Avec ce bouquet, il n'y avait presque plus de place dans mon bureau. Roses, tulipes, lis blancs, glaïeuls, gypsophiles et freesias. Et au milieu de toutes ses fleurs, un petit ours brun tout neuf. C'est vraiment adorable. Je saurai te remercier comme il convient quand nous rentrerons ce soir.

— Parfait ! C'était mon but. Ça et envoyer un message à Justin au cas où il te rendrait visite à ton bureau.

— On m'a dit qu'il était passé et avait vu le bouquet. Et il est parti pour ne plus revenir. Il n'a pas non plus appelé. Je crois qu'il a compris. Mon chevalier ! s'exclama-t-elle en lui envoyant des baisers.

Il fit mine de les attraper et de les serrer contre son cœur.

Elle éclata de rire.

— Quand nous étions enfants, je te trouvais tordant. Tu l'es resté. Et tu es beau aussi.

Elle aurait même été jusqu'à ajouter que c'était le plus bel homme de la terre. Alors qu'il démarrait, elle examina son profil. Oui, il était beau, et elle ne pouvait nier qu'elle attendait la fin de la soirée pour se retrouver dans ses bras.

— Je peux en dire autant de toi, Meg. Simplement j'ignorais les talents que tu développerais en grandissant. J'aurais dû sortir avec toi il y a longtemps.

— Tu n'aurais pas obtenu les mêmes résultats, alors ne regrette rien.

— Ce sont ces « résultats » que j'attends avec impatience.

Tout en ralentissant à l'abord d'un feu, il lui jeta un regard brûlant qui la fit délicieusement frissonner.

— Si ce n'était pour ton plan, je ferais demi-tour et te ramènerais chez toi pour y passer une folle soirée érotique.

Voyant qu'il empoignait déjà le levier de vitesse, elle immobilisa sa main.

— Mais tu ne le feras pas, parce que c'est la partie essentielle de mon plan que tu anéantirais.

À contrecœur, il poursuivit sa route, et, peu après, ils obliquaient sur le chemin menant au restaurant le plus réputé de la ville.

— Nous y sommes, dit-il, tournant sur une allée sinueuse perdue dans un vaste espace paysager.

De petits étangs et des fontaines agrémentaient la route ainsi que des saules et des chênes majestueux.

Des guirlandes de lumière couraient dans les lilas ornant l'entrée alors que le coucher de soleil embrasait l'horizon. Un employé se chargea de la voiture et elle entra, se serrant au bras de Gabe. Le maître d'hôtel vint à leur rencontre et les mena à une table surplombant un jardin en pente où un ruisseau serpentait au milieu d'un paysage d'arbres, d'arbustes, de statues et de fontaines.

La flamme d'une bougie tremblotait dans une lampe tempête posée sur leur table, près d'un vase de cristal où s'épanouissaient des roses rouges. C'était un décor de rêve. Si elle devait un jour se fiancer, elle choisirait cet endroit.

Elle ressentit un pincement au cœur.

Rappelle-toi, Meg. Tout ceci n'est que faux-semblant.

— Donne-moi ta main, dit-il, posant la sienne ouverte sur la nappe.

Se forçant à sourire, elle y mit sa main.

— Pourquoi cet air solennel ? demanda-t-il en l'examinant avec attention.

— Tu es trop perspicace pour ma tranquillité d'esprit, rétorqua-t-elle.

Mais, évidemment, personne ne la connaissant aussi bien que lui, elle ne pouvait guère espérer lui dissimuler ses sentiments.

— Ce n'est rien. Juste… Eh bien, un jour, tu te fianceras pour de vrai, et l'élue sera une femme heureuse. Tu es quelqu'un de bien, Gabe.

— Merci. Je te promets qu'un jour un homme te demandera de l'épouser pour de vrai. Voyons mon chou, tout un tas de types bien se jetteront à tes pieds dès que je serai sorti du tableau. Dans moins d'un mois, tu t'amuseras comme une petite folle.

Elle ne lui rendit pas son sourire.

Il commanda du champagne. Quand le serveur s'éloigna après les avoir servis, il leva sa flûte de cristal.

— Je bois au succès de ton entreprise qui nous a permis de nous retrouver durant des jours inoubliables.

— Merci.

Elle leva son verre tout en plongeant son regard dans ses yeux bleus, éclairés par la lumière de la bougie. Leurs flûtes produisirent un son mélodieux en se heurtant délicatement.

Sans le quitter des yeux, elle but une gorgée de champagne ambré et pétillant. Puis elle porta à son tour un toast.

— À toi, Gabe Callahan, le valeureux cow-boy prêt à voler au secours des dames en détresse.

En buvant son champagne, de nouveau, elle ressentit une désagréable sensation d'oppression dans la poitrine. Gabe et elle n'avaient aucun avenir, d'aucune sorte. Ce qui se passait entre eux faisait partie d'un plan dont ils entrevoyaient le dénouement fructueux. Le mois serait vite écoulé, leurs chemins se sépareraient. Il avait beau être un homme merveilleux, il ne lui était pas destiné, pas plus qu'elle n'était une femme pour lui.

Ils trinquèrent de nouveau. Elle buvait une gorgée de champagne quand il tira un long paquet noué d'un ruban de soie bleu de la poche de sa veste et le posa devant elle.

— Je sais que nous avons certains gestes à accomplir ce soir ; celui-là n'en fait pas partie. C'est mon initiative.

Il déglutit avant de poursuivre :

— Ces moments ont été exceptionnels, Meg. Nous avons été les meilleurs amis du monde, nous voyant par intermittence au fil des ans. À présent, nous sommes non seulement amis, mais de plus intimes, et c'est un changement vers une relation plus profonde. Pour être sûr que tu n'oublies pas ces instants et combien ils ont compté pour moi, voici un souvenir. Pense à moi quand tu le porteras.

— Voyons, Gabe, tu m'as déjà offert des fleurs et un ours en peluche ! Je n'ai pas besoin d'autres cadeaux.

Il poussa l'écrin vers elle.

— S'il te plaît.

Sa curiosité aiguisée, elle le prit, défit le nœud de soie bleue et l'ouvrit. Elle demeura quelques secondes interdite en découvrant un collier sur le velours noir. À la chaînette incrustée de petits diamants était suspendu un pendentif où brillait un gros diamant serti dans des émeraudes.

Il lui fallut quelques minutes pour s'arracher à sa contemplation.

— Il est magnifique.

— Il est pour toi. Je te le mettrai au cou quand nous rentrerons ce soir.

— J'attends ce moment avec impatience. Je n'ai jamais possédé une telle merveille.

Elle lui prit la main et la serra.

— Merci.

— Quoi que nous réserve l'avenir, notre histoire remonte à des années, et tu as toujours compté pour moi. Tu m'as aidé à traverser des passages difficiles. Je voulais te faire un cadeau qui symbolise tout ça.

— Ce collier est fabuleux. Merci. Je peux seulement te remercier en paroles tant que nous sommes en public.

— Ne t'inquiète pas, à un moment ou à un autre, je te donnerai l'occasion de me prouver ta reconnaissance !

Tu peux attendre ce soir que je te passe ton collier, ou bien venir t'asseoir sur mes genoux, et je m'en occupe tout de suite.

Elle secoua la tête. Si elle se blottissait contre lui, qui pouvait dire ce qui arriverait ? Elle le contempla. Il était si beau, si séduisant, si attentionné. Pourquoi fallait-il que leurs différences rendent impossible une vie commune ?

Le serveur vint prendre leur commande. Dès qu'il se retira, elle leva sa flûte.

— Ceci pour remercier de tout mon cœur le meilleur ami de toute une vie.

Ils trinquèrent en souriant. Puis le serveur apporta leur salade verte sur des plats de cristal.

Ainsi que le laissait supposer le raffinement de l'établissement, le repas fut excellent. Ils avaient tous deux choisi des faux-filets accompagnés de patates douces cuisinées avec des noix de pécan, et un gâteau au chocolat couronné d'un filet de miel.

Ce fut à la fin du dîner, alors qu'ils savouraient des irish-coffees, qu'il sortit de sa poche un nouvel écrin.

— Le moment est venu, dit-il après avoir jeté un rapide coup d'œil autour d'eux. Tu voulais un public conséquent pour que l'histoire parvienne aux oreilles de Justin, et je crois que ton vœu est exaucé. Je parie qu'il sera au courant dans l'heure.

Le sourire aux lèvres, elle le regarda se lever. Quand il lui tendit l'écrin, son cœur se mit à battre la chamade, alors qu'il ne faisait que suivre un scénario écrit par elle. Soudain, elle vivait cet instant comme un grand moment qui allait orienter différemment le cours de sa vie.

— Ouvre-le, murmura-t-il.

À présent, au silence régnant dans la salle, elle comprit qu'ils avaient toute l'attention du public. Il avait raison ; d'ici peu, photographies et commentaires circuleraient sur les réseaux sociaux.

Elle ouvrit l'écrin et croisa le regard étincelant de malice de Gabe. Mais quand elle baissa les yeux, s'attendant à trouver la bague qu'elle lui avait remise, elle eut la surprise de découvrir un écrin plus petit. Que se passait-il ? Mais il l'étonne encore. Il ouvrit l'écrin, s'empara de la bague et, mettant un genou à terre, lui prit la main.

— Megan Louise Aldridge, dit-il d'une voix assez forte pour qu'elle porte. Veux-tu faire de moi le plus heureux des hommes en acceptant de m'épouser ?

Soudain, elle souhaita de toutes ses forces qu'il s'agisse d'une vraie bague avec un vrai diamant et que sa demande en mariage soit réelle. Oh ! si seulement elle pouvait devenir Mme Callahan et que leurs vies soient unies pour toujours. Elle vit défiler sous ses yeux le mariage et une existence de bonheur partagé.

Puis, tout aussi rapidement, ces images se dissipèrent. Une relation stable avec lui était impossible. Elle ne supporterait pas de vivre avec une tête brûlée qui avait besoin du danger pour pimenter son existence, ni d'aimer un homme pour la vie de qui elle craindrait constamment.

Mais soudain elle se rendit compte qu'il attendait sa réponse, tout comme leur public.

— Oui. Oh ! oui, Gabe, je veux être ta femme.

Il glissa la bague à son doigt, se releva en l'entraînant et scella leur accord d'un baiser.

Si la demande en mariage faisait partie de leur stratagème, le baiser était bien réel. Ils s'étreignaient passionnément et, l'espace d'un instant, elle oublia où elle se trouvait. Elle savait juste qu'elle était dans les bras de Gabe et qu'ils s'embrassaient.

Quand elle recula, elle croisa son regard. Cependant, le charme fut rompu par un tonnerre d'applaudissements. Il lui prit la main et ils sourirent aux personnes présentes, avant de se rasseoir et de laisser le calme redescendre dans la salle.

— Allons-y, dit-elle.

— Tu ne partiras pas tout de suite. Des personnes de notre connaissance s'approchent de nous, probablement pour nous congratuler. Espérons juste que tous les clients ne suivront pas leur exemple.

— Ne parle pas de malheur ! lui souffla-t-elle tout en souriant aux amis venus les féliciter.

Dès que ceux-ci se retirèrent, elle rassembla les écrins et les glissa dans son sac.

— Partons, s'il te plaît. Des photos ont été prises, peut-être même des vidéos. Nos familles et Justin seront au courant en moins de temps qu'il n'en faut pour le dire.

— Les réactions ont été plus vives que je ne le supposais dans ce digne endroit. Je suis prêt, trésor.

Il se leva et vint lui tirer sa chaise.

— Ils doivent penser que nous allons faire l'amour, chuchota-t-il. Si seulement c'était vrai.

— Viens !

Une fois qu'ils furent installés dans la voiture, elle appela sa mère.

— Gabe et moi pouvons-nous passer ? Nous avons une grande nouvelle à vous annoncer.

Il y eut quelques instants de silence pendant lesquels elle écoutait la réponse de sa mère, puis :

— Très bien. Nous serons là dans environ une demi-heure.

— Ils ne sont pas au courant ? demanda-t-il.

— Non. Mes parents ne suivent pas les réseaux sociaux. Allons leur expliquer que nous sommes fiancés.

— J'espère que ton père ne va pas me tirer une balle à bout portant.

— Voyons, il ne ferait jamais une chose pareille !

— Je n'en doute pas. Mais il ne va pas apprécier, pas plus que ta mère. Et j'espère que tes pauvres grands-parents ne vont pas s'évanouir sous le choc.

— Ne sois donc pas si pessimiste !

— Je suis sûr d'une chose. Tes parents ne vont pas me serrer dans leurs bras en me souhaitant la bienvenue dans la famille.

Gabe redoutait la rencontre avec les parents de Meg. Bien qu'il ait accepté de se livrer à cette mascarade, il se sentait gêné vis-à-vis d'eux. D'un autre côté, ils n'auraient jamais dû la pousser à se marier sans amour. Elle était trop affectueuse et pleine de vie pour se condamner à une existence avec un homme qui l'aurait épousée uniquement pour obtenir une promotion dans l'affaire paternelle.

Entendant le portable de Meg sonner, tout en se concentrant sur la circulation, il lui jeta un coup d'œil et vit qu'elle consultait l'écran.

— C'est Justin, dit-elle. Il doit avoir vu une photo de nous. Je ferais aussi bien de lui parler.

Elle prit la communication, mais un instant plus tard s'exclamait :

— Sérieusement ?

Elle semblait si choquée qu'il se tourna un instant vers elle. Elle était pâle et le regardait avec de grands yeux.

Il mit son clignotant pour quitter la voie rapide et emprunter la route menant au quartier résidentiel des parents de Meg où il se gara.

— Quand est-ce arrivé ? demandait-elle.

Maintenant, il regrettait de ne pas lui avoir suggéré de mettre la conversation sur haut-parleur.

— Je suis choquée, mais je te souhaite bonne chance, sincèrement. Tous mes vœux de bonheur… Oui, merci. Au revoir.

Elle se tourna vers lui.

— Je n'arrive pas à le croire, dit-elle. Justin est fiancé à Pamela Gatersen. Ils étaient en terminale ensemble, puis ils ont fréquenté des écoles de droit différentes. Ils viennent juste de se retrouver. Il lui a fait une cour expresse et voilà. S'il avait gagné à la loterie, il ne serait pas plus heureux. Ils se marient à Noël et partent ensuite pour une lune de miel autour du monde.

— Je connais Pamela, dit-il. Son père est à la tête de Gatersen Equipment, une entreprise nationale de matériel lourd, tracteurs, pelleteuses, camions. Sa famille est probablement plus fortunée que la tienne et ce détail semble très important aux yeux de Justin.

— Si je m'attendais à ça… Il était ravi de m'apprendre la nouvelle.

— J'imagine. C'est sa revanche. Mais il t'a également souhaité du bonheur. J'ai entendu que tu le remerciais.

— Oui. Il m'a souhaité d'être heureuse avec mon « cow-boy ».

— Je suppose qu'il était au courant pour ma demande.

Elle hocha la tête.

— Absolument. Il nous remercie de lui avoir évité un mariage sans amour. Cet événement te libère. Il est désormais inutile que nous annoncions nos prétendues fiançailles. Tu peux retourner à ta vie l'esprit en paix.

— Pas si vite. N'oublie pas que nous allions rendre visite à tes parents. Qu'allons-nous leur dire ?

— Eh bien, je vais me contenter d'appeler maman et de lui raconter pour Justin.

Dès qu'elle eut parlé avec sa mère, elle se tourna vers lui.

— Ça s'est très bien passé. Maman est contente pour Justin et pour moi puisque c'est ce que je voulais. Je discuterai avec mon père la prochaine fois que j'irai le voir.

Il lui prit la main et la regarda droit dans les yeux.

— Viens à la maison avec moi ce soir. Je t'en prie, ne changeons rien à notre plan initial.

*
* *

L'idée la frappa avant qu'elle puisse répondre. Elle n'en revenait pas de ne pas avoir vu tout de suite le problème.

— Gabe. Et notre petite comédie au restaurant ?

Il secoua la tête.

— Bon sang ! Elle se retourne contre moi. Justin est fiancé et moi aussi.

— Non, tu ne l'es pas vraiment. Je dirai simplement aux gens que nous n'allons pas nous marier. Je peux raconter que mes parents me pressaient de me caser et que tu as agi ainsi pour me sauver d'un mariage dont je ne voulais pas. L'affaire sera vite oubliée. Ta famille est déjà dans le secret ; la mienne entendra courir des bruits, mais je leur dirai de ne pas s'en inquiéter.

— Si tu penses vraiment que ça pourra marcher.

Il démarra et rebroussa chemin.

— Je pense que je dois à Justin de nous avoir rapprochés, ne serait-ce que pour un temps. C'est très agréable de sortir avec toi.

Elle était hantée par l'idée que c'était sa dernière soirée avec lui.

Elle fit tourner la bague étincelante autour de son doigt et, en souriant, posa la main sur sa cuisse. Elle en sentit la chaleur à travers le pantalon. Une fois de plus, elle était frappée de constater quel homme gentil et attentionné il était devenu.

Elle était d'accord pour aller chez lui. Il avait raison. Pourquoi changer leurs plans pour la soirée ?

Dès qu'il eut refermé la porte de sa maison, il l'embrassa.

— Je veux mettre mon collier, dit-elle quand ils se séparèrent.

— Bien sûr. Donne-le-moi.

Elle sortit l'écrin de son sac et l'ouvrit. Avant de le lui tendre, elle admira le collier étincelant.

— Il est magnifique.

— Heureux qu'il te plaise.

Il prit le bijou, se positionna derrière elle et rassembla ses cheveux.

— Veux-tu les maintenir pendant que j'attache le collier ?

Elle les souleva et, après avoir passé le collier autour de son cou, il boucla le fermoir ainsi que la sécurité. Après quoi, il déposa de petits baisers sur sa nuque.

Avec un petit cri de plaisir, elle ferma les yeux et savoura la sensation, puis elle laissa retomber ses cheveux et, se retournant, se mit sur la pointe des pieds et l'embrassa.

Il lui rendit son baiser avec une ardeur qui fit battre son cœur. Elle n'arrivait pas à croire que ce serait une nuit d'adieu. Et pourtant… Demain, il disparaîtrait de sa vie et elle ne le verrait que lors des rares événements auxquels il assistait. L'idée lui fit mal. Était-il donc devenu à ce point important pour elle ? Elle n'avait pas à chercher bien loin pour comprendre que la réponse était positive et que se séparer de lui serait un déchirement.

- 10 -

Tout en caressant le corps de Gabe, Meg aurait voulu en embrasser chaque parcelle. Au fond de son cœur, elle savait que l'histoire s'arrêtait là. Elle n'avait plus de raison de rester chez lui et, chaque fois qu'ils faisaient l'amour, elle sentait le lien se resserrer entre eux.

Plus elle s'attarderait, plus ce serait difficile de partir. Malgré tout, elle voulait passer cette nuit avec Gabe.

Mais comment réagirait-elle s'il lui demandait de rester plus longtemps ?

Elle devrait refuser. Si elle ne rentrait pas très vite chez elle, elle serait bientôt dans l'incapacité de le faire.

Tout en le caressant, elle repoussa sa veste et la fit tomber par terre. Puis elle déboutonna son impeccable chemise blanche, lui retira ses boutons de manchette en or et les glissa dans la poche de son pantalon tandis qu'ils continuaient de s'embrasser.

— Tu vas me manquer, murmura-t-elle.

— Je ne suis pas encore parti.

Il glissa les doigts dans ses cheveux, les tira légèrement pour lui faire lever la tête et reprit ses lèvres. Ce baiser impérieux l'excitait et lui donnait envie d'aller plus loin.

Elle défit sa ceinture, déboutonna son pantalon et le fit glisser avec son caleçon le long de ses jambes. Quand ils furent à terre, il se débarrassa de ses boots et de ses chaussettes et les enjamba.

Il avait déjà baissé la fermeture Éclair de sa robe qui

tomba sur ses chevilles. Il la tint alors à bout de bras pour la contempler d'un regard caressant.

— Tu es si belle. Je voudrais te regarder et te toucher toute la nuit. Je te veux dans mes bras, nue contre moi. Je veux tout, Meg. Tu ne sauras jamais à quel point je te désire.

Elle frissonna à la vue de son grand corps si viril, tout en muscles. Elle s'agenouilla pour le caresser, glissant les mains à l'intérieur de ses cuisses, et, prenant son sexe dans sa main, promena sa langue dessus. Il emmêla ses doigts à ses cheveux, puis, avec un grondement de plaisir, il la releva. Elle se frotta contre lui tout en le couvrant de baisers. Elle caressa son ventre, ses jambes, sa poitrine.

Finalement, il la souleva dans ses bras et l'emporta dans la chambre la plus proche. Après l'avoir déposée sur le lit, il s'allongea tout contre elle et la prit dans ses bras.

Elle l'aimait avec un total abandon, sachant que c'était la dernière fois, mémorisant chaque détail de son corps tremblant de désir.

Elle fit de son mieux pour lui donner un plaisir qui resterait gravé dans sa mémoire. Ses mains étaient partout à la fois, le touchant, le caressant, le titillant tandis qu'elle parsemait de baisers sur tout son corps.

Enfin, il immobilisa ses mains et se glissa entre ses jambes, s'arrêtant le temps de mettre un préservatif avant de s'abaisser sur elle et de la pénétrer d'un seul coup.

Elle referma les jambes sur lui et le serra en elle pendant qu'ils s'embrassaient. Elle criait en s'accrochant à lui, cria encore quand il perdit le contrôle et qu'ils atteignirent la jouissance en même temps.

Épuisés et heureux, ils restaient enlacés, se caressant doucement.

— Tu es merveilleuse, murmura-t-il en posant un baiser sur sa tempe.

Il écarta tendrement les mèches humides de son visage.

— Je voudrais que tu restes, Meg. Tout le mois.

Malgré un pincement au cœur et l'immense envie qu'elle ressentait de céder à sa demande, elle secoua la tête.

— Je ne peux pas, Gabe. Au bout d'un mois, je serais si attachée à toi qu'il me serait impossible de partir.

— Reste cette semaine, alors. Pour quelques jours de plus, tu ne crains rien.

Une jambe en travers des siennes, elle lui caressa la joue. Elle ne pouvait pas lui dire qu'elle était déjà amoureuse de lui.

— Non. Tu as ta vie, toutes ces choses que tu aimes faire. Et moi, j'ai mon travail qui m'attend. Il m'est impossible de prendre ce genre de relation à la légère. Chez moi, l'amour physique est lié aux émotions et aux sentiments.

— Tu as toujours été sentimentale. C'est sans doute pour ça que tu as conservé ce stupide ours en peluche que je t'ai offert il y a des années.

— Sans doute. Je veux que tu saches que j'ai beaucoup apprécié ce que nous venons de vivre. Tu m'as sauvé la mise et offert un superbe collier. C'est moi qui aurais dû te faire un cadeau pour te remercier d'avoir si bien rempli ton contrat.

— Mon cadeau, c'est de te tenir dans mes bras, de te faire l'amour la nuit durant, de t'embrasser. Dîneras-tu avec moi vendredi prochain ?

Elle baissa les yeux tout en jouant avec le duvet de son torse. Finalement, elle secoua la tête.

— Ce n'est pas une bonne idée. Parce que tu voudrais me ramener ici, coucher avec moi, et je ne peux pas continuer comme ça.

— Si tu changes d'avis, appelle-moi, dit-il, l'air grave.

— Promis. Je vais admirer dans la glace mon beau collier et ensuite me doucher, m'habiller et rentrer à Downly.

— Tu vas me manquer.

— Mais non ! Tu vas trouver une jolie fille et tu m'oublieras aussitôt.

Elle roula sur elle-même, s'enveloppant dans le drap, et quitta le lit pour aller se doucher.

— À tout de suite.

Dans la salle de bains, elle poussa un profond soupir. Elle aurait tellement aimé répondre par l'affirmative à ses questions. Elle voulait rester tout le mois. Elle voulait rester ce soir. Mais tout ce qui se passerait durant ce laps de temps ne ferait que renforcer le lien qui l'unissait à lui. Elle l'aimait. Par le passé, il s'agissait d'amitié, mais à présent c'était différent, elle le savait. Tout avait basculé entre eux dès qu'ils s'étaient embrassés.

Après la douche, elle passa un jean, une chemise en jersey rouge et des boots. Quand elle ressortit, il l'attendait dans le couloir. Il posa les mains sur ses épaules.

— Je ne veux pas que tu partes. Reste, Meg ! Reste au moins cette nuit.

Sa gorge se noua. L'envie d'accepter se faisait torturante.

— Je ne peux pas ! Je finirais par tomber amoureuse de toi et ce serait un désastre puisque tu ne veux pas t'engager. Et même si tu le voulais, je ne pourrais pas. Nos modes de vie sont trop différents.

Elle vit sa mâchoire se contracter et son regard durcir.

— Bon sang, Meg ! J'aime ma vie, j'aime ce que je fais. Je gagne beaucoup d'argent en élevant des taureaux de rodéo. Je prends souvent l'avion pour me déplacer, j'aime la vitesse, j'aime la vie et j'en profite.

— Oh ! Gabe…

Elle se jeta à son cou en sanglotant. Il la serrait contre lui, cherchant à la réconforter, et elle finit par relever la tête et prononcer des mots qu'elle n'aurait jamais cru lui dire.

— Je suis déjà amoureuse de toi, mais je n'aime pas la vie que tu mènes. Je serais incapable de la supporter. Je ne veux pas aimer quelqu'un qui se tuera dans un accident, comme mon frère. C'est trop cruel de perdre quelqu'un que l'on aime et je ne supporterai pas de te perdre. Pas question non plus de mourir de peur qu'il t'arrive quelque chose chaque fois que tu partirais de la maison.

Malgré les torrents de larmes que cette décision lui arrachait, elle savait qu'elle n'avait d'autre choix que de le quitter.

Quand elle réussit à reprendre un tant soit peu possession d'elle-même, elle s'essuya les yeux et le regarda.

— Je crois qu'il ne reste rien à ajouter.

— Je ne peux pas me transformer en un autre. Je suis moi et je dois rester moi.

— Je ne peux pas non plus changer, Gabe.

— Est-ce notre première querelle ? demanda-t-il, s'efforçant sans doute d'alléger l'atmosphère.

Néanmoins, un muscle tressautait dans sa mâchoire et son regard si bleu avait noirci. Hélas ! tout en sachant qu'il était triste et en colère, il lui était impossible de changer d'avis.

— C'est sûrement notre première querelle, répondit-elle sans toutefois réussir à sourire tant son cœur était serré. Enfants, nous ne nous disputions pas. Tu étais mon meilleur ami et tu le resteras.

— Bonne chance, Meg. Tu me manqueras plus que tu ne saurais croire.

— Il faudra que j'aille chercher mes affaires au ranch. À moins que tu ne les apportes à Dallas et que je passe les prendre chez toi. Merci, Gabe, pour mon magnifique collier. Merci pour tout ce que tu as fait.

— Je te l'ai dit, je n'aurais manqué cette aventure pour rien au monde. Bien que nous nous connaissions depuis toujours, j'ai l'impression que tu es nouvelle dans ma vie.

Il lui prit la main.

— Si tu changes d'avis, je serai là. Appelle-moi à n'importe quelle heure. Tu seras toujours la bienvenue.

— Merci.

Elle se haussa sur la pointe des pieds pour l'embrasser. Il la serra contre lui et lui rendit son baiser avec une telle ardeur que, submergée de désir, elle faillit abandonner toute prudence. Cependant, l'enjeu était trop important pour qu'elle cède à ses pulsions.

Elle souffrait et détestait chaque pas qui l'éloignait de lui. Mais il n'y avait pas d'autre issue.

Elle démarra. Plus la distance croissait entre eux et plus il lui semblait que son cœur partait en lambeaux. Dans le rétroviseur, elle voyait Gabe qui, les mains sur les hanches, la regardait partir. Combien de temps allait durer son chagrin ? Réussirait-elle seulement à l'oublier ? Cela paraissait impossible. Cet homme, elle l'aimerait jusqu'à la fin de ses jours.

Les larmes ruisselèrent sur ses joues. Elle voulait les bras de Gabe autour d'elle, elle voulait sa bonne humeur, ses rires, ses taquineries. Elle voulait son amitié.

C'était fini ; il faudrait bien qu'elle tourne la page. Elle rentra chez elle, appela son bureau pour expliquer qu'elle ne viendrait pas, se jeta sur son lit et pleura toutes les larmes de son corps.

Gabe regarda Meg s'éloigner avec l'impression de perdre une partie de lui. Il aimait les femmes, il avait des liaisons, puis chacun reprenait sa liberté et on restait bons amis. Ces ruptures ne l'avaient jamais fait souffrir. Rien d'ailleurs ne l'avait fait souffrir comme il souffrait aujourd'hui.

C'était ridicule. Comment Meg avait-elle pu prendre une telle place dans sa vie qu'il ne supportait pas l'idée d'être séparé d'elle ? Mais elle n'aimait pas sa façon de vivre. Ses taureaux l'épouvantaient, le rodéo également. Elle détestait ses voitures de sport et sa moto. Par quel mystère lui manquerait-elle ?

Certes, elle était son amie, une amie très chère, mais il avait des frères, un demi-frère et de bons amis. Elle lui mettait les nerfs en pelote la moitié du temps. Quand elle s'était présentée à sa porte l'autre jour, il avait craint le pire et il avait eu raison. Sa vie n'était plus la même depuis lors et il ne retrouverait pas de sitôt sa tranquillité d'esprit.

Se pouvait-il…

Non. Bien sûr que non ! Impossible qu'il soit amoureux d'elle.

Son regard se porta sur son allée. Il la vit s'éloigner en emportant un peu de son cœur.

Mais dans ce cas, qu'allait-il devenir ?

Il se détourna, rentra dans la maison qui lui parut déserte et sans vie. Impression qu'il n'avait jamais ressentie. C'était comme si Meg avait fait une brutale irruption dans sa vie, l'avait rendu fou de désir, s'était immiscée dans son cœur pour, d'un coup de baguette magique, disparaître, le laissant perdu, vide, malheureux.

— Bon sang, Meg ! s'exclama-t-il, sourcils froncés.

Il irait au ranch chercher son sac et la préviendrait qu'elle pouvait passer le prendre. Peut-être la reverrait-il à cette occasion. Peut-être même parviendrait-il à la persuader de rester un peu.

Celle idée lui ressemblait si peu qu'il se demanda quel sort elle lui avait jeté.

Il refusait de croire qu'il puisse l'aimer. Ce serait un nouveau désastre à mettre au compte de Meg. Il n'était pas question qu'il renonce au rodéo, à ses voitures de sport, à ses avions.

À propos d'avions… Il téléphona à l'aéroport pour demander qu'on lui prépare le sien. Au lieu de conduire jusqu'au ranch, il volerait. Piloter lui ferait du bien et il cesserait peut-être de penser à Meg. Il vivait sans elle depuis des années ; il pouvait sûrement continuer à s'en passer.

Faux. Il pouvait s'en passer *avant* qu'ils se soient embrassés et aient couché ensemble. Les baisers de Meg étaient les plus éblouissants, les plus érotiques qu'il ait jamais connus, et faire l'amour avec elle lui avait coupé le souffle.

Es-tu certain de ne pas être amoureux d'elle ?

— Oui ! s'écria-t-il avec violence.

Du moins l'espérait-il. S'il l'aimait, cette femme ferait de sa vie un enfer ! Et elle refuserait de l'épouser à cause de son mode de vie. Il avait réussi jusqu'ici à ne jamais tomber amoureux et il faudrait que la première fois, ce soit de Meg ?

Ce serait une catastrophe.

S'il voulait que Meg fasse partie de sa vie, il devrait dire adieu à ses taureaux, source de revenus confortables, et aussi se débarrasser de ses avions, reléguer voiture de sport et Harley aux oubliettes. S'il l'épousait, ce qui n'était pas envisageable, elle lui interdirait probablement de sortir sous la pluie ou de se risquer dans la neige de peur qu'il ne prenne froid ou ne se perde.

Il poussa un cri de révolte. Craindre sa propre ombre n'était pas vivre. Bien sûr, il comprenait que la disparition de son frère l'ait traumatisée, mais Hank n'aurait pas voulu qu'elle s'épouvante de tout.

Il se rendit à l'aéroport et pilota son avion jusqu'au ranch. Il fallait absolument qu'il arrête de penser à Meg. Non, il ne pouvait pas être amoureux d'elle. Même si elle acceptait son style de vie, ce qui était hautement improbable, il refusait de se livrer à elle pieds et poings liés. Ça signifierait la même femme pour le restant de ses jours. Il imagina Meg vivre avec lui chaque instant, dans son lit chaque nuit, mais, au lieu de l'effrayer, l'idée lui parut attrayante.

Avec un juron, il saisit son portable pour l'appeler, mais se ravisa. Ils s'étaient dit au revoir, et c'était très bien ainsi.

Il aurait mieux fait de se barricader chez lui le jour où il l'avait vue remonter à vive allure son allée pour lui demander de l'aide.

Étant donné qu'il l'avait laissée l'approcher, il ne lui restait plus qu'à réfléchir à d'autres femmes susceptibles de le guérir d'elle. Il parcourut mentalement toute une liste de beautés qui avaient attisé son intérêt. Cela prit environ trente secondes avant qu'elle ne se réimpose au premier plan. Il se rappela son expression quand elle avait ouvert sa porte et qu'il s'était retrouvé devant une étourdissante blonde qu'il n'avait même pas reconnue.

Il poussa un gémissement à l'idée qu'elle ait pu irrévocablement transformer sa vie. Il devait reprendre possession de lui-même et cesser de penser à elle. Même s'il était tombé amoureux, ce ne pouvait être sérieux et ses sentiments passeraient vite à l'arrière-plan. Il le fallait, parce que, pour l'instant, la vie sans elle était un enfer.

Meg essaya tout. Elle s'épuisa dans le travail avec l'espoir de tomber de sommeil le soir au lieu de rester allongée en pensant à Gabe. En vain. Il lui manquait. Sans lui, elle ressentait un vide immense dans sa vie. Et elle commençait à penser qu'elle n'arriverait jamais à passer à autre chose.

Il lui avait téléphoné pour la prévenir qu'il avait rapporté son sac du ranch, mais son emploi du temps ne lui avait pas permis d'aller le chercher.

Elle s'efforçait de l'oublier tout en désirant passionnément le revoir. Mais quand elle irait récupérer son sac, ce serait leur dernière rencontre. Et elle ne supportait pas l'idée.

Elle regarda la photographie qu'un ami lui avait envoyée et qu'elle avait glissée dans une pile de papiers sur son bureau. Prise dans le restaurant le plus chic de la ville, on y voyait Gabe sur un genou lui demandant de l'épouser.

Elle trouvait le cliché amusant. Sauf qu'en lui rappelant les bons moments passés ensemble, il la rendait malade du désir d'être avec lui. Après qu'il eut appelé deux fois à propos de son sac, finissant par proposer de le lui apporter, elle décida d'en finir une fois pour toutes. Elle rappela Gabe et ils convinrent d'un rendez-vous pour le mercredi. Une semaine seulement s'était écoulée depuis qu'elle ne l'avait vu, mais cela lui paraissait une éternité.

Le mercredi matin, en remontant l'allée de la maison de Dallas de Gabe, elle le découvrit l'attendant sur la terrasse. Il portait une chemise blanche ouverte au col, un pantalon gris anthracite et ses bottes noires. Son pouls s'accéléra quand il vint vers elle.

— Bonjour. Entre, je t'en prie. Tu ne vas pas prendre ton sac et t'en aller. Nous allons boire un café et bavarder.

Elle était bien décidée à décliner son invitation, mais, quand son regard croisa celui si bleu de Gabe, une profonde émotion l'envahit et elle le suivit à l'intérieur.

— À vrai dire, je n'ai rien à raconter, dit-elle en haussant les épaules. J'ai passé mon temps à travailler.

Elle n'était pas certaine qu'il l'écoute, car son regard restait figé sur ses lèvres.

— Tu m'as horriblement manqué, dit-il.

— Tu m'as aussi manqué, murmura-t-elle, contenant son envie de se jeter à son cou.

La vue de ses cheveux indisciplinés tombant sur son front et de sa joue bleuie de barbe l'émouvait et la troublait profondément.

— Nous n'avons aucun avenir ensemble, n'est-ce pas ?

Sa question lui fit mal parce qu'elle soulignait de façon définitive le fossé qui les séparait.

— Non, dit-elle en secouant la tête. Je n'accepterai jamais ta façon de vivre.

En prononçant ces mots, elle songeait à la mort stupide de son frère.

— Et je sais que tu n'y renonceras pas, ajouta-t-elle.

Ils se regardèrent un long moment en silence, et le désespoir l'envahit.

— Viens, Meg, dit-il.

Le cœur battant, elle obéit, leva son visage vers lui avec l'impression de rentrer chez elle, chez eux, et il lui fallut un certain temps avant de se rendre compte que son téléphone sonnait.

— Un instant, dit-elle en le sortant de sa poche.

Consultant l'écran, elle grimaça.

— C'est mon père. Il ne m'appelle jamais pendant les heures de travail. Je ferais mieux de prendre la communication.

Elle s'écarta et, après un rapide entretien, revint vers lui.

— Je dois y aller. La semaine dernière, pendant son séjour chez ma tante, mon grand-père est tombé et s'est cassé le bras et deux côtes. Comme les médecins le jugent en état de voyager, mes parents veulent le rapatrier à Dallas et j'ai promis de les accompagner. Maman déteste conduire sur l'autoroute et on annonce des orages sur l'ouest du Kansas et du Colorado.

— Accepte que je vous y emmène en avion, dit-il spontanément. Et je ramènerai ton grand-père. Où habite ta tante ?

— Colorado Springs. Mais il n'est pas question que nous voyagions en avion.

— Mais si, il en est question ! Ce sera beaucoup plus confortable pour lui et vous éviterez des heures de conduite.

— Tu sais très bien que je suis incapable de monter en avion !

Rien que l'idée lui donnait des palpitations.

Il dut lire la panique dans ses yeux, car il hocha la tête.

— Tu n'y es pas obligée. Je peux emmener tes parents. Je vais appeler l'aéroport et demander qu'on prépare mon avion.

Elle le considéra, toute rembrunie. Elle ne voulait pas prendre l'avion, mais ne voulait pas non plus exposer sa famille à un danger. D'un autre côté, il avait raison. Ce serait plus pratique pour tout le monde.

— Malgré des perturbations météorologiques, les vols sont autorisés, déclara-t-il. L'avion sera bientôt prêt et j'aurai un copilote. Appelle tes parents et dis-leur qu'une limousine va passer les chercher pour les emmener à l'aéroport. Je ne pense pas qu'ils refuseront mon offre. Si c'est le cas, laisse-moi parler à ton père.

Quelques minutes plus tard, elle lui tendait son téléphone pour qu'il expose son plan à son père. Elle se dirigea vers la fenêtre. C'était une belle journée ensoleillée, sans un souffle de vent. Combien de temps voleraient-ils avant de se trouver confrontés aux orages ? Elle pressa ses mains l'une contre l'autre. Tout en mourant de peur, elle avait pris sa décision. Elle participerait au voyage.

Il lui tendit son téléphone.

— Tes parents sont d'accord. Dès que la limousine sera là, j'irai les chercher.

Il posa les mains sur ses épaules.

— Tu n'es pas obligée de venir, mais il y a une chose que tu dois savoir. Tu débordes trop de vitalité pour passer ta vie à avoir peur. Certes, la vie comporte des risques, mais on ne peut pas tous les éviter sous peine de vivre dans une prison.

Il laissa ses bras retomber et se détourna.

— Je vais préparer quelques affaires

— Attends. Je viens avec toi.

Elle vit qu'il essayait de cacher un sourire.

Quelques minutes plus tard, une limousine noire s'arrêtait devant la porte et ils allèrent à la rencontre du chauffeur qui en descendait.

— Merci d'avoir fait si vite, dit Gabe. Meg, voici Gene Gray, notre chauffeur. Gene, je vous présente Mlle Aldridge. Elle va vous donner l'adresse de ses parents.

Quand ils eurent pris ceux-ci en charge et qu'ils arrivèrent à l'aéroport, son cœur battait si fort qu'elle craignit qu'il n'explose. Et la vue de l'appareil ne la rassura pas.

— Cet avion est beaucoup plus gros que ceux que pilotait Hank !

— Pour aller au ranch, j'en utilise un plus petit.

En réalité, quand ses parents et elle furent installés dans la luxueuse cabine, elle dut convenir qu'elle appréciait ce confort.

— Ça va ? lui demanda-t-il.

Elle réussit à lui adresser un pâle sourire.

— Jusque-là, oui. Il faut que je te dise. Tu as impressionné mon père.

— J'en suis heureux. Quand nous aurons pris de l'altitude, le steward fournira boissons, oreillers et magazines. Contente-toi de te détendre.

Elle attacha sa ceinture pendant qu'il gagnait le poste de pilotage. Quand l'avion roula de plus en plus vite sur la piste, elle se cramponna à son siège au point que ses jointures blanchirent. Au moment du décollage, elle retint son souffle et ne reprit sa respiration que lorsque, après avoir décrit un large cercle, l'avion prit la direction du nord.

À intervalles réguliers, Gabe les informa des conditions de vol. Ils maintinrent l'allure jusqu'au moment où ils pénétrèrent dans les nuages. Alors, elle ressentit une peur panique et envia ses parents qui dormaient.

Le vol se fit chaotique et chaque secousse la plongeait

dans l'angoisse. À cause des nuages, la vue par le hublot était bloquée et elle n'osait imaginer comment Gabe s'orientait, même si elle savait bien qu'il disposait pour ça d'un matériel sophistiqué. Et dans quel état atterriraient-ils ?

Sa mère s'éveilla et la vit qui, les yeux agrandis par la peur, fixait le hublot. Ses parents échangèrent un regard, puis sa mère se pencha vers elle.

— Est-ce que ça va ?

— Ça va, mentit-elle.

Elle n'avait qu'une seule envie, descendre de cet avion, et la perspective du retour la plongeait dans une angoisse indicible, bien qu'elle essayât de se rassurer en se disant que le lendemain les conditions météorologiques s'amélioreraient très probablement.

Durant l'heure suivante, l'appareil rencontra encore plus de turbulences et, accrochée à son siège, elle fermait très fort les yeux. Quand la tempête se calma, ce fut le moment de l'atterrissage.

Il attendit qu'elle s'approche de la porte à la suite de ses parents pour glisser un bras autour de sa taille.

— Comment te sens-tu ? Je suis fier de toi. Tu l'as fait.

— Tout juste.

— Mais tu l'as fait ! Ce n'était pas un vol des plus paisibles.

Avec un sourire, il accentua sa pression sur sa taille.

Une limousine les attendait pour les conduire chez sa tante. Son grand-père était confortablement installé dans un fauteuil, son bras plâtré maintenu par une écharpe, et il fut heureux de les voir.

Quand Gabe décida que le moment était venu pour lui de les laisser en famille, elle le suivit dehors et referma la porte derrière elle. Il faisait frais, bien qu'on fût en été, et elle serra ses bras contre elle.

— Merci de nous avoir amenés ici.

— J'ai été heureux de le faire. Demain le temps sera meilleur et le vol se déroulera sans encombre.

Elle était triste qu'il ne reste pas, tout en sachant que ce n'était pas souhaitable. Elle s'apprêtait à rentrer quand il la retint et l'attira tout contre lui. Et elle sentit la chaleur de son corps irradier en elle.

— C'est bon d'être avec toi, dit-il. Même pour le temps d'un vol. Tu me manques tant.

Le cœur battant, elle l'étreignit.

— Tu me manques aussi.

Elle ne voulait pas qu'il lui manque, ne voulait pas être aussi heureuse de sentir ses bras autour d'elle. Cependant, il était impossible de nier la vérité.

Il s'écarta pour la dévisager, puis l'embrassa. Incapable de résister, elle lui rendit son baiser.

Quand ils se séparèrent, elle le regarda monter dans la limousine et disparaître à sa vue avant de rentrer rejoindre les siens.

Le vol du lendemain se déroula sans histoire. Des flocons de nuages émaillaient le ciel d'un bleu très pur. Ses parents et grands-parents bavardaient gaiement. Quant à Meg, elle s'efforça de se détendre.

Toutefois, ses interrogations demeuraient.

Ne s'apprêtait-elle pas à renoncer à une vie heureuse à cause d'une peur maladive du danger ? Elle pensa à Gabe aux commandes. Il était resté parfaitement maître de lui au milieu de l'orage. Et il avait raison de dire que la vie comportait forcément des risques. Allait-elle laisser ses peurs la priver d'une existence auprès de l'homme qu'elle aimait ?

Elle l'aimait de tout son cœur. Cet amour ne valait-il pas la peine de prendre quelques risques ? N'accepterait-elle pas son mode de vie aventureux si cela signifiait vivre à côté de lui ?

Ne pourrait-elle pas trouver de compromis de façon à vivre avec lui sans angoisse excessive ?

Après avoir déposé les siens à la maison familiale, la limousine les conduisit chez Gabe. Sa voiture était restée chez lui, et elle devait aussi récupérer son sac.

Dès qu'ils entrèrent, il lui ouvrit les bras.

— Ah, Meg…, murmura-t-il dans un soupir. Viens là.

Elle s'y glissa avec joie et quêta un baiser tout en sachant fort bien jusqu'où ça l'entraînerait.

Deux heures plus tard, elle reposait au creux de son bras.

— Chérie, murmura-t-il en lui caressant doucement l'épaule, j'ai eu le temps de réfléchir à nous deux. Je ne veux pas d'une vie sans toi.

Ces paroles l'enchantèrent tout en jetant le trouble dans son esprit.

— Moi aussi, j'ai réfléchi à nous deux durant le vol de retour. Et j'en ai conclu que tu as peut-être raison. Mes peurs m'interdisent sans doute de réaliser les plus chers de mes vœux. Seulement, je ne peux pas me changer d'un claquement de doigts.

Comme il se taisait, elle reprit :

— Je ne peux pas décréter du jour au lendemain que ça m'est égal que tu chevauches des taureaux furieux, conduises à tombeau ouvert ta Harley ou pilotes ton avion. Laisse-moi un peu de temps.

Elle vit un grand sourire illuminer son visage.

— C'est un progrès. Prends tout le temps qu'il te faudra.

Mais soudain il s'assombrit.

— J'espère simplement que ce ne sera pas trop long. Tu me manques vraiment.

— Je crois que nous avons besoin de prendre un peu

de distance pour réfléchir à ce que nous représentons l'un pour l'autre.

— Ce qui signifie que tu n'emménages pas avec moi ?

— À mes yeux, m'installer avec toi représenterait un pas de géant. De plus, l'engagement et toi faites deux. Si je vivais avec toi, je t'aimerais chaque minute davantage. Mais un jour, tu voudrais reprendre ta liberté, et alors que deviendrais-je ? Réellement, il faut que je réfléchisse.

Elle nota avec un peu d'inquiétude qu'il demeurait silencieux.

— Je dois rentrer maintenant. Mon travail m'attend.

Elle se glissa hors du lit et se rendit dans la salle de bains pour se doucher et s'habiller.

Plus tard, sur le pas de la porte, après qu'ils s'étaient dit au revoir, elle lui sourit.

— Encore une fois, Gabe, tu as été mon chevalier. Merci.

— Réfléchis à nous deux et appelle-moi, ma chérie. Souviens-toi juste que je vais vivre un enfer sans toi.

— Même chose pour moi.

Elle comprenait qu'elle devrait apprendre à accepter le risque, parce que certaines de ses peurs n'existaient que dans son imagination. Pas toutes, bien sûr. Et elle ne voyait pas comment détourner Gabe de son amour des conduites dangereuses. Mais un autre problème les séparait. Était-elle prête à vivre avec lui, à s'attacher toujours davantage pour qu'il la quitte un jour ? Il ne se cachait pas d'être incapable d'engagement. Elle s'aveuglerait en espérant autre chose de lui.

- 11 -

Gabe passa la semaine suivante dans son ranch, s'exténuant aux tâches les plus dures qu'il pouvait trouver. Le soir, il détestait rentrer à la maison. Elle était vide, son lit était vide. Au lieu de s'apaiser, son manque de Meg se faisait plus cruel de jour en jour. Il se surprenait parfois à regarder des photographies d'elle sur son téléphone.

— Je t'aime et tu me manques, leur disait-il.

Alors qu'il travaillait à installer une nouvelle barrière à l'entrée d'un pré, il s'arrêta, s'essuya le front et fixa un point dans l'espace. Elle avait dit qu'elle réfléchirait à la possibilité d'un avenir commun et il lui avait demandé de l'appeler quand elle en saurait plus. Son style de vie creusait toujours un fossé entre eux et empêchait Meg d'aller de l'avant. Ne pourrait-il renoncer à un ou deux de ses plaisirs, ce qui l'amènerait peut-être en retour à des compromis ?

Il ramassa une planche qu'il coupa en deux tout en réfléchissant aux activités qu'il préférait et qu'elle pouvait considérer comme dangereuses.

Et qu'en était-il de son aversion pour l'engagement ? Elle s'inquiétait d'emménager avec lui, de s'attacher à lui pour devoir affronter à un moment ou à un autre une rupture. Elle connaissait sa réputation d'homme à femmes. Effectivement, il changeait souvent de partenaires, mais il n'avait jamais vraiment aimé.

Jusqu'à présent.

Oui, à présent, il pouvait l'avouer. Il aimait Meg.

Elle avait toujours fait partie de sa vie, mais maintenant c'était différent. Il voulait plus qu'une amie. Et il la désirait follement. Il était amoureux, et il n'était plus question de retourner à la vie qu'il menait avant qu'elle ne frappe à sa porte. Mais, pour cela, il fallait faire des sacrifices. Que pourrait-il lui concéder ? Et le rencontrerait-elle à mi-chemin du parcours ?

Il la voulait dans ses bras et dans son lit et il dormait très mal depuis qu'ils s'étaient quittés. Elle avait reconnu qu'il lui manquait, mais elle avait la faculté de rebondir dans la vie et de poursuivre allègrement sa route sans se laisser abattre. Pour autant qu'il sache, peut-être sortait-elle avec un autre. À cette idée, un frisson glacé courut le long de son échine.

Pris de frénésie, il jeta ses outils dans le pick-up et se mit au volant. Il allait mettre bon ordre à ça, immédiatement.

Il était 22 heures passées. Assise au bureau de son domicile, Meg examinait les plans d'aménagement d'un grand jardin situé dans l'enceinte d'une résidence sécurisée. Elle avait toutefois bien du mal à se concentrer, son esprit revenant sans cesse à Gabe.

La tête pleine de souvenirs de leur brève aventure, elle se leva pour aller chercher un verre d'eau à la cuisine.

Elle souffrait de son absence, refusait de sortir et évitait de se rendre chez ses parents qui s'inquiétaient de sa morosité.

À ce moment, elle reçut un message. Voyant qu'il provenait de Gabe, elle le lut hâtivement.

Je suis sur ta terrasse. Il faut que je te voie.

Interdite, elle courut à la porte d'entrée. Elle n'arrivait pas à le croire. Gabe, en chair et en os, devant elle ! Elle se jeta dans ses bras.

Tout en l'embrassant, il la fit reculer à l'intérieur de la maison et referma la porte d'un coup de pied. Son cœur battait follement, partagé entre joie et chagrin.

— Tu me manquais trop, dit-il. Il faut trouver une solution. Pour cela, j'ai réfléchi à certaines activités auxquelles je pourrais renoncer en espérant que ça apaiserait un peu tes craintes.

Elle le dévisagea, stupéfaite, puis la joie prit le dessus.

— Tu le ferais vraiment ? Tu ferais ça pour moi ?

— Oui. Parce que je ne peux pas vivre sans toi, ma chérie, et j'espère que nous parviendrons à trouver un terrain d'entente.

— Parfait. Parce que j'ai réfléchi de mon côté. Je suis prête à faire des compromis. Voyons, à quoi es-tu prêt à renoncer ?

— À la moto. J'ai vendu la mienne.

— Tu es sérieux ? s'exclama-t-elle avec un frisson de plaisir.

— Je n'ai jamais été aussi sérieux ! Sans toi, la vie ne vaut rien. Je t'aime.

— Tu m'aimes ? Gabe Callahan, réfractaire pur et dur à l'amour, m'aime ?

Elle l'aimait et prenait plaisir à le taquiner.

— Parfaitement !

Il la souleva dans ses bras et lui prouva ses dires d'un baiser ardent.

— Gabe, je t'aime de tout mon cœur et je suis misérable sans toi.

Il lui prit les mains.

— Alors, cherchons le bon côté des choses. Avec quoi es-tu capable de vivre ?

— J'ai bien réfléchi. Que tu le croies ou non, l'avion vient en tête de liste.

— Je peux donc les garder ! Nous avons fait un pas l'un vers l'autre.

Il jeta son chapeau sur le canapé.

— Je renonce à chevaucher des taureaux de rodéo.

— Oh ! Gabe. Vraiment ? Cela me comble. Enfin, non. Il y a peut-être encore une toute petite chose : ne dépasse pas trop la vitesse autorisée sur les routes.

— Je te le promets

Dans un élan de joie, elle le serra contre elle.

— Tu ferais ça pour moi ? Je t'aime tellement, tellement !

En riant, il l'embrassa.

— C'est bien, reprit-elle. Grâce à toi, j'ai compris que je ne devais pas vivre dans la peur. Seulement, il me reste une crainte. Je vais m'attacher à toi au point de ne plus jamais vouloir te quitter alors que tu refuses toute forme d'engagement.

— Ne décide donc pas de ce que je veux ou ne veux pas. C'est mon affaire.

D'un geste, il la souleva et l'emporta dans la chambre. Là, il la posa au sol et la contempla.

— Il n'y a ni roses ni luxueux décor, mais cette fois je suis sérieux.

Il posa un genou à terre devant elle et elle crut défaillir de joie devant la sincérité de son regard.

— Meg, veux-tu m'épouser ?

Avec un cri de joie, elle se pendit à son cou et couvrit son visage de baisers. Il la maintint à bout de bras et scruta son visage.

— Dois-je prendre cet enthousiasme pour un acquiescement ?

— Oui ! Oh ! oui, s'exclama-t-elle en se serrant de nouveau contre lui.

— Un instant. Je viens de me rendre compte que je ne procède pas correctement. J'aurais dû demander une entrevue à ton père pour lui faire part de mes intentions. Seulement, j'ai craint que ça nous cause de gros problèmes et que tu me repousses.

— Ça ne causera pas de problèmes et je ne te repousserai pas ! Notre mariage mettra peut-être fin à la stupide querelle qui oppose nos deux familles.

Elle se haussa sur la pointe des pieds pour l'embrasser tout en entreprenant de lui déboutonner sa chemise.

— Un instant, ma volcanique amante.

De sa poche, il tira un écrin.

— Chérie, je veux passer ma vie à te dire et à te prouver combien je t'aime. Voici un gage de cet amour.

Ses mains tremblaient quand elle prit la petite boîte, elle n'arrivait pas à croire qu'elle allait vraiment passer le reste de ses jours avec l'homme qu'elle aimait et avait toujours aimé.

Elle se reprit suffisamment pour ouvrir l'écrin. En découvrant un magnifique solitaire monté sur un anneau serti de petits diamants, elle poussa un cri d'admiration.

— Gabe ! C'est une folie.

— Je veux que le monde entier sache que tu es ma femme et que je suis fou de toi. Et, mon amour, je serai un bon père pour nos enfants.

Il prit la bague.

— Si je ne peux te montrer à quel point je t'aime, je passerai ma vie à essayer. Tu es ma meilleure amie, mon univers. Je t'aime.

Elle plongea son regard dans le sien.

— Je t'aime, Gabe. Tu es mon ami, tu l'as toujours été. Et, à présent, tu es mon amour.

Après avoir glissé la bague à son doigt, il l'attira à lui pour l'embrasser. Elle le tenait très fort serré, certaine qu'un avenir de bonheur, de rires et d'amour les attendait.

BRENDA HARLEN

Cet amour inespéré

Traduction française de
YVES CRAPEZ

Passions

HARLEQUIN

Titre original :
BABY TALK & WEDDING BELLS

- 1 -

Aîné de la famille Garrett, Braden, à moins de trente ans, était devenu le P-DG de l'entreprise Garrett Furniture. Un an après sa nomination à ce poste envié, il tombait fou amoureux de Dana Collins, qui devenait sa femme dix mois plus tard.

Pour que ce bonheur soit complet, Dana et lui avaient décidé, après deux ans de mariage, d'avoir un enfant, ce qui lui paraissait la chose la plus naturelle du monde puisqu'il avait grandi avec deux frères et d'innombrables cousins.

Dana ne parvenant pas à tomber enceinte, le destin avait placé sur leur chemin Lindsay Benson, une étudiante en quête d'une famille adoptive pour son enfant à naître.

Un jour enfin, Braden avait eu la joie de tenir dans ses bras pour la première fois la petite Saige, adorable fillette aux yeux sombres et bridés à qui il était fier et heureux d'avoir donné son nom.

Huit semaines plus tard, ce même destin lui arrachait son épouse.

Un an avait passé.

Il lui incombait désormais d'élever seul, sans l'aide de personne, la petite Saige, aujourd'hui âgée de quinze mois.

Ce mardi matin, alors qu'il avait un important rendez-vous d'affaires à 10 heures précises et qu'il était déjà 8 heures passées, il s'impatienta de voir Saige rechigner à manger ses céréales.

La présence d'une femme à ses côtés aurait bien arrangé les choses tout en étant bénéfique à Saige, mais, bien sûr, il n'était pas encore question d'y songer.

— Allez, mon cœur, une bouchée pour papa, et ensuite nous irons chez mamie, dit-il en s'efforçant de garder son calme.

— Ma-mie ? répéta Saige tout en écarquillant ses ravissants yeux en amande.

— Tout juste, mon cœur, mais avant ça, il faut que tu manges tes corn-flakes et ta banane.

Saisissant délicatement une céréale entre ses doigts, Saige l'examina avec curiosité sans le porter à sa bouche.

— Voyons, ma chérie, presse-toi un peu. Et si tu essayais de manger ta banane ?

— 'nane ?

— Oui, mon cœur, la banane que tu aimes tant d'ordinaire…

Enfin, Saige se décida.

— Bravo, ça, c'est ma fille !

Le beau sourire de Saige lui fit chaud au cœur.

La disparition de son épouse avait été un choc autant pour lui que pour le bébé qu'était encore Saige, mais depuis lors il s'efforçait d'être un bon père.

— 'core ! fit Saige en lui faisant comprendre qu'elle voulait qu'il lui donne à manger.

Posant sa tasse de café après en avoir bu une gorgée, il prit une rondelle de banane et l'approcha de la bouche de Saige. Était-il possible d'aimer un être autant qu'il aimait ce petit trésor aux yeux bridés ?

L'écho des paroles de Lindsay Benson, la mère biologique de Saige, lui revint en mémoire.

Je veux la meilleure vie possible pour mon bébé, le genre de vie que moi, je ne saurais lui procurer. Je veux pour elle un bon et vrai foyer, et deux parents qui l'aimeront autant que moi je l'aime…

Deux parents…

Aurait-il pu prévoir qu'un accident fatal modifierait le cours des choses ?

À l'heure actuelle, Saige était heureuse, épanouie et guère en manque d'une présence maternelle, mais, quand Lindsay avait consenti à l'adoption, c'était parce que Dana et lui représentaient aux yeux de la jeune mère le couple idéal pour élever sa fille, alors que, maintenant, il était seul…

— Pa-pa ! clama Saige après avoir mastiqué sa banane.

Il se sentit submergé par un flot d'émotions.

— Papa est là et sera toujours là pour toi, mon cœur.

— Pa-pa ?

— Oui mon cœur, pour toujours.

Saige agita ses petites mains potelées.

— Ma-mie ?

— Oui, Mamie aussi, et grand-père, et tes tantes, et tes cousins et cousines…

— 'sines ? répéta Saige en souriant.

Il ne put s'empêcher de rire.

— Oui, certaines ne sont pas très futées, mais elles ont du cœur et ne veulent que ton bonheur.

Saige engloutit la dernière rondelle de sa banane.

Après avoir essuyé les lèvres de la fillette, il la souleva de sa chaise et se réjouit de sentir ses petits bras autour de son cou.

— Temps d'aller chez grand-mère, décréta-t-il de plus en plus impatient.

Chargé des affaires de Saige et de l'attaché-case contenant le contrat qu'il aurait à discuter lors de son rendez-vous de 10 heures, il se dirigeait vers la porte lorsque le téléphone sonna.

— Braden ?

Il entendit la voix chiffonnée d'Ellen, sa mère.

— Rassure-toi, maman, Saige et moi serons chez toi dans cinq minutes.

— Impossible ! Je me suis presque cassé une incisive et je dois filer chez le dentiste.

— Aïe, navré pour toi !

— Désolée de te faire faux bond à la dernière minute.

— Voyons, maman, tu n'as pas à t'excuser, et si ma secrétaire a trop à faire pour garder Saige, eh bien, elle me tiendra compagnie durant mon rendez-vous avec Nathan et Andrew.

Sa mère poussa un soupir.

— Aurais-tu oublié qu'à 10 heures, tous les mardis, Saige participe à l'activité « Récré enfants » à la bibliothèque municipale ?

Si sa mère s'imaginait qu'il allait annuler son rendez-vous d'affaires à cause d'un atelier hebdomadaire durant lequel les bambins s'exprimaient tour à tour sous la houlette de la bibliothécaire en chef, elle se trompait lourdement.

— Pour une fois, Saige pratiquera le « Récré enfants » avec des adultes, protesta-t-il.

— Cette activité permet à Saige de rencontrer des garçons et des filles de son âge, objecta Ellen.

— Je crois avoir passé l'âge de m'asseoir sur une minichaise, entouré de gamins en couche-culotte qui vont chanter et raconter des histoires de loup et de forêt enchantée…

— Saige attache de l'importance à cette activité, et le père que tu es se doit de la satisfaire, insista sa mère.

— Mon rendez-vous de ce matin avec mes cousins est *également* important, s'impatienta-t-il.

— Tes cousins sont aussi des pères, et ils comprendront fort bien que tu décales ce rendez-vous. Je t'en prie, Braden, emmène Saige à la bibliothèque et, une fois sur place, Cassandra MacKinnon, la responsable, te donnera toutes les informations utiles.

Quand sa mère eut pris congé de lui, il appela ses cousins pour fixer un nouveau rendez-vous.

— Eh bien, ma chérie, dit-il en déposant un baiser sur son front, papa va découvrir les joies du « Récré enfants ».

Radieuse, Saige battit des mains.

Construite sur trois étages en centre-ville, la moderne et très lumineuse bibliothèque de Charisma était un lieu accueillant et convivial.

Cassandra MacKinnon, la bibliothécaire en chef, établissait le planning des activités du mois quand Luisa Todd et Ginny Stafford, des habituées et amies de longue date, s'approchèrent de son bureau.

Les deux sexagénaires présidaient dans les locaux de la bibliothèque un club de tricot, où chacun pouvait s'initier au patchwork et à la diminution double.

Faisant fi des soupirs impatients de Luisa, Ginny exhiba une paire de chaussettes en laine.

— Irene se plaint toujours d'avoir froid aux pieds, alors j'ai pensé à elle, mais je n'ai pas le temps d'aller la voir cette semaine.

Irene Houlahan, l'ancienne bibliothécaire en chef, coulait des jours heureux dans une résidence du troisième âge de Charisma appelée Serenity Gardens.

Cassandra avait pour elle la plus vive affection.

— Je les remettrai sans faute à Irene quand je lui rendrai visite, dit-elle en prenant les chaussettes.

— Merci ! Mon fils et ma belle-fille ainsi que leurs trois enfants sont en ville, alors je n'ai pas une seconde à moi, expliqua Ginny avant de repartir avec Luisa en direction de la salle de tricot.

Helen Darrow, l'une des employées de la bibliothèque, vint chercher les livres à reclasser sur les rayonnages.

— Il faut bien que quelqu'un travaille ici !

En bougonnant, Helen chargea les livres sur son chariot avant de s'éloigner d'une démarche digne.

Tout comme Irene à qui elle devait tant, Helen n'était pas très avenante, et il fallait faire l'effort de passer outre cette apparence pour découvrir que, l'une comme l'autre, ces deux femmes possédaient un cœur d'or.

— Bonjour, Miss Mac !

La voix gaie et juvénile de Tanya Fielding, une élève de terminale inscrite au club « Études aidées », lui fit lever la tête.

— Bonjou,r Tanya. Ne devrais-tu pas être au lycée ?

— Le prof d'histoire nous a chargés de préparer un dossier sur le rôle joué par les U-boats, les sous-marins allemands, durant la guerre, alors je viens à la pêche aux infos.

Si le langage prêtait à sourire, il n'en demeurait pas moins que Tanya et bien d'autres adolescents en difficulté avaient tiré un vrai bénéfice des sessions « Études aidées » organisées par ses soins.

Après tout, n'avait-elle pas eu, elle aussi, une adolescence tourmentée ?

— Tu devrais trouver ton bonheur dans notre fichier informatisé, indiqua-t-elle à la lycéenne.

Tanya eut une hésitation.

— Notre prof, M. Paretsky, veut que nous cherchions la documentation dans des livres et non en effectuant des copiés-collés sur Internet.

Elle qui ne jurait que par les bons vieux livres ne pouvait qu'approuver ce parti pris.

— Dans ce cas, viens avec moi.

Elle conduisit Tracy devant les rayonnages dédiés à la Seconde Guerre mondiale et, au retour, salua George Bowman et sa femme Margie, deux habitués de la bibliothèque.

Alors qu'elle papotait avec George, l'arrivée d'un

grand homme brun extrêmement séduisant accéléra les battements de son cœur.

D'une beauté virile à couper le souffle, cet homme, qu'elle n'avait encore jamais vu à Charisma, portait un coûteux costume italien, et sa cravate en soie témoignait d'un goût très sûr.

S'agissait-il d'un avocat d'affaires ?

D'un directeur de société ?

Soudain, elle remarqua, trottinant au côté du nouveau venu, la silhouette menue et familière de Saige Garrett, l'adorable fillette qui, chaque mardi matin, assistait à la session « Récré enfants ».

Cet homme si séduisant devait donc être Braden Garrett, le richissime P-DG de Garrett Furniture, que toutes les célibataires de la région rêvaient de rencontrer.

Braden crut tout d'abord s'être trompé d'adresse, tant la bibliothèque avait changé d'aspect depuis sa dernière visite qui remontait à vingt ans.

À l'époque, l'emprunt de livres se faisait grâce à un système de fiches manuscrites, et Mlle Houlahan, la bibliothécaire en chef, menait les usagers à la baguette.

Aujourd'hui, tout était informatisé et les livres scannés en « self-service » grâce à une carte magnétique, au point qu'il en aurait presque oublié combien, naguère, il redoutait de croiser le regard perçant du « dragon » Houlahan de sinistre mémoire.

À l'accueil, en lieu et place de Mlle Houlahan, une charmante personne aux cheveux auburn bavardait avec un homme aux tempes grisonnantes.

D'emblée, il se sentit attiré par cette femme aux grands yeux, au visage à l'ovale parfait et aux lèvres sensuelles qui appelaient les baisers.

Sans écouter délibérément, il entendit ce que se disaient

cette jolie femme et l'homme âgé, sûrement un habitué de la bibliothèque.

— Au fait, Margie m'a chargé de vous dire que notre fille, Karen, est de nouveau enceinte, expliquait l'homme à l'employée aux cheveux auburn.

— Son troisième enfant si ma mémoire est bonne, fit remarquer la jolie bibliothécaire.

— Oui et non…

— Comment ça ?

— Karen est enceinte de son troisième *et*, quatrième enfant, répondit l'homme grisonnant en souriant.

Les fins sourcils de la brune dessinèrent deux arcs de cercle.

— Des jumeaux ?

— Nos septième et huitième petits-enfants.

— Félicitations !

— Et vous, Cassie ? Quand nous annoncerez-vous une bonne nouvelle ? demanda l'homme d'un ton entendu.

Cassie étant le diminutif de Cassandra, il en déduisit que cette femme ravissante était sans nul doute la bibliothécaire en chef responsable de l'activité « Récré enfants ».

— Cessez de me taquiner, monsieur Bowman, et allez plutôt jeter un coup d'œil sur le dernier John Grisham que nous venons de mettre en rayon, l'entendit-il répondre avec à-propos à son interlocuteur.

Un grand sourire éclaira le visage de Bowman.

— Une aussi jolie femme que vous mériterait d'être mariée.

Cassandra MacKinnon sourit à son tour.

— S'agirait-il d'une déclaration, monsieur Bowman ? Dans ce cas, je doute que Mme Bowman apprécie l'initiative.

— Croyez-moi, Cassie, vous finirez bien un jour par vous laisser passer la bague au doigt, insista Bowman non sans rougir.

Alors que rien ne justifiait pareille réaction, Braden sentit en lui un soupçon de jalousie en assistant à ce marivaudage entre la bibliothécaire et le dénommé Bowman.

— D'ici là, je compte sur vous pour me montrer dès que possible les photos de vos petits-enfants, répondit Cassie.

— Promis, répliqua Bowman, et Margie cuisinera deux douzaines de muffins pour votre prochaine vente caritative « Des livres et des gâteaux ».

— Vous la remercierez de ma part.

Quand M. Bowman prit congé de la bibliothécaire, Braden s'approcha du comptoir.

— Mademoiselle MacKinnon ?

— En personne, et que puis-je faire pour vous ? demanda son interlocutrice en le fixant d'un regard pénétrant.

Les yeux de la bibliothécaire n'étaient pas verts, comme il l'avait d'abord cru, mais bleu-vert, et Braden se sentit troublé au point de perdre de son assurance.

— Je suis venu pour… En fait, je cherche la salle où se déroule l'activité « Récré enfants ».

Une moue délicieuse mit en valeur les lèvres pulpeuses de Cassie MacKinnon.

— J'accompagne Saige, crut-il bon de préciser tandis que son regard croisait celui de Cassie.

— Je vois ça, répliqua la bibliothécaire avec un sourire charmant. L'activité se déroule dans la salle Brontë, mais, comme il est encore un peu tôt, pourquoi n'iriez-vous pas patienter avec la petite dans la salle de jeux ?

— Excellente idée.

Un nouveau sourire de Cassie ponctua cet échange, ce qui, sans qu'il en comprenne bien la raison, mit son cœur en émoi.

— Vous trouverez là-bas des puzzles, un petit théâtre de poupées et un circuit ferroviaire qui fait généralement le bonheur de Saige, ajouta la bibliothécaire.

— Tchou-tchou…, gazouilla l'intéressée en dévoilant deux rangées de dents blanches.

Ainsi, Cassie MacKinnon connaissait le faible de sa fille pour les locomotives et les wagons ?

Cassie continua de le dévisager en souriant.

— Saige nous rend visite deux fois par semaine avec sa grand-mère Ellen.

— Il s'agit de ma mère, et je suis Braden Garrett, le papa de Saige.

— Et moi Cassie MacKinnon, bibliothécaire en chef.

Alors qu'ils échangeaient une poignée de main, il put constater combien cette femme charmante avait la peau fine et douce.

— J'ai bien connu Mlle Houlahan, quand j'étais plus jeune, crut-il bon d'ajouter.

— Irene Houlahan est une femme merveilleuse. Si j'exerce aujourd'hui la profession de bibliothécaire, c'est à elle que je le dois, expliqua Cassie.

— « Merveilleuse » n'est peut-être pas le terme que j'emploierais pour qualifier Irene Houlahan, objecta-t-il.

Le beau visage de Cassie MacKinnon s'assombrit.

— Je suis attendue à l'étage. Au revoir, monsieur Garrett.

Il venait de commettre un impair en critiquant cette chère Irene Houlahan, et à présent il était un peu tard pour rattraper sa gaffe.

— À bientôt, lança-t-il à Cassie sans grand espoir.

Sans daigner lui répondre, la jolie bibliothécaire s'éloigna d'une démarche aussi élégante que sexy, et il sentit sa gorge se serrer.

Dommage…

Et tout ça, encore une fois, à cause de la revêche Mlle Houlahan.

- 2 -

Après avoir erré de couloir en couloir, Braden finit par trouver la salle Brontë où plusieurs mères de famille, assises en tailleur sur la moquette, bavardaient avec Cassie MacKinnon.

Que la bibliothécaire en chef anime l'activité « Récré enfants », riche en chansons et en jeux, attisait sa curiosité, et il s'assit à son tour sous les regards amusés des mères présentes.

— Vous n'avez pas pensé à apporter un coussin, monsieur Garrett ? l'interrogea Cassie.

— Ma foi, non…

Cassie lui en prêta un brodé d'une marguerite géante.

— Tenez.

Il la remercia.

Saige, l'une des plus âgées du groupe, se mit à battre des mains quand l'atelier débuta en chansons.

Certaines des mères présentes étaient jeunes, d'autres plus âgées, d'autres encore très jolies.

Toutes avaient en commun de lui lancer des regards curieux ou intéressés, car il était le seul homme de l'assistance.

Pendant une demi-heure, Cassie fut tour à tour chef d'orchestre (les petits musiciens tapant comme des sourds sur des tambours ou soufflant dans des flûtes en plastique), mime ou diseuse de fables, sans jamais se laisser troubler par les pleurs, cris et interruptions diverses.

À la fin de l'atelier, alors qu'il avait un sérieux mal de crâne, la bibliothécaire, elle, prit la peine de sourire à tous.

— Merci d'être venus, et n'oubliez pas notre vente de charité « Des livres et des gâteaux », le 15 de ce mois-ci.

Pendant que les mères bavardaient entre elles et vantaient les avantages de telle couche-culotte, de telle crème pour bébé ou d'un nouveau sirop pour la toux, il se prépara à partir, mais, comme un fait exprès, Saige n'avait plus ses chaussures aux pieds, et il s'agenouilla pour les lui remettre.

L'une des mères parmi les plus jolies de l'assistance vint le saluer.

— Je suis Heather Turcotte, et voici Katie, ma fille.

— Braden Garrett, répondit-il, jugeant inutile de présenter Saige, déjà une habituée de « Récré enfants ».

— Quel homme intrépide vous êtes, seul parmi des bébés et des femmes ! remarqua son interlocutrice avec un sourire avenant.

— Ma mère se charge généralement de conduire Saige au « Récré enfants », mais aujourd'hui elle avait un rendez-vous urgent, crut-il bon d'expliquer.

Heather Turcotte caressa le front de Saige.

— Je sais par Ellen que vous élevez Saige seul, et je suis dans le même cas que vous avec ma petite Katie.

— Vraiment ? répondit-il tout en cherchant Cassie du regard.

— J'ai la chance d'avoir des horaires de travail flexibles, reprit Heather, et je pense qu'il en va de même pour vous, puisque votre famille dirige une importante société d'ameublement.

Cassie était en train de parler avec l'une des mères de l'assistance et, par politesse, il reporta son attention sur Heather.

— Travailler en famille présente en effet quelques avantages, dit-il.

Cassie venait de saluer son interlocutrice, et il la vit ranger dans le placard la caisse contenant les instruments de musique.

— Puisque vous n'êtes pas à cinq minutes près, que diriez-vous d'aller prendre un café ensemble ? suggéra Heather.

Cette jeune mère visiblement empressée de lui mettre le grappin dessus commençait à l'indisposer sérieusement.

— Désolé, mais je dois filer.

Heather eut une moue déconfite.

— Alors, revoyons-nous une autre fois pour faire connaissance ?

Quel pot de colle !

— Croyez que j'apprécie votre suggestion, mais mon temps est compté.

— Ah, très bien, répondit Heather avec dépit. Si le cœur vous en dit, sachez que j'accompagne ma fille au « Récré enfants » tous les mardis.

— J'en prends bonne note, dit-il sans un regard pour Heather qui se décida enfin à partir.

Vite, il finit de lacer les chaussures de Saige, puis, le coussin sous un bras, il intercepta Cassie.

— Avec mes remerciements, dit-il en remettant le coussin orné d'une marguerite à la bibliothécaire.

— Je vous en prie, fit Cassie en souriant. Au fait, comment se porte votre mère ?

— Elle s'est ébréché une dent ce matin, au petit déjeuner.

— Saluez-la de ma part, et dites-lui que j'espère beaucoup sa présence parmi nous jeudi prochain.

Il ne put s'empêcher de ressentir une pointe de dépit.

— Vous tenez donc tant que ça à ne pas me revoir ?

Cassie lui lança un regard surpris.

— Tout le monde est le bienvenu dans ma bibliothèque municipale, monsieur Garrett.

L'espoir lui revint.

— Aurais-je des chances de vous rencontrer ici, en semaine ?

— Ne suis-je pas la responsable de cette bibliothèque, monsieur Garrett ? Mais peut-être vous imaginez-vous qu'il s'agit là d'un travail à mi-temps dénué d'importance ? rétorqua Cassie avec une froideur qui ne lui échappa pas.

Aussitôt, il s'évertua à rattraper sa maladresse.

— Je vous trouve charmante, et je serais très heureux de prendre un café avec vous.

Un silence.

— Désolée, monsieur Garrett, mais je ne peux accepter, car j'ai du travail.

— Le café voisin sert d'excellents cappuccinos, et ce que vous avez à accomplir attendra bien une demi-heure, insista-t-il avec son plus charmant sourire.

— Cher monsieur Garrett, contrairement à ce que vous semblez croire, gérer une bibliothèque n'a rien d'une sinécure, et dans tous les cas je ne suis pas à votre disposition.

Le ton avait la froideur d'une banquise en hiver.

— Désolé, je ne voulais pas vous blesser, s'empressa-t-il de dire.

Elle lui lança un regard peu amène.

— Les usagers de ma bibliothèque apprécient d'avoir ces livres à leur disposition et de pouvoir profiter des activités que nous leur proposons.

Comme pour lui signifier que l'entretien avait assez duré, elle éteignit les lumières de la salle. Cependant, il refusa de s'avouer vaincu.

— Avant de prendre congé, j'aimerais vous demander une faveur, dit-il de sa voix la plus douce.

— Laquelle, monsieur Garrett ?

— Pourriez-vous m'établir une carte de bibliothèque ?

*
* *

Pendant son entretien avec le père de Saige, Cassie avait sans cesse oscillé entre l'agacement et la fascination.

Car l'homme lui plaisait, incontestablement.

Mais en traitant sa profession avec un si visible mépris, Braden Garrett était devenu à ses yeux persona non grata.

Aussi fut-elle très surprise par sa requête.

— Vous désirez une carte de bibliothèque ?

Sans doute avait-elle insufflé à son ton une note d'incrédulité, car Braden Garrett se mit à sourire.

— Bien sûr ! N'est-ce pas la première étape pour qui veut emprunter un livre dans votre établissement ?

— En effet, dit-elle sans vraiment comprendre quel but poursuivait le responsable de Garrett Furniture.

— Dans ce cas, peut-être pourriez-vous m'indiquer la procédure pour en obtenir une ? ajouta Braden Garrett sans se départir de son sourire.

La requête lui semblait toujours aussi étrange, mais n'avait-elle pas appris à ses dépens que les hommes ont parfois des comportements erratiques ?

— Suivez-moi, dit-elle en s'efforçant de masquer son trouble.

Car Braden Garrett était un homme séduisant, très différent des retraités sans saveur qui constituaient la majorité de ses usagers habituels.

Alors qu'elle entraînait son visiteur en direction de l'accueil, un frisson la parcourut, et elle regretta d'autant plus que ce richissime P-DG puisse considérer son emploi de bibliothécaire comme quantité négligeable.

Mais qu'y avait-il à regretter, après tout, puisqu'elle ne désirait pas d'une nouvelle relation avec un homme, et encore moins avec un goujat tel que Braden Garrett…

En établissant la fiche informatique du P-DG, elle apprit que son second prénom était Michael, qu'il avait trente-neuf ans et vivait à Forrest Hill, le quartier huppé de Charisma.

Avant aujourd'hui, jamais Braden n'était venu à la bibliothèque, et elle doutait qu'un homme aussi riche que lui ait la moindre difficulté à s'acheter les livres de son choix.

Dès lors, la seule explication au fait qu'il souhaite s'incrire était qu'elle lui avait plu.

Du reste, ne l'avait-il pas invitée à boire un café en sa compagnie ? Proposition qu'elle avait bien sûr déclinée.

— Quel genre de livres appréciez-vous ? s'enquit-elle, curieuse d'en apprendre davantage sur la personnalité du père de Saige.

— Les romans qui ont un fond historique, répondit aussitôt Braden.

— Dans le style de Bernard Cornwell, de Tom Clancy et de Clive Cussler ?

— Exactement. John Jakes et Diana Gabaldon figurent également parmi mes auteurs préférés.

Elle regarda son interlocuteur avec surprise.

— Vous aimez Diana Gabaldon ?

— Ma cousine Tristyn avait oublié chez moi son exemplaire d'*Outlander,* et un après-midi j'ai lu d'une traite ce livre passionnant.

— J'ai moi aussi adoré *Outlander*, avoua-t-elle, heureuse de ce soudain rapprochement de goûts avec cet homme que, par ailleurs, elle trouvait agaçant.

— C'est un fabuleux mélange de romance, d'histoire et de science-fiction, renchérit Braden.

Si ce bel homme, père d'une adorable petite fille qu'il élevait seul, avait manifesté plus de respect pour son métier de bibliothécaire, elle aurait été ravie de le revoir pour discuter littérature avec lui.

— Mes frères m'ont taquiné en apprenant que je lisais des histoires sentimentales, reprit Braden, mais je leur ai expliqué que les romans de Diana Gabaldon étaient bien plus que de simples intrigues.

Plus troublée que jamais par la prestance et la beauté virile de son interlocuteur, elle s'efforça de rassembler ses esprits.

— Les histoires d'amour ont une portée universelle, affirma-t-elle.

Voir Saige s'endormir dans les bras de son père fit naître en elle et le regret de ne pas avoir de famille, et l'envie d'un bonheur futur.

Braden lui sourit.

— Je me doute que vous lisez énormément, mademoiselle MacKinnon.

Elle imprima la carte de bibliothèque et la lui tendit en même temps qu'un stylo.

— Je m'efforce de prendre connaissance de tout ce qui se publie, afin d'être en mesure de conseiller utilement les usagers de la bibliothèque. Et maintenant, signez ici s'il vous plaît.

Braden obtempéra, puis rangea sa nouvelle carte dans un très élégant portefeuille.

Un homme richissime, sans doute.

Snob ?

Braden n'en avait pas les manières ni l'apparence, mais, si elle vibrait déjà pour lui, les chances qu'il puisse un jour la rendre heureuse semblaient bien minces.

— Eh bien, monsieur Garrett, ravie de vous accueillir à la bibliothèque municipale de Charisma, dit-elle d'un ton chaleureux.

— Appelez-moi Braden, mademoiselle MacKinnon.

Son hésitation fut de courte durée.

— Bon, mais à condition que vous m'appeliez Cassie, diminutif de Cassandra, mon véritable prénom.

— D'accord, Cassie, et peut-être à une prochaine fois, déclara Braden en prenant sur le bureau un dépliant signalant la prochaine vente de charité « Des livres et des gâteaux ».

— Je l'espère, répondit-elle d'un ton qu'elle s'efforça de garder neutre.

Sans faire de commentaire, Braden se dirigea vers la sortie et elle le suivit des yeux jusqu'à ce qu'il ait disparu.

Sans doute n'auraient-ils pas l'occasion de se revoir, et c'était peut-être mieux ainsi, tant cet homme avait le don de la troubler et de susciter en elle des désirs qu'elle aurait préféré garder enfouis à jamais.

Tout en marchant dans la rue, Braden fit attention à ne pas réveiller Saige qui dormait dans ses bras, mais, une fois à son bureau, la fillette se mit à babiller avec sa verve coutumière.

— Zouer ! Zouer pa-pa…

Fort heureusement, il disposait d'un parc à bébé pliable, et il y installa Saige avec ses cubes en plastique, son livre indéchirable et sa collection de poupées miniatures.

S'en contenterait-elle pendant qu'il travaillerait ?

Il l'espérait, mais rien n'était moins sûr.

Alors qu'il rédigeait une lettre importante, un premier cube atterrit sous son nez, bientôt suivi d'un autre.

Voyant que Saige n'allait pas s'arrêter en si bon chemin, il renonça provisoirement à écrire sa lettre et emmena la fillette sur l'aire de jeux municipale où elle put s'en donner à cœur joie entre les balançoires, le bac à sable et le trampoline.

Au retour, il fit halte dans le magasin Buds & Blooms tenu par « tante » Rachel, y acheta un joli bouquet de marguerites, puis alla rendre visite à sa mère.

— Gan'-mèr' ! s'égosilla Saige en se précipitant vers Ellen qui ébouriffa affectueusement les longs cheveux d'ébène de la ravissante Eurasienne.

— La place de Saige n'est sûrement pas dans ton

bureau, déclara Ellen en acceptant le bouquet qu'il lui tendait, mais, au fait, pourquoi ces fleurs ?

— Je voulais te remercier pour ton dévouement envers Saige, pour ces nombreuses heures que tu passes avec elle, à la promener, à l'amuser, pendant que je travaille.

— Je suis touchée…

Il examina de plus près la joue enflée de sa mère.

— Ta dent ?

— Elle a dû être arrachée, car la racine était atteinte, expliqua sa mère en prenant Saige sur ses genoux.

— Désolé… Et dans ce cas, que ces fleurs accélèrent ta guérison.

Sa mère lui sourit.

— Ne t'en fais pas pour moi, et raconte plutôt comment s'est déroulé l'atelier « Récré enfants ».

— Bien, mis à part le fait que j'étais le seul homme dans une assemblée de mamans jeunes et moins jeunes qui toutes semblaient au courant des aléas de ma vie privée.

Sa mère eut un sourire gêné.

— Ma foi, je crois avoir mentionné que tu élevais Saige seul.

— Ah, tu vois bien !

— Je n'allais pas mentir. J'ai expliqué que Saige n'avait pas de mère, que toi, son père, étais occupé au bureau et que c'était moi qui me chargeais d'elle en attendant que tu refasses ta vie.

Voir se confirmer ses soupçons sur les desseins de marieuse de sa mère l'agaça au plus haut point.

— Ce matin, une certaine Heather m'a proprement harponné, et j'ai eu du mal à me défaire d'elle.

Ellen lui lança un regard désapprobateur.

— Saige a besoin d'une mère, et il serait grand temps que tu envisages enfin de lui en donner une, sans compter qu'un homme comme toi, dans la force de l'âge, n'est pas non plus destiné à vivre seul.

— Parce que tu te figures peut-être qu'après mon expérience malheureuse avec Dana, je vais enfin trouver la perle rare ?

— Je ne lis pas l'avenir dans une boule de cristal, mon fils, mais je l'espère pour toi et de tout mon cœur, rétorqua sa mère avec conviction.

Lui aussi l'espérait, mais, après ses désillusions passées, la prudence n'était-elle pas de mise ?

— Saige suffit à mon bonheur, dit-il.

C'était sa réponse coutumière chaque fois que sa mère et lui en venaient à discuter de son avenir, mais cette fois, curieusement, il lui fut impossible de ne pas évoquer la silhouette gracieuse de Cassie MacKinnon.

— Je n'en doute pas, rétorqua sa mère, mais le jour où Saige sera en âge de sortir avec les garçons et, plus tard, de se marier, tu risques fort de te retrouver seul.

— Le quinquagénaire que je serai alors verra peut-être la chance lui sourire.

Sa mère soupira.

— En tout cas, sache que j'estime beaucoup Cassie, la bibliothécaire en chef.

Il n'allait certainement pas avouer à sa mère combien Cassie lui avait plu.

— Elle m'a chargé de te transmettre ses vœux de bonne santé.

Le regard d'Ellen brilla d'un éclat satisfait.

— Cette Cassie est non seulement adorable, mais aussi très jolie, n'est-ce pas ?

— Elle est belle, admit-il.

— Et compétente en plus, sans compter sa culture livresque considérable.

L'insistance de sa mère à vanter les mérites de la bibliothécaire le fit sourire.

— Bah, classer des livres et des fiches n'a rien d'un travail exaltant.

— Tu te trompes, rétorqua sa mère, et si Cassie n'écrit pas les livres dont elle vante les mérites aux usagers de sa bibliothèque, elle n'en demeure pas moins indispensable pour guider notre choix.

— Quelle avocate tu ferais !

Sa mère le fixa d'un œil sévère.

— Cassie a passé plusieurs années sur les bancs de la fac pour obtenir son diplome de bibliothécaire.

Il eut du mal à cacher son étonnement.

— Plusieurs années ? Tu es sûre ?

— Certaine, et elle est titulaire d'une maîtrise.

Il se gratta l'oreille.

— Ma foi, sans doute devrais-je enfin admettre que toutes les bibliothécaires ne sont pas désuètes et revêches comme l'était cette chère Irene Houlahan.

— Irene était compétente, mais nettement moins avenante que Cassie, reconnut sa mère avec un sourire. Et si tu l'ignorais, je t'annonce qu'Irene a pris sa retraite depuis une demi-douzaine d'années au moins.

Il éclata de rire.

— Tant mieux ! Au moins ne terrifiera-t-elle plus les ados osant se risquer dans sa précieuse bibliothèque.

— Si tu as eu peur d'elle, naguère, c'était parce que tu avais perdu l'un des livres empruntés à la bibliothèque, lui rappela sa mère.

— Je ne l'avais pas perdu mais égaré. Et tu as retenu sur mon argent de poche l'amende que cette chère Irene Houlahan m'a fait payer.

— N'était-ce pas juste ? Égaré ou perdu, ce livre n'avait pas été rendu en temps et en heure, et celui ou celle qui aurait pu vouloir l'emprunter à son tour s'en trouvait pénalisé.

Il haussa les épaules.

— Cet incident m'a décidé à acheter mes propres

livres pour ne plus avoir à affronter les foudres d'une Irene Houlahan.

Car, des années durant, il n'avait plus remis les pieds dans cette bibliothèque.

Jusqu'à l'atelier « Récré enfants » de ce matin et son envie soudaine de posséder de nouveau une carte d'usager dont il brûlait de se servir les jours où Cassie MacKinnon serait de service.

- 3 -

Adossée au comptoir de sa cuisine, Cassie savoura l'ultime bouchée de ses macaronis au fromage.

Dîner seule était parfois frustrant, mais au moins savait-elle cuisiner.

— Peut-être serez-vous surpris de l'apprendre, mais, plus jeune, j'avais l'étoffe d'un cordon-bleu, dit-elle à l'intention de Westley et de Buttercup qui, sans lui prêter le moindre regard, se régalaient de leur poisson finement haché.

Un peu vexée par l'absence de réaction des deux acolytes, elle insista.

— Vous ne me croyez pas ? C'est pourtant la stricte vérité, même si j'ai rarement l'occasion de recevoir chez moi.

Pas plus que la première fois, ses chats ne daignèrent lever les yeux de leurs bols.

— J'aurais mieux fait de prendre un chien ! déclara-t-elle avec une feinte amertume.

Un matin, elle avait trouvé Westley et Buttercup miaulant au fond d'un carton abandonné et, bien sûr, elle avait décidé de les adopter.

Au moins ses chats avaient-ils le mérite de bien s'entendre et de pouvoir rester seuls quand elle allait travailler.

Tout était donc pour le mieux.

En apparence du moins, car, si sa vie continuait à ce rythme, elle finirait vieille fille.

Sa vaisselle faite, elle gagna le salon.

Seule, elle l'était bel et bien, mais il lui restait ses chers livres, des vrais amis de papier qu'elle prenait toujours plaisir à relire.

Elle avait aussi quelques amies bien réelles avec lesquelles il lui arrivait d'aller au cinéma ou de boire une occasionnelle tasse de café, mais la plupart étaient mariées et n'avaient guère de temps à lui consacrer.

Un jour peut-être, le destin se déciderait à mettre sur sa route un homme digne de ce nom avec lequel elle serait heureuse de fonder à son tour une famille, mais, pour le moment, rien de tel ne s'était produit, et sa dernière relation avec un homme lui avait laissé un goût amer.

Trois ans plus tôt, sa rencontre avec Joel Langdon, l'homme qu'elle devait épouser, avait viré au fiasco.

Et dire qu'elle avait vraiment cru en lui ! Cru qu'il pourrait l'aimer pour qui elle était !

Avec le temps, ses blessures s'étaient en partie cicatrisées, mais sa mésaventure lui avait servi de leçon.

Vivre seule était décidément moins risqué que de risquer une nouvelle déception sentimentale et, quand elle avait le cafard, il lui suffisait d'ouvrir l'un de ses romans préférés et de vibrer au récit des aventures de Brandon Birmingham, de Dean Robillard ou de Roarke.

Vive les livres !

Ce soir, son choix se porta sur une des dernières parutions de sa chère Jennifer Crusie et, après s'être préparé un thé, elle s'installa près de la cheminée et se laissa emporter par les palpitantes aventures de Min, l'héroïne qui éprouvait un amour sans bornes pour le beau Cal.

Quelle femme ne voudrait pas d'un homme capable d'admirer ses escarpins « vintage » sans rire, de lui apporter galamment une viennoiserie pour caler son creux de 5 heures et, plus encore, de lui dire qu'elle était parfaite et ne devait surtout rien changer à sa personnalité !

Et si elle en jugeait par les soupirs langoureux de Min, Cal ne manquait ni de sensualité ni de virilité.

Après avoir marqué la page de son livre, elle rêva de rencontrer elle aussi, un jour, un homme capable de l'accepter telle qu'elle était et qui ne se mettrait pas en tête de transformer son comportement, ses goûts ou ses habitudes.

Qu'il soit riche ou pauvre, diplômé ou non, quelle importance, dès lors qu'il lui donnerait enfin l'amour et la tendresse qui lui faisaient défaut !

Un tel homme se devrait bien sûr d'être grand et fort, sécurisant, aimant les enfants et capable d'humour.

Ah oui, elle le voudrait aussi large d'épaules et doté d'un sourire éblouissant.

En somme, quelqu'un qui ressemblerait comme un frère à Braden Garrett.

Veuf depuis à peine un an, Braden n'était pas pressé d'abdiquer sa liberté. Aussi décida-t-il de laisser passer plusieurs jours avant de se rendre à la bibliothèque, à la fois pour ne pas donner à Cassie l'impression qu'il cherchait à lui faire la cour, et également pour prendre le temps de réfléchir à ce qu'il ressentait pour cette ravissante jeune femme.

L'affection que Saige portait à Cassie, et dont il avait été témoin lors de l'atelier « Récré enfants », plaidait en faveur de la bibliothécaire.

Il était néanmoins décidé à ne pas tomber amoureux trop vite d'une inconnue, si jolie et séduisante fût-elle.

Alors qu'il triait les vêtements portés récemment par Saige, une locomotive rouge tomba de la poche d'un des pantalons de la fillette.

L'autre jour, à la bibliothèque, il avait vu Saige jouer

avec cette locomotive, et il en déduisit qu'elle avait dû oublier de la restituer avant de partir.

Le prétexte était tout trouvé pour revoir la belle Cassie plus tôt que prévu et sans insistance déplacée.

Le lendemain, après avoir confié Saige à sa mère, il expédia les affaires courantes à son bureau, puis, le cœur battant, se dirigea vers la bibliothèque.

Pendant les six mois qui avaient suivi la mort de son épouse, sa mère avait eu le bon goût de le laisser faire son deuil en paix, mais, depuis Noël dernier, Ellen avait commencé son offensive « mariage » et glissait sans cesse, dans la conversation, des allusions qui avaient le don de l'horripiler.

« Un foyer se compose de deux parents, Braden », avait-elle coutume de dire sans souci de l'agacer.

Bien sûr, deux parents valaient mieux qu'un seul pour élever un enfant, mais était-ce sa faute si Dana était morte ?

Restait Cassie qu'il venait à peine de rencontrer.

Il appréciait son sourire grave, son beau visage, ses yeux bleu-vert, mais était-il prêt à oublier Dana, à effacer d'un trait de gomme le passé pour tenter de nouveau sa chance ?

Vouloir forcer le destin comme il était en train de le faire, autrement dit, anticiper ses retrouvailles avec Cassie, n'était peut-être pas, après tout, la meilleure des solutions.

Peut-être devrait-il charger sa mère de rendre la locomotive à la bibliothécaire ?

Il se décida pourtant à poursuivre sa route.

Après tout, rien ne l'assurait que Cassie serait présente et, dans ce cas, il confierait la locomotive à l'une de ses adjointes.

Et dans le cas contraire ?

Ma foi, s'il avait affaire à Cassie en personne, alors il ne pourrait s'agir que d'une décision du destin.

*
* *

Cassie se sentait attirée par Braden.

Certes, l'homme avait porté sur elle et sa profession un jugement négatif, mais il n'en demeurait pas moins séduisant.

Le reverrait-elle un jour ?

Rien n'était moins sûr, car le temps dont disposait ce richissime P-DG était sans doute limité, sans compter qu'il devait aussi s'occuper de Saige.

Il n'y avait pas une chance sur mille pour qu'il franchisse de sitôt le seuil de sa bibliothèque, mais après tout, Braden Garrett n'était pas le seul homme sur terre, et, en cherchant bien, elle finirait un jour par dénicher la perle rare.

Un léger sourire aux lèvres, elle se remémora les quelques occasions où, alors qu'elle officiait derrière son bureau, un usager lui avait témoigné de la sympathie et même, parfois, un intérêt si manifeste qu'il s'apparentait à un flirt.

Pourtant, seul Braden s'était invité dans ses rêves les plus intimes, ce qui ne manquait pas de la troubler.

— Hello !

Son cœur fit un bond dans sa poitrine.

— Bonjour, monsieur Garrett. En quête d'un livre intéressant à lire ?

Le sourire aux lèvres, Braden posa sur son bureau une locomotive rouge.

— L'autre jour, Saige a empoché ce jouet sans que je m'en aperçoive. C'est fou comme elle aime les petits trains.

— Comme bien d'autres enfants de son âge, remarqua-t-elle avec indulgence, sans préciser si elle faisait allusion à la nature du jouet ou à la façon dont ce dernier s'était retrouvé dans la poche de la fillette.

Braden se mit à rire.

— Vous parlez d'or ! Avez-vous des enfants ?

Elle aurait pu en avoir si, à la dernière minute, elle n'avait pas renoncé à épouser Joel.

— Pas encore.

— Peut-être êtes-vous mariée ?

Oh non…

— Merci d'avoir pris la peine de rapporter cette locomotive, monsieur Garrett, lança-t-elle pour couper court.

— J'en déduis que vous êtes célibataire, insista son interlocuteur avec un sourire qui, bien que léger, la troubla au plus haut point.

— Déduisez-en plutôt que ma vie privée n'est pas de votre ressort.

Avait-elle été trop tranchante ?

Le sourire de Braden s'accentua.

— Mariée ou fiancée, vous n'en feriez pas mystère, et je sais désormais que vous êtes bel et bien célibataire. Comme je le suis aussi, peut-être pourrions-nous enfin faire connaissance autour d'une tasse de café ?

L'heure de sa pause approchait, et Megan, son adjointe, arriverait pour la remplacer d'une minute à l'autre.

— Et pourquoi devrais-je accepter votre invitation, monsieur Braden ?

— Pour me donner l'occasion de vous présenter mes excuses, mademoiselle MacKinnon, car votre travail de bibliothécaire est bien plus utile que je l'avais imaginé.

Entendre le richissime Braden Garrett faire amende honorable ne pouvait que lui mettre du baume au cœur.

— Votre jugement était en effet un brin hâtif. Et à présent, vous voudrez bien m'excuser, mais j'ai du travail en retard.

L'apparition de Megan, essoufflée, ruina ses espoirs d'éconduire Braden en douceur.

— Je n'avais pas oublié ta pause, Cassie, mais Mme Lynch ne s'arrêtait plus de parler, déclara Megan.

Et flûte !

Le sourire de Braden balaya son agacement.

— Me permettez-vous de renouveler mon invitation, mademoiselle MacKinnon ?

Il ne lui resta plus, sous le regard intrigué et curieux de Megan, qu'à prendre son sac dans le tiroir du bureau.

— Accordé, monsieur Garrett, mais à condition que vous m'offriez l'un de ces brownies dont je raffole avec le café.

Parce qu'il était un Garrett et que sa famille jouissait d'une notoriété certaine, Braden n'avait jamais eu à se donner du mal pour séduire les femmes.

Cassie était l'exception qui confirmait la règle, ce qui ajoutait à son plaisir de lui faire la cour.

Devant la porte du Bean There Café, il s'effaça pour laisser passer son invitée, puis commanda pour elle un café latte parfumé à la vanille accompagné d'un brownie, et pour lui un muffin et un café noir.

Restait à charmer cette jolie bibliothécaire et, si possible, à venir à bout de sa résistance.

— Que diriez-vous de ces confortables fauteuils de cuir, près de la cheminée ? suggéra-t-il à Cassie.

À l'écart des autres tables, l'emplacement lui semblait idéal pour ébaucher un flirt.

— Hum… Très intime, n'est-ce pas ? remarqua Cassie.

— Trop intime ? insista-t-il en fixant la jeune femme au fond des yeux.

À la façon dont elle soutint son regard, il sut qu'il ne lui déplaisait pas.

— Non, c'est même très romantique, dit-elle en prenant place dans l'un des fauteuils.

Réchauffés par les flammes de l'âtre, ils dégustèrent leurs pâtisseries en buvant leurs cafés et en échangeant des sourires.

— Et maintenant, Cassie, dites-moi que vous me pardonnez pour avoir, l'autre jour, fait si peu de cas de votre métier, dit-il bien décidé à s'amender.

— N'en parlons plus, répondit la bibliothécaire en balayant de la main quelques miettes tombées sur son chemisier.

— Je sais que je vous ai blessée, insista-t-il.

Cassie soupira.

— Bah, ça n'a pas d'importance.

Prendre sa jolie invitée en flagrant délit de mensonge stimula ses sens.

— Pourquoi dire que ça n'est pas important, Cassie, alors que ma stupide remarque de l'autre jour vous avait visiblement déplu ?

Un léger sourire flotta sur les lèvres pulpeuses de la jeune femme.

— Bon, d'accord, j'admets avoir été vexée en entendant cette sempiternelle rengaine à propos des bibliothécaires classant paresseusement livres et fiches pendant que le bon peuple, lui, s'échine au travail.

— Je me suis conduit en idiot, admit-il, et rien ne me plairait plus que d'en apprendre davantage sur votre métier.

Cassie lui sourit.

— S'occuper des livres du matin au soir n'est pas une sinécure, et une vraie bibliothécaire doit avoir un sens de l'organisation à toute épreuve.

— J'en prends bonne note, dit-il humblement, mais je suis tout de même étonné qu'à l'ère d'Internet et des tablettes, il y ait encore des gens pour fréquenter une bibliothèque municipale et emprunter de bons vieux livres reliés.

Les yeux de Cassie se mirent à briller.

— Pour paraphraser Neil Gaiman, je dirai à mon tour que si les moteurs de recherche donnent accès à des myriades d'informations sur un sujet donné, seul le savoir-faire d'une bibliothécaire permet de sélectionner LA réponse qui compte.

La compétence évidente de son interlocutrice lui fit d'autant plus regretter ses préjugés passés.

— Ma mère ne jure que par Gaiman, remarqua-t-il.

— Chaque fois que nous recevons un ouvrage de cet auteur, je le réserve en priorité à Ellen, acquiesça Cassie avec un sourire qui le troubla.

Il brûlait à présent d'en apprendre davantage sur elle.

— Ma mère ne tarit pas d'éloges sur vous, mais j'ignore depuis combien de temps vous vous connaissez.

Le front de Cassie se plissa légèrement.

— Notre rencontre remonte à déjà une demi-douzaine d'années, quand j'avais pris mes fonctions de bibliothécaire en chef.

Savoir que sa mère et Cassie s'étaient connues à son insu ne manqua pas de le troubler.

— Devenir bibliothécaire était-il une vocation, au départ ? demanda-t-il avec une curiosité non feinte.

— Sûrement, car déjà au lycée j'adorais les livres et la lecture. Quand on m'a proposé d'être bénévole tous les samedis, à la bibliothèque municipale, j'ai immédiatement accepté.

— Et vous en avez fait votre métier.

— Après avoir suivi une formation à l'université. Plus tard, j'ai hérité du poste qu'occupait Irene Houlahan, la bibliothécaire en chef qui prenait sa retraite, et c'est alors que j'ai sympathisé avec Ellen.

— Racontez-moi ça.

Les yeux de Cassie se teintèrent de nostalgie.

— Tout comme moi, votre mère estime que chacun devrait avoir accès aux livres, et ce fut notre premier rapprochement. Ensuite, lors d'une discussion, elle s'était proposé d'en apporter à ceux qui ne pouvaient pas se déplacer parce qu'ils étaient soit malades, soit trop âgés ou encore handicapés.

— Je reconnais bien là l'altruisme de ma mère…

— Ellen ne s'intéresse pas qu'aux livres et, comme vous le savez sans doute, elle est membre du Committee of the Art Gallery et l'une des plus généreuses donatrices du Mercy Hospital.

— Sans oublier le temps qu'elle consacre à Saige, ma fille, précisa-t-il.

Cassie acquiesça.

— Votre mère adore sa famille. Chaque fois que nous nous voyons, elle me vante les prouesses de Saige et d'Oliver, ses petits-enfants adorés.

Il fronça les sourcils.

— Vous connaissez Oliver ?

— Bien sûr ! Ellen ne manquait jamais de me narrer toutes les péripéties qui ont finalement conduit Ryan, le père d'Oliver, à obtenir la garde de son fils.

— En effet, et à présent Oliver est heureux avec Ryan et Harper, la femme de mon frère.

Cassie opina de la tête.

— Ellen me montre régulièrement des photos de ses petits-enfants et, pour moi, c'est un peu comme si je les voyais grandir.

Il se mit à rire.

— Sacrée maman ! Je parie qu'elle est intarissable sur la petite Vanessa, la fille de mon frère Justin ?

— Moins que sur Saige qui mobilise toute son affection et qu'elle a photographiée des centaines de fois.

Il ne put que se réjouir de l'amour porté par Ellen à sa fille chérie.

— Au fait, poursuivit Cassie, vous devez savoir que Ryan et Harper comptent s'installer à Charisma avant la naissance de leur second enfant ?

Il ne put s'empêcher de rire.

— Ma foi, non… Vous connaissez mieux ma famille que moi et, pour tout vous dire, j'ignore quand doit naître leur bébé.

Cassie croqua avec gourmandise dans son brownie, puis en lécha les miettes du bout de la langue, un acte banal en soi mais qui fit naître chez lui des idées très érotiques.

— Votre futur neveu ou future nièce naîtra le 28 août, expliqua la bibliothécaire.

— Quelle mémoire !

Elle sourit.

— Je me souviens de la date, car il s'agit aussi de celle de mon anniversaire.

Si, le 28 août prochain, ses liens avec la jeune femme étaient suffisamment forts, il se ferait un plaisir de fêter cet anniversaire en sa compagnie.

Cette femme l'envoûtait littéralement !

— Dites-moi, Cassie, que savez-vous des phénomènes météorologiques ?

— Vous voulez parler des orages ? des ouragans ? des tornades ?

Il jouait quitte ou double, et son cœur battit plus vite.

— Je veux parler du coup de foudre.

De surprise, Cassie renversa un peu de café sur sa jupe.

— Je ne voulais pas vous choquer, mais, depuis le décès de mon épouse Dana, c'est la première fois que je suis troublé par une femme et…

Elle le dévisagea avec un mélange d'appréhension et d'excitation.

— Seriez-vous par hasard en train de dire que… que vous vous sentez attirée par moi ?

— J'admets que vous me plaisez, Cassie, sinon pourquoi serais-je ici avec vous ?

Les fins sourcils de la bibliothécaire formèrent deux arcs parfaits.

— Ainsi, vous n'êtes pas seulement venu me voir à la

bibliothèque pour rendre la locomotive empruntée l'autre jour par votre fille ?

— Je suis venu pour vous, Cassie.

Elle repoussa du doigt, vers le centre de son assiette, les miettes éparses de son brownie.

— Je ne vous crois pas, dit-elle enfin.

— Et vous avez tort. J'aurais très bien pu confier cette locomotive à ma mère pour qu'elle vous la restitue.

— Pourquoi alors ne pas l'avoir fait ?

— Parce que j'avais envie de vous revoir.

Alors qu'il espérait une réaction de connivence de la part de la bibliothécaire, celle-ci se contenta d'essuyer ses doigts sur une serviette en papier.

Il prit son courage à deux mains.

— Depuis notre rencontre, vous est-il arrivé de penser à moi ? D'avoir envie de me revoir ?

— Voulez-vous la vérité ou un mensonge ? rétorqua-t-elle, impassible.

Il prit sa main dans la sienne.

— Je sais que vous avez pensé à moi depuis mardi dernier, insista-t-il.

Elle tressaillit.

— Admettons qu'en effet, j'aie pu penser à vous, Braden.

— Et en ce qui concerne le coup de foudre, quelle est votre opinion ?

— Je suis la dernière personne à avoir une opinion sur la question, répondit Cassie avec un haussement de ses gracieuses épaules.

— Pourquoi donc ?

— Parce que mes expériences passées, dans ce domaine, ont été des fiascos complets.

Cette mine grave, ce beau regard ému ne manquèrent pas de le troubler.

— Peut-être n'avez-vous pas rencontré les bonnes personnes ?

— Peut-être, conclut-elle en reposant sa tasse vide et en se levant.

— Vous partez ?

— Ma pause est terminée, et je dois reprendre le travail. En tout cas, merci pour le café et le brownie.

— Tout le plaisir a été pour moi.

Puisqu'elle semblait déterminée à partir, il ne commettrait pas l'erreur de vouloir la retenir contre son gré.

Une fois seul, il s'efforça de rassembler ses pensées éparses, car, depuis la mort de Dana, c'était la première fois que son cœur s'emballait ainsi.

Il but ce qu'il restait de café au fond de sa tasse.

Pouvait-on imaginer rencontre plus incongrue que celle d'un P-DG survolté et d'une bibliothécaire amoureuse des livres ?

Cassie MacKinnon était jolie, sensuelle, et en même temps d'un abord difficile.

Comme si un mal secret la rongeait…

Le mal d'amour, peut-être ?

L'esprit encore bourdonnant de sa conversation avec elle, il quitta à son tour le café et rallia l'immeuble où se trouvaient les bureaux de Garrett Furniture.

Durant la journée, il fut constamment distrait, et sa secrétaire leva sur lui, à plusieurs reprises, un regard étonné.

Et c'est en rentrant chez lui, le soir, qu'il comprit à quel point Cassie occupait désormais une place de choix dans son cœur.

- 4 -

Dans sa jeunesse, Cassie avait été confrontée à un beau-père lunatique dont les brusques accès de colère l'avaient terrifiée.

Elle en faisait encore, parfois, des cauchemars.

À l'époque, chaque fois qu'elle le pouvait, elle venait chercher refuge à la bibliothèque où Irene Houlahan, son amie, sa confidente, lui conseillait des lectures enrichissantes.

Parmi les mots imprimés, son esprit vagabondait et l'emportait loin de Charisma, loin de son beau-père irascible.

Elle n'oublierait jamais tout ce qu'elle devait à Irene Houlahan qui, en plus de lui avoir insufflé la passion de son métier, l'avait aussi sauvée du désespoir.

Parce que son adolescence avait été chaotique, elle chapeautait aujourd'hui l'activité « Études aidées » réservée aux adolescents en difficulté : donner à des jeunes exposés au stress familial l'occasion de venir se ressourcer plusieurs fois par semaine à la bibliothèque était sa façon à elle de remercier Irene.

À soixante-dix ans, Irene Houlahan, qui n'avait jamais été mariée et n'avait pas d'enfant, vivait dans une résidence du troisième âge, Serenity Gardens.

Ce soir-là, après le travail, Cassie décida d'aller lui faire une petite visite amicale. Elle était également curieuse, car depuis quelque temps, un nouveau venu s'intéressait de très près à Irene.

Grand et élégant, toujours le sourire aux lèvres, Jerry Riordan était veuf, père de trois enfants, grand-père de huit autres, et son installation à Serenity Gardens avait été abondamment commentée.

Lors de sa dernière visite, elle avait ouvertement demandé à son amie qui était Jerry Riordan pour elle, mais l'ancienne bibliothécaire avait gardé un silence prudent.

Elle sonna chez la retraitée qui occupait un studio, en rez-de-chaussée, et la voix stridente de sa locataire l'autorisa à entrer.

— Tu tombes à pic ! déclara Irene, mais ne ferme pas la porte, car Jerry doit venir prendre le thé.

— À quel étage vit-il ? demanda-t-elle sans oser poser des questions plus personnelles.

— Au cinquième étage, répindit Irene en jetant un rapide coup d'œil à son reflet dans un miroir de poche. En attendant, voudrais-tu aller prendre *Ne tirez pas sur l'oiseau moqueur* dans ma bibliothèque ?

Elle ne manqua pas d'être frappée par le soudain accès de coquetterie d'Irene qui, si elle devait l'en croire, affirmait pourtant qu'elle se moquait de plaire à quiconque.

Les livres étant fort bien classés, elle eut tôt fait de retrouver l'ouvrage en question qui avait dû être lu et relu si elle en jugeait par sa couverture fatiguée.

— Tu n'étais pas encore née quand j'ai découvert ce chef-d'œuvre, fit remarquer Irene.

Alors qu'elle ouvrait le livre pour vérifier la date du copyright, une dédicace à l'encre bleue, sur la page de garde, attira son attention.

Pour Irene, chez qui je retrouve les meilleurs traits de Scout, Jem et Dill, les héros de ce livre. En attendant qu'à ton tour, tu deviennes un jour l'héroïne de tes propres aventures, je te souhaite de tout mon cœur de prendre plaisir à cette histoire.

Bon anniversaire.

Jerry

Jerry…

La coïncidence serait extraordinaire, à moins que…

— Dites-moi, Irene, ne serait-ce pas Jerry Riordan qui vous aurait offert ce livre ?

— Toc toc !

L'apparition de la silhouette altière de Jerry la prit de court.

— Parlerait-on de moi ? demanda le nouveau venu avec un large sourire.

— Sûrement pas, rétorqua Irene avec humeur.

— Curieux, car j'aurais juré avoir entendu prononcer mon nom.

— Ton ouïe baisse, voilà tout, riposta sèchement Irene. Au fait, permets-moi de te présenter mon amie Cassie, dont je t'ai souvent parlé.

— Enchanté, fit Jerry en la dévisageant de ses yeux bleus à l'expression amicale mais vigilante.

— Très heureuse.

Le regard de Jerry se posa sur le livre qu'elle tenait.

— Tiens ! On dirait *Ne tirez pas sur l'oiseau moqueur.*

— En effet, répondit-elle. Vous l'avez lu ?

— Oh oui, et j'en avais même offert un exemplaire à Irene.

— Que cherches-tu à insinuer ? protesta Irene.

— Rien du tout, sinon que ce livre pourrait bien être l'exemplaire que je t'avais offert pour tes quatorze ans, ajouta Jerry.

Irene pâlit.

— C'est en effet ce livre-là, et j'y suis très attachée.

— Je m'étonne que tu l'aies conservé.

— Et pourquoi l'aurais-je jeté, puisqu'il s'agit de l'un de mes livres préférés ?

— Tes goûts auraient pu changer avec les années, fit Jerry, pensif.

— Dans ce cas, je suis l'exception qui confirme la règle car j'ai toujours autant envie aujourd'hui qu'hier de relire *Ne tirez pas sur l'oiseau moqueur,* répondit Irene avec émotion.

Par discrétion, Cassie alla s'asseoir à l'écart et, autant pour se faire oublier que par curiosité, elle ouvrit le roman.

— Il y a longtemps, n'est-ce pas ? entendit-elle Irene murmurer à son ami.

— Oui, et je pense toujours autant à toi, déclara Jerry.

Quelques années plus tôt, quand elle avait questionné Irene sur sa vie privée, sur le fait qu'elle ne s'était jamais mariée, la retraitée lui avait répondu, agacée, que rien n'était simple dans la vie et que, parfois, les circonstances empêchaient deux êtres destinés l'un à l'autre de connaître le bonheur.

Voir Irene et Jerry réunis aujourd'hui pouvait laisser supposer que ce fameux bonheur était enfin possible.

— Eh bien, Cassie, as-tu l'intention de lire ce chef-d'œuvre d'une traite ? l'interrompit Irene de sa voix stridente d'ex-bibliothécaire en chef.

Emportée par la magie du texte, elle dut faire un effort pour lever le nez de sa page.

— Pour ça, il faudrait que je campe ici jusqu'à demain, répondit-elle, mais, si vous le permettez, je vais aller préparer le thé.

Irene haussa les épaules.

— Je suis arrivée à un âge où on peut se passer de tout.

— Même de moi ? insinua Jerry en souriant à Irene.

Quand elle revint avec la théière et des tasses, la conversation porta sur les caprices de la météo jusqu'à ce que Jerry rappelle à Irene qu'il était l'heure de l'activité de bingo qui réunissait la plupart des résidents de Serenity Gardens.

Irene détestait ce jeu, mais la partie du jour, baptisée Beach Party Bingo, célébrait le farniente et le soleil et s'accompagnerait de ces cocktails exotiques que la retraitée savourait volontiers.

Quand elle jeta un coup d'œil en direction d'Irene, celle-ci semblait sous le charme de Jerry qui, de son côté, s'était amoureusement assis près d'elle, sur le canapé.

— Il est temps que j'y aille. Je continuerai ma lecture un autre jour, annonça-t-elle à son amie.

Irene lui offrit l'un de ses très rares sourires.

— Merci, Cassie, d'être venue me rendre visite.

— Tout le plaisir était pour moi, dit-elle en posant le livre sur la table avant de se lever et d'aller embrasser la retraitée sur la joue.

— J'ai horreur de ces manifestations de tendresse, gronda Irene non sans lui rendre son baiser.

Jerry se toucha la joue d'un doigt pétri d'arthrite.

— Et moi, alors, je n'ai pas droit à un petit bisou ? Sachez, Cassie, que les marques d'affection féminine ne m'ont jamais effarouché.

— C'est bien vrai, hélas ! ironisa Irene.

Amusée, elle posa un baiser sur la joue du retraité.

— Bonne nuit, monsieur Riordan.

Irene leva les yeux sur elle.

— Quand penses-tu revenir ?

— Vendredi ?

— La maison de retraite a prévu une excursion à Noah's Landing, et nous ne serons pas de retour avant l'heure du dîner, fit Irene d'un ton navré.

— Dans ce cas, je passerai en soirée, promit-elle.

Jerry leva les bras en l'air.

— Voyons, Irene, tu ne peux pas demander à une jolie

jeune femme comme Cassie de sacrifier son vendredi soir pour des ancêtres de notre espèce ?

— Cassandra est assez grande pour savoir ce qu'elle a à faire, rétorqua Irene, et du reste ce n'est pas toi qu'elle vient voir, mais moi.

— Alors qu'elle vienne avec son amoureux, insista Jerry en lui lançant un regard complice.

— Je n'ai pas d'amoureux, et je n'ai rien de prévu vendredi soir, crut bon de préciser Cassie.

Le retraité lui lança un regard inquisiteur.

— Comment, vous n'avez pas de petit ami ?

— Eh non.

— Les garçons d'aujourd'hui manquent autant de jugement que ceux de mon époque, déclara Irene en décochant une bourrade à Jerry qui se tint coi.

Heureuse de constater que sa grande amie semblait avoir trouvé un chevalier servant aussi drôle que séduisant, elle en profita pour s'éclipser.

Sans préjuger de l'avenir de cette romance balbutiante entre Irene et Jerry, elle fit des vœux pour que l'ex-bibliothécaire connaisse enfin le bonheur.

Et elle ?

Ma foi, avec un peu de chance, elle finirait aussi par rencontrer un homme de cœur capable d'apprécier qui elle était et de lui donner cet amour dont elle rêvait.

Alors qu'elle se dirigeait vers sa voiture, ses pensées convergèrent vers Braden Garrett.

Braden !

Certes, il était beau, riche, séduisant en diable, mais était-elle prête pour une nouvelle relation avec un homme ?

Alors qu'elle ne savait plus très bien quoi penser, une petite voix intérieure lui souffla qu'il n'y avait pas d'amour sans risque, et que tout valait mieux qu'une vie terne et solitaire.

***

Saige était le bien le plus précieux de Braden, mais comme il aurait aimé, parfois, dormir huit d'heures d'affilée sans être réveillé par sa fille !

Cette nuit-là, ce fut à 2 heures du matin que Saige le tira de son sommeil.

— Pa-pa !

Avec un soupir, il se leva et prit Saige dans ses bras.

— Oui, papa est là, avec toi, mon cœur. Et si tu essayais de te rendormir ?

— Veux zouer !

— Demain !

Saige agita ses petites mains potelées.

— 'inge !

Il retrouva sous l'édredon le singe en peluche, cadeau de la mère biologique de Saige et doudou favori de la fillette.

— Tiens, voilà ton petit singe, et maintenant, dodo.

— Pa-pa !

Comme chaque fois, cette voix douce et enfantine le fit fondre.

— Oui, mon cœur, je suis ton papa, et tu sais combien je t'aime.

— T'aime !

Alors qu'il effleurait d'un baiser les cheveux de Saige, il lui revint en mémoire l'attente impatiente qui avait été la sienne et celle de Dana lors des formalités d'adoption.

Mariés depuis déjà six ans, Dana et lui se désespéraient de ne pas avoir d'enfant quand ils avaient fait la connaissance de Lindsay Benson, étudiante sans ressources et qui voulait la meilleure vie possible pour sa fille.

L'accord d'adoption avait été conclu, mais, jusqu'à la dernière minute, Dana et lui avaient su que Lindsay était en droit de changer d'avis et de garder son enfant.

Quoi qu'il en soit, Dana et lui avaient préparé avec espoir la chambre de leur future fille.

Lindsay Benson n'avait pas changé d'avis et, un matin, Dana et lui étaient allés chercher Saige à la maternité.

Ce jour-là, il avait été véritablement fou de joie, tandis que Dana, elle, lui avait semblé plus réservée.

Très vite après l'adoption, Dana avait manifesté mauvaise humeur et nervosité, un état qui n'avait fait qu'empirer au fil des semaines et qui avait contribué à désagréger leur couple.

Quand Saige réclamait son biberon en pleine nuit, Dana n'était jamais celle qui se levait, et il avait pris l'habitude de materner sa fille et de jouer au papa poule.

Dans la journée, c'était presque pire, car Dana fuyait ostensiblement Saige en prétextant un mal de tête, une douleur au ventre ou une course à faire.

En fin de compte, il avait joué le rôle d'un père et d'une mère auprès de sa fille chérie, changeant ses couches, réchauffant ses biberons et veillant sur les moindres de ses bobos.

Dans son for intérieur, il s'était refusé d'admettre la vérité, à savoir que Dana n'avait aucune envie d'être la mère de Saige et que leur couple allait à la dérive.

Mais Dana ne s'était pas habituée à cette situation nouvelle et avait pris de plus en plus en grippe cette petite fille qui, avec ses yeux en amande et ses longs cheveux d'ébène, n'était à l'évidence pas leur enfant biologique.

Saige venait tout juste d'avoir six semaines quand Dana lui avait annoncé qu'elle n'était faite ni pour être mère ni pour être son épouse.

Deux flèches à la fois dans son cœur.

Le regard dur, Dana lui avait déclaré qu'elle le quittait pour aller vivre dans un appartement de location.

Quelques semaines plus tard, Dana trouvait la mort, percutée au volant de sa voiture par un poids lourd.

Personne, pas même sa mère, ne savait que Dana et lui étaient séparés au moment de l'accident.

Ce secret avait empoisonné son deuil, l'obligeant en quelque sorte à garder l'espoir que, par-delà la mort, celle qui avait été son épouse pourrait revenir et s'unir de nouveau à lui.

L'affection et le soutien du clan Garrett lui avaient été précieux sans pour autant effacer sa peine ou apporter des réponses aux questions qu'il se posait.

Comment Dana, qui aurait dû prendre à cœur son rôle de mère adoptive et donner à Saige tout son amour, avait-elle pu les abandonner, leur fille et lui ?

Hanté par ces regrets lancinants, il se déridait pourtant quand Saige lui souriait, comme en cet instant, agitant sous son nez ses adorables petites mains potelées.

Comme il l'aimait !

Son enfant.

Sa fille.

Le soleil de sa vie !

— Pa-pa !

Il sentit une boule d'émotion lui nouer la gorge.

— Oui, mon cœur. Ne t'inquiète pas de ne pas avoir de maman, papa est là. Et tu peux compter sur le clan Garrett pour t'aimer.

— Ma-man !

— Maman n'est pas là, mais demain tu verras mamie qui t'aime beaucoup, elle aussi.

— G'and-mère…

— Oui, mon cœur, grand-mère qui t'emmènera à l'atelier « Récré enfants » où tu pourras jouer avec le petit train.

— Tchou-tchou ?

— Oui, tchou-tchou avec la locomotive rouge.

Saige battit des mains avec enthousiasme et, par association d'idées, il évoqua les traits harmonieux de la belle Cassie à la silhouette mince et souple.

L'attirance qu'il ressentait pour la jolie bibliothécaire

l'avait d'abord surpris, puis il avait fini par s'en réjouir : preuve qu'un veuf élevant seul sa fille n'en demeurait pas moins homme.

Malheureusement, Cassie ne semblait guère être le genre de femme à se satisfaire d'une aventure et, en ce qui le concernait, il n'était pas du tout prêt à offrir plus que quelques nuits de plaisir à celle qui voudrait de lui.

Cassie punaisait des fleurs en carton sur le panneau d'informations des activités pour enfants quand son amie et collègue Stacey s'approcha d'elle.

— Je meurs d'envie d'en savoir plus concernant ce type sexy de l'autre jour, lui dit-elle avec un sourire.

Cassie sentit ses joues s'empourprer.

— Quel type ?

Stacey fit la moue.

— Ne fais pas l'innocente. Megan m'a tout raconté, et il paraîtrait que ce beau gosse t'aurait invitée à prendre un café avec lui.

Inutile de nier.

— Ce beau gosse s'appelle Braden Garrett, admit-elle.

— Garrett Furniture ?

— Il en est même le P-DG.

Stacey eut un sifflement approbateur.

— Riche et sexy ! Serait-ce la fin de ta période « Je vis mieux seule que mal accompagnée » ?

Elle défia Stacey du regard.

— Si je décidais de mettre un terme à ma solitude, tu peux être assurée que je ne choisirais pas Braden Garrett.

— Et pourquoi, Cass ? Aurais-tu quelque chose contre les beaux mâles fortunés ?

— Je déteste les hommes arrogants, répondit-elle en punaisant un dessin représentant un nuage sur le panneau.

Stacey soupira.

— De quel crime Braden Garrett s'est-il rendu coupable pour te déplaire autant ?

— Il a eu le culot de dire que notre travail à la bibliothèque était quantité négligeable.

— Admettons qu'il ait parlé sans réfléchir, reprit Stacey, mais n'empêche qu'il est sacrément beau.

— Je dois dire qu'il s'est excusé par la suite. Et il me trouve attirante, poursuivit-elle.

— J'espère que tu ne vas pas laisser passer pareille occasion ? À ta place, je ne me ferais pas prier, fit Stacey d'une voix excitée.

— Je ne sais pas… Braden Garrett est beau, attirant, séduisant, mais il est aussi veuf et élève seul sa fille.

— Et alors, où est le mal ? N'aimes-tu pas les enfants ? reprit Stacey.

Son plus cher désir était d'en avoir une ribambelle avec l'homme de sa vie, ce qui n'était sans doute pas pour bientôt.

— J'adore les enfants et tu le sais, mais Braden a perdu sa femme récemment, et pour rien au monde je ne voudrais faire office de remplaçante.

Stacey massa avec amour son ventre qui, sous la robe de grossesse, s'arrondissait de semaine en semaine.

— Si tu ne tentes jamais rien, Cass, tu finiras tes jours vieille fille.

Elle se sentit blessée par la pique de son amie.

— Il n'est pas question que je finisse mes jours vieille fille, comme tu dis, mais je n'ai pas l'intention de sortir avec Braden Garrett.

— Alors, que dirais-tu de rencontrer Darius, mon charmant voisin qui me paraît être aussi seul que tu l'es ?

Elle dressa l'oreille.

— Que fait-il dans la vie ?

— Manager d'un motel. Il a travaillé trois ans à San Diego avant d'être muté à Charisma.

— Je ne sais pas…

— Les enfants ne se font pas à cinquante ans, Cass, insista Stacey sans cesser de caresser ce ventre dont elle était très fière.

Car il avait fallu à sa collègue et à son mari des années de traitements et d'essais infructueux avant de voir leurs efforts couronnés par cette naissance à venir.

— Tu as raison. Il est temps que je tente ma chance, admit-elle.

Un sourire éclaira le visage de Stacey.

— Si tu le permets, je communiquerai ton numéro de téléphone à Darius.

— Je te le permets, répondit-elle après une ultime hésitation.

L'atelier « Récré enfants » était programmé à 10 heures et, dès 9 h 30, Cassie sentit grimper son impatience.

Verrait-elle bientôt se profiler la silhouette élancée et sportive de Braden Garrett tenant Saige par la main, ou bien serait-ce Ellen qui accompagnerait la fillette ?

À 9 h 57, Ellen apparut, tenant Saige par la main, et Cassie s'efforça de cacher sa déception.

— Comment va la dent ?

— Mieux, mais j'ai encore un peu mal, répondit la mère de Braden en câlinant Saige qui ne tarda pas à rejoindre les autres enfants.

À l'heure dite, elle démarra l'activité, résolue à oublier sa déconvenue dans le travail. Mais Braden lui manquait.

Tout en faisant réagir son public aux histoires qu'elle leur lisait, elle jetait d'incessants coups d'œil à Saige et à sa grand-mère.

Braden avait-il été trop occupé pour venir en personne, ou ne souhaitait-il plus la voir ?

Trop troublée pour se concentrer sur sa lecture, elle

se trompa à plusieurs reprises, et les enfants, à qui rien n'échappait, la rappelèrent joyeusement à l'ordre.

À la fin de l'atelier, alors qu'elle espérait échanger quelques mots avec Ellen et, à l'occasion, lui demander des nouvelles de Braden, cette dernière eut du mal à cacher son embarras.

— Je… J'ai des courses à faire, déclara-t-elle en rougissant et en prenant hâtivement congé avec Saige.

— Alors, à la prochaine fois, dit Cassie, intriguée et déçue.

D'autres mères moins pressées commentèrent en sa compagnie les progrès de leurs enfants respectifs, puis Cassie se retrouva seule.

Comme si souvent…

Alors qu'elle remettrait de l'ordre dans la salle, une peluche oubliée sous l'une des tables attira son attention. Immédiatement, elle reconnut le doudou de Saige.

- 5 -

Braden s'apprêtait à rentrer chez lui, après sa journée de travail, quand sa mère appela.

— Je voudrais que tu me rendes un service.

Ellen avait si souvent pris soin de Saige qu'il ne lui vint pas à l'esprit de refuser.

— Quand tu voudras, maman.

— C'est gentil à toi. Figure-toi que je ne retrouve pas le singe en peluche de Saige. Elle a dû l'oublier tout à l'heure, à la bibliothèque, pendant l'activité de « Récré enfants ».

Connaissant la sympathie de sa mère pour Cassie MacKinnon, il ne put s'empêcher de sourire.

— Et tu souhaiterais que j'aille à la bibliothèque récupérer le doudou au plus vite, s'il a en effet été oublié là-bas ?

— Ma foi, oui, d'autant que c'est sur ton chemin.

— Pas exactement, mais ça n'a aucune importance.

— Si faire ce détour te dérange à ce point, j'irai moi-même chercher le doudou demain, répondit Ellen, mais ta fille risque d'avoir des difficultés à s'endormir, ce soir, si elle en est privée.

Il grimaça au souvenir de ses nuits écourtées par les réveils intempestifs de Saige.

— Je passerai à la bibliothèque récupérer le doudou de Saige, promit-il avant de prendre congé de sa mère.

Les intentions matrimoniales à peine voilées de sa

mère l'agaçaient, mais il ne voyait aucune raison de ne pas tenter sa chance auprès de la jolie Cassie et, selon la tournure que prendraient les choses, il n'excluait pas la possibilité de l'inviter à dîner.

Après avoir franchi le seuil de la bibliothèque municipale, il se dirigea vers l'accueil où officiait Megan, l'adjointe de Cassie.

— Bonjour, je voudrais parler à Mlle MacKinnon.

— Mlle MacKinnon ne travaille pas aujourd'hui, répondit Megan.

Sa déception fut si grande qu'il mesura combien la bibliothécaire comptait déjà pour lui.

Megan lui adressa un sourire radieux.

— Peut-être avez-vous besoin d'un renseignement ? d'une aide ?

— Ma fille Saige est venue ici hier, avec sa grand-mère, et…

— Ah oui, le singe en peluche ! le coupa Megan.

La bibliothécaire adjointe lui remit alors un sac en plastique contenant le doudou et sur lequel était écrit le nom de sa fille.

— Merci ! Sans son singe, Saige aurait eu du mal à trouver le sommeil… et moi aussi par la même occasion.

— Je comprends, déclara Megan avec un grand sourire. Puis-je faire autre chose pour vous ?

Il hésita à peine une seconde.

— Pourriez-vous me dire si Mlle MacKinnon sera de service demain ?

Le sourire de Megan s'accentua.

— En principe, je ne dois pas révéler ce genre d'informations aux usagers, mais, si vous revenez demain, il y aura des chances pour que Cassie en personne réponde à cette question.

— Alors, je n'y manquerai pas et merci encore ! dit-il avant de prendre congé.

*
* *

Cassie espérait avoir des nouvelles de Braden, mais il ne s'était pas manifesté depuis plusieurs jours et la mère de ce dernier non plus.

Tout en réglant des tâches administratives à la bibliothèque, elle ne put s'empêcher de repenser à sa vie solitaire.

Depuis qu'elle avait rendu sa bague à Joel, elle n'était quasiment plus sortie avec un homme et avait vu ses espoirs de bonheur rétrécir comme peau de chagrin.

Sa rencontre avec Braden Garrett, ce séduisant veuf qui aurait tout eu pour lui plaire sinon le fait qu'il n'oublierait jamais son épouse adorée, lui avait fait prendre conscience qu'il manquait à son existence une dimension émotionnelle et sexuelle non négligeable.

Et depuis, rien.

Le téléphone sonna.

Braden ?

— Je voudrais parler à Cassie MacKinnon.

La voix masculine lui était inconnue.

— C'est moi, répondit-elle en refrénant sa déception.

— Enchanté ! Je suis Darius Richmond, le voisin de Stacey.

— Oui, bien sûr…

— Je ne vous dérange pas ?

— Non, non, dit-elle en s'efforçant de chasser Braden de ses pensées.

— J'aurais dû vous appeler plus tôt, mais la gestion d'un motel comme le mien est parfois très prenante, reprit Darius.

— C'est compréhensible, et puis vous venez à peine d'entrer en fonction, observa-t-elle en s'essayant de prendre un ton chaleureux,

— En effet, mais à présent je serais très heureux si vous acceptiez de dîner avec moi, ce soir.

— Ce soir ?

— Oui, rien ne me plairait davantage que de faire votre connaissance, insista Darius.

Son premier mouvement fut de refuser, mais la pensée de vexer Stacey l'en empêcha et, sans doute aussi, la crainte de finir vieille fille.

— Peut-être n'êtes-vous pas libre ? Dans ce cas, nous pourrions choisir un autre jour, reprit Darius.

Puisque Braden ne pouvait pas être l'homme de sa vie, autant qu'elle en prenne son parti.

— Non, ce soir me convient très bien.

Sortir de sa coquille ne pourrait que lui faire du bien, alors pourquoi ne pas passer une soirée agréable en compagnie de cet homme dont Stacey lui avait vanté les mérites ?

— Tant mieux ! Disons à 19 heures devant le Valentino's ?

— Parfait.

Elle décerna un bon point à son hôte pour avoir choisi l'un des meilleurs restaurants de Charisma et, une fois la communication coupée, frissonna nerveusement à la pensée de s'exposer, ce soir, à une rencontre dont elle ignorait l'issue.

Pourtant, aller de l'avant avant qu'il ne soit trop tard, comme le préconisaient ses collègues, n'était-il pas le préalable indispensable à son éventuel bonheur ?

Restait Braden…

Elle se sentait attirée par sa beauté virile autant que par ses manières distinguées, mais ce veuf éploré, inconsolable de la perte de son épouse et résolu à tout sacrifier désormais pour élever sa fille unique, ne serait jamais le mari dont elle rêvait.

Mais alors, pourquoi languissait-elle autant de lui ?

— Bonjour, Cassie.

La voix familière lui fit lever la tête.

— Ellen ! Étiez-vous là depuis longtemps ?

La mère de Braden lui adressa un grand sourire.

— Non, mais je n'ai pu faire autrement que d'écouter votre conversation, et il m'a semblé comprendre que vous comptiez dîner avec quelqu'un, ce soir. Quel est l'heureux élu ?

Elle choisit de dire la vérité.

— Le voisin de ma collègue Stacey.

— Je vois, fit Ellen sans enthousiasme aucun.

— Au fait, comment se porte Saige ?

— Saige a été grippée et je l'ai gardée au lit. Et son père, qui avait lui aussi attrapé froid, est retourné travailler seulement aujourd'hui, déclara Ellen.

Ainsi s'expliquait peut-être le silence obstiné de Braden, ces derniers jours ?

— Plusieurs de mes collaboratrices sont alitées à cause de cette grippe, remarqua-t-elle.

Ellen lui sourit.

— Puisque vous êtes provisoirement en sous-effectifs, je ne vous dérangerai pas plus longtemps. Au fait, mon fils est-il venu récupérer le doudou de Saige ?

— Oui, mais j'étais absente ce jour-là.

Elle s'était même posé la question de savoir si Braden avait fait exprès de l'éviter, ce qu'elle s'abstint, naturellement, de mentionner à Ellen.

Le départ de la mère de Braden la laissa perplexe et désemparée.

Qu'était-elle censée faire ?

Joindre Braden à son bureau ?

Et pour lui dire quoi, en fait ?

Une fois chez elle, elle se rendit compte qu'elle n'éprouvait plus la moindre envie de sortir ce soir avec cet inconnu, Darius Richmond, dont Stacey lui avait vanté les qualités.

Et à défaut de voir Braden, elle préférait encore passer la soirée seule, avec ses deux chats.

La tentation d'appeler Darius pour se décommander l'effleura un instant, mais elle n'avait pas le droit d'agir de façon aussi cavalière envers un homme que lui avait recommandé Stacey.

Et puis, voulait-elle finir ses jours seule, avec des chats et des regrets ?

Non. Dès lors, le mieux était encore pour elle de tenter sa chance avant qu'il ne soit trop tard.

Tandis qu'elle se préparait à sortir, elle songea à Braden et regretta que les circonstances ne lui aient pas permis de le connaître à l'époque où il était vraiment libre.

Joel, son ex-fiancé, n'avait pas non plus été vraiment libre quand il l'avait demandée en mariage, ce qu'il s'était gardé de lui dire.

Contrairement à sa pauvre mère qui, elle, s'était prêtée à toutes les concessions pour avoir l'illusion d'être aimée, elle ne serait jamais la remplaçante de quiconque, et elle entendait occuper la place de choix dans le cœur de celui qu'elle aurait élu.

Sa mère…

À cette pensée, des larmes lui montèrent aux yeux.

Elle avait dix ans quand Noemi, sa mère, avait cherché du réconfort dans les bras d'autres hommes, en l'absence de son père, un ranger de l'armée de terre souvent parti en mission.

À la mort de ce dernier tué en opération, sa mère avait multiplié les aventures et les amants pour, finalement, porter son choix sur un pasteur, Ray Houston, qu'elle avait épousé.

Ex-reine de beauté, Noemi avait besoin de se sentir adulée, désirée, et au début de leur mariage, Raymond s'était montré fier d'être le mari d'une femme emblématique.

Mais cette médaille avait un revers.

Belle, sa mère était courtisée par d'autres hommes, et Ray s'était battu un jour avec un admirateur un peu trop empressé auprès de sa nouvelle épouse.

Par la suite, Ray était devenu maladivement jaloux, et sa pauvre mère avait enduré coups et blessures.

À l'époque, les constantes disputes entre son beau-père et sa mère l'avaient profondément marquée, et elle s'était fait la promesse de vivre seule plutôt que de servir de punching-ball à un homme trop jaloux ou porté sur la boisson.

Avec Joel, elle avait senti renaître l'espoir d'un bonheur, peut-être même d'un foyer, car elle désirait avoir des enfants.

Mais, comme d'autres, Joel l'avait déçue, et depuis lors elle avait vécu seule.

Jusqu'à ce fameux jour, lors de l'activité « Récré enfants », où Braden avait fait battre son cœur.

L'homme était indéniablement beau comme les héros des romans sentimentaux qu'elle affectionnait, mais elle savait aussi qu'il ne pourrait jamais l'aimer autant qu'il avait pu aimer sa défunte femme.

Combien elle aspirait au bonheur, à la création d'une famille ! Comme elle avait encore envie d'aimer et d'être aimée !

Le voisin de Stacey, Darius, s'avérerait-il être l'homme providentiel qu'elle était en droit d'attendre et qui mettrait enfin du soleil dans sa vie ?

Sentant l'espoir renaître en elle, elle alla se brosser les cheveux, se mit du rouge à lèvres, ajouta une touche de parfum.

La vie était belle !

Exit Braden.

Mais son optimisme fut de courte durée. En entrant dans le restaurant Valentino's, elle se trouva nez à nez avec celui qu'elle voulait à tout prix oublier.

*
* *

— Bonsoir !

La belle voix grave de Braden eut sur Cassie l'effet d'un électrochoc.

— Que… que faites-vous ici ? rétorqua-t-elle, tout à la fois surprise et paniquée.

— J'étais venu chercher ma commande, expliqua Braden en lui montrant le sac qu'il tenait à la main. Et vous ?

— Je… j'ai rendez-vous avec quelqu'un.

— Un homme, remarqua Braden en la dévisageant pensivement.

Incapable d'articuler le moindre mot, elle hocha la tête et ce fut alors que, d'une table voisine, un grand gaillard blond lui fit signe.

Darius Richmond, à n'en pas douter.

Elle détesta d'emblée son sourire assuré et son brushing démodé.

— Est-ce avec Darius Richmond que vous avez rendez-vous ? s'enquit Braden après avoir suivi son regard.

— Vous le connaissez ?

— Mon frère Ryan et lui sont allés à l'école ensemble et, aux dernières nouvelles, il s'était établi à San Diego.

Elle nota que Braden ne semblait pas tenir le voisin de Stacey en grande estime.

— Darius est revenu vivre depuis peu à Charisma, expliqua-t-elle.

Braden la regarda d'un air navré.

— Depuis combien de temps sortez-vous avec lui ?

— Ce soir est notre première rencontre et, si je continue à le faire attendre, je crains fort qu'il ne s'agisse aussi de la dernière.

— À votre place, je fuirais ce genre d'individu. Pourquoi ne pas venir chez moi déguster ces délicieuses *pennes* au poivron et à la saucisse ?

— Une autre fois peut-être, dit-elle en jetant un regard anxieux à sa montre.

Elle crut que Braden allait ajouter quelque chose, mais il se contenta de lui souhaiter une bonne soirée.

— Merci, et bonne soirée à vous aussi, conclut-elle, à la fois déçue et soulagée.

Braden ne s'était pas attendu à rencontrer Cassie dans ce restaurant, et encore moins à ce qu'elle ait un rendez-vous avec Darius.

Alors qu'une part de lui brûlait de sauver la bibliothécaire des griffes de ce don Juan de pacotille, il se résigna à reprendre sa voiture, car il lui fallait encore aller chercher Saige chez sa mère.

Cassie s'occupait fort bien des enfants et les aimait, il en avait été témoin à la bibliothèque, mais peut-être n'avait-elle pas envie d'avoir une relation suivie avec un père élevant seul sa fille et, dans ce cas, mieux valait qu'il renonce à elle.

Mais pourrait-il jamais oublier cette femme aussi belle que sensuelle ?

Le lendemain matin, Cassie achevait de mettre en ordre la salle du « Récré enfants » quand Braden et Saige firent leur entrée.

— Bonjour, fit Braden tandis que sa fille s'empressait d'aller jouer avec le petit train et sa locomotive rouge.

— Quel bon vent vous amène ? demanda-t-elle en rangeant dans leur boîte les pièces d'un puzzle pour enfant.

— Saige et moi, nous passions non loin de la bibliothèque et j'ai eu envie de venir vous saluer, répondit Braden.

— C'est gentil à vous.

Braden l'observa pensivement.

— Alors, et ce dîner au Valentino's ?

— Une expérience intéressante.

Braden lui sourit.

— J'en déduis que le sieur Richmond n'a pas suscité votre enthousiasme.

Elle le fixa d'un œil moqueur.

— Voulez-vous un rapport détaillé ?

— Seulement s'il est défavorable à Darius, répondit-il du tac au tac.

Elle resta silencieuse quelques secondes.

— Pourquoi détestez-vous tant Darius Richmond ? finit-elle par lui demander.

— Parce qu'il joue avec les sentiments des femmes, et je n'aime pas ce genre d'individus.

— Je vois, mais alors pourquoi ne pas m'avoir mise en garde hier soir, quand nous nous sommes croisés dans ce restaurant ?

— M'auriez-vous cru si je vous avais livré le fond de ma pensée ?

Elle se mit à rire.

— Non, je me serais dit que vous cherchiez par jalousie à saborder ma soirée.

— Vous voyez ! Du reste, je savais qu'une femme aussi intelligente et sensible que vous ne se laisserait pas longtemps abuser.

— Et vous avez eu raison. Il ne m'a pas fallu plus de cinq minutes pour percer Darius à jour.

— Ses manières ? s'enquit Braden.

— Son sourire fat. Sa façon de vouloir m'imposer tel ou tel plat plutôt que celui que je désirais goûter. À la fin, j'ai insisté pour qu'on me serve des tortellinis à la sauce tomate et à la crème — la spécialité de Valentino's —, un plat ultra-calorique bien sûr.

— Et qu'a dit Richmond ?

— Que j'aurais intérêt à perdre toutes ces calories dans

les jours à venir si je ne voulais pas avoir de poignées d'amour, répondit-elle avec une pointe d'indignation.

— Tout à fait le personnage que je soupçonnais, renchérit Braden. Est-ce à ce moment-là que vous avez pris congé de ce rustre indélicat ?

Elle soupira.

— Un peu de patience. Ce qui m'a vraiment éclairé sur Darius a été la façon dont il s'est mis à lorgner effrontément la serveuse qui avait une fort jolie poitrine.

— Richmond est persuadé qu'aucune femme ne peut lui résister, répondit Braden avec un sourire.

— Si, moi, conclut-elle en continuant de ranger les pièces du puzzle dans leur boîte. Et du reste, à peine avais-je fini mes tortellinis que j'ai posé vingt dollars sur la table — le prix de mon dîner — et que je suis partie.

— Bravo ! Et comment notre ami Darius a-t-il réagi ?

— Il était ébahi, comme si, après avoir eu le privilège de dîner avec lui, je ne pouvais que vouloir passer la nuit dans ses bras.

Braden se mit à rire.

— Les hommes sont incorrigibles.

— Et pas très malins non plus, précisa-t-elle. Après m'avoir reproché mon excès de calories, comment pouvait-il penser que je finirais la soirée dans son lit, nue et consentante ?

La mine choquée de Braden lui donna l'espoir que, peut-être, elle comptait déjà un peu pour lui.

Ou beaucoup plus encore qu'elle l'imaginait…

— Même en mangeant chaque jour des tortellinis à la tomate et à la crème, je doute que vous ayez le moindre bourrelet, reprit Braden en la jaugeant d'un œil attentif.

— Ah, enfin un homme qui sait parler aux femmes !

Il sourit.

— Dans ce cas, pourquoi refuser de sortir avec moi ?

— Vous ne m'avez jamais invitée, que je sache.

— Mais si !

— Mais non, insista-t-elle, et il nous est arrivé tout au plus d'évoquer cette étrange alchimie qui existerait entre nous.

— Qui existe entre nous, à n'en pas douter, rectifia-t-il.

Elle eut très envie de se blottir entre les bras de cet homme beau et séduisant, mais la crainte de se donner en spectacle l'en dissuada.

— J'aurais préféré dîner avec vous, hier soir, admit-elle, mais comme ma collègue Stacey était à l'origine de ce rendez-vous avec Darius, je ne voulais pas la décevoir.

— Elle se serait peut-être consolée en apprenant que votre choix s'était porté sur moi, émit Braden avec une petite moue charmante.

— C'est vrai que vous me plaisez, admit-elle, mais vous êtes père d'une toute petite fille et veuf de surcroît.

Alors que Braden lui lançait un regard inquisiteur, Saige revint en brandissant la locomotive rouge d'une main et le wagon vert de l'autre.

— Tchou-tchou, pa-pa !

Braden. Saige. Saige. Braden.

Il ne fallait pas rêver.

Braden était mobilisé par son rôle de père, et elle doutait qu'il puisse jamais lui accorder, dans son cœur, la place à laquelle elle aspirait.

La sagesse lui commandait de chercher un homme libre, disponible, en bref, un futur époux et non un veuf accaparé par l'éducation de sa fille unique.

Et, sans plus réfléchir, elle profita de ce que Braden jouait avec Saige pour s'éclipser discrètement.

- 6 -

Cassie n'était pas très fière de la façon dont elle avait faussé compagnie à Braden et à Saige, mais elle avait éprouvé le besoin d'être seule pour réfléchir à son aise.

Un peu rassérénée, elle décida de rendre visite à sa grande amie Irene Houlahan.

À son arrivée, une trentaine de femmes en survêtement dansaient sur la pelouse au rythme d'une musique de jazz. La plupart des participantes bougeaient à contretemps, mais toutes semblaient heureuses de s'activer.

— Eh bien, Cassie, que pensez-vous de ce spectacle ?

Étouffant un petit rire, elle fit face à Jerry Riordan.

— J'imagine mal Irene faire partie de cette joyeuse cavalcade.

Jerry la fixa d'un œil malicieux.

— Dans ce cas, vous feriez bien d'observer la danseuse en justaucorps rayé, la troisième à partir de la gauche...

À sa grande surprise, la danseuse en question s'avéra être l'ancienne bibliothécaire en chef.

— On jurerait qu'Irene a rajeuni de dix ans, dit-elle, sincèrement heureuse pour son amie.

Jerry ne devait pas être étranger à cette métamorphose...

— En attendant la fin du cours, que diriez-vous de boire un café avec moi ? suggéra le retraité aux yeux bleus.

— Rien ne pourrait me faire plus plaisir, répondit-elle.

Peut-être en apprendrait-elle plus sur Irene par l'entremise de Jerry ?

Alors que tous deux se dirigeaient vers la cafétéria, Jerry pointa du doigt le livre qu'elle tenait.

— Un roman ?

— Oui, et qui raconte une belle histoire d'amitié entre une jeune fille et une femme plus âgée, dit-elle en rougissant légèrement.

Jerry lui lança un regard intrigué.

— Vous destiniez ce livre à Irene ?

— Oui.

— Et vous pensez que ce genre d'intrigue pourrait lui plaire ?

— Je crois, même si ce roman n'est pas du niveau de *Ne tirez pas sur l'oiseau moqueur,* répondit-elle en jetant un regard malicieux à Jerry.

Une fois que Jerry et elle furent installés à la terrasse du café, elle commanda à la serveuse un latte à la vanille.

— Aimez-vous les brownies ? demanda Jerry.

— Je les adore.

— Alors, un décaféiné pour moi et deux brownies, dit le retraité à la serveuse.

La serveuse revint avec leur commande quelques minutes plus tard.

Le soleil était déjà chaud, et elle apprécia l'auvent tendu au-dessus de leurs têtes.

— Quand je vous ai vue pour la première fois, j'ai d'abord cru que vous étiez la petite-fille d'Irene, déclara Jerry, et puis j'ai appris qu'Irene ne s'était jamais mariée et n'avait pas eu d'enfant.

— En effet.

— Irene et vous semblez très proches, ajouta Jerry en sucrant son café.

— Irene a été pour moi un modèle, un exemple à suivre. Elle a joué un grand rôle dans ma vie, et je la considère comme une mère de substitution, une confidente et une amie.

— Depuis combien de temps la connaissez-vous ?

— Depuis l'école primaire.

— Ce qui fait un bail ! fit-il remarquer avec un petit rire. Cependant, je connais Irene depuis encore plus longtemps. Nous avons grandi dans la même rue et sommes allés à l'école ensemble.

Elle se risqua à poser la question qui lui brûlait les lèvres.

— Étiez-vous amoureux d'elle ?

— Oui, et j'avais pris l'habitude d'aller la chercher chez ses parents pour la conduire au bal du lycée. À cette époque-là, nos deux familles étaient persuadées que nous finirions par nous marier, conclut Jerry en baissant les yeux.

Elle perçut chez le retraité une soudaine tristesse, à moins qu'il ne s'agisse de mélancolie.

Ou de regrets ?

— J'étais certain d'avoir trouvé la femme de ma vie, reprit Jerry en émiettant son brownie, et Irene et moi devions nous fiancer à Noël, une fois nos études secondaires achevées.

— Et… que s'est-il passé ?

Jerry fixa un point au-delà des arbres.

— Durant nos années de lycée, j'avais appris à apprécier Irene et, peu à peu, j'en étais tombé réellement amoureux. Quelques semaines avant la date choisie pour nos fiançailles, j'ai alors rencontré Faith.

— Faith ?

— Une très belle jeune femme et un coup de foudre réciproque. Quelque chose d'inouï que je n'avais jamais ressenti avant. La certitude que nous étions faits l'un pour l'autre.

La confidence lui serra d'autant plus le cœur qu'elle évoquait les propos tenus par Braden lorsque tous deux avaient pris un café ensemble la première fois.

— Et au lieu d'épouser Irene, vous vous êtes uni à Faith…

— Elle a été l'amour de ma vie pendant cinquante ans, confirma Jerry.

Tout en savourant son latte et son brownie, elle prit le temps de réfléchir.

— Je ne voudrais pas qu'Irene souffre de nouveau comme elle a pu souffrir autrefois.

Il acquiesça.

— C'est tout à votre honneur, mais me permettrez-vous de vous poser une question ?

— Allez-y.

— Avez-vous déjà aimé ?

Elle sentit ses joues s'empourprer.

— Je… j'ai été fiancée.

— Mais pas amoureuse à en perdre la raison ?

— Non, en effet.

— L'amour existe, mais le destin ne met pas toujours la bonne personne sur notre chemin, ajouta Jerry.

— Je tâcherai de m'en souvenir, dit-elle en sirotant pensivement son latte.

— Il faut y croire avec tout son cœur, insista Jerry.

Elle laissa échapper un soupir.

— Et si je vous disais que mon cœur est cadenassé ?

— Alors, je vous engagerais à le libérer au plus vite de ses chaînes, conclut Jerry en lui tapotant la main.

Les propos de Jerry hantèrent Cassie longtemps après sa visite à Serenity Gardens.

Le samedi suivant, elle n'eut guère le temps de ruminer, accaparée par sa vente de charité « Des livres et des gâteaux » au cours de laquelle elle espérait se débarrasser des livres périmés qui engorgeaient les sous-sols de la bibliothèque.

Des bénévoles, tant lycéens qu'adultes, auraient aussi la tâche de vendre les jouets et autres dons, ainsi que les nombreuses pâtisseries confectionnées par les donataires pour l'occasion.

Dans son stock se trouvaient des romans passés de mode, mais aussi des livres d'initiation à l'informatique devenus obsolètes, l'argent recueilli devant servir à financer des activités culturelles pour les petits et les grands.

Alors qu'elle formulait des vœux pour être épargnée par la pluie qui menaçait, elle aperçut Braden.

Depuis leur conversation du samedi précédent, elle ne l'avait pas revu, mais Megan lui avait signalé qu'il était venu à la bibliothèque pour rendre des livres.

Juste au moment où elle était sortie déjeuner !

— Vous êtes matinal. La vente ne commencera qu'à 8 heures, dit-elle en préambule.

— Je sais, mais j'ai pensé qu'une paire de bras supplémentaire pourrait vous être utile.

— Toutes les bonnes volontés sont les bienvenues chez nous, admit-elle.

Le sourire de Braden s'accentua.

— Dans ce cas, assignez-moi une tâche.

Elle remarqua alors l'absence de Saige.

— Et votre fille ?

— Mes parents la gardent.

— Elle en a de la chance de vous avoir et d'avoir ses grands-parents, dit-elle non sans penser à son enfance moins chanceuse.

— Mes parents l'adorent, et ma mère a promis de me l'amener ici, tout à l'heure.

Elle s'en réjouit car elle aimait beaucoup Saige.

— Samedi dernier, nous n'avons pas pu terminer notre discussion, reprit Braden en la regardant au fond des yeux.

Elle ne le savait que trop, étant celle qui avait fui.

— Nous la reprendrons dès que possible, répondit-elle avec un sourire qui manquait d'assurance.

— Croyez-vous ?

— J'en suis sûre. Et pendant que Tanya et Chloe finissent d'installer les tables, vous pourriez peut-être aider Ethan et Tyler à remonter les cartons de livres stockés dans la cave de la bibliothèque ?

— C'est parfaitement dans mes cordes.

Alors même qu'elle était surchargée de travail, elle prit la peine de conduire Braden jusqu'à l'entrée du sous-sol de la bibliothèque, une occasion rêvée d'être seule avec lui.

— Et voilà, vous êtes à pied d'œuvre !

Braden lui serra fugacement le bras.

— À bientôt, Cassie.

— À bientôt, dit-elle, troublée, avant de s'éloigner.

Durant l'heure qui suivit, et pendant que Braden, Ethan et Tyler déménageaient les cartons de livres, Cassie veilla, avec l'aide de Brooke, à la bonne disposition des tables sur le lieu de vente.

La plupart des bénévoles étaient lycéens, assidus aux ateliers « Études aidées » et désireux d'aider, ce qui fit qu'elle n'eut bientôt plus grand-chose à faire.

Les visiteurs affluaient toujours plus nombreux, mais celle qu'elle guettait depuis un bon moment déjà brillait toujours par son absence.

— Vous semblez préoccupée, lui dit Braden en s'approchant d'elle.

— J'attends l'une de mes amies qui réside à Serenity Gardens. Elle a promis de venir me dire bonjour.

— Alors elle viendra sûrement, fit Braden. Au fait, comment s'appelle votre amie ?

— Irene.

Ce prénom peu usité déclencha en lui un frisson désagréable.

— Non ! Ne me dites pas qu'il s'agit de Mlle Houlahan ?

— En personne, répondit Cassie. Elle est à la retraite depuis plusieurs années, mais ne manque jamais mes ventes aux enchères.

— Ainsi, cette chère Irene Houlahan est encore en vie, déclara-t-il. Ma foi, elle doit avoir au moins cent vingt ans !

Une voix outragée fusa derrière lui.

— Elle en a soixante et onze, jeune blanc-bec, et apprenez qu'Irene Houlahan n'est pas encore prête pour le cimetière.

Il se retrouva face à une femme altière aux cheveux blancs, au regard farouche, et qui marchait avec une canne en ébène.

— Oh ! je… Mademoiselle Houlahan, quelle bonne surprise !

L'intéressée l'examina sans aménité à travers ses épaisses lunettes.

— Toujours aussi effronté à ce que je vois, Braden Garrett !

Que l'ex-bibliothécaire en chef se souvienne de lui après tant d'années ne manqua pas de le surprendre.

Cassie intervint :

— Si vous me l'aviez demandé, Irene, je serais volontiers allée vous chercher à Serenity Gardens.

Mlle Houlahan sourit à Cassie.

— Je ne voulais pas vous déranger et, comme Jerry se rendait en ville, il a proposé de m'accompagner.

— Et où donc est Jerry ?

— Il gare la voiture et viendra nous rejoindre.

L'amitié évidente qui liait Cassie et ce dragon d'Irene Houlahan suscita chez Braden un soupçon de jalousie.

— Il est encore tôt, et nous n'avons pas fini de déballer,

expliqua Cassie à la nouvelle venue, mais si le cœur vous en dit, n'hésitez pas à examiner les livres déjà exposés.

— Ma chère, je ne suis pas ici pour acheter, mais pour aider, rétorqua Irene.

Ce ton ferme lui rappela de mauvais souvenirs, mais Cassie ne parut pas le moins du monde déconcertée par les manières de l'ex-bibliothécaire.

— Parfait, Irene, car votre expérience nous sera utile. De quelle section voulez-vous vous occuper ? Psychologie ? Travaux manuels ?

— Compte tenu de mon âge et de mon expérience passée, je choisis les livres historiques, répondit Irene.

— Quatre de nos tables sont consacrées aux récits historiques, répondit Cassie, et je suis sûre que Braden se fera un plaisir de vous y conduire.

Pouvait-il seulement refuser ?

— Si vous voulez bien me suivre, dit-il à contrecœur à l'ex-bibliothécaire.

Cette dernière ne bougea pas.

— Eh bien, vous venez ? insista-t-il.

Derrière ses verres épais, les yeux myosotis de la vieille dame flamboyèrent.

— Auriez-vous oublié mon nom, jeune voyou ?

Il ne put s'empêcher de rougir.

— Voulez-vous me suivre, *mademoiselle Houlahan* ?

La retraitée le toisa.

— C'est mieux, Garrett, beaucoup mieux, et à présent allons-y.

Irene Houlahan s'appuyait sur sa canne et, quand il voulut lui tenir le bras, elle le repoussa.

— Je ne suis pas invalide, Garrett, mais merci quand même.

Arrivé à destination, il salua la sévère retraitée avec la même gêne que celle qu'il ressentait, adolescent, quand il venait emprunter des livres à la bibliothèque et devait affronter son regard perçant.

Il restait un carton de livres à déballer. Il eut alors envie de s'offrir une petite vengeance.

Pendant qu'Irene examinait les livres qu'elle aurait la tâche de vendre, il lâcha délibérément le carton qui percuta le sol avec fracas, ce qui fit sursauter la retraitée.

Dire qu'il en fut navré aurait été mentir et, avec le sentiment d'avoir repris la main, il sortit les livres du carton et les disposa un à un sur la table.

— Vous paraissez bien joyeux, Braden, s'étonna Irene.

Tiens, elle l'appelait par son prénom ?

— Aurais-je par hasard des raisons de ne pas l'être, *mademoiselle Houlahan* ?

La retraitée l'observait pensivement, et il trouva soudain ses peurs d'adolescent bien vaines. Aujourd'hui, il dirigeait une importante fabrique de meubles et inspirait le respect et la crainte à plusieurs centaines d'employés.

Il rangeait le carton vide sous l'une des tables quand une voix enfantine fit vibrer son cœur.

— Pa-pa !

— Saige ! s'exclama-t-il en étreignant sa fille avec amour.

— Tchou-tchou, murmura-t-elle à son oreille.

— Plus tard, plus tard, promit-il.

Ne se le tenant pas pour dit, Saige se tourna avec espoir vers sa grand-mère qui venait d'apparaître.

— Tchou-tchou, g'and-mère !

— Oui, ma chérie, nous chercherons un joli train pour toi parmi les jouets en vente, promit Ellen à Saige avant d'aller saluer Irene.

Pendant que les deux femmes bavardaient, Braden prit la peine d'apporter une chaise pour son ennemie jurée et cette dernière, avant de s'y asseoir, le remercia d'un hochement du menton.

— C'est la première fois que j'ai l'occasion de voir votre fille et, ma foi, elle ne vous ressemble pas vraiment, remarqua Irene.

Il reconnaissait bien là le franc-parler de l'ex-bibliothécaire.

— La grand-mère paternelle de Saige était japonaise, expliqua-t-il.

— Il s'agit donc d'une enfant adoptée ? poursuivit Irene.

Comme il acquiesçait, Irene lui sourit avec bienveillance.

— Rendre heureux un enfant en manque de famille fait toute la valeur de l'adoption, déclara la retraitée d'une voix vibrante.

Certains, dans son entourage, ne s'étaient pas privés de commentaires parfois désobligeants sur l'absence des liens de sang entre Saige et lui, et le propos d'Irene lui mit du baume au cœur.

— Je suis entièrement de votre avis, dit-il.

Derrière les épaisses focales, les yeux d'Irene se plissèrent légèrement.

— Il y a plus de quarante ans, j'aurais voulu moi aussi adopter un enfant, mais une femme non mariée n'avait alors aucune chance d'être agréée par l'administration, sauf peut-être comme mère d'accueil provisoire.

Il connaissait suffisamment les formalités d'adoption pour avoir, sur ce sujet-là, une opinion voisine de celle d'Irene.

— Je doute qu'aujourd'hui la situation ait beaucoup évolué.

Irene lui lança un regard perçant.

— Et pourtant, n'êtes-vous pas l'exemple même qu'un homme seul peut élever sa fille ?

— Les Garrett forment une tribu forte de trente-deux cousins, frères, oncles toujours prêts à s'entraider, ce qui fait que je ne suis pas seul à assumer cette tâche difficile, expliqua-t-il.

Irene Houlahan le gratifia d'un sourire.

— Et Cassie, dans tout ça ?

Feindre d'avoir mal interprété la question d'Irene aurait été blessant pour son intelligence à elle, et pour la sienne.

— Ah, Cassie… La balle est dans son camp, vous savez.

L'arrivée d'un homme élancé aux tempes argentées interrompit sa discussion avec l'ex-bibliothécaire.

— Eh bien, Irene, déclara le nouveau venu avec verve, je te laisse seule à peine cinq minutes, et je te retrouve en galante compagnie ?

La retraitée fit les présentations.

— Enchanté de vous connaître, Braden, fit Jerry Riordan en lui serrant la main.

— Moi de même, répondit-il, appréciant la chaleur du nouveau venu.

Jerry fronça les sourcils.

— Vous ne seriez pas, par hasard, en train de me chiper ma fiancée ?

— Oh non, monsieur, je n'oserais jamais ! répliqua-t-il en levant les bras.

Irene s'éclaircit la voix.

— Apprends, Jerry, que je ne suis pas ta fiancée pas plus que celle d'un autre. Quant à Braden, il s'intéresse à Cassie.

— Cassie est ravissante, déclara Jerry Riordan en lui adressant un clin d'œil.

Irene se tourna vers lui.

— En effet. Et elle est aussi sensible, fine, intelligente et compétente. Elle mérite un homme digne d'elle et capable de l'aimer.

Les propos de l'ex-bibliothécaire le laissèrent songeur. Certes, Cassie lui plaisait et il espérait bien sortir avec elle. Pour autant, il savait aussi qu'il n'était pas prêt à s'investir totalement dans une histoire d'amour.

- 7 -

À la grande satisfaction de Cassie, le bouche-à-oreille avait bien fonctionné, et l'événement « Des livres et des gâteaux » promettait d'être un succès. Profitant d'une accalmie, elle alla voir les stands dédiés aux plus petits, sous une tente blanche.

Outre la vente des livres et des jeux divers, Chloe, une brillante lycéenne doublée d'une artiste confirmée, proposait aussi aux enfants un stand maquillage.

Entre les doigts de Chloé, garçons et filles se métamorphosaient en animaux de la jungle ou en superhéros, et la file d'attente ne faisait que s'allonger.

Une petite lionne à la crinière de jais se précipita vers elle en criant « Raah » de toute la force de ses poumons.

Amusée, Cassie s'accroupit à la hauteur de la fillette qu'elle avait parfaitement reconnue.

— Hum… Voyons voir… Ne serait-ce pas la gentille Saige qui cherche à me faire peur ?

— Roooaaar ! fit encore Saige avant de lui montrer fièrement la locomotive verte qu'elle tenait à la main.

— Quelle jolie locomotive ! Ton papa aurait-il mis la main au porte-monnaie ?

— Sa grand-mère, pas son papa, rectifia Braden. Et à force de satisfaire les moindres désirs de Saige, ma mère risque d'en faire une enfant gâtée.

— Tu exagères, protesta Ellen en prenant Saige dans ses bras.

— Est-ce une raison pour la couvrir de cadeaux comme tu le fais ? fit Braden avec une moue critique.

— Mes cadeaux, comme tu dis, ne remplaceront pas ce qui manque le plus à ta fille, rétorqua Ellen.

Gênée, Cassie se demanda comment allait se terminer l'échange entre la mère et le fils.

— Est-ce que tu sous-entends que ce qui manque le plus à Saige est une mère ? poursuivit Braden.

Alors que Cassie redoutait le pire, Ellen préféra botter en touche.

— Je veux simplement dire que Saige a sûrement envie d'un de ces biscuits que j'ai achetés pour elle.

— 'cui ! fit en écho Saige.

Braden retrouva le sourire, et Cassie remercia silencieusement Ellen d'avoir su désamorcer à temps une situation explosive.

— D'accord, *un* biscuit, et ensuite je rentrerai à la maison pour que Saige puisse faire sa sieste, déclara Braden.

— Saige peut venir chez moi, objecta Ellen.

— Mais tu t'en occupes déjà depuis ce matin !

Voyant Saige s'agiter entre les bras d'Ellen, Cassie décida alors de distraire la fillette en lui chantant *Handful of Fingers*, l'une des chansons fétiches de l'activité « Récré enfants ».

— S'occuper d'une si adorable petite fille est pour moi un privilège, répondit Ellen, et peut-être pourrais-tu en échange faire quelque chose pour moi ?

Braden sourit à sa mère.

— De quoi s'agit-il ?

— Reste ici pour aider Cassie à tout ranger, et assure-toi qu'elle prend le temps de manger.

Cassie s'empressa d'intervenir.

— Mais non, Ellen, c'est inutile.

Braden se tourna vers elle en souriant.

— Ne m'avez-vous pas dit, tout à l'heure, qu'une paire de bras supplémentaires était la bienvenue ?

Que répondre à ça ?

— L'affaire est entendue, déclara la mère de Braden.

Puis elle se tourna vers la fillette.

— Viens, rentrons vite afin que je te donne ce fameux biscuit.

Après le départ d'Ellen et de Saige, Cassie s'approcha de Braden.

— Vous m'avez déjà beaucoup aidée aujourd'hui en portant tous ces cartons, alors sentez-vous libre de rentrer chez vous.

— Pensez-vous un instant que je vais désobéir à ma mère ?

Elle sourit franchement.

— Faites-vous toujours ce que veut votre mère ?

— Toujours, dès que ses ordres sont judicieux.

Elle hocha pensivement la tête.

— Cessons de jouer. Vous comprenez fort bien où je veux en venir, n'est-ce pas ?

— Vous-même avez l'art de tourner autour du pot, rétorqua Braden.

— Très bien. Alors, puisqu'il faut parler franc, je ne m'attendais pas à vous revoir si vite… Surtout après la façon dont je me suis enfuie lâchement, l'autre jour.

— Eh bien, vous voyez, je ne suis pas rancunier.

— Je me pose bien des questions à votre sujet, poursuivit-elle en le fixant.

— D'accord. J'admets avoir eu une bonne raison de venir ici aujourd'hui, répondit Braden.

— Laquelle ?

— Vous !

Elle rougit, et Braden passa un bras autour de ses épaules.

— Que diriez-vous d'aller faire un tour au stand des gâteaux et pâtisseries ?

Encore troublée, elle prit une profonde inspiration pour parvenir à répondre.

— Les muffins de Mme Bowman ont eu tant de succès que je doute qu'il en reste un seul.

— Et vous en avez acheté combien, Cassie ? demanda-t-il avec un petit rire.

— Deux en guise de déjeuner, un pour Irene et un pour Jerry.

Il fit mine d'essuyer une larme.

— Et aucun pour moi…

— J'aurais dû y penser, désolée !

— Vous êtes pardonnée à condition d'accepter de dîner ce soir avec moi.

De nouveau, elle se sentit rougir.

— Seriez-vous… Êtes-vous sérieux ?

— Bien sûr.

Elle prit le temps de réfléchir.

— Je ne peux pas, car j'ai promis aux bénévoles de leur offrir pizzas et sodas à volonté, en récompense de leur dévouement.

— Dommage pour moi.

— Mais dites-moi, Braden, il me semble bien que vous aimez la pizza ?

— Et le soda aussi, mademoiselle MacKinnon.

Elle le fixa d'un œil faussement sévère.

— Vous êtes convié à notre petit festin, à la condition expresse de travailler d'arrache-pied en attendant l'heure des pizzas.

Cassie prit plaisir à regarder Braden aider les bénévoles. Pour un homme qui passait sa vie dans un bureau, le père de Saige était très en forme, et le spectacle de ses muscles puissants sous la veste de velours ne la laissa pas de marbre.

En outre, être entourée de lycéens lui donnait l'étrange l'impression d'avoir retrouvé son cœur d'adolescente romantique et fantasque.

Braden !

Elle suivait des yeux sa démarche souple et élégante, lorsqu'une voix juvénile l'arracha à ses fantasmes.

— Tout va bien, mademoiselle Mac ?

Ethan Anderson, l'un des lycéens bénévoles au palmarès sportif prometteur, venait de la rejoindre.

— Mais oui ! répondit-elle en s'efforçant de reprendre ses esprits.

Ethan observa Braden quelques secondes, puis se tourna vers elle.

— Ce type âgé, là-bas, il a l'air de vouloir s'incruster…

— Le P-DG de Garrett Furniture n'est pas aussi âgé que vous le croyez, Ethan, rétorqua-t-elle, une pointe d'agacement dans la voix, et sachez qu'il se prénomme Braden.

— C'est votre petit ami, mademoiselle Mac ? insista le lycéen.

— Mais non, voyons ! Il se trouve que sa fille, Saige, participe à l'une des activités que j'organise à la bibliothèque.

Ethan ne parut guère convaincu.

— Et c'est ce qui explique la présence de ce Braden parmi nous, aujourd'hui ?

— Braden a très gentiment accepté de nous prêter main-forte durant la vente, et je l'en remercie.

— En tout cas, il semble vous apprécier, et de votre côté j'ai l'impression qu'il ne vous laisse pas indifférente non plus, reprit Ethan sans se troubler.

— Qu'il s'agisse de vous, de Braden, de Cade, de

Jake ou encore de Chloe, sachez que je vous suis à tous reconnaissante de votre aide.

Ethan sourit.

— Au cas où vous ne l'auriez pas remarqué, Cade et Jake sont en train de se mesurer à la lutte, là-bas.

Les jumeaux venaient en effet de rouler à terre, et elle s'en voulut alors de leur avoir prêté si peu attention.

— Cade, Jake ! s'écria-t-elle, arrêtez tout de suite sinon gare !

Les deux lycéens obtempérèrent et, à son grand soulagement, le livreur apporta les pizzas et les sodas, ce qui la dispensa de poursuivre avec Ethan une conversation qui menaçait de devenir embarrassante.

— Je dois aller régler la commande, dit-elle à Ethan.

— Votre ami Braden est en train de s'en charger, ironisa le lycéen.

Chloe disposait déjà les pizzas sur une table et préparait les assiettes. Cassie se dirigea d'un pas rapide vers le livreur, mais ce dernier, après avoir glissé l'argent de Braden dans sa sacoche, venait de démarrer.

Elle s'avança vers Braden.

— Vous n'aviez pas à payer, voyons !

— Puisqu'il est si difficile de vous inviter dans un vrai restaurant, permettez-moi au moins d'offrir ces pizzas.

Elle posa un rapide baiser sur sa joue.

— D'accord, mais alors dépêchons-nous de rejoindre les autres avant qu'ils aient tout dévoré !

Tout en savourant sa part de pizza, Braden se rendit compte de la curiosité que sa présence suscitait auprès des bénévoles.

Tour à tour, il sentit peser sur lui le regard méfiant du meneur, celui de la pom-pom girl sûre de son charme, du geek à lunettes ou du poète proclamé à qui il ne manquait qu'une guitare pour entonner ses œuvres.

Pourtant, s'ils étaient empreints d'interrogations, ces regards d'adolescents ne lui étaient pas franchement hostiles, hormis peut-être celui d'un gaillard taillé en athlète prénommé Ethan.

— Vous ne vous ennuyez pas trop avec nous ? lui demanda Cassie.

— Mais non ! Et me retrouver parmi ces lycéens attachants est comme un bain de jouvence pour moi. Au fait, comment s'appelle celui qui porte un sweat à capuche rouge ?

— Kevin, un élève de première au lycée de Southmount.

— Il n'a pas l'air commode, et sa lèvre inférieure est enflée, comme s'il s'était battu.

— Ces lycéens n'ont pas toujours une vie facile, répondit Cassie, un peu gênée.

— Vraiment ?

— Si Kevin vient souvent à la bibliothèque, c'est autant pour lire que pour éviter certaines violences… Comme je vous l'ai dit, la situation de ces adolescents est parfois difficile.

— Vous faites allusion à des violences familiales ?

— Comment savoir ?

Au regard douloureux de Cassie, il comprit alors que non seulement elle savait ce qui était arrivé à Kevin, mais qu'elle avait peut-être elle-même traversé, dans son adolescence, ce genre d'épreuves.

Il n'osa pas lui poser davantage de questions. Cassie alla envelopper les parts restantes de pizza dans du papier d'aluminium, avant de les glisser discrètement dans les sacs des lycéens bénévoles.

— Les jeunes, il est temps de rentrer ! lança-t-elle à la ronde en claquant dans ses mains.

Avant de partir, les lycéens vinrent la saluer chaleureusement. Braden remarqua que le dernier à partir fut Ethan, l'armoire à glace qui semblait éprouver une certaine animosité à son égard.

— Sûr que vous n'avez besoin de rien, mademoiselle Mac ? demanda Ethan.

— Non, tout va bien, répondit Cassie en souriant à l'adolescent. Et je sais qu'à la fin de l'année scolaire, une place toute chaude t'attend à la fac…

— Ohio State University, déclara fièrement Ethan, et je serai l'un des joueurs vedettes de l'équipe des Buckeye.

— Félicitations !

— Merci, fit Ethan en rougissant. Alyssa me fait un peu la tête, mais je crois qu'elle aussi est contente pour moi.

À la façon dont Ethan parlait à Cassie de sa vie, il comprit que des liens privilégiés unissaient le lycéen à la bibliothécaire.

— Dans un an, Alyssa aura son diplôme de fin d'études et alors, rien ne s'opposera à ce qu'elle aille te rejoindre là-bas, fit remarquer Cassie à Ethan.

— Oui, c'est vrai, lâcha le lycéen, mais un an, c'est long.

Et comme Ethan consultait sa montre, Cassie ajouta :

— Va vite retrouver Alyssa, et passez une bonne soirée tous les deux !

— Bonne soirée à vous aussi, mademoiselle Mac, fit Ethan.

Avant de s'éloigner, le lycéen lança un regard dédaigneux à Braden.

— J'ai l'impression qu'Ethan ne m'apprécie guère, déclara Braden, une fois seul avec Cassie.

— C'est parce qu'il ne vous connaît pas encore, répondit la bibliothécaire en se dirigeant vers l'endroit où s'entassaient les cartons vides.

Il la suivit, et bientôt tous deux plièrent les petits cartons dans les grands.

— Ethan vous couve des yeux…

— Je l'ai remarqué, concéda Cassie. Ethan est protecteur de nature, mais, croyez-moi, c'est un chic garçon.

— Mademoiselle Mac… Ethan doit vous aimer beaucoup pour vous appeler ainsi.

— Il a confiance en moi, reconnut-elle en pliant un nouveau carton.

— En ce qui me concerne, jamais je n'aurais eu l'idée de me risquer à la moindre familiarité avec cette chère Irene Houlahan…

Elle éclata de rire.

— Ne soyez pas si dur avec Irene. Diriger une bibliothèque municipale fréquentée par des centaines d'adolescents nécessite une certaine discipline. Vous vous en rendrez compte dans quelques années, quand de jeunes ados zélés feront la cour à Saige.

— Ma Saige sera enfermée dans sa chambre à double tour, répondit-il avec une emphase comique.

De nouveau, elle rit.

— Elle s'échappera alors par la fenêtre.

— Comme vous, naguère, quand vous vouliez rejoindre un garçon qui n'avait pas reçu l'approbation paternelle ?

L'expression de mélancolie qu'il aperçut alors sur le visage de Cassie lui fit regretter ses paroles.

— J'avais dix ans quand mon père est mort.

— C'est vrai, excusez-moi… Je me doute que cette perte vous a cruellement marquée.

— Le temps cicatrice les plus douloureuses blessures, soupira-t-elle en pliant le dernier carton.

Ils terminèrent de tout ranger en silence.

— Merci encore pour votre aide, Braden. Nos bénévoles ne manquent pas d'allant, mais ils sont jeunes, et la présence d'un adulte tel que vous parmi eux leur a été bénéfique.

— Je les trouve pour la plupart très attachants. D'où viennent-ils ?

— Certains habitent Charisma et sa périphérie, d'autres font le déplacement depuis des contés voisins, et tous, sans exception, ont des problèmes familiaux.

— Grâce à vous, il leur est donné d'expérimenter la solidarité.

— Oui, et le plus beau est qu'ils renoncent spontanément à ces rivalités si fréquentes entre lycéens.

— Je m'en suis aperçu, et j'avoue avoir été impressionné car, en général, les ados règlent impulsivement leurs comptes où qu'ils se trouvent.

Elle lui lança un coup d'œil malicieux.

— Seulement les ados ? Je connais un homme bien de sa personne, riche et très fréquentable, qui a, depuis des années, des comptes à régler avec une certaine bibliothécaire en chef à la retraite.

L'esprit de repartie de Cassie l'enchanta.

— En ce qui la concerne, j'ai fait preuve de retenue en sa présence.

— Vous méritez un brevet de bonne conduite, Braden Garrett, opina Cassie.

À l'entendre le taquiner ainsi, il la trouva encore plus séduisante, et il sentit un élan de désir pour elle le submerger.

— Je… Vous…

Et, sans plus réfléchir, il la prit dans ses bras et plaqua un baiser sur ses lèvres.

Pour Cassie, la surprise fut totale.

L'instant d'avant, Braden et elle conversaient amicalement, et soudain…

Soudain, cette bouche sur la sienne, ce souffle tiède se mêlant au sien, la chaleur de ses lèvres sur les siennes, ce long et voluptueux baiser…

Incroyable !

Et, dans sa poitrine, les battements furieux de son cœur.

Sans plus réfléchir, elle se serra contre Braden et, alors qu'il reprenait son souffle, ce fut elle qui, cette fois, prit l'initiative du baiser suivant.

— Encore ! dit-elle avidement.

Braden l'étreignit, ses mains caressant le bas de son dos.

Comme c'était bon !

Bon et sensuel…

À chaque nouveau baiser, elle sentait son corps s'embraser un peu plus.

Deux ans !

Deux ans déjà depuis sa dernière relation avec un homme.

Vingt-huit mois d'abstinence !

Vingt-huit mois sans caresses, sans ces regards, sans ces attentions qui unissent les amants quand ils se donnent l'un à l'autre dans le bruissement des draps.

Jusqu'à présent, elle s'était assez bien accommodée de ne plus faire l'amour, mais l'irruption de Braden Garrett dans sa vie remettait son équilibre en question.

— Cassie !

Elle frémit au contact des lèvres chaudes de Braden sur les siennes, s'émerveillant qu'un simple baiser puisse à ce point lui faire perdre la tête, elle qui s'imaginait pouvoir se contrôler en toutes circonstances.

— Cassie ?

Le désir dans les prunelles chatoyantes de Braden était sans équivoque, mais céder à ce désir n'aurait pas été raisonnable. Pourtant, comme elle brûlait de s'abandonner aux mains expertes de celui qui était en train de bouleverser toutes ses certitudes.

— J'ai envie de toi, lui dit-il dans un souffle.

S'il faisait l'amour moitié aussi bien qu'il embrassait, alors une nuit avec lui serait inoubliable. Cependant, la raison l'emporta.

— Il ne faut pas, murmura-t-elle en s'écartant de lui.

— Pourquoi ?

— Nous… Je… J'ai perdu la tête.

— Tu as senti ce que j'ai ressenti moi aussi. Une alchimie entre nos corps, notre désir…

— C'était comme une déflagration, lui confia-t-elle dans un souffle, et j'en suis encore toute retournée.

— Cassie MacKinnon, vous êtes diablement dangereuse pour le pauvre mâle que je suis, reprit Braden avec une emphase volontaire.

— Moi, dangereuse ?

Il l'attira à lui.

— Aucune femme encore ne m'a autant bouleversé que toi, alors que dirais-tu d'aller poursuivre cette intéressante conversation en un lieu plus tranquille et… plus confortable ?

Elle le repoussa avec douceur.

— Pas ce soir, en tout cas.

Il la regarda avec intensité.

— Quand alors ?

— Si seulement je le savais ! soupira-t-elle.

- 8 -

Après avoir été chercher Saige chez ses parents, Braden rentra chez lui, l'esprit en effervescence. Il était abasourdi par l'intensité du désir qu'il avait ressenti quand il avait serré Cassie entre ses bras avant qu'ils échangent leurs premiers baisers passionnés.

Jamais elle ne lui avait paru plus ardente, et déjà il aspirait à la revoir.

Saige ne fit pas de difficulté pour s'endormir et, une fois seul, il s'efforça de regarder une émission télévisée qui d'ordinaire l'intéressait, mais qui, ce soir, le laissait totalement indifférent.

Il décida alors d'entamer la lecture du livre emprunté plus tôt à la bibliothèque, mais, au bout de quelques pages, il y renonça, tant il était obnubilé par le souvenir de Cassie.

Avait-il eu tort de l'embrasser comme il l'avait fait, en suivant son impulsion, sans se donner la peine de réfléchir aux conséquences de son acte ?

Ou bien aurait-il dû pousser son avantage sans s'arrêter en si bon chemin ?

Après quinze mois de veuvage solitaire, une femme aussi belle et sensuelle que Cassie était de nature à affoler ses sens, mais une petite voix lui soufflait que la satisfaction de ce désir ne suffirait pas à étancher sa soif, et que, au-delà du plaisir charnel, c'était d'amour qu'il était en manque.

Campé devant le miroir de son salon, il admit enfin que sa vie actuelle ne lui convenait plus du tout.

Ah, retrouver la chaleur d'un foyer, rentrer du travail et raconter sa journée à une femme aimante et attentive douillettement lovée sur le canapé !

Il lui manquait une partenaire de vie autant qu'une partenaire de lit, mais était-il prêt à franchir le pas ?

L'esprit enfiévré, il alla se coucher et, incapable de fermer les yeux, il imagina la jolie Cassie allongée auprès de lui, nue, consentante à ses plus audacieuses fantaisies.

Mais se sentait-il prêt à aimer de nouveau ?

À aimer vraiment, avec tout son cœur, et avec l'éventualité qu'un jour, la femme de ses pensées le traite comme Dana l'avait fait, naguère ?

Dans ce domaine, il ne voulait plus souffrir, et son seul objectif devait être d'assurer le bien-être de Saige et de donner à sa fille tout l'amour qu'elle était en droit d'attendre.

Pourtant, quand il sombra dans un sommeil agité, il rêva de Cassie.

Sa liste de courses en main, Cassie parcourait les allées du supermarché en rayant au fur et à mesure les articles qu'elle plaçait dans son Caddie.

Au rayon viande, un rôti de porc appétissant lui donna envie d'essayer une recette dénichée sur Internet et de convier Irene et Jerry à venir partager son dîner avec elle.

Ainsi, elle mettrait un peu de vie dans son quotidien monotone.

Alors qu'elle venait de glisser dans son Caddie des croquettes pour chat ainsi qu'un sac de litière, elle eut la surprise de se retrouver nez à nez avec Braden Garrett.

— Décidément ! dit-elle d'un ton faussement détaché.

Car cette rencontre mettait son cœur en effervescence.

Assise sur le siège du Caddie débordant de victuailles, Saige lui tendit les bras.

— 'Sie ! babilla la fillette.

— Bonjour, toi ! dit-elle en effleurant du doigt le nez de Saige.

Braden lui sourit.

— Saige et moi serions heureux de t'avoir avec nous pour dîner.

L'occasion était belle, mais sa peur, plus forte que tout.

— Merci, mais je dois rentrer m'occuper de mes chats.

Elle ne cessait de penser à leurs baisers, mais elle savait que si elle ne voulait pas souffrir, il lui fallait à tout prix garder ses distances avec un homme si attaché encore à son épouse défunte.

— Eh bien, tu n'as qu'à venir chez nous après avoir nourri tes chats, insista Braden. Même si les tortellinis aux trois fromages de ce supermarché ne valent pas ceux de Valentino's, ils n'en demeurent pas moins très savoureux.

Elle ignora la double tentation que constituait un bon repas en compagnie de Braden.

— Pas ce soir, dit-elle avec fermeté. Une autre fois peut-être ?

Elle se ménageait ainsi un temps de réflexion. Et aussi de l'espoir.

Braden posa sur elle un regard appuyé.

— Au cas où tu changerais d'avis, Saige et moi habitons au 28, Spruceside, à Forrest Hill.

Après dîner, Cassie, photographia ses chats en train de se bagarrer sur le tapis et posta l'image sur sa page Facebook.

Parmi les derniers messages reçus figurait celui d'une amie de lycée qui s'était mariée aux Bahamas avant Noël et qui était enceinte.

Elle la félicita, agrémentant son message de smileys variés.

Buttercup, l'un de ses chats, bondit sur le canapé et vint se lover contre elle, réclamant ses caresses qu'elle lui prodigua avec un petit serrement de cœur.

Il n'aurait tenu qu'à elle d'être ce soir avec Saige et Braden. Pour autant, elle ne parvenait pas à dépasser sa peur. À vingt-neuf ans, ses rares expériences sentimentales s'étaient toujours soldées par des déceptions, et la dernière en date, avec Joel, l'avait particulièrement fait souffrir.

Que Braden ait flirté avec elle, qu'il lui ait volé un baiser, ne faisait pas de lui l'homme capable de la rendre heureuse.

D'où lui venait donc cette crainte de l'amour ?

La disparition de ses parents avait fait d'elle une perpétuelle assoiffée de tendresse, une femme vulnérable à l'amour, elle en avait conscience. Certes, Braden lui plaisait, mais elle entendait bien ne pas réitérer les erreurs du passé.

Se sentir désirée était pour elle une sensation nouvelle, excitante, mais dont elle n'était pas prête à payer la contrepartie, du moins pas quand l'homme en question était un veuf encore amoureux de son épouse défunte.

Devait-elle pour autant continuer à vivre seule avec ses chats, à faire ses courses de célibataire une fois par semaine au supermarché ?

Après une ultime réflexion, elle prit ses clés de voiture et sortit de chez elle.

Braden lui avait dit habiter Forrest Hill. Cela ne l'engageait à rien d'aller voir à quoi ressemblait sa maison…

En rentrant chez lui, Braden commença par préparer un grand bol de tortellinis pour sa fille.

Plutôt que d'utiliser ses couverts, Saige plongea ses

petits doigts dans le bol et mangea en se barbouillant de sauce.

— Ma fille aime ses tortellinis, à ce que je vois ! remarqua-t-il tout en rangeant les courses.

— pus', fit Saige en dévoilant ses dents blanches.

— Plus de tortellinis ?

— Voui !

— Tu ne préférerais pas un bon dessert ?

— 'sert !

Alors qu'il débarbouillait Saige, le carillon de l'entrée retentit.

Qui pouvait donc bien lui rendre visite aussi tard ?

— Je ne te dérange pas ? demanda Cassie, souriant d'un air embarrassé, une fois qu'il eut ouvert la porte.

— Au contraire !

— Finalement, je me suis décidée à venir.

— Tu as bien fait. Saige et moi avons dîné, mais, si le cœur t'en dit, il reste des tortellinis, dit-il à en s'effaçant pour la laisser entrer.

— J'ai dîné, et j'apporte le dessert, précisa-t-elle en brandissant un sac isotherme.

Après avoir embrassé Saige, Cassie déballa plusieurs variétés de crème glacée, un pot de cerises confites, des marshmallows et des pépites de chocolat tout en jetant autour d'elle des regards curieux.

— Alors, comment trouves-tu ma maison ? demanda-t-il.

— Une touche de fantaisie ne serait pas superflue, surtout pour Saige. Depuis combien de temps vis-tu ici ?

— Bientôt six ans. Les murs sont un peu trop blancs à mon goût, mais Dana aimait cette couleur, et je n'ai pas eu le temps de faire repeindre.

— 'lace ! s'impatienta Saige.

— Tu auras bientôt une glace, promit-il avant d'aller chercher trois bols dans le placard et d'aider Cassie à préparer d'appétissants sundaes.

Quand chacun fut servi, il ne put s'empêcher de regarder tendrement sa visiteuse du soir.

— Alors, comme ça, tu t'es décidée à venir.

Elle s'essuya les lèvres.

— J'avais besoin de parler à quelqu'un.

— 'cor ! réclama Saige.

Il resservit la fillette.

— Tu la gâtes, remarqua Cassie.

— Je l'aime. Très bien, et de quoi veux-tu que nous parlions ?

— Peut-être de nous, mais, en attendant, j'ai faim.

Elle savoura avec une gourmandise non feinte une cuillerée de crème glacée.

Jamais Cassie ne lui était apparue plus séduisante, et de nouveau il sentit s'éveiller son désir pour elle.

Alors qu'il se demandait s'il devait ou non prendre le risque de séduire son invitée, Saige se mit à remuer sur sa chaise.

— Ta fille louche sur les cerises de mon sundae, fit remarquer Cassie.

— 'rise ! répéta Saige.

Après avoir offert la plus grosse cerise à Saige, qui n'en fit qu'une bouchée, Cassie entreprit de débarrasser la table.

— Ne te donne pas cette peine, dit-il.

— Mais c'est naturel, insista-t-elle en ouvrant le lave-vaisselle pour y déposer les couverts sales.

Naturel comme leur récente étreinte ?

Naturel comme ce désir qui bouillonnait en lui et n'attendait qu'une occasion pour balayer ses ultimes scrupules ?

Alors qu'il se dirigeait vers l'évier pour y prendre une lingette, Cassie se retourna, et ils furent bientôt dans les bras l'un de l'autre.

— Je suis heureuse d'être ici, ce soir, avec toi, souffla-t-elle. Et un jour prochain, je compte bien que tu viennes chez moi.

— Je pense sans cesse à notre premier baiser, murmura-t-il tout contre sa bouche.

— « Premier » marque le début d'une série, dit-elle sans le quitter des yeux.

Il s'apprêtait à l'embrasser quand il fut interrompu par la sonnerie de son portable.

— Tu ne réponds pas ? demanda Cassie.

À contrecœur, il prit la communication.

— Monsieur Garrett…

Par l'indicatif affiché sur l'écran de son téléphone, il sut que l'appel venait de l'Ohio où vivaient les parents de la mère de Saige.

Ainsi, la jeune femme avait décidé de revenir aux États-Unis ?

— Lindsay ?

— Elle-même.

Cassie s'écarta de lui pour prendre ses affaires.

Il aurait tant voulu la retenir, s'expliquer avec elle…

Sur un dernier regard, Cassie disparut, et il entendit claquer la porte d'entrée.

— Je vous appelle pour avoir des nouvelles de Saige, dit Lindsay.

— Je m'en serais douté, dit-il en s'armant de courage.

- 9 -

Cassie renseignait Elsa Ackerley, une habituée de la bibliothèque, quand elle vit approcher Braden.

Elle n'espérait pas le revoir de sitôt, et son cœur fit un bond dans sa poitrine.

— Que puis-je pour vous, monsieur Garrett ? s'enquit-elle, une fois Elsa Ackerley partie.

Braden lui adressa un regard peiné.

— Tu es partie si précipitamment, l'autre soir, que nous n'avons pas eu le temps de nous dire au revoir.

Continuer à le vouvoyer aurait été ridicule.

— Je ne voulais pas interférer dans ta conversation avec cette...

— Lindsay ?

— Oui, Lindsay, répéta-t-elle sans parvenir à dissimuler sa jalousie.

Ce soir-là, Braden et elle avaient été sur le point de s'embrasser quand cet appel avait tout gâché.

En une fraction de seconde, ses illusions s'étaient envolées, et elle s'en était une fois de plus voulu d'avoir fait confiance à un homme.

— Ce n'est pas ce que tu imagines, expliqua-t-il en quêtant son regard.

Elle haussa les épaules.

— Je me moque de cette Lindsay, et je n'imagine rien du tout.

L'arrivée d'Helen, sa collaboratrice, venue chercher

les DVD rendus par les usagers, mit un terme provisoire à leur échange.

— Eh bien, qu'allais-tu dire ? reprit-elle, une fois Helen partie.

Il soupira.

— Cessons de nous disputer, et dînons ensemble afin que je puisse m'expliquer.

— Mais tu n'as aucune explication à me fournir, lança-t-elle, et de toute façon je termine tard aujourd'hui.

— Raison de plus pour accepter, car, après cette longue journée de travail, tu risques fort d'avoir faim.

Elle hésita.

— Ton offre me tente, mais j'ai mis à cuire, ce matin, à l'étouffée, un rôti de porc dont je compte bien me régaler ce soir.

Jerry et Irene n'ayant pas clairement répondu à son invitation, elle avait décidé de se passer d'eux et de dîner en solitaire.

— Je comptais te convier au restaurant, mais si tu préfères que nous dînions chez toi, j'accepte volontiers, déclara Braden en saisissant l'occasion.

— Mais…

— À ce soir, lança-t-il d'un ton léger avant de tourner les talons.

Toute la journée, Cassie pensa à Braden sans parvenir à lui en vouloir de ses manières désinvoltes.

Elle trouvait même amusant qu'il ait fait preuve d'un tel culot à son égard.

Si, comme elle l'imaginait, il était déjà en train de l'attendre, sur le parking de la bibliothèque, alors peut-être consentirait-elle à lui accorder un baiser.

Mais le soir venu, elle eut beau écarquiller les yeux,

scruter les moindres recoins du parking, elle dut bien constater que Braden ne s'y trouvait pas.

Sans doute avait-il changé d'avis ?

À moins qu'il n'ait voulu l'humilier ?

Furieuse, elle monta dans sa voiture et démarra avec une brusquerie qui ne lui était pas coutumière.

Non seulement Braden s'était conduit en goujat, mais en outre elle n'en apprendrait pas plus ce soir sur la fameuse Lindsay.

— Quand on s'invite chez les autres, la moindre des choses, c'est de venir ! s'exclama-t-elle alors qu'elle approchait de son quartier.

Une fois arrivée, elle remonta à pied l'allée bordée de fleurs qui conduisait à sa maison.

Sa solitude lui pesait, mais ses tulipes, ses jasmins et ses iris lui mettaient du baume au cœur.

— Coucou !

Une bouteille de vin dans une main, un bouquet de fleurs dans l'autre, Braden surgit devant elle.

— Toi ?

— Eh oui, moi !

Décidément, cet homme ne cessait de la surprendre.

— Où es-tu garé ? demanda-t-elle.

Et son sourire aurait fait fondre la banquise.

— De l'autre côté de la rue.

Il pointa du doigt un cabriolet Mercedes flambant neuf.

— Je vois que tu n'es pas venu les mains vides, dit-elle en s'avançant vers sa maison.

— Sachant que tu aimes le vin rouge, j'ai opté pour un pinot noir. Quant aux fleurs, n'est-ce pas la moindre des choses que d'en offrir à la dame de son cœur ?

N'ayant jamais reçu de fleurs de quiconque, elle sentit fondre ses dernières réticences.

— Je suis touchée, mais nous n'avions pas rendez-vous

chez moi, que je sache, mais sur le parking de la bibliothèque.

Il lui décocha un regard malicieux.

— Ma foi, peut-être ai-je mal compris ?

Si la rencontre avait eu lieu devant la bibliothèque, elle aurait pu invoquer un prétexte pour rentrer seule chez elle, tandis qu'à présent il lui était très difficile de lui opposer une fin de non-recevoir.

Tout en s'interrogeant sur la bonne foi de son visiteur, elle déverrouilla sa porte.

— Entre et… merci pour le vin et les fleurs.

Une fois entré chez Cassie, Braden sut que la partie était gagnée.

Depuis leur première rencontre, il avait été curieux de connaître le cadre de vie de la jeune femme. Sans être luxueuse, la maison de Cassie était meublée avec goût, et les derniers rayons du soleil filtrant à travers les larges et hautes fenêtres nimbaient le salon d'une lumière apaisante.

Un chat au poil roux vint se frotter en ronronnant contre son pantalon.

— Comment s'appelle-t-il ? demanda-t-il à Cassie.

— C'est une « elle », et elle s'appelle Buttercup. J'ai un autre chat, un mâle, nettement moins sociable.

— Westley ? lança-t-il avec un petit sourire.

— Comment as-tu deviné ?

— Buttercup… Westley… La princesse Bouton d'or et son amoureux… Tu n'es pas la seule à avoir apprécié *La Princesse Bouton d'or,* ajouta-t-il en avançant avec précaution pour ne pas heurter Buttercup.

— Alors tu as aimé ce livre ? demanda Cassie.

— Je parlais du film, avoua-t-il en jetant des regards appréciateurs sur les meubles en merisier du salon et le comptoir de la cuisine en marbre clair.

Du goût et de la simplicité.

D'un geste élégant, elle leva le couvercle de la cocotte qui mijotait sur le feu.

— Le film aussi est beau, mais rien ne vaut le livre.

— Promis ! Je le lirai dès que possible, assura-t-il.

— Et si je te le mettais de côté, à la bibliothèque ?

Toutes les occasions de revoir Cassie étaient bonnes, et il comptait bien n'en laisser passer aucune.

— Excellente idée mais, dis-moi, ce rôti embaume délicieusement…

— J'espère qu'il sera aussi savoureux. C'est la première fois que je tente cette recette, expliqua-t-elle.

Il jeta à son tour un coup d'œil au rôti.

— Ce sont des panais qui accompagnent la viande ?

— En effet.

— Et aussi des patates douces ?

— La prochaine fois, téléphone-moi à l'avance pour m'indiquer quels légumes tu aimes ou n'aimes pas, répliqua-t-elle avec une moue courroucée.

Il se mit à rire.

— Ne grimpe pas sur tes grands chevaux, voyons ! J'adore panais et patates douces, mais à ce jour j'étais persuadé que seule ma mère savait encore les cuisiner.

Elle sourit.

— Débouche donc le vin pendant que je vais chercher un vase pour y mettre tes fleurs.

— Le tire-bouchon ?

— Tiroir du haut, à droite de l'évier. Les verres sont rangés dans le placard, au-dessus du réfrigérateur.

Alors qu'il n'était jamais venu chez Cassie, il se sentait déjà tout à fait à son aise.

Comme s'il était chez lui.

En sifflotant, il ouvrit la bouteille, disposa les verres sur la table, puis il caressa Buttercup qui semblait l'avoir adopté.

— Enfin quelqu'un qui m'apprécie, dit-il en parlant assez fort pour être entendu de Cassie qui revenait avec un grand vase en cristal.

— Buttercup ferait n'importe quoi pour un câlin, alors ne te monte pas la tête, répliqua-t-elle en riant.

— Et Westley, où se cache-t-il donc ? demanda-t-il en jetant des regards à la ronde.

— Westley dort près de la cheminée, mais il accourra au bruit des croquettes, répondit-elle en tirant d'un placard un sac de nourriture pour chat.

Quand la jeune femme s'accroupit pour verser les croquettes dans un bol, il eut tout loisir d'admirer sa chute de reins, ce qui excita son imagination.

Telle une fusée, un chat noir et blanc surgit avant de piler net devant Buttercup.

— C'est bien la première fois que j'oublie de servir Westley en premier, s'étonna-t-elle.

— Serait-ce ma présence qui te trouble ?

Elle lui lança un coup d'œil en coin avant de remplir un second bol qu'elle posa devant Westley.

— Eh bien, oui !

— Pourtant, je ne te veux aucun mal.

— Oh ! je sais bien…

— Alors, à quoi bon te laisser troubler par ma présence ? insista-t-il en la regardant avec intensité.

Un silence s'installa, à peine troublé par le bruit des deux chats qui mangeaient leurs croquettes.

— Eh bien… Disons que tu ne me laisses pas indifférente, reprit Cassie, émue.

— Toi non plus, Cassie, tu ne me laisses pas indifférent.

Elle lui sourit.

— Et si nous changions de sujet ?

Décidé à ne pas la brusquer, il obtempéra.

— Ils ont quel âge, tes chats ?

— Quand je les ai trouvés, Buttercup et Westley

dépérissaient avec quatre de leurs frères et sœurs dans une boîte à chaussures abandonnée sur le bord de la route.

Il hocha la tête.

— Ils te doivent une fière chandelle. Qu'est-il advenu des quatre autres ?

— Si je les avais gardés tous, les voisins m'auraient sans doute prise pour une originale. Fezzik a été recueilli par Tanya, une habituée de la bibliothèque. M. et Mme Bowman, eux aussi des habitués, ont adopté Vizzini. M. Osler, mon voisin, a voulu Inigo…

— Un voisin ? Hum… Chercherais-tu par hasard à me rendre jaloux ?

— M. Osler a plus de soixante-dix ans.

— Soit, donc ça fait trois chats.

— Et le quatrième, Prince Humperdinck, a été adopté par Megan, mon assistante.

Il fronça les sourcils.

— Fezzik, Vizzini, Inigo, Prince Humperdinck… Mais où as-tu été choisir des noms pareils ?

— Dans mes livres préférés, répondit Cassie en coupant les tiges des fleurs et en les disposant dans le vase.

Pris de court, il se sentit un peu bête, regrettant son manque de culture littéraire.

Après avoir placé le vase sur un guéridon, elle recula pour juger du résultat obtenu.

— Tes fleurs sont magnifiques, dit-elle.

— C'est vrai qu'elles sont belles, presque autant que toi, répliqua-t-il.

Elle haussa les épaules sans rien dire, puis alla surveiller le rôti.

— Tu ne me crois pas ? insista-t-il.

— Il est temps de passer à table, espèce de flatteur ! s'exclama-t-elle.

Mais, à son sourire, il sentit qu'elle était heureuse.

Et puis, ce n'était pas de la flatterie : il la trouvait vraiment magnifique.

Accompagné de l'excellent pinot noir, le rôti aux deux légumes s'avéra être excellent, et il fut heureux de voir Cassie se détendre en sa compagnie.

— Alors, veux-tu savoir qui est Lindsay ? lança-t-il.

— Ta vie privée ne me concerne pas, mais dis toujours.

— Lindsay est la mère biologique de Saige…

Cassie se sentit un peu rassurée par l'explication de Braden.

Ainsi, cette Lindsay n'était ni sa petite amie ni une rivale potentielle, mais la femme qui avait conçu Saige, cette fillette si attachante.

— Quand Dana et moi avons adopté Saige, il était convenu que nous resterions en contact avec Lindsay, quoi qu'il arrive, reprit Braden. Mais, une fois les papiers d'adoption signés, Lindsay est partie étudier à Londres où je lui envoyais régulièrement des mails et des photos de sa fille.

— Et Lindsay n'appelait jamais, ne serait-ce que pour entendre la voix de Saige ? s'étonna-t-elle.

— Jamais.

Elle fronça les sourcils.

— Si elle s'est manifestée l'autre soir, c'est donc qu'elle a une bonne raison de le faire.

— Lindsay est de retour aux États-Unis, et elle voudrait revoir sa fille, déclara Braden.

— Et où est le problème ?

— Le problème, répondit-il en fixant pensivement son verre, c'est que Lindsay voulait pour sa fille un foyer traditionnel, avec deux parents, et que je me retrouve seul à élever Saige.

— Tu n'y peux rien si Dana est morte dans un accident.

— Bien sûr, admit Braden, mais Lindsay pourrait être tentée, dans ces conditions, de récupérer sa fille.

— Je doute que, légalement, il soit possible d'annuler une adoption.

— Mon cousin Jackson, qui est juriste, m'a laissé entendre que la décision relevait du juge et que, ma situation familiale ayant changé depuis l'adoption, ce dernier pourrait fort bien rendre Saige à sa mère *dans l'intérêt de l'enfant*.

Sentant combien il était inquiet, elle s'approcha de lui et effleura ses lèvres d'un baiser.

— Je ne peux imaginer qu'après avoir vu combien Saige et toi êtes unis, un juge décide de te reprendre celle qui est devenue ta fille.

— Et si tu me parlais un peu de toi ? demanda-t-il soudain.

— Que veux-tu savoir ?

— Tu es fort jolie et les prétendants, Darius Richmond excepté, n'ont pas dû te manquer.

— Je vis seule depuis deux ans et, crois-moi, j'y réfléchirai à deux fois avant de refaire confiance à un homme, répondit-elle avec franchise.

— Si j'apprends qu'un homme a osé te brutaliser, il aura affaire à moi, déclara-t-il d'un ton ferme.

En confiance, elle se décida à raconter comment Joel Langdon l'avait demandée en mariage.

— J'avais vingt-six ans et je voulais à tout prix fonder un foyer et avoir des enfants. Quelques jours avant que nous prononcions nos vœux, j'ai découvert que Joel était encore follement amoureux de la femme dont il était divorcé, et j'ai aussitôt annulé la cérémonie.

— Et comment as-tu su que Joel aimait encore sa femme ?

— Par son insistance à me voir porter un certain modèle de robe de mariée, et aussi à exiger que je me coiffe d'une autre façon que celle qui m'était habituelle, et que je porte des bijoux qui ne m'appartenaient pas.

— Ces détails ne prouvaient pas grand-chose, objecta Braden.

— Eh bien, si ! Un jour, j'ai découvert, cachée au fond d'un tiroir, une photographie de Joel et de sa première femme. Cette dernière portait le même genre de robe que moi, était coiffée et maquillée comme moi. Elle avait au cou un collier semblable à celui que je devais porter le jour de notre mariage et elle tenait à la main un bouquet de tulipes blanches…

— Joel voulait retrouver sa première femme en toi ?

— Exactement, et jusque dans le choix du bouquet. Il avait même poussé le fétichisme jusqu'à vouloir m'épouser à la même date que celle de son premier mariage.

— C'est incroyable ! s'exclama Braden.

— Sur une autre photo, sa future femme portait une bague ornée de diamants identique à celle qu'il m'avait offerte. Ce jour-là, j'ai eu la nausée tellement j'étais écœurée.

— Vous avez eu une explication ? demanda Braden.

Elle frissonna en se remémorant la scène.

— Joel n'a pas cherché à nier les faits, mais il m'a fait remarquer que la bague que je portais encore au doigt avait coûté fort cher.

— Incroyable !

— Je lui ai annoncé que je rompais nos fiançailles et, en lui rendant sa bague, j'ai précisé qu'il pourrait toujours l'offrir à la prochaine candidate remplaçante, et qu'ainsi il n'aurait pas perdu son argent.

— Tu as bien fait, approuva Braden.

— Oui, de ça au moins je suis certaine à présent, dit-elle avec tristesse.

Le souvenir de sa mère, si anxieuse d'être aimée, d'être admirée par l'homme qu'elle avait choisi, si désespérée de vouloir plaire et, en définitive, si malheureuse au point de ne plus savoir protéger ses propres enfants, l'avait heureusement confortée dans son choix de reprendre son indépendance.

Par la suite, son travail de bibliothécaire l'avait aidée à se consoler de ses désillusions, et les enfants et adolescents fréquentant la bibliothèque lui avaient rendu au centuple l'attention qu'elle leur consacrait.

Ce qui n'avait pas ralenti pour autant la course de son horloge biologique…

À bientôt trente ans, elle n'avait plus droit à l'erreur, et sa récente déconvenue avec Darius Richmond lui avait prouvé qu'il était plus facile de tomber sur le mauvais numéro plutôt que sur l'homme providentiel qui, d'une certaine façon, avait désormais pour elle les traits de Braden Garrett.

- 10 -

— Eh bien, comment as-tu trouvé ce rôti aux panais et aux patates douces ? demanda Cassie à Braden.

Attendant sa réponse, elle ne le quittait pas des yeux tandis qu'il s'essuyait les lèvres avec sa serviette.

— Délicieux. Tu es un vrai cordon-bleu.

Même si Braden exagérait, le compliment la fit rosir de plaisir.

— Tant mieux ! répondit-elle en levant des yeux ravis sur son invité.

Il la regarda, pensif.

— Je me demandais si Joel et toi aviez vécu quelque temps dans cette maison ?

— Non, s'empressa-t-elle de répondre. J'avais rompu avec lui bien avant de dénicher cette maison qui allait devenir mon refuge.

— Avec ses boiseries et ses hautes fenêtres, cet endroit ne manque pas de cachet, commenta Braden.

— Dès que j'ai mis les pieds dans cette maison, j'ai senti que j'y vivrais pendant longtemps.

— Pouvons-nous faire le tour du propriétaire ? demanda Braden avec un sourire.

— Bien sûr.

Elle lui fit visiter toutes les pièces, terminant par la grande pièce tapissée de rayonnages où étaient entreposées les œuvres qu'elle avait aimées et qu'elle relisait périodiquement.

— On se croirait à la bibliothèque municipale ! s'exclama Braden. Voyons… *Orgueil et préjugés* de Jane Austen, *L'Amant ténébreux* de J.-R. Ward, *Orange mécanique* d'Anthony Burgess…

— Stanley Kubrick en a tiré un film.

— Je m'en souviens très bien, répondit Braden. Mais dis-moi, Cassie, as-tu vraiment lu tous ces livres ?

— Bien sûr, et je les considère comme mes amis les plus chers.

Elle lui montra une première édition de *L'Arbre généreux,* de Shel Silverstein, puis un exemplaire fatigué mais qui lui tenait à cœur de *Mindhunter*, un chef-d'œuvre de John Douglas et, enfin, *Le Pouvoir du moment présent* d'Eckhart Tolle.

— Ce rayonnage-là est consacré aux biographies de personnages historiques, d'entrepreneurs, de stars du petit et du grand écran.

— Et les rayonnages du milieu ? demanda Braden.

— On y trouve un peu de tout, dont un traité de mécanique automobile, plusieurs albums sur les chiens et les chats et un manuel de feng shui, poursuivit-elle.

Elle prit un livre et le tendit à Braden.

— Tu connais ?

— *Princess Brice : le grand classique du conte de grand amour et de grande aventure de S. Morgenstern…* de William Goldman, lut Braden. Qui est l'auteur ? Morgenstern ou Goldman ?

— Lis, et tu auras la réponse. Tiens, je te le prête.

Il prit le livre, puis la suivit jusqu'à la salle à manger où ils reprirent leurs places respectives.

— Désolée, mais je n'ai rien à t'offrir comme dessert, déclara-t-elle.

— Aucune importance. Et en plus, je me suis imposé de façon assez cavalière, admit Braden en versant du vin dans leurs verres.

Elle le regarda faire, en songeant, émue, que d'ordinaire elle dînait seule.

— Je suis heureuse que nous dînions ensemble, lui dit-elle en levant son verre.

— Et je suis heureux de trinquer avec toi, répondit-il en lui souriant.

Le vin était excellent. La tête lui tournait un peu, et elle sentait son pouls s'accélérer.

Alors que, pour tenter de contrôler son trouble, elle entreprenait de débarrasser la table, Braden se leva à son tour et la suivit dans la cuisine.

— J'ai envie de toi, lui murmura-t-il à l'oreille.

— Ne te mets pas pareilles idées en tête ! protesta-t-elle sans conviction en rinçant les assiettes.

— Ce sont mes mains qui me démangent, pas les idées, répondit-il en lui caressant la nuque.

Le cœur battant, elle chargea le lave-vaisselle, puis se rinça les mains sous le jet de l'évier.

Quand elle se retourna vers lui, elle lut dans son regard tout le désir qui l'animait.

— Tu me plais terriblement, Cassie, confia-t-il avant d'effleurer d'un baiser ses lèvres, sa joue et son cou.

Quand il lui mordilla le lobe de l'oreille, elle sentit une vague de désir déferler en elle.

Qu'aurait-elle dû faire ? Repousser Braden ?

— Moi aussi, j'ai envie de toi, chuchota-t-elle.

Il la souleva pour l'asseoir sur le comptoir.

— Cassie…

— Oui…

Au contact de ses mains sur sa peau nue, elle sentit tous ses sens s'embraser. Elle avait envie de s'abandonner complètement à ses caresses expertes.

— Ne t'arrête pas, souffla-t-elle tandis qu'il caressait ses seins.

Adolescente, elle avait beaucoup complexé sur sa

poitrine, qu'elle ne trouvait pas assez plantureuse pour susciter l'intérêt des garçons.

Aujourd'hui, ses seins n'étaient certes pas gros, mais plutôt jolis et bien formés, et Braden semblait les trouver à son goût.

Lui, en revanche, avait dû être très populaire au lycée, songea-t-elle. Les filles devaient se l'arracher. Mais elle s'empressa de chasser ces pensées, s'abandonnant aux mains expertes de Braden.

— J'aime te caresser, Cassie !

Cette voix rauque, masculine…

— Alors, ne t'arrête pas en si bon chemin, répondit-elle, haletante.

Tout allait peut-être trop vite, mais sa raison semblait l'avoir désertée.

— J'ai très envie de toi ! poursuivit Braden sans cesser de la caresser.

Elle devait avoir perdu la tête, à s'offrir ainsi à cet homme qu'elle connaissait si peu ? Mais elle aussi avait envie de le sentir en elle, de lui appartenir, de gémir sous ses assauts.

— Allons dans ma chambre, souffla-t-elle.

La bibliothèque du rez-de-chaussée avait été la pièce préférée de Cassie jusqu'à ce qu'elle aménage le grenier en chambre à coucher.

Avec ses poutres apparentes et ses tabatières ouvrant sur son petit jardin, elle avait fait de cette chambre un nid douillet qui n'appartenait qu'à elle, et jamais personne, pas même ses amies, n'avait eu le privilège d'y entrer.

Jusqu'à ce soir.

— Embrasse-moi ! dit-elle à Braden après que ce dernier l'eut soulevée entre ses bras.

Et tandis qu'il gravissait les marches conduisant à son royaume privé, elle se serra amoureusement contre lui.

— Attention à ta tête !

Braden dut se courber pour ne pas heurter les poutres.

— Mais tu dors dans un vrai lit à baldaquin ! s'exclama-t-il peu après.

— Tu es surpris, n'est-ce pas ?

— En effet, mais la femme éprise de littérature que tu es ne pouvait pas dormir dans un lit banal, répondit-il en riant.

Entre les mains expertes de Braden, elle se sentit fondre, et son trouble ne fit que croître quand, d'un geste adroit, il tira sur la fermeture de sa robe, qui tomba le long de ses cuisses pour former une corolle à ses pieds.

Bientôt, ils se retrouvèrent tous les deux en sous-vêtements.

— Comme tu es… athlétique ! dit-elle en tâtant ses pectoraux saillants.

Il fit glisser les bretelles de son soutien-gorge, dégageant ses seins qu'il contempla.

— Je sais, je n'ai guère de poitrine…

— J'adore tes seins. Ils sont beaux et fermes…

Du pouce, il caressa leurs pointes roses.

— Prends-les dans ta bouche, murmura-t-elle.

Dès que ses lèvres happèrent ses seins, elle laissa échapper un gémissement, agrippant la nuque de Braden pour l'inciter à poursuivre cette divine caresse.

Du bout des dents, il mordilla les pointes, lui tirant d'autres gémissements de plaisir.

— Viens, souffla-t-elle d'une voix haletante.

Tremblante de désir, elle s'allongea sur le lit, et Braden se coucha sur elle.

— Viens ! répéta-t-elle en se déhanchant pour retirer sa culotte, avant de déboutonner le jean de Braden.

Quelques instants plus tard, ils étaient peau contre peau.

— Je veux ta bouche ! dit Braden en approchant son visage du sien.

Les yeux mi-clos, elle lui abandonna ses lèvres, et tous deux s'unirent dans un long et ardent baiser.

Elle perdait la tête pour cet homme, et jamais rien de tout cela n'aurait dû arriver. Mais c'était si bon…

— Tu trouveras des protections dans le tiroir de ma table de nuit, dit-elle en se félicitant de n'avoir jamais tout à fait perdu l'espoir de rencontrer l'âme sœur.

Dans sa hâte, Braden répandit une pluie d'étuis argentés sur la moquette et peu après, quand elle voulut dérouler le préservatif son sexe, il préféra le faire lui-même.

— J'ai tellement envie de toi que j'ai craint un moment que tout ne soit fini avant même qu'on commence, dit-il en se positionnant entre ses cuisses.

— Viens, viens vite ! souffla-t-elle.

Quand il la pénétra, elle poussa une longue plainte, et des larmes de joie jaillirent de ses yeux.

— Ma chérie ! Être en toi est une sensation plus magique encore que ce que j'avais imaginé, dit-il d'une voix rauque.

Le compliment la fit rougir de plaisir.

— Tu me désirais donc autant ?

— Chaque jour et chaque nuit depuis notre première rencontre.

Elle se cambra pour l'accueillir plus profondément en elle.

— Tu sais… que… je suis… à toi ! dit-elle en haletant.

— Oui, à moi seul !

La suite fut encore meilleure qu'elle l'avait imaginé, et bientôt ils s'abandonnèrent au plaisir intense qui déferla sur eux.

*
* *

Cassie au creux de ses bras, Braden était au paradis. Qui aurait cru qu'elle, si discrète, réservée, cachait au fond d'elle tant de trésors de tendresse et de volupté ?

Elle était si belle, si désirable, que les mots lui manquaient pour exprimer ce qu'il ressentait.

— Tu m'as comblé, finit-il par dire.

— Toi aussi, tu m'as comblé, dit-elle à son tour, le couvant d'un regard langoureux.

— Je n'ai jamais si bien fait l'amour. Je… je te trouve merveilleuse.

Elle le regarda d'un air grave.

— Je t'ai donné le meilleur de moi-même, Braden. Nous étions amis et, à présent, nous voilà amants…

S'agissait-il de la part de Cassie d'un reproche voilé ? D'une mise en garde ?

— Je n'avais rien prémédité en venant chez toi ce soir, dans le cas contraire, j'aurais pensé à prendre des préservatifs, expliqua-t-il.

— Je te crois, répondit Cassie.

— Faire l'amour avec toi a été une expérience merveilleuse.

Et c'était vrai, même si, tout au fond de lui, le souvenir de Dana continuait de le hanter.

Morte dans des circonstances tragiques avant qu'il ait pu régler leur divorce, Dana restait présente dans son cœur comme un regret.

Ou un remords.

Alors que Cassie symbolisait maintenant pour lui une forme d'espérance.

Dès leur première rencontre, il avait tout aimé chez elle : sa silhouette, son charme, sa sensualité à fleur de peau qui s'exprimait dans un regard, dans une intonation mélodieuse de sa voix.

Prendre Cassie dans ses bras, l'embrasser et la caresser, la voir enfin nue, l'enlacer alors qu'elle s'ouvrait à lui, qu'elle l'attendait, le désirait, avait été pour lui comme une révélation.

— Il est tard, mon chéri, murmura-t-elle à son oreille. Ne crois-tu pas que tu devrais rentrer chez toi ?

— Maintenant ?

— As-tu oublié Saige ? Tu es son père et tu as des responsabilités vis-à-vis d'elle.

— Saige passe la nuit chez mes parents.

— Tu avais tout prévu ! s'exclama-t-elle en lui tapotant la main.

— Tout ? N'exagérons pas, mais enfin, j'avoue que j'espérais approfondir notre relation.

— Approfondir ? Rien que ça ? ironisa-t-elle.

De nouveau, il eut envie d'elle.

— Tu n'as pas envie de refaire l'amour ? De profiter au mieux de l'instant présent ?

Elle soupira.

— Si je n'y prenais garde, j'aurais vite la tentation de vouloir de toi bien plus que ce que tu peux me donner, alors le mieux serait que tu partes tout de suite.

Peut-être attendait-elle de sa part des déclarations enflammées. Certes, elle était désirable et passionnée, mais lui n'envisageait rien au long terme.

— Tu me congédies ?

— Mais non, voyons ! J'estime simplement nécessaire que nous prenions un peu de recul, insista Cassie.

Une démarche raisonnable, en somme.

— Nous pourrions nous voir de temps à autre, suggéra-t-il en caressant son sein droit.

— Juste pour le plaisir de coucher ensemble ?

— Pour le plaisir tout court.

Elle lui fit un clin d'œil.

— Dans ce cas, il n'est pas impossible que je me laisse faire encore un brin de cour…

Sa réaction lui fit plaisir, car, même s'il n'envisageait

rien de sérieux entre eux, il n'avait pas la moindre envie que leur relation tourne court.

— Attends-moi, j'en ai pour un instant, dit-il en gagnant la salle de bains.

Tout à ses pensées, il ne prit pas garde au plafond bas et se cogna contre une poutre de la charpente.

Un signe ?

Quand il revint dans la chambre en frottant la bosse qui enflait sur son front, Cassie, vêtue d'un court déshabillé en soie, ramassait les préservatifs qu'il avait fait tomber tout à l'heure sur la moquette.

— Inutile de les ranger, souffla-t-il en lui caressant la nuque, car j'ai bien l'intention de te faire l'amour.

Te faire l'amour…

Ces mots étaient d'autant plus doux aux oreilles de Cassie qu'elle avait souvent espéré entendre Braden les lui murmurer.

Devait-elle pour autant perdre la tête ?

Père d'une fillette, Braden avait récemment perdu sa femme à laquelle il semblait encore très attaché.

Dès lors, il était peu probable qu'il puisse l'aimer comme elle aspirait à l'être.

— Je ne sais pas si…

— Tu en as envie autant que moi, rétorqua-t-il en la faisant basculer sur le lit.

Elle sentit les larmes lui monter aux yeux.

— Si tu savais combien je m'attache déjà à toi.

Aussitôt, elle regretta sa confidence. Braden paraissait extrêmement contrarié.

— Pour autant, faire l'amour ne doit pas nous engager au-delà du raisonnable, murmura-t-il en dénudant ses seins.

Avant qu'elle ait pu prendre toute la mesure de cette mise en garde, les baisers de Braden lui arrachèrent un gémissement de plaisir, mais, dès qu'elle eut repris son souffle, elle se tourna vers lui.

— Je sais que tu aimes encore celle qui avait été ta femme, dit-elle d'un ton grave.

Il se rembrunit.

— Qu'est-ce qui te fait penser que j'aime encore Dana ?

— Ta peur de l'engagement, mais je ne t'en veux pas.

Il eut un regard désabusé.

— Tu aurais tort de m'en vouloir, car, lorsque Dana a eu son accident fatal, elle et moi ne vivions déjà plus ensemble.

— Mais comment est-ce possible ?

— C'est ainsi, voilà tout. Quelques semaines avant de mourir, Dana m'avait annoncé qu'elle désirait divorcer.

Une telle réaction alors que le sort d'un enfant était en jeu dépassait son entendement.

— Aurais-tu mal agi vis-à-vis de ton épouse ? Si tel était le cas, raconte-moi tout, car j'ai le droit de savoir.

Il soupira.

— Notre mariage battait de l'aile depuis des années. Au début, j'avais cru que c'était parce que Dana ne pouvait pas avoir d'enfant, mais, alors que nous avions adopté Saige depuis six semaines, Dana m'a dit qu'elle ne se sentait pas faite pour cette vie de famille et que sa décision de partir était prise.

Cassie n'en croyait pas ses oreilles.

— Braden, je suis désolée…

Il eut un petit rire.

— La vérité est qu'il n'y avait plus d'amour entre Dana et moi.

Elle reprit espoir.

— En m'embrassant et en me caressant, c'était vraiment à moi que tu pensais ?

— Bien sûr.

— Alors, ce que nous avons vécu ce soir n'a rien d'éphémère ?

— J'espère au contraire que nous aurons bien d'autres occasions de nous aimer, répondit-il avec une sincérité qui la toucha.

Rien ne lui assurait pourtant qu'il voudrait d'une relation durable, or elle recherchait l'âme sœur qui lui offrirait cet amour qu'elle désirait de tout son cœur.

— Et si nous passions aux actes ? suggéra-t-il avec un sourire gourmand.

Elle noua les bras autour de son cou.

— Tu ne veux donc pas connaître mes noirs secrets ?

Il la fixa avec malice.

— Même si tu m'annonçais que tu arrondis tes fins de mois en te produisant à moitié nue sur une scène de cabaret, je ne t'en aimerais pas moins.

— Si tel était le cas, tu serais l'invité d'honneur à la première représentation, répondit-elle, amusée.

— C'est bien ce que j'espérais.

Il ponctua ses propos d'un baiser passionné.

- 11 -

Le samedi suivant, Braden emmena Saige et Cassie visiter la ferme des papillons de Frazer, à quelques kilomètres de Charisma.

Le plaisir de sa fille en découvrant ces coléoptères aux ailes colorées fut pour lui une grande joie et, quand l'un d'eux se posa gracieusement sur son épaule, il se baissa pour donner à sa fille l'occasion de le voir de plus près.

D'autres spécimens tout aussi beaux ne tardèrent pas à s'approcher, mais si l'un d'eux avait le malheur de se poser sur le rebord de la poussette de Saige, sa fille se mettait à hurler, les faisant fuir tous.

L'un des papillons qui semblait avoir pris Cassie en affection se posa sur sa tête.

— C'est drôle ! s'exclama-t-elle. On dirait que mes cheveux l'attirent.

— Parce qu'ils sentent bon la pêche, dit-il.

L'espace d'un instant, elle se demanda si Braden se moquait d'elle et puis, elle réfléchit qu'en effet, son shampoing avait une senteur de fruit.

— Et selon toi, cette odeur attirerait les papillons ?

— Elle m'attire bien, moi, remarqua Braden en posant un rapide baiser sur sa nuque.

Il voulut l'embrasser, mais elle le repoussa doucement et, avec une petite grimace, il s'abstint de toute nouvelle tentative.

Leurs pas les avaient conduits jusqu'à la nursery où étaient élevés les futurs papillons.

Ils purent admirer de près l'œuf devenant larve puis chrysalide pour, enfin, donner naissance à l'un de ces merveilleux spécimens aux ailes chatoyantes.

— L'une des histoires préférées de Saige est celle d'une chenille qui, à force de manger, se transforme en papillon, expliqua Braden.

Ce petit livre de dessins pour enfant avait été mis par ses soins, et en plusieurs exemplaires, à disposition des participants de la session « Récré enfants ».

— Elle n'est pas la seule, mais espérons qu'elle ne sera pas déçue, car une vraie chenille ne mange ni tartes aux cerises ni glaces, dit-elle en riant.

Braden effleura sa joue d'un baiser.

— Puisque nous parlons de tartes et de glaces, peut-être serait-il temps de pique-niquer ?

Car ce matin, en venant la chercher chez elle, il lui avait annoncé avoir préparé de quoi déjeuner en plein air.

— Bonne idée !

— Allons dénicher un coin de pelouse sous les arbres, proposa-t-il.

Alors qu'elle lui emboîtait le pas, trois magnifiques papillons se mirent à voleter autour de la poussette de Saige qui, hélas, ne put admirer le spectacle car elle s'était endormie.

— Saige peut faire sa sieste n'importe où, observa Braden.

— Les enfants n'ont fort heureusement pas autant de soucis que les adultes, dit-elle pensivement.

Car depuis sa rencontre avec Braden, son sommeil était entrecoupé de rêveries érotiques, mais aussi de questionnements sur ce que pourrait être son avenir avec cet homme qu'elle connaissait encore fort peu.

Tout en installant la poussette à l'ombre, Braden lui lança un regard perplexe.

— Aurais-tu donc tant de soucis que ça ?

— Quelques-uns, répondit-elle prudemment.

Elle l'aida à étaler une couverture sur l'herbe.

— Le travail ? l'argent ? insista-t-il en déballant leur pique-nique.

Elle disposa le couvert sur leur nappe improvisée.

— De ce côté-là, tout va bien.

— La famille peut-être ?

— Je n'ai plus de famille, avoua-t-elle.

Il la regarda avec intensité.

— Je ne peux imaginer ce que serait ma vie sans mes parents, mes frères, tantes, oncles, cousins.

Elle ne put s'empêcher de rire.

— On t'imaginerait volontiers en P-DG austère et solitaire uniquement préoccupé par ses courbes de vente, alors qu'en fait, tu as gardé l'esprit du clan Garrett.

— Il fut un temps où j'avais un peu trop tendance à privilégier les affaires, mais, quand Dana et moi avons décidé de faire un enfant, ma vie a pris un tout autre sens, expliqua-t-il avec gravité.

Elle ne cacha pas sa surprise.

— Je pensais que vous aviez délibérément choisi l'adoption !

— Pas du tout. Dana voulait tomber enceinte, et crois-moi, nous n'avons pas lésiné sur les tentatives.

— Dana n'arrivait pas à être enceinte, ou bien était-ce toi qui…

Il se rembrunit.

— Un jour, Dana a appris qu'elle ne pourrait pas avoir d'enfant, en raison de problèmes d'ovulation.

— Il n'y avait aucun traitement envisageable ?

Il haussa les épaules.

— En tout cas, aucun n'a marché, et nous avons opté pour l'adoption.

Elle tenta d'imaginer ce que Dana et Braden avaient pu vivre d'espoirs déçus, d'attente, d'impatience avant d'avoir enfin un enfant bien à eux.

— Je suppose que les formalités d'adoption ont été longues ?

— Elles ont duré six mois. Un jour, Lindsay, la mère de Saige, nous a appelés. Elle allait accoucher et voulait offrir à sa fille les meilleures chances dans la vie.

— Parce qu'elle était trop pauvre pour l'élever ?

— Elle se sentait surtout trop jeune pour être une vraie mère, et puis elle voulait poursuivre ses études. Trois autres couples de parents potentiels étaient en lice, et je t'avoue que Dana et moi n'osions trop y croire.

— Mais c'est vous que Lindsay a choisis, remarqua-t-elle.

— Oui, sans doute parce que ma situation matérielle était florissante, mais aussi parce que la future mère de Saige souhaitait pour sa fille un foyer solide, un couple uni et soudé, répondit-il.

Sachant combien le sujet était sensible, elle se garda d'intervenir et laissa Braden poursuivre de lui-même.

— Dana et moi avions signé le protocole d'adoption alors que Lindsay n'avait pas encore accouché. Nous savions aussi que, jusqu'à l'ultime seconde, Lindsay pouvait changer d'avis et décider de ne pas confier sa fille à l'adoption.

— Ça a dû être terrible pour Dana et toi, dit-elle.

— Ce furent des moments difficiles. Tantôt nous étions optimistes, tantôt nous nous persuadions que Lindsay changerait d'avis et refuserait de nous confier sa fille, répondit-il en couvant Saige d'un regard débordant d'amour.

— Mais l'adoption a pu se faire, conclut-elle.

— Oui, et ce fut le plus beau jour de ma vie. Depuis lors, chaque fois que je contemple le visage de ma fille, je rends grâce au destin de m'avoir comblé.

Elle ne put s'empêcher de sourire.

— Comblé est le mot. Les couches, les réveils en pleine nuit…

Il sourit à son tour.

— J'en ai eu mon lot, mais ma fierté est d'avoir continué à assumer mes responsabilités professionnelles tout en élevant ma fille avec amour. Et j'ai marqué à jamais d'une pierre blanche ce fameux matin où j'ai vu, pour la première fois, deux minuscules petites dents tout juste écloses dans sa bouche.

— Saige a bien de la chance d'avoir un père comme toi, dit-elle avec un soupir.

— C'est plutôt moi qui ai de la chance d'avoir une fille aussi adorable qu'elle, rectifia-t-il, et j'espère que Lindsay ne prendra pas un jour prétexte de mon veuvage pour récupérer sa fille.

— Tu ne pouvais pas prévoir que le sort t'enlèverait Dana et que tu te retrouverais seul, dit-elle avec conviction.

Bien sûr, il n'avait bien sûr rien prévu de tel, mais sa culpabilité à l'égard de Saige et de Lindsay n'en était pas moins vive.

Il posa sur Cassie un regard inquiet.

— Dana et moi étions en instance de séparation et, à supposer que cet accident n'ait pas eu lieu, elle et moi ne serions de toute façon plus ensemble à l'heure actuelle.

— Et tu crois que Lindsay pourrait te reprocher, aujourd'hui, d'être veuf et d'élever Saige seul ? insista Cassie en lui caressant le bras.

— J'en suis certain, et c'est pourquoi je m'attends désormais au pire avec elle. Mais pour en revenir à Dana, sais-tu pourquoi j'éprouve des remords à son égard ?

— Parce que tu t'étais senti responsable de ce qui allait être votre séparation définitive ? demanda Cassie.

— C'est bien plus grave que ça, répondit-il d'une voix attristée. Sais-tu quelle a été ma première pensée en arrivant à l'hôpital où Dana avait été transportée, après l'accident ?

— Non…

— Le soulagement d'apprendre que Saige n'était pas dans la voiture. C'est seulement après que j'ai éprouvé du chagrin pour Dana.

— Et depuis lors, tu te sens coupable ?

— Je me fais l'effet d'être un salaud.

— Ton soulagement ne venait pas du fait que Dana était morte, mais bien que votre fille était vivante, fit remarquer Cassie d'une voix douce.

Il l'admit et prit la main de Cassie dans la sienne.

— Et si nous déjeunions ? suggéra-t-elle.

— Bonne idée.

Il déballa sandwichs, salade et desserts variés.

— Quel homme organisé tu es ! s'exclama-t-elle. Bien des femmes seraient heureuses de t'avoir pour mari…

— Oh ! préparer un pique-nique n'a rien de sorcier.

— Ces biscuits ont l'air délicieux, ajouta-t-elle après en avoir mangé un. On jurerait qu'ils sont faits maison.

— Ils le sont, mais pas par moi…

— Ta mère ?

— En personne, et je me suis gardé de lui annoncer que nous passerions la journée ensemble, car elle a un peu trop tendance à jouer les entremetteuses.

— Crois-tu qu'elle veut à ce point-là te voir marié ? demanda-t-elle avant de mordre dans son sandwich au jambon.

— Hum… Tout dépend avec qui.

Elle se sentit rougir.

— Avec moi par exemple ?

— Je suis sûr qu'elle a volontairement oublié le singe en peluche de Saige à la bibliothèque, l'autre jour.

Elle hocha la tête.

— C'est possible, car ta mère semblait déçue d'apprendre que j'étais précisément absente le jour où tu es passé le rechercher.

— Si ma mère t'invite à dîner en t'assurant que je ne serai pas présent, méfie-toi, car nous aurions toutes les chances de nous rencontrer.

— Ce serait un peu gros, non ? dit-elle.

Il examina avec appétit son sandwich au thon.

— La subtilité n'est pas le fort de ma mère. Pour les trente-cinq ans de mon frère Justin, elle avait convié à l'insu de ce dernier la fille des voisins.

— Et alors ?

— Ma mère ignorait que Justin sortait déjà avec Averty, sa future épouse, alors tu imagines combien Justin s'est senti gêné.

— Je m'en doute.

Il soupira.

— Ma mère croit agir pour notre bien. Du reste, elle est persuadée que si Austin et Justin sont à présent parents, c'est un peu grâce à elle.

Cassie égrena une grappe de raisin.

— Et si ta mère était décidée à te marier avec moi, qu'en penserais-tu ?

— Qu'elle a un goût très sûr, mais qu'elle devrait y réfléchir à deux fois avant de mettre son grain de sel dans notre relation.

La réponse de Braden la rendit mélancolique.

— Pourquoi ai-je toujours tendance à m'éprendre d'hommes qui ne sont pas faits pour moi ? demanda-t-elle en soupirant.

Il la regarda avec tendresse.

— Ai-je dit que tu ne me plaisais pas ?

— Tu m'as recommandé encore tout récemment de ne pas tomber amoureuse de toi.

— On peut ne pas vouloir s'investir dans une relation durable avec une femme tout en éprouvant pour elle des sentiments très forts, remarqua-t-il.

Elle haussa les épaules, dépitée.

— C'est bien ma chance ! C'est vrai que j'ai besoin de me sentir aimée, protégée… C'est plus fort que moi. Megan, ma collègue, pense que la mort de mon père alors que j'avais dix ans m'a fragilisée.

Il eut envie d'en apprendre davantage.

— Parle-moi de ton père…

— C'était un army ranger souvent en mission à l'étranger, expliqua-t-elle, et même de son vivant, j'ai passé peu de temps avec lui. Je me souviens de la joie de ma mère quand il rentrait en permission. Et tu sais, pour fêter son retour, elle nous obligeait, nous les enfants, à nettoyer la maison de fond en comble.

— Ton père était-il heureux de vous revoir ?

— Il était plutôt morose, comme hanté par ce qu'il avait vécu sur les théâtres d'opérations. À l'époque, j'étais trop jeune pour comprendre ses soucis. Je le trouvais grognon, distant…

— Mais toi, tu étais heureuse de le revoir ?

— Oui et non. J'aimais mon père, mais je souffrais à l'idée qu'il allait repartir et que ma mère pleurerait son absence durant des jours.

— Si tu lui ressembles, ta mère devait être une femme remarquablement jolie, dit-il en souriant.

— Une vraie « belle du Sud » née à Savannah, plusieurs fois reine de beauté et très courtisée. Mon père l'avait épousée presque tout de suite. Après sa mort, elle a eu quelques prétendants, puis elle a rencontré Ray, un pasteur épiscopalien veuf et père de deux garçons, Eric et Ray Jr. qui se faisait appeler R.J.

— Quel âge avais-tu alors ?

— Douze ans.

— Et ta sœur ?

— Amanda en avait huit, répondit-elle tristement en émiettant l'extrémité de son sandwich.

— Tu en parles au passé ?

Elle s'essuya les doigts puis avala une gorgée de thé glacé.

— Après le mariage de ma mère avec Ray, nous vivions tous dans la propriété de mon beau-père. Amanda m'agaçait souvent, et j'avoue ne pas avoir été toujours très gentille avec elle.

— Vous vous disputiez ?

— Oui, ça arrivait fréquemment, répondit-elle en baissant les yeux. Un jour, je faisais mes devoirs quand Amanda a insisté pour que nous allions faire du vélo. J'ai refusé, et elle a obtenu d'Eric et de Ray qu'ils l'emmènent pêcher dans l'étang de la propriété.

Voyant les yeux de Cassie se remplir de larmes, il chercha à changer de sujet.

— Tu t'inquiétais déjà, au collège, de tes études universitaires ?

— La pension d'une veuve de militaire n'a rien de faramineux, alors j'ai eu très tôt le souci de mon avenir. Pour en revenir à Amanda, je lui avais dit de bien s'amuser avec les garçons, et j'étais rentrée à la maison afin d'étudier mes cours.

— Et… Que s'est-il passé ?

Elle baissa les yeux.

— R.J. a surgi en pleurs. Amanda, pourtant bonne nageuse, était tombée dans l'étang en voulant ferrer un poisson, et elle n'était pas remontée. Nous avons couru jusqu'à l'étang où j'ai plongé aussitôt, mais ma sœur était inconsciente quand j'ai pu la ramener à la surface.

— Où était Ray ? Et ta mère ?

— Absents. J'ai allongé Amanda sur l'herbe et, pendant qu'Eric allait appeler les secours, j'ai vainement tenté de la ranimer.

Elle se tut et, par respect pour elle et son chagrin, il observa quelques secondes de silence.

— Je suis désolé, Cassie, vraiment désolé, dit-il enfin.

Elle le regarda avec des larmes dans les yeux.

— J'étais effondrée, mais moins que ma mère. D'abord son mari, puis sa fille… Et je crois que ma mère s'en est toujours voulu de nous avoir laissées seules, Amanda et moi, ce jour-là.

— L'accident aurait pu se produire n'importe quand.

— Le chagrin fait mauvais ménage avec la raison, et ma mère a commencé à boire…

— Continue, dit-il d'une voix douce.

— Six mois après les funérailles de ma sœur, elle a été percutée de nuit par un automobiliste, sur la route, alors qu'elle revenait de son bar préféré. Elle n'a pas pu être sauvée.

Il passa un bras autour de ses épaules et l'attira contre lui.

— Je compatis du fond du cœur avec toi.

Elle soupira.

— Pour la police, il s'agissait d'un accident, mais je ne suis sûre de rien. Peut-être ma mère avait-elle tellement bu qu'elle a franchi par inadvertance la ligne continue, ou peut-être a-t-elle volontairement percuté la voiture qui arrivait en sens inverse afin de couper court à ses souffrances ?

— Cette incertitude doit te ronger, dit-il.

Selon lui, une mère en deuil d'un enfant n'aurait jamais sacrifié un autre enfant pour mettre fin à ses souffrances, mais après tout, qu'en savait-il ?

Elle hocha la tête.

— J'ai extrêmement souffert.

— Et Ray, ton beau-père ?

— Il était furieux de devoir élever seul une famille, et comme je n'étais pas sa fille, il m'a prise en grippe.

Pressentant la suite, il se sentit envahi par l'indignation et la colère.

— Ton beau-père avait la main lourde.

Elle se mit à pleurer.

— Il se vengeait sur moi de ce qu'était devenue sa vie, du fait que ma mère n'était plus là pour s'occuper de tout. Alors, bien sûr, je me faisais houspiller et battre, battre… parfois si fort que j'en avais des bleus partout.

De rage, il serra les poings.

— Tu aurais dû porter plainte, demander de l'aide !

— Quel poids aurait eu ma parole contre celle d'un respectable pasteur ?

S'il l'avait pu, comme il aurait infligé sur-le-champ au beau-père de Cassie une leçon méritée.

— Quelqu'un a bien dû s'apercevoir qu'on te battait ! Quelqu'un aurait pu donner l'alerte et t'arracher aux griffes de cet homme !

Elle détacha un bout de son sandwich et l'émietta dans sa paume.

— Pour échapper à cet enfer, je passais tout mon temps libre à la bibliothèque, et Irene, qui n'avait pas les yeux dans ses poches, a vite compris de quoi il retournait.

— Et comment a-t-elle réagi ?

— Elle m'a conduite à l'hôpital où un médecin a dressé la liste des hématomes qui couvraient mon corps. Les services sociaux, puis la police, sont intervenus, mais Ray a prétendu que je me cognais par maladresse contre les meubles ou que je faisais des chutes dans l'escalier.

— Et la police a gobé ces histoires ?

— L'inspecteur chargé de l'enquête avait pris le parti de Ray qui lui racontait mes supposées frasques et mon entêtement. Finalement, aucune charge n'a été retenue contre lui.

— Et qu'ont fait les services sociaux ?

— Ils ont conseillé à Ray une thérapie de groupe pour soigner ses crises de colère.

— Et les autorités n'ont pas jugé bon de t'enlever à sa garde ? protesta-t-il.

— Malgré tout ce qui avait pu être dit contre lui, Ray n'en demeurait pas moins un pasteur reconnu, pilier de la communauté et donc intouchable.

— C'est une honte !

Elle eut un pâle sourire.

— Aucune société n'est parfaite, mais au moins ai-je eu la chance de trouver une Irene Houlahan sur ma route.

Il se réjouissait de savoir que quelqu'un avait malgré tout été là pour elle.

— Qu'a-t-elle fait pour toi ?

— Beaucoup. Tout… Comme Ray continuait de me frapper, elle m'a accompagnée un dimanche au temple en me faisant porter un chemisier à manches courtes qui dévoilait mes bras marqués de bleus.

Après le service, Irene a apostrophé les fidèles et dénoncé publiquement le comportement de Ray. Les autorités religieuses ont décidé de le nommer pasteur en Oregon, loin de Charisma.

— À leur place, j'aurais plutôt expédié ce brave Ray à Sing Sing.

Elle eut un petit sourire.

— Ne plus être pasteur à Charisma, dans cette paroisse où son père et son grand-père l'avaient été avant lui, aura été pour mon beau-père un châtiment bien plus terrible que de se retrouver derrière les barreaux.

— Il aurait mérité d'être cloué au pilori…

— Quoi qu'il en soit, Ray a plié bagage pour l'Oregon,

et ses deux fils ont été recueillis par leurs grands-parents maternels, poursuivit Cassie.

— Et toi ?

— J'ai été placée en foyer, mais j'ai eu la chance de trouver sur ma route une femme providentielle.

— Irene ?

— Elle m'a recueillie comme pupille chez elle, et j'ai échappé au placement d'office, conclut-elle d'une voix nouée d'émotion.

— Ma chérie ! dit-il dans un élan de tendresse vers elle, cette femme qui avait subi tant d'épreuves et qui, pourtant, continuait d'avoir la force d'aimer et de vouloir être aimée.

- 12 -

Les confidences de Braden avaient modifié la façon dont Cassie envisageait sa relation avec lui.

Alors qu'elle l'avait cru profondément attaché à Dana, il lui avait révélé que son couple était au bord du divorce, peu avant l'accident fatal, ce qu'elle n'aurait jamais soupçonné.

Braden redevenait à ses yeux un mari potentiel ou, du moins, un amant ayant la capacité de s'investir dans une véritable histoire d'amour, ce qui ne manquait pas de ranimer ses espoirs.

Le mercredi suivant, à la bibliothèque, elle enregistrait les derniers livres reçus quand il l'appela.

— Veux-tu dîner chez moi, ce soir ?

Elle aurait pu accepter d'emblée, mais, d'humeur taquine, elle décida de faire durer le plaisir.

— Qu'as-tu prévu de cuisiner ?

— Des crevettes au maïs, une spécialité de Louisiane.

— J'adore les crevettes au maïs !

— Est-ce oui ou est-ce non ? lança-t-il.

— C'est oui.

— Ah, enfin ! Et à quelle heure Mlle MacKinnon serait-elle disposée à honorer cette invitation ?

— Je finis à 16 heures, répondit-elle en sentant grandir son impatience de le revoir.

— Dans ce cas, disons chez moi à 18 heures. Ou préfères-tu que je vienne te chercher chez toi ?

Sans sa voiture, elle dépendrait totalement de Braden, ce qu'elle préférait éviter.

— Non, je viendrai chez toi.

— Alors, à ce soir, fit Braden avant de couper la communication.

— Tu en as de la chance ! fit une voix derrière elle.

Avec un froncement de sourcils, elle affronta le sourire ironique de Megan.

— Où donc as-tu pris la mauvaise habitude d'écouter aux portes ?

Megan se mit à rire.

— Comment s'appelle le beau ténébreux qui t'a invitée à dîner ?

— En quoi est-ce que ça te regarde ?

Megan prit un air innocent.

— J'ai dans l'idée qu'il pourrait s'agir de Braden Garrett.

— Et tu aurais raison, admit-elle.

Megan la regarda avec envie.

— Si sa cuisine a autant de charme que sa personne, alors tu as beaucoup de chance.

C'était vrai et, depuis que Braden et elle avaient fait l'amour, elle pensait sans cesse à lui, à son corps musclé, à ses caresses expertes.

— Si j'en juge par l'éclat de tes yeux, Braden est un homme selon ton cœur, crut bon de préciser Megan en s'accoudant au comptoir.

Elle s'efforça de ne pas penser à sa nuit d'amour avec lui.

— Braden est un ami, alors ne va pas t'imaginer je ne sais quoi, protesta-t-elle.

Braden et elle étaient en osmose, mais pas question qu'elle s'en vante auprès d'une collègue, surtout s'il s'agissait de Megan.

— Tu ne vas pas me faire croire que Braden t'invite chez lui simplement en amie ? insista Megan.

— Braden sait que je suis très attachée à Saige, dit-elle dans l'espoir d'échapper aux soupçons.

Megan eut un regard lourd de sous-entendus.

— Je sais que Braden et toi, vous avez des atomes crochus.

Elle poussa un long soupir.

— Je n'aurais jamais dû te confier que nous nous étions embrassés.

Megan se mit à rire.

— Si tu prétendais ne pas avoir encore fait l'amour avec lui, alors je te traiterais de menteuse.

— Et si tu te mêlais de tes affaires ? répliqua-t-elle, agacée.

— Ne te fâche pas. Je suis simplement heureuse de constater que tu sors enfin de ta coquille, répondit sa collègue.

Non seulement cette discussion lui pesait mais, en plus, ses joues étaient en train de virer au rouge tomate…

— Je crois que je vais annuler mon dîner…

Sur le point de s'éclipser en direction de la salle où l'attendaient les participants à l'atelier « Réseaux sociaux », Megan lui jeta un regard navré.

— Tu le regretterais. Passer ses soirées seule devant la télévision est moins gratifiant que de dîner avec un Braden Garrett…

Une fois seule, elle dut convenir que Megan n'avait pas tort et que, si elle s'obstinait à gâcher ses chances d'avoir une relation, même imparfaite, avec Braden, elle risquait de le regretter amèrement.

Après tant de déceptions, de désillusions, après la perte de ses parents, de sa sœur, après la trahison de Joel, il n'était guère surprenant qu'elle soit sur ses gardes. Mais elle devait s'efforcer de croire malgré tout en sa bonne étoile.

Sa collègue Stacey, deux fois divorcée, allait bientôt

mettre au monde son premier enfant et rayonnait de bonheur au terme d'un parcours jonché de déceptions et de souffrances.

Dix mois après lui avoir passé la bague au doigt, son premier mari avait mis brutalement un terme à leur union, sous prétexte que le mariage n'était pas fait pour lui. Le deuxième mari de Stacey s'était avéré brutal et violent. N'importe quelle femme aurait jeté l'éponge, mais Stacey, elle, s'était obstinée et avait enfin trouvé l'âme sœur, l'époux qui lui convenait en même temps que le père de son futur enfant.

Si elle reconnaissait à sa collègue un courage qui lui faisait défaut dans la recherche du bonheur, elle en venait à penser que le sien, de bonheur, était peut-être dans une vie solitaire.

Irene Houlahan, jamais mariée, jamais mère de famille, en était l'exemple parfait, mais, d'un autre côté, Irene semblait plus épanouie et plus heureuse aussi depuis que Jerry Riordan était entré dans sa vie.

Cette pensée la réconforta, et elle se réjouit de nouveau à la perspective de sa soirée avec Braden.

Avant de se rendre chez Braden, Cassie passa chez elle afin de nourrir ses chats.

Elle en profita pour troquer sa robe contre un jean et un pull à manches courtes.

Simple précaution.

La maison à deux étages de Braden, dans le luxueux quartier de Forrest Hill, était impressionnante. Quand elle pressa le bouton de la sonnette, un carillon mélodieux retentit.

Presque aussitôt, Braden lui ouvrit, et elle aperçut Saige, blottie contre la jambe de son père.

— C'est pour toi, dit-elle en tendant un paquet à la fillette.

Elle avait fait halte dans un magasin de jouets en centre-ville.

— 'vre ! dit Saige, radieuse en tendant le paquet à son père.

Braden ouvrit l'emballage.

— Deux beaux wagons pour ton train, Saige, dit-il à sa fille en lui rendant le cadeau.

— 'erci ! s'exclama la fillette en levant sur elle un regard brillant.

— De rien, ma chérie.

Saige la prit par la main et la conduisit au salon où un magnifique réseau miniature était posé sur une grande table.

Tunnel, gare, sablière pour train de marchandises, collines, personnages, rien ne manquait à cette maquette plus vraie que nature.

— C'est magnifique !

— Zouer ! lui intima Saige en montrant du doigt les différents trains prêts à rouler.

Son choix d'un train de voyageurs sembla contrarier Saige.

— Ah, je comprends, tu voulais ce train-là ?

Saige approuva d'un sourire.

— Bon, alors je choisis le train de marchandises tiré par la locomotive orange, dit-elle, conciliante.

Saige récupéra le train de voyageurs tiré par la locomotive verte, mais, après cinq minutes de jeu, elle fit de nouveau la moue.

— Tu voudrais mon train, n'est-ce pas ? remarqua-t-elle, amusée.

— Voui !

Au final, Saige joua seule avec ses différents trains et

ses deux nouveaux wagons pendant qu'elle l'encourageait de la voix.

Comme elle regrettait de ne pas avoir d'enfant !

Puis tout le monde passa à table.

— Vous vous êtes bien amusées, toutes les deux ? demanda Braden en servant le dîner.

— Saige adore ses trains, et je crois qu'elle aime autant tes crevettes qui, du reste, sont délicieuses, déclara-t-elle.

— Tant mieux, approuva Braden.

Comme il débouchait une bouteille de pinot noir, elle insista pour qu'il ne remplisse son verre qu'à moitié.

— Oublierais-tu que je dois rentrer chez moi tout à l'heure ? dit-elle.

Tant que ses rapports avec Braden ne seraient pas clairement définis, il n'était plus question qu'ils fassent l'amour ensemble, raison pour laquelle elle voulait garder, ce soir, toute sa lucidité.

— Ce vin est un nectar et ne peut pas te faire de mal, affirma-t-il.

Le pinot noir se mariait à merveille avec les saveurs des crevettes et du maïs. Trop bien, même, car après trois verres, la tête commença à lui tourner.

Les désirs qu'elle avait tenté de réprimer revinrent de plus belle, et elle eut envie de refaire l'amour avec Braden, de goûter à la saveur de sa peau, à ses lèvres pulpeuses.

— Aurais-tu oublié que je dois conduire, ce soir ? objecta-t-elle quand il eut rempli son verre pour la quatrième fois.

— Rien ne t'y oblige, et tu le sais fort bien, répondit son hôte en souriant.

Alors qu'elle buvait une nouvelle gorgée de vin, Saige brandit fièrement son assiette vide.

— Ta fille a de l'appétit, remarqua-t-elle.

— Elle aurait surtout tendance à éparpiller sa nourriture, déclara-t-il en essuyant la bouche et les joues de Saige.

— Ses petites mains ont du mal avec les couverts, remarqua-t-elle, attendrie.

— ‘core ! fit Saige en montrant son assiette vide.

— C’est le moment du dessert, fit Braden en se levant.

— Je ne pourrais pas avaler une bouchée de plus après ce festin, protesta-t-elle.

— Même pas s’il s’agit d’une tarte au citron comme celles que te cuisinait ta mère ?

Que Braden ait retenu cette confidence qu’elle lui avait faite lors de la visite à la ferme des papillons ne manqua pas de la toucher.

— Très bien ! Goûtons cette tarte…

— Bravo ! fit Braden en empilant les assiettes sales.

— Je vais t’aider.

— Je préfère que tu gardes un œil sur Saige.

Quand il revint avec des assiettes à dessert, de la gelée aux framboises et la fameuse tarte, elle remarqua qu’il avait aussi pris une lingette.

— Saige, où te caches-tu ? fit-il en approchant la lingette du visage de la fillette.

Ravie, Saige ferma les yeux et se mit à glousser.

— Hum… J’entends ma petite fille, mais je ne la vois plus…

Nouveaux rires de Saige.

— Toute cette sauce cachait le visage de ma petite fille ! reprit-il en passant la lingette autour de la bouche de Saige qui riait à présent aux éclats.

Émue par la complicité qui unissait le père et la fille, elle se fit le serment, un jour, d’avoir à son tour un enfant, plusieurs même, et d’avoir avec eux autant de patience que Braden envers Saige.

— ‘sert ! réclama Saige en tendant les mains vers le bol de gelée.

Braden remplit de petits cubes roses une assiette propre, puis la posa devant Saige qui, ravie, se servit de ses doigts graciles comme de pinces pour piocher les cubes gélatineux et les porter à sa bouche.

— Est-ce toi qui as confectionné ces cubes de gelée ? demanda-t-elle à Braden.

— Il s'agit là d'une spécialité de ma mère ; quant à la tarte, elle vient de The Sweet Spot.

La meilleure pâtisserie de la ville, et ce fut pour elle un crève-cœur de constater qu'elle n'avait vraiment plus faim.

— Désolée, mais je crois que je ne pourrais plus rien avaler après ces délicieuses crevettes au maïs.

— Rien ne nous empêche de prendre le dessert plus tard, dit-il en la regardant avec intensité.

L'allusion était limpide, et elle s'apprêtait à décliner l'offre en invoquant le besoin de rentrer chez elle quand Saige l'appela de sa voix flûtée.

— 'sie !

La fillette lui tendait si gentiment l'un de ses amusants cubes de gélatine rose qu'elle se crut tenue de l'accepter.

— Pour moi ?

— Voui !

— Comme c'est gentil, mon cœur, répondit-elle, très émue, à Saige qui lui souriait.

Et très émue aussi de voir combien Braden la couvait des yeux.

En voyant Cassie jouer avec Saige, Braden sentit son désir pour Cassie s'accentuer encore. Non seulement elle était belle et sexy, mais elle avait aussi d'indéniables qualités maternelles.

En somme, elle ferait une épouse idéale.

Alors qu'il se laissait doucement aller à rêver à un avenir avec Cassie, la sonnette de l'entrée retentit.

Il alla ouvrir, en proie à un mauvais pressentiment.

— Bonsoir, monsieur Garrett.

— Lindsay…

— En personne, ajouta la jeune femme avec un sourire crispé. Désolée de venir à l'improviste, mais après avoir longtemps hésité, j'avais trop envie de revoir ma fille pour ne pas prendre l'initiative de venir chez vous.

— L'accord signé au moment de l'adoption vous autorise à rencontrer Saige quand vous le désirez, rappela-t-il en s'effaçant devant sa visiteuse.

— C'est que, monsieur Garrett, bien des choses ont changé depuis pour moi, précisa la mère de Saige en le suivant le long du couloir.

Des choses ?

Une fois au salon, Lindsay le regarda droit dans les yeux.

— Sachez que je compte me marier à la fin de l'été.

Cassie apparut alors, et il ne lui resta plus qu'à faire les présentations.

Tandis que Lindsay et Cassie se saluaient, Saige vint se réfugier dans ses bras.

— Pa-pa !

— Comme Saige a grandi ! s'exclama Lindsay en caressant la joue de sa fille qui la dévisageait avec méfiance.

— Je vous avais envoyé des photos de son premier anniversaire, rappela-t-il.

— C'est vrai, mais elle a beaucoup changé depuis, fit remarquer Lindsay, émue.

— Hum… Excusez-moi, mais j'ai à faire à la cuisine, déclara Cassie avant de les laisser.

— S'agit-il de la nounou de Saige ? s'enquit Lindsay après le départ de Cassie.

— Saige n'a pas besoin d'une nounou, expliqua-t-il, car je m'occupe d'elle autant que je le peux et, quand j'ai du travail, ma mère s'en charge.

Tandis que Saige allait jouer avec ses trains, il offrit un fauteuil à Lindsay qui préféra se jucher sur l'accoudoir du canapé, triturant la courroie de son sac et jetant des regards furtifs à sa fille.

— Donc, cette… femme n'est pas la nounou de Saige ? reprit Lindsay.

— Il s'agit d'une amie.

Lindsay le fixa pensivement.

— J'ai appris le décès de votre épouse Dana et vous présente mes condoléances.

— Ah !

La catastrophe pressentie était-elle en train de survenir ?

— Mon avocat est un homme admirable qui sait veiller sur mes intérêts, poursuivit Lindsay.

Elle tira une grosse enveloppe de son sac et la lui tendit.

— En fait, monsieur Garrett, j'estime qu'il est temps pour Saige de vivre avec moi, sa mère.

- 13 -

Avant même d'avoir décacheté l'enveloppe, Braden sut qu'elle contenait une demande d'annulation d'adoption.

Il avait vu juste. Il leva sur Lindsay un regard compréhensif mais déterminé.

— Je doute que la législation de Caroline du Nord vous soit favorable en la matière.

— Et moi, je suis certaine qu'une adoption peut être annulée et l'enfant rendu à sa mère biologique, rétorqua Lindsay.

— À condition que les parents adoptifs y consentent, remarqua-t-il en déposant l'enveloppe sur la table.

Un instant décontenancée, Lindsay se reprit vite.

— Les parents ? Mais votre épouse est morte il y a plus d'un an, monsieur Garrett.

— Rien ne pouvait le laisser prévoir, protesta-t-il, et depuis lors, je peux vous affirmer que Saige n'a jamais manqué de rien.

— À l'époque où j'ai consenti à cette adoption, vous formiez un couple, Mme Garrett et vous-même, insista Lindsay avec un air buté.

Il décida de jouer son va-tout.

— J'ignore qui vous conseille juridiquement, mais je peux vous assurer qu'aucun juge de cet État n'acceptera d'annuler une adoption datant déjà de seize mois.

Lindsay le dévisagea sans aménité.

— L'intérêt de l'enfant ne prime-t-il pas sur le reste ?

— Il y a plus d'un an que Saige ne vous a pas vue, Lindsay, et vous êtes en quelque sorte une étrangère pour elle. Cette maison est devenue la sienne. Je suis là pour elle et ma mère, mes proches lui donnent tout l'amour dont elle peut rêver. Le fait que vous l'ayez mise au monde justifie-t-il de chambouler l'existence d'une fillette innocente ?

— J'aime ma fille, monsieur Garrett ! protesta Lindsay d'une voix proche des larmes.

— Qui en douterait ? Grâce à votre décision de la faire adopter, Saige aura une vie meilleure que celle que vous auriez pu lui offrir. C'était le but recherché.

— C'était vrai à l'époque, mais aujourd'hui je ne suis plus seule. Quand Charles a su les raisons qui m'avaient poussée à faire élever Saige par d'autres, il a estimé que ma fille serait mieux avec nous que chez des parents adoptifs.

— Charles ?

— Mon compagnon. L'homme que je vais bientôt épouser.

Saige se rappela à leur attention en poussant des cris joyeux.

— Regardez comme votre fille est heureuse ici, dans une maison qu'elle aura toujours connue et parmi des gens qui l'aiment depuis toujours, insista-t-il.

— C'est vrai, admit Lindsay.

Saige se tourna vers sa mère.

— Tchou-tchou, dit-elle en brandissant sa locomotive rouge préférée.

— Oui, tu as une très belle locomotive, dit Lindsay.

Saige la gratifia d'un grand sourire.

— Zouer ! insista Saige.

Lindsay alla rejoindre sa fille, joua un moment avec elle puis leva sur lui un regard vacillant.

— Dites, monsieur Garrett, cette Cassie MacKinnon…

De sa réponse, et de la décision que pourrait prendre Lindsay, dépendaient et son avenir et celui de Saige.

— Vous désirez savoir si ma relation avec Cassie est purement amicale ?

— Quand j'ai consenti à l'adoption, vous étiez marié avec Dana et, à mon retour, j'ai appris que votre épouse avait perdu la vie, répéta Lindsay.

Il ne prit qu'un instant de réflexion.

— Cassie compte énormément pour moi, et notre relation est sérieuse, dit-il sans l'ombre d'une hésitation.

Lindsay regarda Saige qui jouait et riait en poussant ses wagons, avant de lever les yeux vers lui, un étrange sourire aux lèvres.

— Ma fille vous est attachée, et j'ai pu constater qu'elle semble beaucoup aimer cette… Cassie MacKinnon.

— Croyez-moi, votre fille ne pourrait être mieux qu'ici, dit-il alors que Saige, délaissant ses wagons, se dirigeait non vers sa mère biologique, mais vers lui.

Les yeux emplis de larmes, Lindsay regarda Saige se caler sur ses genoux puis frotter son visage contre son épaule avant de sucer son pouce.

— Il fallait que je revoie ma fille encore une fois, monsieur Garrett, au cas où elle aurait pu avoir besoin de moi, reprit la jeune mère en sortant son mouchoir, mais je sais désormais que Saige est à sa place chez vous.

— En grandissant, Saige aura davantage besoin de vous voir, dit-il.

— Vous m'autoriseriez à lui rendre visite de temps à autre ? lança-t-elle, interloquée.

— C'est déjà prévu dans nos accords, rappela-t-il.

— Vous êtes un homme de cœur, monsieur Garrett, et je vais dès demain demander à mon avocat d'annuler la procédure.

— 'inge, murmura la fillette en s'assoupissant sur son épaule.

— Tu pourras serrer ton petit singe dans tes bras après avoir pris ton bain, répondit-il à Saige sans quitter Lindsay des yeux.

— Ce singe, monsieur Garrett…

— Saige ne s'endort jamais sans cette peluche que vous lui aviez offerte à sa naissance, rappela-t-il.

Pour la première fois, Lindsay eut un vrai sourire.

— Je crois que je vais partir, déclara-t-elle en se levant sans cesser pour autant de couver Saige du regard.

— Et si tu disais au revoir à Lindsay ? suggéra-t-il à Saige.

— 'voir, murmura la fillette d'une voix ensommeillée.

Après une légère hésitation, Lindsay effleura d'un baiser la joue de Saige.

— 'voir, répéta celle-ci.

— Je reviendrai, ma chérie, murmura Lindsay à sa fille.

Puis elle ajouta à son intention :

— Mais, cette fois-ci, j'appellerai d'abord.

Cassie achevait de ranger la vaisselle quand Braden, tenant Saige dans ses bras, vint la retrouver dans la cuisine.

— Où est Lindsay ?

— Partie, lui apprit Braden.

Bien des questions concernant Lindsay et sa visite impromptue la taraudaient, mais elle s'efforça de les chasser de son esprit.

— Saige tombe de sommeil, fit-elle remarquer.

— En effet, reconnut Braden, et je la coucherai dès qu'elle aura pris son bain.

— Peut-être pourrais-je t'aider ? suggéra-t-elle.

— Tu risques d'être éclaboussée.

— Je ne suis pas en sucre, lui assura-t-elle en le suivant dans l'escalier.

Autant elle n'appréciait guère, dans cette maison, les

pièces peintes en blanc, autant elle adora la chambre de Saige aux murs décorés de papillons chatoyants.

Une main d'artiste avait calligraphié le nom de la fillette au-dessus de son berceau, et un ravissant papillon doré figurait le point sur le i.

— Tu aimes ? demanda Braden.

— Extraordinaire ! répondit-elle.

— C'est l'œuvre de Jordyn, ma cousine, lui apprit Braden.

— Quel talent ! Un jour où je déballais, à la bibliothèque, le dernier arrivage des livres de A.K. Channings, ta mère m'a appris que Jay Addison, l'illustratrice de ces ouvrages, n'était autre que Jordyn, ta cousine.

Braden afficha sa fierté.

— Ma cousine ne manque pas de ressources, en effet. Et même s'il nous est arrivé, parfois, de nous chamailler, je lui ai toujours gardé mon affection.

— J'aimerais bien la connaître, dit-elle.

— Je me ferai un plaisir de vous présenter l'une à l'autre, répondit Braden.

— 'toire ! réclama Saige après avoir retiré son pouce de sa bouche.

— Papa ou Cassie te lira une histoire après le bain, chérie, répondit Braden.

Une demi-heure plus tard, après avoir bien barboté dans l'eau, copieusement arrosé son père, elle et les murs, Saige, lavée et séchée, fut enfin prête à aller au lit.

Et pendant que Braden, une éponge à la main, réparait les dégâts, Cassie emmena Saige dans la chambre où cette dernière attrapa, entre ses petits doigts, l'un des livres rangés sur l'étagère et intitulé *Bonsoir lune*, un récit qui rencontrait toujours un franc succès pendant l'activité « Récré enfants ».

Calée dans le rocking-chair près de la fenêtre, la fillette

sur ses genoux, elle s'apprêtait à entamer sa lecture quand Saige la tira par la manche.

— 'inge !

Il lui fallut quelques secondes pour comprendre.

— Ton singe en peluche ?

— Voui !

— Où est-il ?

Saige lui montra le coffre à jouets d'où elle exhuma la peluche sous un clown et un ours.

— Voilà, dit-elle en donnant le singe à Saige.

— 'si 'si, dit Saige avec un sourire béat, ce qu'elle interpréta comme signifiant *Merci Cassie*.

— Tu es un adorable bout de chou, dit-elle, émue.

Saige se lova tendrement contre elle.

— Pa-pa…

— Ton papa viendra bientôt nous rejoindre, lui assura Cassie d'une voix douce, mais peut-être préférerais-tu qu'il te lise lui-même cette histoire ?

Son singe en peluche serré contre elle, Saige secoua la tête.

— Très bien, alors c'est moi qui lirai ce soir.

Au fil de sa lecture, la respiration de Saige se fit plus lente et, quand Cassie en arriva au passage où le petit lapin souhaite la bonne nuit à chacun des objets de la chambre verte, Saige était déjà presque endormie.

Très émue, Cassie embrassa la fillette qui occupait dans ses pensées, et dans son cœur, une place au moins égale à celle de Braden.

Un enfant !

Elle rêvait désormais d'un avenir radieux, d'un foyer bien à elle, d'un mari aimant, et ce soir, grâce à Braden et à Saige, elle avait eu un avant-goût de ce bonheur.

Pourtant, ne se faisait-elle pas des illusions ?

En apparence, Braden avait tout pour la combler,

mais une nuit de passion n'était pas garante d'une vie de bonheur.

À force de ressasser le passé, le présent et l'avenir te fileront entre les doigts.

Megan adorait ces dictons piochés sur Internet, tout cliché qu'ils soient. Cependant, n'était-il pas temps en effet qu'elle s'ouvre enfin aux autres, à Braden, à Saige, et qu'elle laisse derrière elle son histoire douloureuse ?

Tant qu'elle n'aurait pas tiré un trait sur les souffrances de son passé, sur la trahison de Joel, tant qu'elle se refuserait à accorder de nouveau sa confiance à un homme, elle ne connaîtrait jamais le bonheur auquel elle aspirait.

Quand, après avoir rangé la salle de bains, Braden alla retrouver Cassie, il trouva Saige endormie dans les bras de son amie.

Ce spectacle touchant lui rappela que Saige aurait besoin, et de plus en plus, d'une mère pour prendre soin d'elle.

— Tu sais t'y prendre avec les enfants, dit-il en s'approchant doucement de Cassie.

— Saige tombait de sommeil, répondit-elle.

— C'est la première fois que je vois Saige s'endormir aussi vite. Tu as une excellente influence sur elle.

— Tu exagères.

— Non, je dis ce qui est, Cassie, et la façon dont tu amadoues ces chères têtes blondes ou brunes, pendant les ateliers « Récré enfants », indique que tu serais une très bonne mère.

— J'aime les enfants.

— Le fait que ta dernière expérience sentimentale se soit conclue par une rupture t'aurait-elle découragée de fonder une famille ?

Elle soupira.

— Encore faudrait-il que je rencontre la bonne personne.

Il se gratta la nuque.

— La chance aidant, tu pourrais croiser la route d'un homme à ton goût et qui serait aussi, déjà, père d'un enfant…

— Père d'une adorable petite fille, peut-être ? insinua Cassie tout en couchant Saige dans son lit.

— Précisément.

— Si ma mémoire est bonne, cet homme exceptionnel m'avait recommandé de ne pas tomber amoureuse de lui, objecta-t-elle.

Tandis que Saige, son singe en peluche serré contre elle, dormait d'un sommeil régulier, il approcha ses lèvres de celles de Cassie puis l'embrassa.

— Quand l'homme en question t'avait fait cette mise en garde, il ignorait encore à quel point tu étais attachante.

— Cet homme-là peut toujours changer d'avis.

— Je ne crois pas, dit-il en la prenant par la main et en la guidant vers l'escalier.

La partie s'annonçait difficile, mais il n'était pas du genre à se décourager.

Une fois au salon, il laissa Cassie examiner les photos posées sur le manteau de la cheminée, notamment celle du mariage de Lauryn et de Ryder, et il gagna la cuisine.

— Tu te documentes sur les Garrett ? demanda-t-il en revenant avec une bouteille de pinot noir et deux verres.

— Vous êtes la famille la plus en vue de Charisma, et le mariage d'une des vôtres avec un acteur célèbre n'est pas passé inaperçu, observa Cassie.

— Pas davantage que le mariage de mon frère Ryan avec Harper, la fille de la grande vedette de la télévision Peter Ross.

Les yeux de Cassie se mirent à briller.

— En effet ! Et la nouvelle avait fait la une des journaux.

— Enfin, surtout celle de la presse à sensation,

objecta-t-il. Et les paparazzis étaient à l'affût jusque sous nos fenêtres…

— Le monde est décidément petit, observa Cassie. Ryder Wallace tenait la vedette dans *Un café avec Caroline,* le feuilleton produit par ta belle-sœur, et, aujourd'hui, ce même Ryder est l'époux de ta cousine.

— Et la sœur de Ryder a épousé mon frère Justin.

— Décidément ! fit Cassie en souriant.

— Quand Ryan et Harper, qui vivent en Floride, seront revenus vivre parmi nous, et que Lauryn et Ryder seront rentrés de leur tournage en Géorgie, ne pas croiser un Garrett à Charisma deviendra mission impossible.

— Vous formez un vrai clan, souligna Cassie.

— Même s'il m'arrive parfois d'avoir la sensation d'étouffer, j'aime ma famille, et je ne sais pas ce que je ferais sans eux, répondit-il.

Cassie ayant accepté le verre de vin qu'il lui offrait, il jugea le moment venu de passer à l'offensive.

— Toi qui aimes la foule et le brouhaha, il faudra que je t'invite à l'une de nos réunions de famille.

Elle faillit en avaler sa gorgée de vin de travers.

— Que cherches-tu ? À me décourager d'entrer dans le clan Garrett, ou au contraire à piquer ma curiosité ?

— Un peu des deux, sans doute. Au fait, nous organisons samedi prochain un barbecue géant chez mes parents.

— En quel honneur ?

— Pour célébrer le retour de Ryan, de Harper et d'Oliver.

Cassie hésita.

— Je risque de ne pas me sentir à ma place parmi vous, sans compter que ta mère aura autre chose à faire que de me chaperonner.

— Ma mère t'apprécie, et ta présence la ravira.

— Ce pinot est décidément excellent, dit Cassie après en avoir savouré pleinement une gorgée. Mais si je t'accompagne, les rumeurs ne risquent-elles pas d'aller bon train ?

— Je crois le moment venu de te présenter à ma famille.

Elle hésita.

— Je suis touchée, mais n'est-il pas encore un peu tôt pour… officialiser notre relation ? Ma dernière histoire avec un homme a été un fiasco total, et je m'en voudrais de te décevoir.

Sa franchise ne fit que confirmer tout le bien qu'il pensait d'elle. Passant un bras autour de ses épaules, il l'attira à elle.

— Nous sommes faits pour nous entendre, dit-il avec conviction.

Elle tressaillit.

— Veux-tu dire que tu… Oh ! et puis non, je préfère ne pas savoir.

— Tu sais combien je tiens à toi, lui murmura-t-il à l'oreille, et j'ai l'impression que tu ne me repousserais pas si j'essayais de t'embrasser.

Elle lui tendit ses lèvres, et ils échangèrent un long et langoureux baiser.

Il prenait le risque de se tromper sur ses chances de bonheur avec Cassie, mais le jeu n'en valait-il pas la chandelle ?

Cassie était une formidable partenaire de lit et, avec elle, lui revenaient des désirs, des audaces qu'il aurait pu croire éteints avec la mort de Dana.

Outre ses talents, sa beauté, elle avait aussi énormément de qualités. Elle était affectueuse, altruiste, intelligente et cultivée… En fait, il était absolument conquis par elle !

Jamais il ne s'ennuyait avec elle, jamais il ne lui venait la tentation de regarder sa montre avec l'envie de rentrer chez lui. Au contraire, c'était de quitter Cassie qui lui mettait du vague à l'âme.

Pourtant, même si tous les signaux étaient au vert, le bonheur de Saige passait avant son bonheur à lui.

Et avant celui de Cassie.

Mais Cassie ne ferait-elle pas une mère idéale pour Saige ?

Alors que, encore haletants, Cassie et lui se regardaient au fond des yeux, il éprouva pour elle un élan de tendresse et de désir mêlés.

— Veux-tu passer la nuit avec moi ? demanda-t-il en effleurant son menton d'une caresse.

— La nuit ? Peut-être pas, mais un moment, sûrement, répondit-elle.

— Alors viens, dit-il en l'entraînant vers la chambre à coucher.

- 14 -

Subjuguée par Braden, par ses baisers, ses caresses, Cassie s'abandonnait à ces voluptueuses sensations.

Jamais auparavant un homme ne l'avait autant comblée. Ses mains expertes, ses lèvres tendres qui caressaient sa peau moite, titillant ses seins, plongeant entre ses cuisses.

Un vrai magicien de l'amour.

Alors qu'il multipliait les caresses toujours plus audacieuses, elle cala son rythme sur le sien, sa respiration à la sienne, pour ne plus former avec lui qu'un seul être de chair et de désir.

Le terrain sur lequel tous deux s'aventuraient était risqué, mais peu lui importait, puisqu'elle vivait enfin en cet instant tout ce qu'elle avait désiré vivre.

— Cassie…

— Oui.

— Viens plus près, souffla-t-il à son oreille.

Prenant tout son temps, elle approcha et, du bout de la langue, commença à titiller ses pectoraux et à lécher la toison lustrée de son torse.

Excitant, délicieux…

Tout en goûtant sous sa langue la saveur virile de la peau de Braden, elle caressa son sexe avec une inventivité dont elle ne se serait jamais crue capable.

— J'ai envie de toi ! s'exclama-t-il en l'attrapant par les poignets.

— Qu'attends-tu pour me prendre ? répliqua-t-elle d'un ton de défi.

Après avoir enfilé un préservatif, Braden lui écarta les cuisses et pénétra au plus profond d'elle, lui arrachant une plainte de plaisir.

Accélérant son rythme, il plongea ses yeux vert ambré dans les siens.

Soudain, elle sentit un flot brûlant de plaisir la submerger, tétanisant ses bras, ses jambes, affolant les battements de son cœur.

Unie à Braden par le même souffle, par la même étreinte qu'elle aurait voulue éternelle, elle laissa la vague de plaisir l'emporter loin, très loin.

Cassie reprenait son souffle allongé près de Braden quand elle perçut un bruit ténu provenant de la chambre de Saige.

— Je vais aller voir si la petite ne fait pas un cauchemar, dit aussitôt Braden en se levant.

Elle aimait ces deux facettes, amant inventif et père vigilant.

Grâce au haut-parleur placé près de leur lit et relié au moniteur vocal équipant la chambre de Saige, elle entendit Braden murmurer des mots apaisants à sa fille. Au bout de plusieurs minutes, il vint la rejoindre.

— Saige dort ? demanda-t-elle.

— Elle s'est vite rendormie, mais comme tu n'avais pas eu de dessert, j'ai fait un détour par la cuisine, répondit Braden en lui tendant une part de tarte au citron.

Elle cala un coussin sous sa nuque en voilant ses seins, ce qui fit sourire Braden.

— J'aime te regarder nue, dit-il.

Elle avait beau s'être donnée à lui avec passion, elle sentit ses joues s'empourprer.

— Oui, je suis pudique, admit-elle avant de goûter sa tarte.

Braden la regarda manger d'un œil gourmand.

— C'est bon ?

— C'est délicieux.

Une expression coquine éclairant ses traits virils, Braden entreprit de découvrir ses seins avec une lenteur calculée.

— Braden !

— S'il te plaît, Cassie, laisse-moi faire.

Elle ne se fit pas trop prier pour céder.

Il continua de la dénuder d'abord jusqu'à la taille, puis jusqu'aux chevilles, ce qui déclencha en elle un long frisson.

— Tu exagères !

Mais ses protestations n'étaient que pour la forme. Au fond d'elle, elle était ravie et, du bout de la langue, elle happa sensuellement un éclat de crème accroché à sa lèvre inférieure.

— Et maintenant, ferme les yeux, ordonna Braden.

Elle obtempéra, sentant que Braden posait des noisettes de crème sur ses seins, sur son ventre et entre ses cuisses.

— C'est froid ! protesta-t-elle en ouvrant les yeux.

— Ma bouche va te réchauffer, promit-il d'une voix sensuelle.

Une sensation délicieuse l'envahit.

— Jamais je n'aurais cru que ça serait aussi bon !

— Et ce n'est qu'un début, répondit Braden en embrassant son ventre puis en glissant la langue entre ses cuisses.

Elle s'abandonna aux caresses expertes de son amant, avant de reprendre l'initiative en enduisant à son tour Braden de crème. Leurs caresses gourmandes les conduisirent bientôt jusqu'à une explosion de plaisir. Comblés, ils restèrent un long moment dans les bras l'un de l'autre.

— Braden, je t'adore ! dit-elle.

— Moi aussi, mon cœur.

Tendrement enlacés, ils gagnèrent la salle de bains où, sous le jet de la douche, ils prirent encore le temps de se caresser. Une fois séchés, ils retournèrent au lit où elle se blottit dans les bras de son merveilleux amant.

Avant de sombrer dans un sommeil réparateur, elle prit conscience à quel point Braden comptait désormais pour elle.

Et combien elle l'aimait déjà d'un amour fou.

Saige dans ses bras, Braden s'avança jusqu'à l'accueil de Serenity Gardens, la résidence pour pensionnaires du troisième âge.

— Nous venons voir Irene Houlahan, expliqua-t-il à la réceptionniste qui lui souriait.

Celle-ci prévint l'intéressée qui accepta de le recevoir.

— Chambre 508, aile nord du bâtiment.

Comment celle qu'il surnommait naguère « le dragon » l'accueillerait-elle ?

Peu après, la voix sonore d'Irene lui parvint.

— Entrez donc, Garrett !

Il poussa la porte déjà entrouverte.

Assise sur son canapé, ses lunettes sur le nez et un livre épais entre les mains, l'ex-bibliothécaire lui jeta un regard aigre.

— Fermez la porte et approchez, Garrett. N'ayez crainte, je ne vais pas vous manger.

L'expression d'Irene s'adoucit devant le sourire de Saige qui, une fois sur ses jambes, alla planter un gros baiser sur la joue ridée de la retraitée.

— Quelle vitalité ! s'exclama Irene en caressant la joue de la fillette. Et que me vaut l'honneur de votre visite ?

— L'envie de vous saluer et de vous offrir ces fleurs, dit-il en tendant à Irene le bouquet acheté à son intention.

— Vous n'auriez pas dû, Garrett, rétorqua Irene en fronçant les sourcils.

Mais dans le regard myosotis de la retraitée, il avait discerné une lueur satisfaite.

Pendant qu'il disposait les fleurs dans un vase, Saige prit un grand livre illustré posé sur le guéridon d'Irene. Il jugea bon d'intervenir.

— Ce livre est à Mlle Houlahan, Saige, et tu ne dois pas…

— Laissez-la, voyons ! coupa Irene. Les livres sont faits pour être lus, et il n'est jamais trop tôt pour commencer.

Après avoir feuilleté l'ouvrage d'un œil intéressé, Saige revint à la première page qu'elle tenta de déchiffrer.

— Eh, eh… Votre fille promet ! décréta Irene.

— Ma mère l'emmène souvent à la bibliothèque, expliqua-t-il.

Irene opina d'un air satisfait.

— Un enfant qui lit sera un adulte qui pense. À présent, Garrett, je veux des explications.

— À quel sujet ?

— Pourquoi m'offrir des fleurs ? Je ne fête pas mon anniversaire, que je sache, et j'ai passé l'âge des rendez-vous galants.

— Je n'allais pas arriver les mains vides.

Elle le fixa d'un œil sévère.

— Vous cherchez à m'amadouer pour que je dise du bien de vous à Cassie, c'est cela ?

Des milliers de bouquets n'auraient sans doute pas fait changer d'opinion Irene à son sujet, tant il était persuadé qu'elle ne l'avait jamais apprécié.

— Je voulais vous remercier d'avoir été là pour Cassie quand elle était perdue, seule, désorientée, et que personne ne se proposait pour l'aider, expliqua-t-il.

— Vous exagérez !

— Vous lui avez sauvé la vie.

— Calembredaines !

— Au figuré, si, vous lui avez bel et bien sauvé la vie, et, croyez-moi, Cassie le sait et elle me l'a dit.

Irene le fixa d'un œil méfiant.

— Cassie vous a donc parlé de sa jeunesse…

— Oui, et surtout de l'année où sa sœur puis sa mère sont mortes.

— En principe, Cassie évite d'aborder ces sujets-là, fit remarquer Irene.

— Eh bien, elle les a abordés avec moi. Je sais aussi que, plus tard, vous l'avez arrachée aux griffes de ce beau-père qui la rendait si malheureuse.

— Cassie vous a *aussi* raconté cet épisode-là ?

— Oui. Elle avait quinze ans et tremblait autant devant son beau-père qu'à la perspective d'aller dans un orphelinat.

— J'ignorais qu'elle avait pu être au courant de mon intervention. J'avais agi discrètement…

— Cassie l'a su par la suite et, si vous ne l'aviez pas prise à votre charge, qui sait ce qu'elle serait devenue aujourd'hui ?

— L'accueillir chez moi n'avait rien d'un sacrifice, remarqua Irene.

— Vous avez fait bien plus que de lui donner une chambre, Irene, vous avez été pour cette adolescente rebelle à la fois une mère et un guide.

— Je m'étais attachée à elle.

— Je le sais, Irene, et je sais qu'outre la profonde affection que vous avez témoignée à Cassie, vous lui avez aussi donné le goût des études, l'envie d'avoir un projet professionnel.

Irene tamponna ses yeux myosotis à l'aide d'un mouchoir.

— J'ai agi avec mon cœur, et vos remerciements sont inutiles.

— Vous ne m'empêcherez pas de dire que je vous trouve formidable, mademoiselle Houlahan.

Irene sourit.

— D'accord, Braden, je vous remercie pour vos fleurs.

Il poussa un soupir intérieur.

— Je vaux mieux que ce que vous imaginez, mademoiselle Houlahan, et j'espère pouvoir vous le prouver bientôt.

— Il me semble que vous avez déjà commencé, rétorqua la retraitée en le regardant d'un air malicieux.

La première chose que remarqua Cassie, le jour suivant, en entrant chez Irene, fut les fleurs sur le guéridon.

— Jerry vous a rendu une petite visite ? demanda-t-elle en souriant.

— Tu te trompes.

— Dois-je comprendre qu'un autre soupirant que Jerry est désormais sur les rangs ?

Irene fit la moue.

— Puisque tu veux tout savoir, c'est ton soupirant à toi qui m'a fait ce cadeau.

— Mon…

— Braden Garrett est venu me voir hier avec Saige. Un véritable amour, ce petit bout de chou.

Très surprise, elle parvint néanmoins à garder sa contenance.

— Saige est pleine de joie de vivre, et c'est ce qui la rend aussi adorable.

Irene lui lança un coup d'œil perçant.

— D'après ce que je sais, tu vois souvent Braden et sa fille, ces temps-ci.

— En effet, répondit-elle prudemment.

— Es-tu consciente que Braden ne sera jamais vraiment libre tant qu'il lui faudra élever Saige ?

— Je le sais, dit-elle en s'approchant d'Irene.

Cette dernière lui caressa affectueusement la joue.

— Tu aimes Braden, n'est-ce pas ?

Elle aurait pu répondre que ses sentiments ne regardaient qu'elle, mais, en la recueillant quinze ans plus tôt, Irene avait acquis à jamais sa reconnaissance et un droit de regard sur sa vie privée.

— J'ai des sentiments forts pour Braden et pour Saige, admit-elle.

— Alors pourquoi sembles-tu si triste ? s'étonna Irene.

Elle poussa un long soupir.

— Aimer Braden, c'est du même coup lui donner le pouvoir de me briser le cœur.

— Il n'y a pas d'amour sans risque, remarqua Irene.

— Selon vous, je devrais m'engager avec Braden plus que je ne le fais ?

— Pourquoi pas, si c'est ce que te dicte déjà ton cœur, insista Irene.

— Ce que dicte mon cœur n'est pas forcément sensé, et j'en veux pour preuve ma déconvenue avec Joel, rappela-t-elle à Irene.

— Joel, toujours Joel ! Oublie le passé, et repars à neuf, lui intima Irene.

Cassie avait hésité à se rendre au barbecue géant d'Ellen et John Garrett et, si elle avait finalement accepté, c'était autant pour se rapprocher de Braden et de sa famille que pour pouvoir raconter à Megan — qui raffolait de l'émission de télévision *Ryder à la rescousse* — sa rencontre avec Ryder Wallace en personne.

En arrivant avec Braden dans la propriété de ses parents, elle l'interrogea sur cette star nationale de la télévision qui rénovait, sous l'œil des caméras, les logements de personnes en difficulté.

— L'équipe de Ryder met la dernière main aux réparations d'un manoir sinistré en Géorgie, mais lui, sa femme et ses enfants ne manqueraient pour rien au monde notre barbecue géant, expliqua Braden.

Elle apprit aussi que Ryder et sa famille comptaient s'installer définitivement à Charisma.

— Tu verras, tout se passera bien, la rassura Braden en l'embrassant sur la joue.

Mais Cassie se sentait dans ses petits souliers, parmi tous ces inconnus, oncles, tantes, neveux et cousins de Braden.

— Cassie ! Saige !

Ellen, la mère de Braden, vint les accueillir chaleureusement, puis elle présenta Saige aux autres enfants.

Vint ensuite le tour des présentations, et Cassie se perdit vite entre les degrés de parenté des uns et des autres.

John, le père de Braden, se montra très cordial avec elle avant de lui enlever, avec sa permission, son fils, requis comme chef barbecue suppléant.

— À bientôt, promit Braden avant de s'éloigner avec son père.

Elle devina qu'il aurait préféré rester avec elle, mais fit contre mauvaise fortune bon cœur.

Une jolie brune à longs cheveux s'approcha d'elle, une coupe de champagne à la main.

— Si vous voulez vous esquiver en douce, je vous signale que le garage donne sur la rue.

Cette entrée en matière eut le mérite de briser instantanément la glace.

— C'est vrai que je me sens un peu perdue parmi tous ces gens que je connais mal. Du reste, veuillez m'excuser, mais je n'ai pas retenu votre nom.

— Je suis Tristyn, la cousine de Braden, et ne vous

excusez pas, car il m'arrive à moi aussi de m'y perdre avec tout ce monde.

Pour couvrir les cris de deux garçons coiffés de plumes d'Indien et qui poursuivaient un petit rouquin déguisé en shérif, il lui fut nécessaire d'élever la voix.

— Sans compter les bébés à naître, dit-elle, ayant remarqué qu'une bonne douzaine des femmes présentes étaient enceintes.

— Dans ces réunions familiales, je suis la tante célibataire qui panse les genoux écorchés et mouche les nez enrhumés, déclara Tristyn après lui avoir lancé un regard de sympathie.

Qu'allait donc imaginer la cousine de Braden ? Qu'elle aussi était enceinte ?

L'irruption d'un garçon poursuivi par un labrador coupa court à ses interrogations.

— Au secours ! s'écria le petit garçon en se réfugiant dans les bras de Tristyn.

Alors que la cousine de Braden réconfortait le gamin, le labrador vint se frotter contre elle.

— Amie ! dit-elle en caressant l'animal qui se laissa bien volontiers faire, scellant leur amitié d'un coup de langue râpeuse.

Elle se tourna vers Tristyn.

— Je me demande à qui appartient ce trésor à quatre pattes ? Pour un peu, je le prendrais chez moi.

Tristyn interrogea le petit garçon blotti entre ses bras.

— Qu'en dis-tu, Oliver ? Crois-tu que Cassie pourrait s'occuper de Coco ?

Voyant Oliver prêt à acquiescer, elle s'empressa de faire une mise au point.

— Coco est adorable, mais loin de moi l'idée d'interférer entre ton chien et toi.

Harper, l'une des belles-sœurs de Braden et la mère d'Oliver, les rejoignit.

— N'aurais-tu pas oublié ceci ? demanda Harper au garçon en brandissant une laisse.

— Je voulais que Cassie fasse la connaissance de Coco, répondit l'enfant.

— Et tu l'as détaché sans te demander si Cassie allait être ou non ravie de se trouver face à un si grand chien ?

— Quand Coco lui a léché la joue, Cassie n'a pas fait « pouah » comme certaines, expliqua fièrement Oliver.

Harper, qui était enceinte, se pencha avec difficulté pour fixer la laisse au collier du chien.

— Cassie est trop polie pour protester, mais crois-moi, Oliver, la langue de Coco n'est pas au goût de tous.

Et, faisant signe à Tristyn de reposer le garçon à terre, Harper lui confia la laisse.

— Sois gentil, Oliver. Emmène Coco à l'intérieur afin qu'il ne lui prenne pas l'idée d'aller renverser l'un des barbecues ultra-brûlants, là-bas.

— Oui, maman.

— Et n'en profite pas pour réclamer des biscuits à grand-mère ! ajouta Harper.

Alors qu'Oliver conduisait un Coco résigné vers la maison, Harper se tourna vers elle.

— Incroyable la façon dont le clan s'est étoffé ces dernières années, et ce n'est pas fini. J'adore cette ambiance, et je me demande comment Ryan et moi avons pu vivre loin de Charisma pendant si longtemps.

Tristyn sourit à Harper.

— Ton contrat avec WMBT et ta participation à *Midi Miami*, peut-être ?

— Tu as raison, mais n'empêche que je suis heureuse d'être de retour parmi vous, répondit Harper.

— Si Ryan et toi étiez restés en Floride, la tribu des Garrett se serait déplacée en procession jusqu'à Miami pour saluer la naissance de votre bébé, remarqua Tristyn.

Tout en regrettant l'absence de Braden qui avait fort à

faire avec les grillades, elle questionna poliment Harper sur sa grossesse, et cette dernière la renseigna aimablement avant de lui poser, à son tour, quelques questions.

— Il me semble que c'est votre première rencontre avec le clan, Cassie ?

— En effet, mais je connais Ellen, la mère de Braden, depuis plusieurs années.

— Et Saige, aussi, il me semble ? s'enquit Harper.

— Elle avait six mois la première fois que sa grand-mère l'a emmenée à la bibliothèque où je travaille.

— Et Braden ? s'enquit Tristyn.

— Nous nous connaissons depuis le mois de mars, répondit-elle, un peu gênée.

— Et tous les deux, vous êtes… ? demanda Harper.

— Oh ! nous sommes amis.

— Vraiment ? Tout à l'heure, Braden et vous sembliez plus qu'intimes quand je vous ai aperçus sous l'abri de jardin.

— Nous cherchions… le ballon des enfants, improvisa-t-elle.

Tristyn vola à son secours.

— Braden et Cassie ont bien le droit d'être amis, n'est-ce pas ?

— C'est certain, fit Harper avec un petit sourire. Et maintenant, je dois vous quitter pour aller surveiller Oliver.

— Et moi, je vais aller proposer mon aide à Ellen, dit-elle.

Tristyn la retint par la manche.

— Ellen sait se débrouiller seule. Pourquoi ne pas me tenir compagnie ?

— Très bien, concéda-t-elle de bonne grâce.

Tristyn la conduisit jusqu'au bar installé sous un auvent.

— Que buvez-vous ?

— Un soda.

Tristyn sourit.

— Nous allons forcément parler de Braden et, quand vous aurez entendu ce que j'ai à vous dire concernant mon cousin, je parie que vous aurez alors envie d'un whisky bien tassé.

- 15 -

En comparaison avec la vitalité du « clan Garrett », son existence paraissait bien monotone à Cassie.

Bavarder avec les uns et les autres, s'amuser avec des enfants espiègles, analyser les rapports subtils qui unissaient Braden et ses proches, autant d'occasions pour elle de mesurer sa solitude.

Depuis qu'elle était née, ses grands-parents paternels, domiciliés en Utah, ne lui avaient envoyé que de rares cartes de Noël ou d'anniversaire, et ils étaient décédés tous deux quelques années avant la noyade de sa sœur Amanda.

Il se pouvait qu'elle ait encore des oncles, tantes ou cousins en vie quelque part, mais en tout cas aucun d'eux n'avait cherché à la contacter.

— Votre fête est très réussie, et vous, vous êtes une organisatrice hors pair, dit-elle à Ellen qui, gentiment, venait de lui apporter un thé glacé.

— Voir ma famille réunie me rend toujours heureuse, approuva Ellen.

— Braden a de la chance d'avoir grandi au sein d'une grande famille. Et sa petite Saige, celle d'avoir une grand-mère adorable et de nombreuses tantes et cousines, remarqua-t-elle.

— Les Garrett ont toujours été solidaires, répondit Ellen, et j'avoue que Ryan et Harper manquaient jusqu'alors à mon bonheur.

— Je sais combien vous vous souciez de votre famille.

Ellen la regarda avec sympathie.

— Aujourd'hui que ma nichée est au complet, j'espère assister bientôt à un mariage entre l'un de mes fils et une femme que j'estime beaucoup.

L'allusion, transparente, l'incita à changer de sujet.

— Votre petite-fille Saige semble s'être généreusement barbouillée, dit-elle avec un regard pour la nuée d'enfants qui dégustaient des crèmes glacées sur la pelouse.

Ellen fronça les sourcils.

— Vous avez raison, et je vais aller de ce pas la changer.

— Je serais ravie de m'en charger, suggéra-t-elle.

Ellen lui sourit.

— Vraiment ? Eh bien, ça m'arrangerait car j'ai encore mille choses à faire. Vous trouverez une table à langer à l'étage, à droite, dans l'ancienne chambre de Ryan.

— Parfait.

Avec le sentiment assez enivrant d'avoir été admise, même à titre provisoire, dans le clan des Garrett, elle alla chercher Saige et l'emmena vers la maison.

Tout en bavardant avec Justin, l'un de ses frères, Braden n'en gardait pas moins un œil vigilant sur Saige qui se régalait de glaces en compagnie d'autres enfants.

Maura, la plus âgée de ses cousines, était censée surveiller ce petit monde, mais, bien sûr, elle ne pouvait tout prévoir et Saige se barbouilla de crème jusqu'au menton.

Il allait voler au secours de sa fille quand Cassie, plus rapide, vint chercher Saige et l'emmena vers la maison. Décidément, elle était vraiment très attentionnée et ferait incontestablement une mère idéale.

— Tu ne m'écoutes pas ! protesta Justin.

— Pardon ?

Son frère afficha un grand sourire.

— Qui aurait pensé qu'un jour, tu sortirais enfin de ta mélancolie… Crois-moi, j'en suis heureux, et les autres membres du clan le sont autant que moi.

— Mais enfin, de quoi parles-tu ?

— Crois-tu donc que nous étions aveugles, Braden ? Bien avant que Dana n'ait eu ce terrible accident, vous étiez devenus des étrangers l'un pour l'autre.

— Il est vrai qu'à cette époque, je traversais une passe difficile, admit-il à contrecœur.

— Si Cassie a pu contribuer à ta résurrection, j'espère que tu auras assez de bon sens pour ne pas la laisser filer, insista Justin.

Les propos de son frère agirent sur lui comme un électrochoc.

— Si tu veux bien m'excuser, mais j'ai à faire, déclara-t-il avant de gagner à grands pas la maison.

Cassie s'affairait dans la chambre de Ryan transformée en nursery et qui, avait-elle appris par les uns et les autres, accueillait les enfants de la tribu quand leurs parents venaient en visite chez Ellen et John Garrett.

Vanessa, la fille de Justin et d'Avery, y avait déjà son lit près de celui, plus petit, où Saige dormait quand elle prenait pension chez sa grand-mère.

Il était aussi question d'ajouter un nouveau berceau pour les futurs bébés du clan, ainsi que des lits superposés pour les enfants de Ryan et de Harper maintenant que ces derniers étaient de retour à Charisma.

— Coucou !

Cette voix…

— Tu m'as fait peur, dit-elle en se tournant vers Braden.

— Je viens aux nouvelles.

— Saige s'était barbouillée de crème glacée, alors je l'ai lavée et changée, expliqua-t-elle.

— Bravo ! Et tu lui as déjà mis son pyjama ?

— L'heure de dormir approche.

— Décidément, tu es une bonne fée…

— J'aime m'occuper de Saige, répondit-elle en achevant de boutonner le pyjama de la fillette, et puis je ne voulais pas te déranger car tu étais en conversation avec Justin.

— 'sie ! pépia Saige.

Du coin de l'œil, elle vit l'expression tendre sur le visage de Braden quand Saige tendit ses petits bras vers elle.

— Saige est exténuée, dit-elle en serrant contre elle la fillette qui ne tarda pas à s'endormir.

Braden lui sourit.

— J'espère que tu ne t'es pas trop ennuyée parmi nous ?

— Je suis au contraire ravie d'avoir fait la connaissance de la « tribu » Garrett.

Avec des gestes délicats, elle aida Braden à coucher Saige dans son lit et à la border.

— Je suis sûr que Saige serait heureuse d'avoir un jour un frère ou une sœur, déclara Braden à voix basse, mais encore faudrait-il qu'une femme veuille épouser le veuf que je suis.

Elle lui lança un regard malicieux.

— Ce genre de femme ne devrait pas être trop difficile à dénicher, car Saige est adorable.

— Reste le père…

— Oh ! ce père-là a toutes ses chances de plaire à la plus difficile des femmes.

— Et que dirait cette femme-là si le père en question appartenait à un clan familial expansif et joyeux ?

— S'il s'agit de la tribu des Garrett, ce père-là a toutes ses chances, rétorqua-t-elle sur le même ton.

Braden lui tendit un écrin qu'il venait de sortir de sa poche.

— Mais… de quoi s’agit-il ?

— Ouvre donc.

Sur son lit de velours, une magnifique bague ornée d’un solitaire brillait de tous ses feux.

— Mais Braden, je…

— Cassie MacKinnon, toi que le destin a si providentiellement placée sur ma route, j’ai l’honneur de te demander en mariage.

Outre que Braden lui plaisait, il apportait dans la corbeille l’adorable Saige à laquelle elle était déjà tant attachée. Mais comment pouvait-elle être sûre qu’il l’aimerait vraiment ?

— Se marier est une décision sérieuse et lourde de conséquences, finit-elle par répondre sans parvenir tout à fait à calmer les battements de son cœur.

— Je veux passer le restant de mes jours avec toi, Cassie, insista Braden en la scrutant de ses yeux vert ambré.

Elle sentit un flot d’émotions la submerger.

— J’en ai envie moi aussi, répondit-elle.

— Ma chérie ! s’écria Braden en l’embrassant.

Et quand il lui passa au doigt la bague scellant leur future union, la douce chaleur de ses doigts sur sa peau lui tira un frisson de contentement qui trouva son écho jusque dans son cœur.

Quelques heures plus tard, Braden et Cassie quittèrent enfin la réception.

— Ouf ! J’ai bien cru que nous ne pourrions plus jamais repartir, dit-il à la jeune femme.

— Si tu n’avais pas jugé bon d’annoncer nos fiançailles, ta mère n’aurait pas décidé d’ouvrir toutes ces bouteilles de champagne, répliqua Cassie.

Il lui ouvrit la portière de la voiture.

— Toute la famille étant réunie, j’ai estimé le moment

propice, mais j'aurais peut-être dû attendre que nous soyons en comité restreint.

— Ne regrettons rien, d'autant que nous avons rendu service à Tristyn, observa Cassie en s'installant sur le siège.

— Que veux-tu dire ?

— Sa sœur Jordyn est déjà mariée avec Marco Palermo, cet artiste dont elle a des jumeaux, et j'ai eu la nette impression, tout à l'heure, que la famille attendait de Tristyn qu'elle en fasse autant.

Il se glissa, pensif, derrière le volant.

— Même si tu as vu juste, en quoi aurions-nous rendu service à Tristyn ?

Cassie effleura sa joue d'une caresse.

— Parce que Josh, l'un des invités, n'a pas quitté Tristyn des yeux de tout l'après-midi.

Il fut très surpris.

— Josh est l'ami de Daniel et son partenaire dans l'écurie de course Garrett/Slater Racing. À ma connaissance, Tristyn et lui se connaissent peu, voire pas du tout.

Elle sourit.

— Dans ce cas, j'ai la nette impression que tous deux pourraient faire connaissance prochainement. Au fait, Tristyn est-elle la seule de ta famille à ne pas être mariée ?

— Nora est encore célibataire, mais son statut de demi-sœur la met provisoirement à l'abri de la pression familiale, répondit-il.

Elle se mit à rire.

— La pression familiale ! Est-ce à dire que je ne pourrai pas choisir seule ma robe de mariage ?

— C'est à craindre, et il en ira de même pour ton bouquet de mariée, tes demoiselles d'honneur et la composition du menu de noces, rétorqua-t-il en riant à son tour.

*
* *

Le lundi suivant, Cassie, encore très émue d'avoir dit « oui » à Braden, alla travailler en arborant sa bague de fiançailles flambant neuve.

Stacey s'extasia devant le solitaire à grand renfort de « oh » et de « ah » qui lui valurent les coups d'œil réprobateur d'Helen, une collègue.

— Et maintenant, dis-moi tout ! implora Stacey après l'avoir entraînée à l'écart.

— À propos de moi ou de la bague ? ironisa-t-elle.

— Commençons par la bague. Est-ce un vrai diamant ?

Tant de candeur la fit sourire.

— A priori, oui, c'est un vrai.

— Braden ? s'enquit Stacey, les yeux brillants.

Elle haussa les épaules.

— Mais non, voyons ! Cette bague m'a été offerte par notre cher M. Pasternak.

Leur plus fidèle usager, un retraité de soixante-quinze ans qui, régulièrement, s'endormait en feuilletant son magazine dans la salle de lecture.

— D'accord, question stupide, admit Stacey. Alors quand ? Où ? Comment ?

La fougue de sa collègue la fit sourire.

— Hier soir, lors du barbecue géant chez les parents de Braden, expliqua-t-elle.

L'expression de Stacey se fit rêveuse.

— Vous avez fixé une date pour votre mariage ?

— Non, pas encore, et c'est tant mieux, car tout est allé très vite, peut-être même un peu trop à mon goût, reconnut-elle.

— Tu ne t'attendais pas à ce que Braden te demande en mariage ? interrogea Stacey.

— J'en ai été la première surprise. Ce matin, au réveil, en découvrant ce solitaire à mon doigt, il a fallu que je me pince pour me persuader que je ne rêvais pas.

Stacey la fixa d'un air extatique.

— Qui aurait cru, il y a encore trois mois, que Braden Garrett et toi tomberiez amoureux l'un de l'autre et que votre idylle se solderait par des fiançailles ? Sans compter Saige qui aura enfin une maman…

— Tout est allé très vite, en effet, répéta-t-elle, en proie à de nouveaux doutes.

— Bien des femmes, moi la première, seraient heureuses d'être à ta place, remarqua Stacey en hochant la tête.

Après le départ de sa collègue, elle regagna son bureau non sans admirer, pour la centième fois, le magnifique solitaire qui brillait à son doigt.

Braden l'aimait-il autant qu'elle l'aimait ?

Braden l'aimait-il seulement ?

Pas une fois, hier, il n'avait prononcé le mot « amour », pas même après lui avoir offert la bague, et pas non plus après avoir passé la nuit avec elle…

Il l'avait embrassée tandis qu'elle se blottissait contre lui, mais jamais ses lèvres n'avaient formulé les paroles qu'elle attendait.

Elle, en revanche, avait dit à Braden qu'elle l'aimait.

Peut-être, après tout, avait-il du mal à exprimer ses sentiments, ce qui n'ôtait rien à la valeur de sa demande en mariage ?

Et puis, qu'il veuille l'épouser ne prouvait-il pas qu'il l'aimait ?

L'arrivée joyeuse d'un groupe de jeunes lycéens lui permit, fort heureusement, d'échapper un temps à ses ruminations.

Trois semaines après le barbecue géant organisé par ses parents, Braden reçut la visite de Ryan, son frère cadet.

Absorbé par sa réinstallation à Charisma, Ryan ne lui avait plus donné signe de vie depuis leur dernière rencontre, et ce fut donc avec plaisir qu'il l'accueillit, peu après l'heure du dîner.

— J'ai remarqué une Prius dans ton allée, expliqua Ryan avec un petit sourire.

— C'est la voiture de Cassie.

— Cassie vit avec toi ?

— Pas de façon permanente, ou plutôt pas encore, répondit-il.

Ryan hocha la tête.

— As-tu le temps de m'offrir une bière ?

— Bien sûr, entre donc.

Dans la cuisine, il décapsula deux bouteilles, en tendit une à son frère, puis entraîna ce dernier derrière sur la véranda, où tous deux prirent place dans de confortables fauteuils d'osier.

— Alors, cette installation ? s'enquit-il.

— Comme nous n'avons pas jugé bon de rapporter nos meubles de Floride, Harper a déjà effectué trois visites à notre entrepôt.

— Trois visites ? Il faut croire que le style de nos meubles n'a pas l'heur de lui plaire.

— Au contraire, tout lui plaît, et c'est bien là le hic, car, si je l'écoutais, nous dévaliserions la totalité du stock, expliqua Justin en riant.

Il rit à son tour, but une gorgée de bière, et décida de prendre le taureau par les cornes.

— Dis-moi, Ryan, j'ai l'impression que tu n'es pas venu ici *uniquement* pour me parler de mobilier.

— C'est vrai, reconnut son frère, mais peut-être ferais-je mieux de ne pas aller plus loin.

— Plus loin ?

— Harper m'a conseillé de ne pas me mêler de tes affaires de cœur. Elle prétend que ça ne me regarde pas.

Il se gratta la joue.

— Si Harper l'a dit, c'était sûrement à bon escient.

Ryan soupira.

— Je ne peux m'empêcher de me tracasser à ton sujet. Ce mariage avec Cassie n'est-il pas un peu précipité ?

Braden fut aussitôt sur ses gardes.

— Que veux-tu dire ?

— Quand Dana a eu ce terrible accident, votre mariage battait de l'aile depuis des mois déjà, et je sais que sa disparition t'a laissé des séquelles.

— C'est le passé, Ryan.

Son frère le regarda, sceptique.

— Lors du barbecue, tu m'as parlé de la visite que t'a faite Lindsay, de tes craintes qu'elle réclame un jour la garde de Saige sous prétexte que tu n'offrirais pas à cette dernière une vraie vie familiale.

— Oui, et alors ? Serais-tu en train d'insinuer qu'en voulant épouser Cassie, je cherche avant tout à me prémunir contre les menaces de Lindsay ?

— Je n'ai rien dit de tel, s'empressa de répondre Ryan.

Il serra les poings.

— Ce mariage donne à Cassie l'occasion d'être et ma femme, et la mère de Saige, ce qui me satisfait pleinement. Du reste, si je ne m'abuse, toi aussi, tu t'es marié pour que ton fils Oliver ait une famille ?

— La tante d'Oliver en réclamait la garde et, pour que le petit reste avec nous, Harper et moi avons décidé d'officialiser notre union.

Il fixa son frère dans les yeux.

— Quoi qu'il en soit, je ferai tout, vraiment tout, pour assurer le bonheur de Saige.

Ryan eut une moue.

— Bien avant d'être confrontés aux exigences de la tante d'Oliver, Harper et moi avions déjà envisagé de nous marier, ce qui a facilité notre décision.

— Ma rencontre avec Cassie est récente, mais il n'empêche que je la considère comme quelqu'un de formidable et que je suis heureux de l'épouser. Elle est chaleureuse, gentille, généreuse, et par-dessus tout Saige l'adore.

Après avoir bu une gorgée de bière, Ryan s'essuya les lèvres.

— Saige l'adore mais toi, aimes-tu réellement Cassie ?

Il but à son tour une longue gorgée de bière.

— J'agirai dans le respect de mes vœux nuptiaux, se décida-t-il à dire.

Ryan secoua la tête d'un air navré.

— Cassie t'aime, Braden. Combien de temps lui faudra-t-il pour comprendre que ses sentiments pour toi ne sont pas forcément payés de retour ?

— Je fais confiance au temps qui arrangera bien des choses, dit-il avec un optimisme qu'il était loin d'éprouver.

Ryan le regarda avec compassion.

— Je l'espère de tout mon cœur, car, dans l'histoire, celle qui a encore le plus à perdre est Saige.

Cassie jouait avec Saige à l'étage, dans la chambre située au-dessus de la véranda, quand, par la fenêtre ouverte, les premières bribes de conversation entre Braden et Ryan montèrent jusqu'à elle.

Les deux frères parlaient d'elle…

— 'sie ! fit Saige.

— Oui, je suis là, dit-elle à la fillette.

Que pouvait-elle faire d'autre, à présent, sinon continuer d'écouter cette conversation ?

« Ma rencontre avec Cassie est récente, mais il n'empêche que je la considère comme quelqu'un de formidable et que je suis heureux de l'épouser. Elle est chaleureuse, gentille, généreuse, et par-dessus tout Saige l'adore. »

Braden vantait ses mérites, certes, mais l'aimait-il seulement ?

La voix de Ryan lui parvint en écho.

« Mais toi, aimes-tu réellement Cassie ? »

Après un long silence, Braden répondit :

« J'agirai dans le respect de mes vœux nuptiaux. »

Les craintes qui l'assaillaient depuis ses fiançailles avec Braden furent soudain confirmées, et ce fut comme si on venait de lui transpercer le cœur.

Ryan poursuivit :

« Cassie t'aime, Braden. Combien de temps lui faudra-t-il pour comprendre que ses sentiments pour toi ne sont pas forcément payés de retour ? »

Au moins savait-elle désormais à quoi s'en tenir.

Elle aurait fait n'importe quoi pour Braden, mais que ce dernier puisse ne pas l'aimer autant qu'elle l'aimait rendait leur relation caduque.

Comme avait-elle pu être à ce point aveugle ? Comment n'avait-elle pas réalisa plus tôt que Braden recherchait avant tout une mère pour Saige, de crainte de voir Lindsay lui reprendre sa fille ?

« Je ferais tout, vraiment tout, pour assurer le bonheur de Saige », venait d'affirmer Braden.

Tout, autrement dit épouser une femme sans éprouver pour elle de véritable amour…

Et dire qu'elle s'était bercée d'illusions, qu'elle avait voulu se persuader que, peut-être, Braden l'aimait quand même.

Les joues en feu et au bord des larmes, berçant contre son cœur Saige pour l'inciter à dormir, elle s'éloigna de la fenêtre.

— J'aurais dû comprendre plus tôt, murmura-t-elle tristement.

Saige dormait enfin.

Après avoir effleuré son front tiède d'un baiser, elle la coucha dans son petit lit, le singe en peluche blotti contre elle, puis elle quitta la chambre à pas de loup et gagna celle où, depuis des nuits déjà, elle faisait l'amour avec Braden.

Un coup d'œil par la fenêtre lui apprit que la voiture de Ryan était toujours garée dans l'allée.

Avec un soupir, elle procéda à sa toilette, enfila son pyjama, choisit un livre et se coucha.

Quand Braden monta à son tour, elle feignit d'être endormie et sentit qu'il lui prenait le livre des mains, avec une douceur infinie, pour le poser sur la table de chevet.

Il s'allongea auprès d'elle et l'enlaça par la taille comme chaque nuit.

Elle aurait voulu pleurer dans ses bras, lui dire qu'elle avait mal, qu'elle était en souffrance, mais la raison lui commanda de n'en rien faire et, quand elle eut la certitude que Braden s'était endormi, alors seulement laissa-t-elle couler ses larmes, sachant que celles-ci ne laisseraient en séchant aucune trace sur son oreiller…

- 16 -

Le lendemain, à la bibliothèque, Cassie eut beaucoup de peine à se concentrer sur son travail, car ses pensées la ramenaient toujours à Braden, à cette conversation surprise entre Ryan et lui.

Vivre heureuse avec Braden et Saige aurait été son souhait le plus cher, mais comment accepter d'épouser un homme qu'on aime passionnément et qui, lui, ne vous aime pas ?

En fin d'après-midi, elle demanda à Stacey de prendre en charge, à sa place, l'atelier « Études aidées », puis elle rentra chez elle.

Au fond, elle savait ce qu'il lui restait à faire, mais, avant de trancher dans le vif, elle voulait encore parler une dernière fois à Braden.

Alors que les larmes coulaient sur ses joues, Buttercup vint se blottir contre elle, et la présence chaleureuse de son chat ne fit qu'accentuer son chagrin.

Même Westley, pourtant bien peu câlin d'ordinaire, vint sur ses genoux.

Après avoir servi à ses chats un menu gourmet réservé aux grandes occasions, elle prit la route pour aller voir Braden à Forrest Hill, où elle arriva vingt minutes plus tard.

— Je pensais que, ce soir, tu animais l'atelier « Études aidées », s'étonna ce dernier en lui ouvrant la porte. Et puis, pourquoi sonner puisque tu avais la clé ?

En effet, Braden lui en avait remis un double qu'elle était déterminée à lui rendre à l'issue de leur conversation.

— Il fallait que je te parle, dit-elle en s'efforçant de cacher son trouble.

— Entre ! Saige et moi avons mangé, mais il reste des lasagnes.

— Je n'ai pas faim.

— Alors tant pis, mais je suis heureux de te voir quand même, fit Braden avec son sourire habituel. Au fait, Lindsay renonce à contester l'adoption de Saige.

— Oh ! Braden, mais c'est formidable ! dit-elle, ravie d'apprendre que la fillette ne serait pas l'enjeu d'une bataille judiciaire.

Les yeux de Braden brillèrent d'un éclat nouveau.

— J'ai mis Saige au courant et, même si elle n'est pas encore en âge de tout comprendre, elle t'a préparé une surprise.

Sa gorge se serra.

— Une surprise ? Pour moi ?

— Pour toi, parfaitement, reprit Braden.

Après l'avoir prise par la main, il la conduisit dans le salon où Saige jouait avec son circuit ferroviaire.

— Saige ! Regarde qui vient nous rendre visite ! fit Braden d'un ton joyeux.

— Ma-man !

Émue par ce cri du cœur et par le sourire radieux de Saige, elle laissa couler ses larmes tout en serrant avec force la main de Braden.

Dire que le bonheur aurait pu être si simple !

Se souvenant du but de sa visite, elle dégagea sa main et s'apprêtait à parler quand Saige la prit de court.

— Zouer ?

— Non, ma chérie, pas maintenant, répondit-elle en réprimant son émotion.

— Voyons, Cassie, que se passe-t-il donc ? s'étonna Braden.

— Je…

Mais sa gorge était trop serrée pour qu'elle puisse articuler le moindre mot.

— Parle-moi, voyons ! insista Braden en prenant d'autorité sa main dans la sienne.

Elle prit une grande inspiration.

— J'ai une question à te poser, et je veux que tu me répondes.

— En voilà des mystères !

— Me répondras-tu ?

— Oui.

— Je… je veux savoir si tu m'aimes, Braden, je veux dire si tu m'aimes d'amour.

Braden lâcha sa main et recula d'un pas.

— Où veux-tu en venir, Cassie ?

— Réponds ! insista-t-elle.

La mine déconfite de Braden, son embarras manifeste lui laissèrent peu d'espoir.

— Ne t'ai-je pas demandée en mariage ?

— M'aimes-tu oui ou non ? crut-elle bon de répéter en sachant qu'elle brûlait ses dernières cartouches.

— Je veux passer le restant de mes jours avec toi, ajouta Braden d'un air gêné.

— Pour donner une mère à Saige ?

Et comme il s'abstenait de répondre, elle choisit de vider l'abcès.

— Hier soir, j'ai entendu ce que vous vous disiez, Ryan et toi. Je ne l'ai pas fait exprès. La fenêtre de la chambre de Saige était ouverte…

La révélation de Cassie atteignit Braden de plein fouet.

Ah, cette conversation de la veille avec son frère !

Et dire qu'il s'était réjoui du retour de Ryan en ville…

— Mais voyons, ma chérie, qu'ai-je donc dit de si terrible ? protesta-t-il.

— Que tu m'épousais pour que Saige ait enfin un père *et* une mère, énonça Cassie d'un ton tranchant.

Après un instant de panique, il reprit courage.

— Quel mal y a-t-il à vouloir donner une famille à ma fille, surtout quand la mère que je lui ai choisie est quelqu'un d'aussi merveilleux que toi ?

— Assez de flatteries, Braden, et sur un point au moins je ne peux que t'approuver. Oui, Saige est une fillette adorable qui mérite d'être aimée par son père et par sa mère, mais là n'est pas la question.

Il reprit espoir.

— Alors, où est la question ?

Cassie posa sur la table sa bague de fiançailles et la clé qu'il lui avait confiée, quelque temps plus tôt.

— J'ai bientôt trente ans, Braden, et je crois en l'amour. Comme dans les contes de fées, je veux un mari pour toujours, un homme que j'aimerai et qui m'aimera autant que je l'aime, ce qui n'est pas ton cas…

Comme foudroyé, il vit Cassie s'éloigner vers la porte.

— Attends !

Elle se retourna et lui lança un regard blessé.

— Inutile, Braden, et je t'en prie, laissons Saige en dehors de nos histoires.

— Écoute-moi, Cassie, je t'en supplie. Je… Nous pourrions être très heureux tous les trois.

— Cesse de mentir ! Notre couple serait bancal, et Saige s'en rendrait vite compte, crois-moi.

La pensée de perdre Cassie le mit au supplice.

— Essayons, et je te promets que…

Elle le foudroya du regard.

— Tais-toi, Braden ! Par amour pour toi, j'aurais pu accepter d'être une mère de remplacement pour Saige et une épouse de circonstance pour le veuf en mal de paternité que tu es, mais je crois cependant que je mérite mieux, n'est-ce pas ? Alors s'il te plaît, ne joue plus avec mon cœur.

Cassie avait raison sur toute la ligne, car, s'il l'avait demandée en mariage, c'était en effet, très égoïstement, pour offrir une mère à Saige et, surtout, pour empêcher Lindsay de lui reprendre ce qu'il avait de plus cher au monde.

Comment aurait-il prévoir que la mère biologique de Saige renoncerait finalement à récupérer sa fille ?

— Cassie, je…

— Tais-toi, je t'en supplie.

Il se tut, conscient de ses torts.

Pas une seule fois depuis sa rencontre avec Cassie il ne l'avait appréciée pour elle-même, pour ses qualités propres.

Chaque fois, c'était à Saige qu'il pensait, au bonheur de sa fille, au fait qu'une malheureuse décision de justice pouvait lui en retirer la garde.

— Je… je suis désolé, dit-il d'une voix rauque.

— Et moi donc, répondit Cassie en s'éloignant.

— Ma-man ! appela Saige.

— Maman est partie, dit-il tristement en même temps que claquait la porte d'entrée.

Il serra sa fille contre lui avec force.

Dans l'histoire, celle qui a encore le plus à perdre est Saige.

Ryan avait vu clair, l'autre soir.

— Pa-pa ?

Il baisa doucement le front pur de Saige.

— Tu sais quoi ? Ton oncle Ryan est moins bête qu'il n'en a l'air…

Alors qu'il effectuait la toilette de Saige et la préparait pour la nuit, toutes ses pensées convergeaient vers Cassie en qui il avait mis tant d'espoir, de qui il avait espéré tant de bonheur, et que, par sa faute, par son incapacité à s'engager durablement, il venait de perdre sans doute à jamais.

Cassie eut toutes les peines du monde, les jours suivants, à se concentrer sur son travail. Alors qu'elle ruminait son chagrin, Megan vint lui remettre une pile de magazines traitant du mariage.

— Comme les années ont passé et que je n'ai toujours pas trouvé l'homme de ma vie, ces magazines te seront plus utiles qu'à moi, lui expliqua sa collaboratrice.

Elle s'efforça de cacher sa détresse.

— J'ai bien peur de ne plus en avoir besoin.

Megan parut déconcertée.

— Ne me dis pas que Braden et toi envisagez de vivre en concubinage ?

— Sûrement pas.

Le visage de Megan s'éclaira.

— Ah, je comprends ! Une agence spécialisée dans l'organisation des mariages s'occupera de tout : robe, repas, invitations ?

Garder plus longtemps le secret n'aurait servi à rien.

— Braden et moi n'allons ni nous marier ni vivre ensemble.

— Mais voyons, c'est impossible ! s'exclama Megan.

— Très possible au contraire et, du reste, je lui ai rendu sa bague.

— Quand ?

— Hier soir.

— Mais c'est vrai, tu ne portes plus ta bague ! s'écria Megan. Oh ! Cassie, pourquoi ?

La question à un million de dollars.

— Je veux être aimée pour qui je suis et non jouer les remplaçantes.

— Tu recules parce que Braden a été marié et pas toi ?
Elle eut un sourire triste.
— Mais non, voyons ! La vérité est que je renonce à épouser Braden parce qu'il ne m'aime pas.
Megan afficha sa perplexité.
— Oublierais-tu que Braden t'a demandée en mariage ? L'aurait-il fait s'il ne t'aimait pas ?
— En trois semaines de fiançailles, Braden ne m'a pas une seule fois dit qu'il m'aimait.
— Parce qu'il est pudique, comme le sont beaucoup d'hommes, remarqua Megan.
— Un homme qui demande une femme en mariage doit au moins savoir lui dire « je t'aime », rétorqua-t-elle.
— Très bien, comme tu voudras, mais je tiens ces magazines à ta disposition au cas où tu changerais d'avis, dit Megan avant de s'éloigner.
Que lui restait-il, désormais, sinon la certitude de détenir le record des fiançailles les plus brèves de tous les temps ?
Alors qu'elle répertoriait les dernières livraisons de livres, une petite voix — celle de son cœur ou de sa conscience — lui souffla qu'elle avait peut-être agi hâtivement en refusant à Braden la moindre chance de lui prouver son amour *sur le long terme.*
Mais non, sa décision était la bonne, la seule possible.
Ah, si les aiguilles de la pendule pouvaient tourner plus vite !
Car elle n'aspirait plus qu'à une chose : rentrer chez elle et pleurer loin des regards indiscrets.

Cassie appréhendait de revoir Ellen et Saige lors de l'atelier « Récré enfants ».
Elle avait tort.
En l'apercevant, Saige eut un grand sourire et se précipita

vers elle de toute la vitesse de ses petites jambes. Prenant sur elle, Cassie parvint à retenir ses larmes, et l'atelier se déroula aussi normalement que possible.

Elle avait craint d'essuyer des reproches de la part d'Ellen, mais celle-ci, une fois l'atelier terminé, se contenta de lui effleurer tendrement le bras avant de s'éloigner avec Saige.

Le soir même, elle décida de rendre visite à Irene qui, quand bien même avec douceur, lui reprocha d'avoir rompu avec Braden.

— Il ne m'aime pas, objecta-t-elle.

— Tu te trompes sur son compte, répondit Irene.

Braden l'aimait-il beaucoup plus qu'elle l'aurait supposé ? Comme elle aurait aimé le croire ! Mais la crainte de s'exposer à de nouvelles souffrances la dissuada de retourner vers lui.

Braden était déterminé à garder le silence sur ses fiançailles rompues, et à qui lui demandait des nouvelles de Cassie il répondait qu'elle allait très bien.

Où aurait lieu le mariage et quand ?

D'un geste évasif, il signifiait à son interlocuteur que leur décision n'était pas encore arrêtée, puis il changeait de sujet.

Un jour ou l'autre, la vérité serait connue de tous, mais d'ici là il espérait que son cœur meurtri aurait eu le temps de cicatriser.

Ce mardi, après le travail, il passa reprendre Saige chez sa mère.

— Cassie avait une petite mine la dernière fois que je l'ai vue, lui apprit Ellen.

— Oui, et alors ? demanda-t-il, une pointe d'agressivité dans la voix.

Sa mère posa sur lui un regard à la fois tendre et sévère.

— Je m'interroge, mon fils, mais je ne veux pas me mêler de tes affaires.

— Et tu fais bien, rétorqua-t-il avant de confier à sa mère le livre que Cassie lui avait prêté quelques jours plus tôt.

— Que suis-je censée en faire ? s'étonna sa mère.

— Ce livre est à Cassie, et j'ai oublié de le lui rendre. Pourrais-tu le lui remettre lors du prochain atelier « Récré enfants » ?

Sa mère fronça les sourcils.

— Mais… Vous vous voyez souvent, il me semble, alors pourquoi ne pas le lui donner en main propre ?

Il ne sut que répondre.

— À la bibliothèque, tout à l'heure, Cassie ne portait plus sa bague. Que s'est-il passé entre vous ? insista sa mère.

— Elle l'a sûrement apportée chez le bijoutier pour la faire ajuster, mentit-il.

— Admettons, fit Ellen d'un ton sceptique. Je trouve curieux que, depuis le week-end dernier, il ne soit plus question des préparatifs de votre mariage…

Qu'aurait-il pu dire ?

— Et puis, Cassie avait un air absent, durant l'atelier. Je… j'ai même cru qu'elle allait se mettre à pleurer, ajouta sa mère.

Il jugea inutile de mentir plus longtemps.

— Cassie ne veut plus m'épouser, et elle m'a rendu sa bague.

Sa mère garda le silence quelques secondes.

— Je connais Cassie depuis assez longtemps pour savoir qu'elle n'a pas pu rompre vos fiançailles sans raison valable.

— D'après elle, je ne lui aurais jamais dit clairement que je l'aimais.

— Et pourquoi ne pas le lui avoir dit ? s'étonna Ellen.

— Par honnêteté, parce que je ne sais pas moi-même exactement quels sont mes sentiments pour elle.

Sa mère le fixa d'un air songeur.

— Toujours ce passé qui te hante, n'est-ce pas ?

Il acquiesça.

— Oui, et je ne veux plus prendre le risque d'aimer une femme comme j'avais pu aimer Dana.

— Mon chéri, Dana est morte, paix à son âme, mais il est temps que tu penses à toi.

— Courir de nouveau le risque d'aimer et de souffrir ? Très peu pour moi, rétorqua-t-il.

Ellen lui sourit.

— Si cette rupture avec Cassie te fait souffrir, ne vois-tu pas, Braden, que c'est la preuve que tu aimes cette femme ?

Entre ses doigts, le livre de Cassie pesa plus lourd.

— Je suis malheureux parce qu'en perdant Cassie, j'ôte du même coup à Saige la chance d'avoir une maman.

— Si ton seul objectif est de donner une mère à Saige, alors appelle vite Heather Turcotte. Je l'ai vue récemment, et elle m'a demandé trois fois de tes nouvelles, ironisa Ellen.

Ses doutes fondirent comme neige au soleil.

— Maman, tu crois vraiment que…

— Que tu es un grand imbécile, mon fils ? Oui, parfois…

Il plaqua un baiser sonore sur la joue maternelle.

— Que dois-je faire ?

— Tu t'es mis dans un beau pétrin ? À toi de t'en sortir, mais je sais que tu y parviendras.

Saige dans ses bras, il glissa le livre de Cassie dans sa poche et prit congé de sa mère.

*
* *

Braden se mordait les doigts d'avoir tant tardé à déclarer ses sentiments à Cassie, car désormais, même s'il lui disait combien il l'aimait, elle risquait fort de ne pas le croire.

Une intense réflexion lui permit enfin de trouver une idée originale pour se racheter.

Trois semaines après que Cassie lui eut rendu la bague, il rassembla son courage, prit le volant et se rendit chez la jeune femme.

En le voyant, Cassie se renfrogna. Mais il en fallait plus à Braden pour se laisser démoraliser : il était heureux de la retrouver après cette séparation forcée qui lui avait paru durer une éternité.

— Que me veux-tu, Braden ? demanda Cassie d'un ton dur.

— Il fallait que je te parle et, comme tu n'as jamais répondu à mes messages, j'ai décidé de venir te voir.

Elle soutint son regard.

— Si je n'ai pas répondu à tes messages, c'était peut-être que je n'avais pas envie de te parler.

— Ma foi, je suis du genre têtu, et j'ai quand même décidé de venir.

— Qu'as-tu fait de Saige ? demanda-t-elle d'un ton adouci.

— Elle est chez mes parents, car ce que j'ai à dire ne concerne que nous deux.

Elle soupira.

— Je t'écoute, mais fais vite car j'ai mille choses à faire.

— Je t'aime, Cassie, dit-il avec toute la sincérité dont il était capable.

Les yeux brillants de larmes, elle détourna la tête.

— Comme j'aimerais te croire, Braden, mais voilà, ce sont des mots tardifs, aussi tardifs que tes regrets apparents.

— Mais c'est vrai que je t'aime ! s'emporta-t-il.

— Alors, pourquoi ne pas me l'avoir dit plus tôt ?

Il serra les poings.

— La pudeur…

Elle esquissa un sourire.

— Aurais-tu honte d'aimer ?

— J'avais peur de souffrir au point de ne plus vouloir prononcer ce mot.

Elle posa sur lui un regard lumineux et farouche.

— Dois-je te croire, aujourd'hui ?

Comme on se jette à l'eau, il joua son va-tout.

— Tu m'as manqué, Cassie, tu manques à ma vie, et mon seul espoir désormais est que tu consentes à m'épouser un jour, insista-t-il en redoutant de la voir se détourner de lui à jamais.

L'expression de Cassie le rassura.

— Tu m'aimes, alors ? demanda-t-elle.

— Plus que tout au monde, ma chérie, et que tu sois pour Saige une mère idéale n'a rien à voir avec le fait que, sans toi, je ne suis plus rien.

— Tu dis ça parce que le sexe, c'est magique entre nous et que tu as envie de moi…

— Non, je dis ça parce que c'est toi que j'aime, Cassie MacKinnon.

— Un jour, tu te lasseras de moi. J'aurai perdu mon éclat à tes yeux…

— Depuis que nous nous connaissons, chacune de nos rencontres m'a donné un peu plus la certitude que tu étais la femme de ma vie.

Elle soupira.

— Quel redoutable homme d'affaires tu es, Braden ! Toujours le mot qui touche, l'idée qui fait tilt, sans que je sache s'ils sont dictés par ton cœur ou par ton cerveau.

— Ta méfiance à mon égard est d'autant plus légitime qu'il y a une semaine encore, je me refusais à admettre que je t'aimais, concéda-t-il.

— Et aujourd'hui ?

— Aujourd'hui, je sais que je t'aime, et mes sentiments pour toi sont sincères.

— J'ai envie de te croire, Braden.

Il refréna sa joie.

— Dans ce cas, allons chez nous, car j'ai quelque chose à te montrer.

Chez nous...

Ces deux mots si banals, Cassie espérait bien, un jour, les faire vraiment siens.

En attendant, et jusque dans la couleur des murs jamais repeints depuis la mort de Dana, la maison de Braden était imprégnée par le souvenir d'une autre.

Sa rivale en amour.

Mais, à peine le seuil de sa future maison franchi, elle remarqua combien la décoration intérieure avait changé.

Le blanc monotone des murs avait fait place à des couleurs plus vives, en particulier le salon qui offrait maintenant des tons verts du plus bel effet.

L'ameublement avait été changé lui aussi, et seule demeurait la table sur laquelle était installé le circuit de Saige.

— Que de transformations ! s'exclama-t-elle. Et je vois que les peintures ont été refaites.

— Ma cousine Jordyn a supervisé les travaux, expliqua Braden.

Elle hocha la tête.

— Jordyn a un vrai talent de décoratrice.

Il la regarda dans les yeux.

— Il reste encore une pièce à visiter...

— Quelle pièce ?

— Viens ! lui intima-t-il en lui prenant la main.

Elle le suivit jusqu'à une porte qui, une fois ouverte, lui permit d'embrasser du regard un rêve devenu réalité.

— Oh, Braden, si je m'attendais à ça !

Du sol jusqu'au plafond, les murs étaient tapissés d'étagères identiques à celles de sa propre bibliothèque.

— Tu aimes ?

— C'est fabuleux ! Même la cheminée est pareille à celle que j'ai chez moi.

— Ryder est un menuisier hors pair, et son aide m'a été précieuse. Et j'ai engagé le meilleur décorateur de la région.

— Quand je pense que je pourrai avoir mes chers livres ici tout comme si j'étais chez moi, se réjouit-elle.

— Le rayonnage là-bas, entre les deux fenêtres, n'est pas tout à fait vide, ajouta Braden.

Elle y découvrit un livre à la couverture rouge vite identifié.

— *Princess Brice : le grand classique du conte de grand amour et de grande aventure de S. Morgenstern*, déchiffra-t-elle, au comble de l'émotion.

Ainsi, Braden avait remarqué combien elle aimait cette œuvre de William Goldman ?

Tant de délicatesse la toucha.

— Quand je pense que tu as reconstitué ma bibliothèque chez toi, je…

— Pas chez moi, Cassie, chez nous…

Les livres avaient toujours été pour elle des amis fidèles, mais n'était-il pas temps qu'elle s'ouvre enfin au monde, à la vie, à l'amour ?

— « Chez nous », répéta-t-elle en regardant Braden au fond des yeux.

— Acceptes-tu d'être ma femme, celle que j'aimerai à jamais, lui demanda ce dernier en lui prenant les mains.

Comme elle était trop émue pour répondre, il s'agenouilla devant elle.

— Cassie MacKinnon, je t'aime de tout mon cœur, et je désire passer chaque jour de ma vie avec toi.

— Oh, Braden…

— Acceptes-tu de m'épouser ?

— Il en sera comme tu le désires, répondit-elle sans l'ombre d'une hésitation.

Épilogue

Le 14 février

Cassie se félicitait chaque jour de cette nouvelle vie qui lui apportait tant de satisfactions.

En cinq mois de mariage, Braden ne lui avait jamais rien refusé, mais plus encore que cette belle maison dans laquelle elle vivait désormais, plus encore que cette vie de famille heureuse qui comblait ses vœux, c'était d'entendre Braden l'assurer de son amour inconditionnel qui l'emplissait de bonheur.

Pour la Saint-Valentin, elle prépara un rôti de porc aux panais et patates douces, le plat servi un an plus tôt à Braden quand ce dernier s'était invité chez elle.

Après dîner, Braden lui offrit un pendentif incrusté de diamants, mais, à ce magnifique bijou, elle préféra la feuille sur laquelle Braden et Saige avaient apposé, lui en rouge, elle en rose, l'empreinte de leurs paumes en forme de cœur géant.

Sous ce cœur figurait une dédicace qui lui fit monter les larmes aux yeux.

Pour Cassie,

Heureuse fête de Saint-Valentin, la première d'une longue série.

Tu es une épouse et une mère exceptionnelle.

Outre ma reconnaissance pour tout ce que tu

m'apportes et apportes à Saige, sache que je t'aime profondément.

Merci aussi pour cette vie de famille harmonieuse que tu nous procures.

Saige et moi te gardons à jamais dans nos cœurs.

Braden & Saige

— Pourquoi tu pleures, maman ? demanda Saige qui s'exprimait avec aisance désormais.

Vite, essuyer ces larmes !

— C'est la joie, ma chérie. Moi aussi, je vous aime, et bien plus encore que je ne pourrais le dire, répondit-elle en souriant à Saige qui, rassurée, alla jouer avec son train.

Alors qu'elle se passait de l'eau fraîche sur le visage, dans la salle de bains, Braden se glissa derrière elle.

— Je t'aime, murmura-t-il à son oreille.

Elle prit la main de Braden et la plaça sur son ventre.

— Durant les mois à venir, attends-toi à ce que je sois souvent émotive…

Les traits de Braden exprimèrent la surprise, l'incrédulité, puis une satisfaction qui lui fit chaud au cœur.

— Tu… tu veux dire que…

— Exactement.

Car, dans l'espoir de donner à Saige un petit frère ou une petite sœur, Braden et elle avaient cessé depuis quelques semaines déjà de prendre des précautions.

— Si tu savais comme je suis heureux ! s'exclama Braden.

Et elle, soulagée d'être fertile, contrairement à Dana.

Tandis que Braden la soulevait dans ses bras, elle échangea avec lui un regard débordant d'amour et de tendresse.

— Tout va bien, ma chérie ? demanda Braden en caressant son ventre encore plat. As-tu vu un médecin ? Que ressens-tu ?

Cette avalanche de questions la fit rire.

— Je vais aussi bien que possible pour une femme enceinte. Non, je n'ai pas encore consulté un médecin et oui, je ressens un grand bonheur à la pensée de te donner bientôt un fils ou une fille.

— Et moi, je me réjouis d'être bientôt l'heureux papa de celui ou celle que tu mettras au monde.

— Oh ! Braden, je suis si heureuse ! dit-elle en se blottissant contre le torse athlétique de son mari.

— Et moi donc, répondit Braden en lui caressant les cheveux, mais n'oublie pas que, pour moi, tu auras toujours la première place dans mon cœur.

Retrouvez en Février 2018,
dans votre collection

Passions

L'enfant de Wes Jackson, de Maureen Child - N°701

Père indigne... Wesley ne décolère pas. Comment ce simple tweet – l'œuvre de cette maudite Isabelle Graystone – a-t-il pu faire basculer sa vie à ce point ? Lui qui avait tout pour réussir, le voilà qui assiste désormais, impuissant, à la chute de Texas Toy Goods Inc., son entreprise de jouets. Certes, il a licencié Isabelle suite à la nuit de passion qu'ils ont passée ensemble, cinq ans plus tôt. Pour autant, pense-t-elle pouvoir détruire sa vie sans conséquence ? Wesley se le jure : non seulement il ne laissera pas Isabelle avoir le dernier mot, mais il mettra également un point d'honneur à laver l'odieux mensonge qu'elle diffuse au sujet de sa paternité...

Tout pour la séduire, de Stella Bagwell

Lorsque Sophie – sa plus proche amie, dont il est secrètement amoureux – lui demande de lui donner des leçons de séduction, Mason peine à cacher sa joie. Car même s'il sait que Sophie a pour seul but de séduire son patron, le charismatique Thom Nichols, Mason comprend qu'il tient là son unique chance de démontrer à la femme de ses rêves que ce goujat de Thom n'est qu'un séducteur à la petite semaine ! Mieux, n'est-ce pas l'occasion idéale de lui prouver qu'il est le seul à pouvoir la rendre heureuse ?

Ce fils dont tu ne sais rien, de Cat Schield - N°702

Harcelée par sa belle-famille – qui menace de lui faire retirer la garde de Dylan, son fils de dix-huit mois, si elle ne renonce pas à son héritage –, Savannah comprend qu'elle n'a plus le choix : elle va devoir accepter la protection que lui propose Trent Cadwell, son ex-fiancé. Trent, qu'elle a toujours passionnément aimé, mais qu'elle a quitté deux ans plus tôt sans un mot d'explication, pour épouser l'homme qu'elle vient d'enterrer. Sans un mot, et surtout sans lui dire qu'elle attendait un enfant de lui...

Une femme d'exception, de Shirley Jump

De longues boucles brunes et un regard pétillant : Katie Williams est belle à couper le souffle. Pourtant, Sam ne doit pas se laisser distraire par ces futilités, il le sait bien. Car Katie n'est ici que pour lui prouver qu'elle saura s'occuper de ses deux enfants, Henry et Libby, avec qui elle semble déjà s'entendre à merveille. Sam ne peut cependant s'empêcher de douter : ne serait-il pas plus raisonnable pour lui, qui s'est promis de ne plus jamais s'intéresser à une femme depuis la disparition de la sienne, de congédier Katie au plus vite ?

Le prix de la tentation, de Christy Jeffries - N°703

SÉRIE COUP DE FOUDRE À SUGAR FALLS TOME 6/6

Et si, pour une fois, elle lâchait prise et se laissait tenter ? Charlotte hésite. Elle est coincée avec Alex Russell – un guide aussi séduisant que sexy – sous une tente jusqu'au petit matin, et il serait facile de céder au désir qu'il lui inspire... Mais en a-t-elle le droit, alors qu'elle a laissé ses deux filles entre les mains d'une nourrice qu'elle connaît à peine ? Et puis, elle ne doit pas perdre de vue ses objectifs. Car, si elle était d'accord pour tourner ce reportage sur le camping hautement glamour de Sugar Falls, sa mission devait rester purement professionnelle... et rien de plus.

Sous le charme d'un rancher, de Sarah M. Anderson

Comme si l'héberger durant le blizzard ne suffisait pas, Carlos Wesley veut maintenant lui faire découvrir la magie des fêtes de Noël... Natalie sent un doute irrépressible l'étreindre. Car bientôt elle devra trahir Carlos, cet homme altruiste et attirant qui se montre si attentionné envers elle, en révélant dans la presse à scandale qu'il est le fils illégitime des Beaumont, une célèbre famille fortunée de Denver. Incapable de repousser le désagréable sentiment de malaise qui l'a gagnée, Natalie s'interroge : doit-elle lui avouer la véritable raison de sa venue dans le Colorado ou renoncer à la mission que ses patrons lui ont confiée ?

Un époux sous contrat, de Joanne Rock - N°704

Depuis qu'elle vit avec Quinn McNeill, Sofia est totalement perdue. Car, à force de côtoyer jour après jour cet homme drôle et extrêmement séduisant, elle en est arrivée à la plus inattendue des conclusions : Quinn est le prince charmant dont elle a toujours rêvé... Sauf qu'il n'est autre que celui avec lequel elle a conclu un mariage de convenance ; une simple couverture lui permettant – à elle, la danseuse étoile du ballet de New York – de repousser ses admirateurs les plus insistants. Et qu'elle sait, au plus profond de son cœur, que Quinn ne l'aimera jamais...

Pour le sourire de Cody, de Sara Orwig

Nick est fou de rage ! Claire Prentiss – la femme qui a refusé de l'épouser cinq ans plus tôt et qu'il n'a jamais pu oublier – vient de lui annoncer qu'il est le père d'un petit garçon prénommé Cody. Comme si le quitter et lui briser le cœur n'avaient pas suffi, il aura aussi fallu que Claire vienne lui faire cette révélation fracassante au plus mauvais moment. N'est-il pas en passe de devenir un homme politique important ? Mais, quitte à ce que sa réputation soit ternie par ce scandale, Nick s'en fait la promesse : il récupérera la garde de son fils...

Entre les bras d'une inconnue, de Charlene Sands - N°705

À l'instant où il sonne à la porte de Sutton Winchester – le père qu'il n'a jamais connu –, Brooks se prend à regretter sa décision. Que va-t-il dire à Sutton ? Et comment régira-t-il si celui-ci refuse de lui parler ? Mais, lorsque c'est Ruby – la femme avec laquelle il a partagé une aventure d'un soir quelques mois plus tôt – qui apparaît, Brooks est sidéré. Que fait-elle ici, chez son père ? Leur nuit de passion n'était-elle qu'une machiavélique manipulation ?

Un cow-boy à aimer, de Caro Carson

Fuir Hollywood pour aller se réfugier dans le ranch texan de Travis Palmer est bien la pire idée qu'elle ait jamais eue, Sophia le sait à présent. Car, depuis son arrivée, Travis l'obsède au plus haut point. Pire, les regards brûlants qu'il lui lance lui inspirent un désir qu'elle ne peut plus taire. Dire que cette retraite à la campagne avait justement pour but de l'éloigner des hommes – ces lâches, ces traîtres qui lui ont toujours brisé le cœur ! Une seule solution semble alors raisonnable pour se protéger et veiller sur l'enfant qu'elle attend : quitter le ranch sans plus tarder…

L'étreinte d'un milliardaire, de Emilie Rose - N°706

Dès qu'elle rencontre son nouveau patron, Pierce Hollister, le fameux millionnaire qui vit en reclus, Anna sent l'inquiétude la gagner. Mais elle a désespérément besoin du travail de nounou qu'il lui offre, d'autant que ce poste lui permettra de prendre soin non seulement de l'adorable bébé de Pierce, mais également de son propre fils. Très vite, malgré la froideur manifeste de Pierce à son égard, Anna découvre chez lui une certaine… sensibilité. Et s'il n'était pas l'homme sans cœur qu'il s'ingénie à être ? Alors, peut-être, pourrait-elle s'abandonner au trouble qu'il lui inspire…

Noces sous condition, de Allison Leigh

Le jour où Melanie a proposé à Russ Chilton de l'épouser, elle n'imaginait pas que sa vie s'en verrait totalement bouleversée. Car il ne s'agissait entre eux que d'un mariage de pure convenance – garantissant à Russ la moitié du ranch Hopping H en échange de ses précieux conseils pour gérer la propriété. Mais ce que Melanie n'avait pas prévu, c'était que leur union prendrait un tour personnel, intime… Et que, pour braver le froid du Montana, elle ne verrait bientôt d'autre ressource que celle de se blottir dans les bras puissants de Russ…

Composé et édité par HarperCollins France.

Achevé d'imprimer en décembre 2017.

CPI
BLACK PRINT

Barcelone

Dépôt légal : janvier 2018.

Pour limiter l'empreinte environnementale de ses livres, HarperCollins France s'engage à n'utiliser que du papier fabriqué à partir de bois provenant de forêts gérées durablement et de manière responsable.

Imprimé en Espagne.